山区生态安全评价、预警与调控研究

——以河北山区为例

葛京凤　梁彦庆　冯忠江等　著

科学出版社

北　京

内 容 简 介

本书以人地关系理论和生态安全预警理论为指导,结合空间和计算机技术建立分析数据库,以河北山区为例进行生态安全评价、预警与调控研究。通过构建评价模型,定量分析其生态环境脆弱态势,揭示生态环境安全的区域差异和分异规律,进而对生态环境演化机制、生态安全预警和生态环境安全调控进行全方位、长序列、多角度的系统分析与探讨。

本书可供从事地理学、环境科学、农学、生态学、区域整治、水土保持等专业的高等院校师生及科技人员参考。

图书在版编目(CIP)数据

山区生态安全评价、预警与调控研究——以河北山区为例/葛京凤等著.—北京:科学出版社,2011.7
ISBN 978-7-03-031678-3

Ⅰ.①山… Ⅱ.①葛… Ⅲ.①山区-生态安全-研究-河北省 Ⅳ.①X321.222

中国版本图书馆 CIP 数据核字(2011)第 119360 号

责任编辑:许 健 韩 芳 / 责任校对:刘珊珊
责任印制:刘 学 / 封面设计:殷 靓

科学出版社 出版
北京东黄城根北街 16 号
邮政编码:100717
http://www.sciencep.com

南京展望文化发展有限公司排版
上海欧阳印刷厂有限公司印刷
科学出版社发行 各地新华书店经销

*

2011 年 7 月第 一 版 开本:787×1092 1/16
2011 年 7 月第一次印刷 印张:13 1/2 插页 1
印数:1—1 500 字数:305 000
定价:58.00 元

本书获以下项目资助：

河北省自然科学基金项目(编号：2007000267)

河北师范大学学术著作出版基金

河北省环境演变与生态建设实验室

河北省自然地理学高校重点学科建设项目

《山区生态安全评价、预警与调控研究 ——以河北山区为例》著作者名单

（按姓氏汉语拼音排序）

著作者：

崔媛媛	段娅静	冯忠江	葛京凤	李　灿
梁彦庆	刘育明	刘云亮	宋　岩	

参加人员：

陈　景	崔媛媛	段娅静	范玉忠	冯忠江
高伟明	高晓巍	葛京凤	郭　珊	胡引翠
黄志英	李　灿	梁彦庆	刘　欣	刘育明
刘云亮	马凯飞	宋　岩	王　丽	王彦青
魏　静	徐晨曦	许振国	闫　妍	张　磊
张　云				

前　言

20世纪中叶以来,随着科学技术的迅猛发展,人类利用和改造自然的手段不断进步,对生态环境影响的深度和广度不断加大。过度垦伐与放牧、普遍大量施用化肥和农药、工业"三废"未经处理大量排放……,严重破坏了环境本身的自我调节能力,导致生态环境急剧恶化,主要表现为生态系统退化、资源面临危机、自然灾害频发、水资源严重短缺、水土流失、水污染、大气污染、食品污染等。人类正面临各种新的威胁,"生态安全"、"环境安全"等新的概念和问题已成为构成国家安全的重要组成部分。生态安全研究已成为当前地球科学、环境科学、生态学以及生态经济学研究的前沿和重要领域。

河北省山区面积广阔,高原、山地、丘陵面积约占全省面积的3/5,地形复杂,是河北省及京津地区的主要水源地和生态保护屏障。人多、地少、水资源紧缺、水土流失严重、生态环境脆弱,生态环境保护工作面临着巨大压力。以此为案例进行研究,具有代表性意义。

本书以河北省自然科学基金项目(编号D2007000267)"河北山区生态安全评价与预警调控研究"为依托,从构建压力—反馈—调控(PFC)模型入手,采用层次分析法(AHP)分别确定冀西、冀北、冀东山区生态安全评价指标的权重,计算生态安全综合指数,划分生态安全等级,进而从时间、地域上对河北山区生态安全做出对比分析。运用时间序列法分析千年、百年、近45年以来温度、降水变化时间序列,从而理清环境演化过程。采用模糊AHP和熵权法相结合,对不同时间尺度的生态环境变化程度做出评价,分析影响环境变化的自然和人为驱动因素,进而对环境演变机制进行定量研究。利用可拓集合和关联函数建立物元分析模型,进行生态安全预警研究,通过物元确定经典域和节域,计算各指标实际值与不同等级取值范围的关联度,得出物元的评估级别,进而从时空上进行演变分析。在生态安全评价和预警的基础上,运用情景分析法确定生态环境敏感因子,计算敏感因子变化百分率,再对不同区域分级管理、分级调控,提出改善、调控生态系统安全状态的措施。

全书分八章共二十六节。各章内容如下:第一章纵观国内外研究进展,介绍本研究的理论和方法背景;第二章对研究方法与手段进行详细阐述;第三章全面介绍河北山区自然和人文环境概况;第四章对不同尺度下的生态环境演化进行深入分析,并对其驱动机制展开研究;第五章对土地利用/覆被变化与景观格局时空动态变化及其生态效应进行深入分析;第六章对研究区进行生态安全评价;第七章对生态安全警度进行评定,进而分析生态安全警情的时空特征和演变规律;第八章分区进行生态安全调控研究,并提出保障措施。

本书主要编写人员分工如下：第一、二、七章——崔媛媛、葛京凤；第三、六、八章——段娅静、梁彦庆；第四章——刘育明、梁彦庆；第五章——刘云亮、宋岩、冯忠江；插图——刘云亮、李灿。全书由葛京凤、梁彦庆、冯忠江、李灿审定统稿。

本研究成果是多位教师和研究生多年共同努力完成的，参加研究的主要人员有：葛京凤、梁彦庆、冯忠江、高伟明、胡引翠、崔媛媛、段娅静、刘育明、刘云亮、李灿、黄志英、刘欣、许振国、高晓巍、徐晨曦、魏静、宋岩、范玉忠、张云、马凯飞、陈景、王丽、王彦青、张磊、郭珊、闫妍。在研究过程中得到了河北省科技厅、河北省国土资源厅、河北师范大学等单位领导和老师的支持与帮助，在此一一表示感谢！由于作者水平所限，疏漏和谬误难免，敬请读者和同行赐教指正。

葛京凤
2011 年 2 月

目　　录

第一章 研究综述

20世纪中叶以来,随着科学技术的迅猛发展,人类利用和改造自然的手段不断进步,对生态环境影响的深度和广度不断加大。过度垦伐与放牧、普遍大量施用化肥和农药、工业"三废"未经处理大量排放……,严重破坏了生态环境本身的自我调节能力,导致生态环境急剧恶化,主要表现为生态系统退化、资源面临危机、自然灾害频发、水资源严重短缺、水土流失、水污染、大气污染、食品污染等。人类正面临各种新的威胁,"生态安全"、"环境安全"等新的概念和问题已成为构成国家安全的重要组成部分。生态安全研究已成为当前地球科学、环境科学、生态学以及生态经济学研究的前沿和重要领域。

河北山区具有特殊的地形气候条件,地理边缘效应明显,是河北省及京津地区的重要水源地和生态屏障,同时也是典型的生态脆弱区,是全国生态建设的重要地区之一。人多、地少、水资源紧缺、水土流失严重是该区的基本情况,整体生态环境质量较差。近年来,各级政府采取各种有效措施,加强生态建设,加大工业污染治理力度,生态农业试点和自然保护区面积进一步扩大,环境恶化与生态破坏的势头得到了一定程度的控制,环境质量有所改善,可持续发展能力逐渐提高。但是,由于产业结构不合理,生态环境脆弱,环境污染与生态破坏问题仍很严重,生态环境保护形势依然严峻,部分区域呈现出区域性破坏、结构性解体和功能性紊乱的发展势头,生态的严重破坏和环境质量的不断恶化已经构成严重的生态安全威胁。如何因地制宜改善和保护生态环境,尚缺乏可实施的调控措施。基于此,对河北山区生态安全评价、预警和调控进行了系统研究。

第一节 生态安全研究进展

一、生态安全内涵

关于"生态安全"的定义目前还未得到统一,尚存在广义和狭义之分。广义的"生态安全"于1989年由国际应用系统分析研究所(IASA)提出,指在人的生活、健康、安乐、基本权利、生活保障来源、必要资源、社会秩序和人类适应环境变化的能力等方面不受威胁的状态,包括自然生态安全、经济生态安全和社会生态安全,组成一个复合人工生态安全系统。狭义的"生态安全"指自然和半自然生态系统的安全。无论广义还是狭义,其本质都是使自然、经济、社会、生态和谐统一,促进人类的可持续发展。

陈国阶提出生态安全内涵,包括以下七方面内容。

1) 生态安全是生态系统满足人类生存与发展的必备条件。

2) 生态安全是一个相对的概念。没有绝对的安全,只有相对安全。生态安全由众多因素构成,其对人类生存和发展的满足程度各不相同,生态安全的满足也不相同。生态安全可以通过建立反映生态因子及其综合体系质量的评价指标来定量地评价某一区域或国家的安全状况。

3) 生态安全是一个动态概念。一个要素、区域和国家的生态安全不是一劳永逸的,可以随环境变化而变化,即生态因子变化反馈给人类生活、生存和发展条件,导致安全程度的变化,甚至由安全变为不安全。

4) 生态安全强调以人为本。是否安全的标准以人类所要求的生态因子质量来衡量,影响生态安全的因素很多,但只要其中一个或几个因子不能满足人类正常生存与发展的需求,生态安全就是不及格的。

5) 生态安全具有一定的空间地域性质。生态安全的威胁往往具有区域性、局部性,这个地区不安全并不意味着另一个地区也不安全。

6) 生态安全可以调控。不安全的状态、区域,人类可以通过整治,采取措施,减轻或解除环境灾难,变不安全因素为安全因素。

7) 维护生态安全需要成本。也就是说,生态安全的威胁往往来自人类活动,人类活动引起对自身环境的破坏,导致生态系统对自身的威胁,解除这种威胁,人类需要付出代价,需要投入,这应计入人类开发和发展的成本中。

二、生态安全特点

1. 整体性

生态环境是相连相通的,任何一个局部生态环境的破坏都可能引发全局生态环境灾难,甚至危及整个国家和民族乃至全球的生存条件。

2. 不可逆性

生态环境的支撑能力有一定限度,一旦超过其自我修复能力,往往会造成不可逆的后果。比如动物、植物的灭绝就是不可逆的,单靠人类的力量是不可能恢复的。

3. 区域性

由于生态安全研究区域、环境特点、主要生态系统、敏感因子、社会经济发展状况等是不同的,造成生态安全的表现形式、研究重点也会不同。所以,生态安全问题不能泛泛而谈,而应该有针对性地就某个地区进行研究。

4. 全球性

目前各国都面临着各种全球性环境问题,包括全球变暖、臭氧层空洞、生物多样性锐减、土地"三化"现象、海洋污染和垃圾问题等,因此生态安全研究是可以跨国界的。

5. 战略性

生态安全是关系国计民生的大事,具有重要的战略意义。只有维持生态安全,才可能实现经济持续发展、社会稳定和进步、人民安居乐业;反之,则经济衰退、社会动荡。因此,在制定重大方针政策和建设项目的同时应把生态安全作为前提。

6. 动态性

生态安全会随着其影响要素的发展变化而在不同时期表现出不同的状态,因此,控制好各个环节使其向良性发展是维持生态安全的关键。

三、研究内容

生态安全研究包括生态安全分析、生态安全评价、生态安全预警与调控。

1. 生态安全分析

生态安全分析是探讨生态系统的完整性和稳定性,包括自然生态系统(森林、草地、水域等)和半自然生态系统(农田)的变化、景观斑块动态、生态演替等。此外,重要生态过程的连续性(有无间断和改变)也是生态安全分析的内容,包括对过程的方向、强度和速率的研判。

2. 生态安全评价

生态安全评价,就是根据生态安全影响因子与社会经济持续发展之间的相互作用关系,采用一系列安全评价指标对生态安全的程度予以区分,划分生态安全与不安全的界线。

3. 生态安全预警与调控

生态安全预警与调控,强调人的积极主导作用,在分析生态环境影响因素的基础上,通过探求生态环境变化规律,预测生态环境的未来变化趋势,并及时作出预报,为生态环境治理、保护等工作提供决策依据。

四、研究动态

(一) 国外研究动态

安全与风险互为反函数,风险指评价对象偏离期望值的受胁迫程度,安全指评价对象在期望值状态的保证程度。国外从 20 世纪 70 年代末开始生态安全研究,总体上看,对生态安全的研究时间相对较短,不同学者研究角度各有侧重。1948 年,联合国教科文组织的 8 名社会科学家共同发表了《社会科学家争取和平的呼吁》,提出在全球范围内进行实际的科学调查研究,解决现代若干重大问题,这是现代生态安全的先声。1962 年,美国著名学者 R. 卡逊出版了《寂静的春天》一书,第一次向人类敲响了生态危机的警钟。1977 年,美国世界观测研究所所长布朗将“环境变化”含义明确引入安全概念,并在 1981 年的一本著作《建设一个可持续发展的社会》中提出了国家安全的新内涵。

20 世纪 80 年代早期,各种机构和学者开始关注影响整个国家协调发展的安全问题。

1981 年,联合国裁军和安全委员会对集体安全和共同安全做了区别:前者指传统的国家间的军事安全问题,而后者指经济压力、资源缺乏、人口增长和环境退化。1987 年,世界环境与发展委员会(WCED)的报告《我们共同的未来》中明确指出:"安全的定义必须扩展,超出对国家主权的政治和军事威胁,要包括环境恶化和发展条件遭到的破坏",第一次提出了"可持续发展"的概念,并正式使用了"环境安全"这一名词。1989 年,国际应用系统分析研究所提出"生态安全"的含义并建立全球生态安全监测系统。

20 世纪 90 年代,围绕"生态安全"的概念及生态安全与国家安全、民族问题、军事战略、可持续发展和全球化的相互关系展开研究。90 年代初,美国环保局(U. S. EPA)提出环境监测和评价项目(EMAP),从区域和国家尺度评价生态资源状况并对发展趋势进行长期预测,之后该项目又发展成州域和小流域环境监测和评价(R‐EMAP)。1993 年,Norman Myers 指出生态安全涉及由地区资源战争和全球生态威胁而引起的环境退化问题,这些问题继而波及经济和政治安全。1996 年,《地球公约》的《面对全球生态安全的市民条约》在生态安全、可持续发展和生态责任的基础之上,要求各成员国和各团体组织互相协调利益、履行责任和义务。1997 年,由美国马里兰大学全球未来议程哈里森计划和延世大学(Yonsei University)国际研究中心联合主办的"东亚生态安全"会议,对生态问题可能影响该地区的区域安全给予了极大的关注,并发现了环境退化、贫穷和不安全之间的联系。1998 年发表的《生态安全与联合国体系》中,各国专家就生态安全的概念、不安全的成因、影响和发展趋势发表了不同看法。生态安全作为一个热点已被越来越多的专家学者和行政长官乃至平民百姓所重视。1999 年,联合国国际全球环境变化人文因素计划(IHDP)的全球环境变化和人类安全(GECHS)研究项目制订了一个科学计划。

2000 年 2 月 21 日,联合国环境署执行主任托普费尔在"环境安全、稳定的社会秩序和文化"会议上指出环境保护是国家或国际安全的重要组成部分,生态退化则对当今国际和国家安全构成严重威胁。同年,美国马里兰大学召开"全球化与生态安全"会议提出了哈里森计划,它的主要研究之一就是"长期持续发展与生态安全研究"。针对日益严重的生态问题,联合国于 2002 年 9 月在南非首都约翰内斯堡召开环境与发展高峰会议,重点讨论全球生态安全问题。2000~2004 年,Richard Matthew,Mark Halle,Jason Switzer,Vladimir Kotov 和 Elena Nilitina 等人基于各种案例的经验性研究将生态安全和人类的生计安全联系起来,考虑如何同时实现和平衡生态安全和人类生计安全。

(二) 国内研究动态

我国对生态安全的研究从 20 世纪 90 年代起步。日趋严重的洪灾、沙尘暴等环境安全问题给人类敲响了警钟,使人们意识到治理生态环境已刻不容缓,同时人们担心西部大开发过程中是否会给本来就脆弱的生态环境雪上加霜。因此,学术界和公众纷纷将生态安全作为讨论的热点问题,内容主要集中在区域水平上对生态安全的监控、评价和保障体系进行研究,但对生态安全的理论与实践的研究还不够深入,特别是应用研究在国内尚未全面展开。

2000 年国务院发布的《全国生态环境保护纲要》中,提出了生态安全、国家生态安全的概念,首次明确提出维护国家生态环境安全的目标;2001年3月,全国人大、政协两会期间,环境保护与生态建设成为代表和委员们的热门话题;2001年4月,中央电视台"中国生态安全报告"节目从我国生态灾难、沙漠化、森林以及湿地功能减退等方面,介绍了我国生态安全面临的态势,呼唤公众加强生态安全的忧患意识。目前,国内学者对生态安全定义展开了一系列讨论。

对于国家生态安全的内涵,程漱兰认为它是实现一国生存与发展所处生态环境,保持土地、水资源、天然林、地下矿产、动植物、大气等"自然资源"的保值增值、永续利用,使之适应国民教育水平、健康状况体现的"人力资本"和机器、工厂、建筑、水利系统、公路、铁路等体现的"创造资本"持续增长的配比要求,避免因自然衰减、资源生产率下降、环境污染和退化给社会生活与生产造成短期灾害和长期不利影响,避免危害国家军事、政治和经济安全。

在生态安全与环境关系方面,陈国阶认为广义的生态安全包括生物细胞、组织、个体、种群、群落、生态系统、生态景观、生态区、陆海生态及人类生态;狭义的生态安全是人类生存环境处于健康可持续发展的状态。曲格平认为生态安全包含两层基本含义:一是防止环境污染和自然生态退化削弱经济可持续发展的支撑能力;二是防止环境问题引发人民群众的不满,特别是防止环境难民的大量产生,从而避免影响社会安定。左伟等将生态安全定义为一个国家生存和发展所需的生态环境处于不受或少受破坏与威胁的状态,即自然生态环境能满足人类和群落的持续生存与发展需求,而不损害自然生态环境的潜力。

在生态安全与人类关系方面,尹希成认为生态安全指人类赖以生存的生物圈处于自然平衡的状态,在这种状态下,人能够与自然界共生、共荣,协同进化。郭中伟将生态安全定义为两个方面:一是生态系统自身是否安全,即其自身结构是否受到破坏;二是生态系统对于人类是否安全,即生态系统所提供的服务是否满足人类生存需要。

生态安全与保障程度存在联系,肖笃宁把生态安全定义为人类在生产、生活和健康等方面不受生态破坏与环境污染等影响的保障程度,包括饮用水与食物安全、空气质量与绿色环境等基本要素。

综合以上学者的研究可知,生态安全是一定区域内,人类赖以生存和发展的生态环境系统不受或少受外界的威胁与破坏,处于良性循环、健康与可持续发展的状态。包括两层含义:一是生态系统本身是否安全,是否具有足够的抵御外界干扰的能力;二是生态环境系统对于人类经济社会的可持续发展是否安全,所提供的服务是否能够满足人类发展的需要。在一定的时空区域内,当生态环境系统本身处于健康状态,才有可能为人类社会提供更好的服务,才能够维持其可持续发展,这样的生态环境系统是安全的,反之不安全。

第二节 生态安全评价研究进展

生态安全评价指在生态环境质量评价成果的基础上,按照生态系统本身为人类提供服务功能的状况和保障人类社会经济与农业可持续发展的要求,对生态环境因子及生态系统整体,对照一定的标准,进行的生态安全状况评估。它是一项操作性极强的具体工作,是生态安全研究的基础和核心,强调运用科学方法获得合理结果,集中探讨生态安全评价指标体系、模型方法和具体案例等。有关生态安全评价,目前主要集中在评价模型、评价方法和评价指标方面。

一、生态安全评价模型

目前国际上在生态安全评价方面主要有以下四种模型。

1. 人口—资源—环境—发展(PRED)模型

20 世纪 70 年代初,国际上以协调人与自然相互关系,优化生存环境,调控失调地球表层为目标,J. M. Harwick 提出了"人口—资源—环境—发展"(people resource environment develop,PRED)的协调发展。一定的人口、资源、环境和经济发展之间通过相互作用、相互影响和相互制约,并在一个具体的区域上复合形成一个紧密联系的统一体。它可视为从经济、社会、人口、资源与环境等物质实体系统中抽象出来的一个"软系统"和"概念系统",各系统由一系列问题与要素组成,具有整体性、地域分异性和多层次性等特征。

2. 压力—状态—响应(PSR)模型

1990 年,经济合作与发展组织(OECD)启动了生态环境指标研究项目,并首创了"压力—状态—响应"(PSR)模型,为生态安全的研究提供了一种科学合理的方法。该模型体现了环境问题可由三个不同但又互相联系的指标类型表达:压力指标反映人类活动给环境造成的负荷;状态指标表示环境质量、自然资源与生态系统的状况;响应指标表示人类面临环境问题所采取的对策与措施。从社会经济与生态环境有机统一的观点出发,揭示了人与自然这个系统中各个因素间的因果关系。随后,不同的学者针对不同的研究区将该模型进行了推广应用,建立了不同问题的 PSR 模型。这一模型具有清晰的因果关系,即人类活动对环境施加了一定的压力,环境状态发生了一定的变化,而人类社会应该对环境的变化做出响应。

3. 驱动力—状态—响应(DSR)模型

1996 年,联合国可持续发展委员会(UNCSD)提出"驱动力—状态—响应"(DSR)指标体系概念模型,包括社会、经济、环境和机构等 4 类 134 个指标。该模型是以 PSR 模型为基础扩充发展而成的,有学者曾对海岸带生态安全评价及农业可持续发展评价采用此模型。

4. 驱动力—压力—状态—影响—响应(DPSIR)模型

DPSIR 模型是欧洲环境局(EEA)综合 PSR(压力—状态—响应)模型和 DSR(驱动力—状态—响应)模型的优点而建立起来的解决环境问题的管理模型,已逐渐成为判定环境状态和环境问题因果关系的有效工具。该模型在我国水资源可持续利用、环境管理能力分析、农业可持续发展、水土保持效益等领域进行了尝试性应用,强调了经济运作及其对环境影响之间的联系。

二、生态安全评价方法

近几年生态安全评价呈现一种新局面,其评价方法可归结为数学模型法、生态模型法、景观生态模型法、数字地面模型法等。

1. 数学模型法

数学模型是生态安全评价和管理的有效工具,其代表方法见表1.1。

表 1.1　数学模型法及实例

评价模型	代表性方法	方法的优势	研究人	实例
数学模型	系统聚类分析	指标数量多且处于动态变化的情况下,采用聚类分析法发现其基本类型和规律,在此基础上选择指标评价体系,符合客观实际,从而获得更完美的评价效果	罗贞礼	土地利用生态安全评价指标的系统聚类分析,2002
	物元评判模型	将大量具有错综复杂关系的指标归结为少数几个综合指标(主成分),每个主成分都是原来多个指标的线性组合	谢花林,张新时	城市生态安全水平的物元评判模型研究,2004
	属性识别模型	以最小代价原则、最大测度准则、置信度准则和评分准则为基础的新型综合评价方法,能对事物进行有效识别和比较分析,较好地克服了其他识别方法如模糊识别理论的某些不足	吴开亚,张礼兵等	基于属性识别模型的巢湖流域生态安全评价,2007
	主成分投影法	通过正交交换将原有的指标转换成彼此正交的综合指标,从而消除指标间的信息重叠,再利用各主成分设计一个理想决策向量,以各被评价对象相应的决策向量在该理想决策向量方向上的投影,作为一维的综合评价指标	吴开亚	主成分投影法在区域生态安全评价中的应用,2003
	综合指数法	具有较强的地域特点,根据区域生态资源环境现状,确定相应的指标体系及各指标的权重,可充分体现出区域特征	董雪旺	旅游地生态安全评价研究——以五大连池风景名胜区为例,2003
	BP 神经网络法	以指标体系为基础,构建区域生态安全评价的 BP 神经网络模型,对系统的参数演变作用规律进行定量分析	聂磊	区域生态安全的神经网络评价方法及其应用研究——以巢湖流域为例,2004
	熵权灰色关联法	熵权赋权克服了多指标评价中主观确定权重的不确定性;关联度避免主观影响,通过计算各类指标与生态安全等级的关联程度,确定各类指标对生态安全影响系数	张凤太,苏维词等	基于熵权灰色关联分析的城市生态安全评价,2008

2. 生态模型法

在风险评价中,生态模型可用于设计或预测未来潜在风险(如气候变化等),同时风险评价与管理者可借助生态模型重建过去的生态影响;在生态健康评价中,生态模型可模拟健康突变的毒害界限和某一环境下系统健康要素的变化过程。近 30 年来,生态模型的研究突飞猛进,许多综合性的多功能生态模型出现,将一些成熟的生态模型运用到生态安全问题的研究也成为最近 20 年中生态安全评价最具活力的方向,Barnthouse 曾对生态风险评价中数学模型的作用与发展进行过较为全面的综述,强调了个体和区域两种尺度上用于生态风险评价与管理的生态模型。生态模型最具代表的是生态足迹法,它是用生态空间面积来衡量人类对自然资本的消费和自然系统能够持续提供的生态服务功能,是评价人类活动可持续性的一种工具。该方法在区域之间具有相同的参照系,其核算结果便于横向比较。

3. 景观模型法

通过对景观类型、格局与动态的生态安全评价,有利于将区域生态安全的现状评价与动态评价有机结合,也有利于对人类活动的生态安全影响的动态评价与预测。景观模型法以景观生态安全格局法和景观空间邻接度法为代表,前者以景观斑块特征、景观形状及景观的空间分布等方面对区域的景观格局进行分析;后者在空间尺度上主要着眼于相对宏观的要求。

4. 数字地面模型法

数字地面模型主要是数字生态安全法,它将 RS 与 GIS 相结合,采用栅格数据结构,叠加容易,逻辑运算简单,能够实现和完成上述几种模型的评价运算,但对数据和软件的要求很高,是一般生态评价难以达到的,可操作性相对较差。

三、生态安全评价指标

综合以上几种方法的适用范围及优、缺点,相关学者选择综合指数法针对不同区域、不同角度、不同研究对象,采用不同的指标体系对生态安全进行了评价,该方法代表性研究成果见表 1.2。

表 1.2 不同研究对象的代表性生态安全评价指标体系表

研究对象	研究人	研究实例	指 标 体 系
景 观	阎传海	江苏北部景观生态评价,1999	选取两套指标对江苏北部各景观亚型进行生态评价,其中稀疏植被、森林植被景观一套,旱作、水作、水旱轮作景观一套。前者生态评价指标包括自然性、多样性、代表性、脆弱性、面积适宜性、土壤厚度、土壤侵蚀;后者由坡度、耕作制度、土壤有机质、土壤厚度、土体构型、土壤侵蚀、土壤盐碱化、干旱威胁和涝渍灾害组成

续　表

研究对象	研究人	研究实例	指标体系
农 业	吴国庆	区域农业可持续发展的生态安全及其评价研究——以浙江省嘉兴市为例,2001	资源生态环境压力(人口压力、土地压力、水资源压力、污染物负荷)、资源生态环境质量(资源质量、生态环境质量)、资源生态环境保护整治及建设能力(投入能力、科技能力)
流 域	吴豪,许刚	关于建立长江流域生态安全体系的初步探讨,2001	生态安全体系由生态安全组织管理系统,规划、决策与建设管理系统,政策与法律配套系统,信息管理系统,监测、预警、监督与评估系统和资金保证系统等组成
城 市	谢花林	城市生态安全评价指标体系与评价方法研究,2004	资源环境压力(人口压力、土地压力、水资源压力、社会经济发展压力)、资源环境状态(资源质量、环境质量)、人文环境响应(治理能力、投入能力)
水环境	何焰,由文辉	水环境生态安全预警评价与分析——以上海市为例,2004	状态系统指标(地表水资源供水量、地下水开采淡水资源量等)、压力系统指标(年末人口、总用水量工业废水排放量、生活污水排放量等)、响应系统指标(用于基本建设的固定资产投资、环保投资占国内生产总值比例等)
海岸带	薛雄志,吝涛等	海岸带生态安全指标体系研究,2004	结合海岸带生态安全指标体系的构建原则,从压力指标、状态指标和响应指标等3个方面探讨了海岸带生态安全指标体系的构建框架
绿 洲	杜巧玲,许学工等	黑河中下游绿洲生态安全变化分析,2005	从绿洲自身的特殊性及生态安全评价的内涵出发,选取水安全、土地安全、社会经济安全三大方面的17项评价指标
保护区	王洪翠,吴承祯等	PSR指标体系模型在武夷山风景区生态安全评价中的应用,2006	根据PSR指标体系模型,从生态环境压力、状态、响应方面构建四层次的武夷山风景名胜区生态安全评价的指标体系
土地资源	李玉平,蔡运龙	河北省土地生态安全评价,2007	从河北省土地生态特点出发,按照土地生态安全的自然因素(人均耕地、森林覆盖率等)、经济因素(人均GDP、经济密度等)和社会因素(就业率、城市化水平等)三方面,归纳确定了22项土地生态安全评价指标
沙 地	平春	科尔沁沙地典型区生态安全研究,2007	紧扣沙漠化地区生态安全最突出的4个影响因子(沙漠化情况、土壤养分、水分、植被覆盖率),确定沙地生态安全评价指标体系
湿 地	朱京海,刘伟玲等	辽宁沿海湿地生物多样性评价研究,2008	在辽宁沿海经济带战略环评中,提出了生物多样性评价的4个指标,即物种丰富度、生态系统类型多样性、物种特有性和外来物种入侵度,建立了沿海湿地生物多样性评价指标体系,并对沿海湿地生物多样性进行了评价

四、研究动态

(一)国外研究动态

国外生态安全评价始于20世纪80年代初,以90年代初美国环保局提出的环境监测和评价项目为代表,之后该项目又发展成州域和小流域环境监测和评价(R-EMAP)。该项目应用的典型案例是20世纪90年代初美国环境保护局采用中尺度方法对大西洋中区及 Charles J. Strobel 等人对河口地区进行的生态评价。同期,经济合作与发展组织(OECD)启动了生态环境指标研究项目,首创了"压力—状态—响应"(PSR)模型的概念框架。随后,人们对该模型进行了推广,建立了针对不同问题的 PSR 模型。Thomas M. Quigley、Richard W. Haynes、Wendel J. Hann 等对哥伦比亚河流域的生态安全进行了评估,从生态安全角度建立了区域尺度上生态安全评价的指标体系。在评价理论与方法上,景观生态学和遥感(RS)、地理信息系统(GIS)广泛应用于生态评价研究之中。Wynet Smith 等以遥感制图技术和统计分析方法对 Batemi 河谷的土地利用进行了研究。Ileana Espejel 等在利用遥感影像进行景观分类的基础上,对不同景观土地利用的生态可持续性进行了评估。John T. Lee 指出景观质量与生态价值密切相关,并利用 GIS 技术和土地利用数据进行区域尺度的景观评价。Robin S. Reid 等利用航片和陆地卫星影像研究土地利用/覆被变化(LUCC)对景观尺度上生态状况的影响。Daniel T. Heggem 等对 Tensax 河流域进行了景观生态评价。Richard G. Lathrop 应用景观生态学理论和GIS 技术方法从生态保护和开发利用协调发展的角度对研究区的环境敏感性进行了评估。

(二) 国内研究动态

国内生态安全评价研究起步较晚,1999 年之前相关成果主要是引用国外的研究方法和经验,针对工程、生物物种及其保护等展开研究,且多为综述性质。从 1999 年至今,对生态安全的研究方法进行探讨并进行案例分析的论述逐年增多。刘沛林从长江水灾的引发原因,阐述了加强国家生态安全体系建设的重要性。吴国庆以浙江省嘉兴市为例,讨论了区域农业可持续发展的生态安全评价的基本过程和方法,确定了包括资源生态环境压力、质量和保护整治能力的评价指标体系,以及不安全标准值和不安全指数的计算方法,提出了区域农业可持续发展的生态安全建设对策。左伟研究建立了区域生态安全评价的指标体系和评价标准,制定了区域生态安全评价指标体系概念框架,对 PSR 框架模型作了扩展,建立了区域生态安全评价指标体系。邹长新等在调研现有生态安全成果的基础上,从生态安全的概念、特性等方面,对生态安全研究进行了评述。左伟等根据生态环境系统的本质特征,对层次分析方法、灰色系统方法、模糊数学方法、变权方法等常用区域生态安全评价模型进行优化组合,构建了层次分析—变权—模糊—灰色关联复合模型,作为区域生态安全综合评价的评价模型。

2000 年国务院颁布的《全国生态环境保护纲要》,提出了生态安全是国家安全的重要组成部分,是关系国计民生的大问题;2004 年国家环保总局出台《关于加强资源开发生态环境保护监管工作的意见》,要求建立和完善生态环境保护统一监管机制,加强资源开发活动中生态环境保护的统一监管,生态安全评价研究日益受到国际组织和各国政府及学术界关注。目前,中国生态环境安全形势日益严峻,山区生态环境安全问题突出,一些学者对此区域也进行了研究,但大多停留在对某个或几个单个因素的评价研究上,如何建立一个全区域、长序列的评价体系,已成为当前亟待解决的重要课题。

第三节 生态安全预警研究进展

一、生态安全预警内涵

"预警"起源于军事,是对某一现象的现状和未来进行测度,预报不正常状态的时空范围和危害程度,以及提出防范措施。生态安全预警指对工程建设、资源开发、国土整治等人类活动或各种自然灾害对生态系统所造成的外界影响进行评价、分析与预测,确定区域生态环境质量和生态系统状态在人类活动影响下的变化趋势、速度以及达到某一变化阈值的时间等,并按需要适时地提出恶化或危害变化的各种警戒信息及相应的对策措施。

生态安全预警在逻辑上包括明确警义、寻找警源、分析警兆、预报警度四个环节。其中,明确警义是前提,是预警研究的基础;寻找警源、分析警兆是对警情的原因、兆头等因素的分析;预报警度则是预警的结果所在。如果从系统角度来研究,还应该包括警情的预防和排除环节。

在几个预警的要素中,"警义"指警的含义,即预警指标;"警情"指这种有警的不正常的状态,一般由警义来描述,即以预警指标的实测值来反映;"警源"指警情产生的根源,有自然警源(各种可能引发自然灾害从而对生态系统造成破坏的自然因素)、外在警源(生态系统以外输入的警源)和内在警源(生态系统自身运行状态及机制);"警兆"指警情爆发前的征兆,可分为景气警兆(直接反映区域生态系统安全状况变化的景气或警情程度)和动向警兆(反映其警情变动方向,正向或反向变动);"警度"指警情的严重程度,即警情的大小。"预警"就是预先报告未来可能出现的警情,"防警"和"排警"就是采取一定的方法和对策来预防和排除警情。

二、生态安全预警类型

生态安全的预警类型随分类原则不同而不同。

1. 按预警的内涵分

1) 不良状态预警:对已处于恶化状态或对人类活动造成危害的生态系统做出预警,可进一步分为较差状态预警和恶劣状态预警。

2) 恶化趋势预警:当生态系统安全指数下降超过一定程度,即使尚未达恶化或危害程度,但处于连续退化的过程中,需对其未来可能进入警戒状态做出预警。

3) 恶化速度预警:生态系统恶化速度的快慢将对人类调控采取的措施提出不同要求,应密切注意恶化趋势迅猛、恶化速度超过正常水平的生态系统,需对其及时做出预警。

2. 按预警的内容分

1) 自然资源预警:主要是对维持生命系统要素的水、土、大气、热及生物等资源本底值的变化进行预警,如水资源量、森林覆盖率等。

2) 环境预警：主要是人类活动对环境造成的污染影响,环境质量变化对生态系统的逆向演替、退化、恶化过程做出的及时报警,如污染物对水体及大气的影响等。

3) 人口预警：主要是人口数量、人员素质的预警,由于人口的发展具有很强的延续性,如果一代没有发展好,往往影响到以后几代人的生活质量与环境状况。

4) 社会经济预警：主要是对社会经济是否可持续发展进行预警。

3. 按预警的发展过程分

1) 现状预警：因某种原因已进入警戒状态而不觉察,对目前状态进行预报,如农业自然环境系统整体恶化。

2) 趋势预警：过去的或未来的动态变化。

4. 按预警的时间尺度分

1) 突发性预警：对突发性事件的预警,警情紧急,要求尽快对系统的安全性做出预测与警度判断,迅速做出响应,及时发布并采取措施。

2) 短期预警：短期预警一般为一年以内。

3) 中长期预警：中长期预警一般以五年、十年为时间段进行。

5. 按预警对象分

1) 单因子预警：仅就某一生态系统因子的演变趋势、速度及后果做出预警。

2) 子系统预警：在对组成子系统的若干单因子进行综合分析的基础上进一步分析子系统的演变趋势、演变速度和后果。

3) 大系统预警：对区域复合生态大系统做出全面综合评价预测后,对其总演化趋势、速度和后果做出预警。

6. 按预警的程度分

按照综合生态系统服务功能、生态环境、受干扰后的恢复能力、是否形成生态灾害、生态问题是否严重等方面,对生态安全预警进行分类,见表1.3。

表 1.3　区域生态安全预警的综合判别

等级	表征状态	级　别　特　征
V	重警	生态系统服务功能几乎崩溃,生态过程很难逆转,生态环境受到严重破坏,生态系统结构残缺不全,功能丧失,生态恢复与重建困难,生态环境问题很大并经常演变成生态灾害
IV	中警	生态系统服务功能严重退化,生态环境受到较大破坏,生态系统结构破坏较大,功能退化且不全,受外界干扰后恢复困难,生态问题较大,生态灾害较多
III	轻警	生态服务功能已有退化,生态环境受到一定破坏,生态系统结构有变化,但尚可维持基本功能,受干扰后易恶化,生态问题显现,生态灾害时有发生
II	预警	生态系统服务功能较为完善,生态环境受到较少破坏,生态系统尚完整,功能尚好,一般干扰下可恢复,生态问题不显著,生态灾害不严重
I	无警	生态系统服务功能基本完整,生态环境基本未受干扰破坏,生态系统结构完整,功能性强,系统恢复再生能力强,生态问题不显著,生态灾害少

三、生态安全预警方法

生态安全预警的方法可分为黑色预警方法、红色预警方法、绿色预警方法、白色预警方法和黄色预警方法五类，每一类预警方法都有一套基本完整的预警程序，在具体应用时又存在区别。

1. 黑色预警方法

这种方法通过对某一具有代表性指标的时间序列变化规律，即循环波动特性来分析预警。例如，地下水水位变化大体在 1 年左右为一个周期，根据这种循环波动长度及递增或递减特点，可以使用或不使用时序模型对警情的走势进行预测。

2. 红色预警方法

这种方法是一种环境社会分析方法，特点是重视定性分析，对影响生态环境的有利因素和不利因素进行全面分析，然后进行不同时期的对比研究，最后结合专家学者的经验进行预警。红色预警方法经常用于一些复杂的预警，预警效果从实际看也较好。

3. 绿色预警方法

类似黑色预警方法，主要用于农作物的生长预警。通常借助遥感技术，根据农作物趋于生长、变化的情况，进行生长、变化趋势预警。

4. 白色预警方法

对产生警情的原因十分了解，对警情指标采用计量技术进行预测，目前采用该种方法比较少，还处于探索阶段。

5. 黄色预警方法

这种方法是目前最常用的预警方法，又称为灰色分析。根据警情预报的警度，是一种由因到果逐渐预警的过程。

四、研　究　动　态

（一）国外研究现状

预警研究最早是法国经济学家福里利（Alfred Founille）在 1888 年的巴黎统计学会上提出的，其《社会和经济的气象研究》阐述了监测预警思想。美国的 International Development Activity 制作的网上饥荒预警系统（famine early warning system network）主要针对不同的国家和地区的粮食需求、贫困人口数量、干旱及多雨、贸易、平均预期农产品收获情况，对地区或国家饥荒情况做出预测预警。近几十年来，随着生态安全研究的深入,生态安全预警研究日益受到重视。研究涉及多个领域,包括经济领域、饥荒预警、环境监测、生态环境气候气象的预测预报、粮食安全供给、医疗等。到 20 世纪 70 年代,随着偶发性和事故性环境污染事件的增加,预测系统开始被应用在环境领域。1975年,建立了全球环境监测系统(GEMS),对全球环境质量进行监测,实施比较、排序和预警。William E. Sharpe 和 Michael C. Denchik 将酸性径流导致鱼类的损失作为森林减少的一个预警指标进行研究,得到了酸类物质的长期缓慢积累是由生态环境大范围破坏导致的结论。1997 年,Jost Borcherding 和 Brigitte Jantzz 建立生物预警系统,在有毒物质进入水体 30 分钟后发生预警。

目前,国外生态安全预警研究主要建立在生态风险评价、生态预报的基础之上。欧美国家许多学者分别从不同侧面进行了生态预警方面的研究。例如,美国为了防治西南部大草原的沙化,开始把植物之间的裸露区指数、牧草盖度、营养性繁殖体盖度等作为沙漠化的早期预警指标,并采用卫星监测和地面观测相结合的方法确定了草场生态系统由正常发展到有风险和沙漠化各阶段的临界值。

(二)国内研究现状

国内生态安全预警的思想源远流长,历代人民预报天气的谚语,特别是恶劣天气的预报谚语,都是预警思想的具体体现。近年来,随着生态安全意识逐渐深入人心,对生态安全预警研究有增长趋势,许多学者在不同的领域进行了研究。傅伯杰、陈国阶等人对区域生态环境预警的原理和方法进行了较深入的研究;苏维词等对乌江流域内 39个县(市、区、特区)的生态环境分阶段做了预警评价;邵东国等对干旱内陆河流生态环境预警进行分析研究,建立了基于神经网络的生态安全预警模型,给出了生态环境质量量化与预警分析方法;文传甲对三峡库区农业生态系统及农业生态经济系统进行预警分析;许学工应用生态环境交错带理论分析了黄河三角洲的生态环境,用环境潜在指数对黄河三角洲的生态环境做了预警研究。整体上看,生态安全预警研究还处在探索阶段,理论体系尚不完善,对生态环境比较脆弱的山区预警研究尚未全面开展。

第四节　研　究　意　义

山区丰富的自然资源为其经济发展提供了雄厚的物质基础,但近几十年来,频繁的人类活动及各种自然资源不合理的开发利用,累积了大量生态隐患和环境欠债,构成对整个山区现在、未来经济社会发展的威胁。生态安全对国家、地区的经济发展和未来资源合理利用起着至关重要的作用。本研究结合空间和计算机技术,构建适合山区生态安全评价的指标体系,定量分析生态环境脆弱态势,并进行预警研究,揭示生态安全的区域差异和分异规律,进一步提出既能满足决策部门实际需要又能够维持区域可持续发展的调控对策,对促进区域自然、经济、社会的和谐可持续发展起到积极作用,主要体现在以下三方面。

一、理论层面

生态安全作为地理学、生态学、环境学等学科重要研究领域,国内外研究学者从理论与方法上对生态安全进行了广泛的研究,但对山区生态安全系统的定量研究还不成熟。因此,在总结该领域相关研究的基础上,通过进一步丰富和完善山区生态安全评价与预警理论,并将之与特定区域现状相结合,归纳出山区生态安全的综合评价与预警调控研究方法,探讨出改善山区生态安全状态的具体调控措施,以达到改善生态环境、提高生态安全程度之目的。

二、技术层面

随着生态安全研究对象、内容、领域的日趋丰富,传统的统计手段已无法满足要求,需要新的技术手段来支撑,而空间科学技术的发展为开展相关研究提供了可能和方便,其中最受关注的是遥感(RS)和地理信息系统(GIS)广泛应用于不同时空尺度的生态安全研究中。遥感技术为生态安全的宏观动态研究提供了丰富的数据,而地理信息系统技术则为空间分析提供了强有力的保证。

三、实践层面

区域生态安全研究不仅具有区域性,而且具有跨边界性,区域生态安全的破坏不仅危害生态环境的结构与功能,而且危及经济发展和社会稳定,结合理论研究与技术探讨,开展山区生态安全评价与预警调控研究,可为其他领域开展生态环境安全评价研究提供示范案例,奠定实践基础,可为国土、环保、地矿等相关政府部门提供生态环境空间信息服务,使其深入了解和充分认识当地生态环境系统安全状态,为区域健康、快速、可持续发展提供保障,具有极其重要的现实意义。

第二章 研究方法与手段

以人地关系、可持续发展和生态安全预警等理论为指导,运用3S技术处理和实地调查相结合采集基础数据,以系统分析方法、3S技术结合相关模型为手段,定量评价河北山区生态环境状况,分析区域生态安全状况,并对生态安全进行预警分析,进而探讨生态环境安全维护体系、编制调控方案、探讨有效措施。

第一节 研究内容与方法

一、研究内容

1. 生态环境演化机制研究

运用多学科交叉方法,在综合归纳整理历史文献和前人研究成果的基础上,结合近几十年来的气象数据,阐述河北山区区域环境历史变迁,构建生态环境演变累积效应定量评价模型,引入生态环境演化综合指数概念,分不同时间尺度对各个不同时期生态环境变化的程度做出评价,从影响环境变化的自然和人为驱动因素入手,分析生态环境要素变化的驱动机制,揭示河北山区生态环境演变机制。

2. 土地利用/覆被变化与景观格局研究

利用1987年、2000年和2005年三期遥感影像,从数量、空间结构、区域差异等角度对土地利用动态变化特征进行分析;选取景观格局指标,描述景观类型变化与空间转化、景观格局变化的总体特征,并针对不同坡度景观变化特征进行分析;应用数学模型,对未来土地利用景观格局变化进行情景分析预测。

以综合生态环境指数(EV)和区域土地利用转变类型生态贡献率理论为指导,对区域土地利用/覆被变化及景观格局的生态环境效应进行定量研究,揭示生态环境的空间分异规律,通过对综合生态环境状况分析,划分生态效应分区和生态价值分区。然后,从气候、水资源、土地肥力、土壤侵蚀等方面对土地利用/覆被变化所产生的生态效应进行分析。

3. 生态安全评价研究

依据人地关系理论、可持续发展理论和生态承载力理论等相关理论,利用遥感(RS)、地理信息系统(GIS)技术手段,进行生态安全评价模型的设计,在建立河北山区1987年、2000年、2005年长序列信息数据基础上,构建适合河北山区特征的评价指标体系,分区确定各评价指标权重,通过划分生态安全等级,对生态安全状况进行综合评价,从县域、地市、分区等不同层面对近20年来的生态安全空间格局差异性进行对比分析。

4. 生态安全预警研究

从生态安全预警理论入手,对预警的原则和方法进行阐述,结合区域特征,建立河北山区生态安全预警系统,确定预警指标阈值,构建生态安全预警物元分析模型,分期对生态安全警度进行评定,揭示生态安全的区域差异和分异规律,进而探讨生态演化机制,为进一步调控奠定基础。

5. 生态安全调控措施研究

运用情景分析法获取影响河北山区生态安全的压力、反馈、调控子系统及总系统的敏感因子,定量计算河北山区不同情景下敏感因子变化百分率,通过分析单个子系统各影响因子对总系统生态安全的贡献率大小,进而对影响生态安全的发展状况进行调控。

二、研 究 方 法

1. 生态环境演变累积效应评价方法

利用和借鉴气象、水利、生物、生态等相关学科的方法和成果,运用时间序列法分析1961～2005年气象数据,得到近45年来本区温度降水变化时间序列,从而理清研究区环境演化过程;再采用模糊AHP和熵权法相结合的方法对不同时间尺度的生态环境变化程度作出评价;最后分析影响环境变化的自然和人为驱动因素,应用AHP方法对环境演变机制进行定量研究。

2. 景观演变方法

利用转移矩阵法,对1987年和2005年两期遥感影像反映的景观格局进行分析。将两期遥感影像解译结果在ArcView中栅格化转化为grid文件,利用ArcGIS软件按时序选择两期影像的解译结果进行变化检测(change detection),较直观地分阶段揭示18年来区域景观格局变化与发展趋势。景观格局指标的计算使用目前在国际上流行的景观空间格局分析软件包Fragstats 3.3。Fragstats 3.3是由美国俄勒冈州立大学开发的景观指标计算软件,分为矢量版和栅格版。两个版本的区别在于:栅格版本可以计算最近距离、邻近指数和蔓延度,而矢量版则不能。本研究景观指数的计算是利用栅格版Fragstats 3.3软件。

3. 生态安全评价模型

构建河北山区生态安全综合评价模型——"压力—反馈—调控"(PFC)模型,参考生态省、市、县建设的评价指标构建指标体系,通过线性差值变换法对原始值无量纲化后得到各指标的标准值;再采用层次分析法(AHP)分别确定冀西、冀北、冀东山区生态安全评价指标的权重;最后使用综合指数法计算各个县(市、区)的生态安全综合指数,进而分别从时间、地域上对河北山区做出对比分析。

4. 生态安全预警模型

利用可拓集合和关联函数建立物元分析模型,进行生态安全预警研究,该模型是一个多指标性能参数的评判模型。首先,确定物元即评估对象;然后,确定经典域和节域,即各指标不同评估等级的取值范围;其次,计算出各指标实际值与不同等级取值范围的关联度,关联度值越大,说明指标值在这个等级的可能性最大;最后,结合权重,可以得出该物元的评估级别,进而从时间、空间上进行演变分析。

5. 土地利用景观格局预测模型

土地利用景观格局预测采用马尔科夫预测模型,通过对系统不同状态的初始概率以及状态之间的转移概率来确定系统各状态变化趋势,达到对未来趋势预测的目的。首先建立景观转移概率矩阵,然后进行不同步长景观类型转移概率的计算和分析稳定状态下景观的组成,再根据1987~2000年的土地利用类型转移矩阵和初始状态景观类型转移矩阵模拟2005年的土地利用类型面积。该过程是一种无后效性的状态转移过程。马尔科夫转移矩阵不仅定量说明景观类型之间的相互转化情况,而且揭示不同景观类型间的转移速率,从而更好地了解景观类型的时空转变过程。

6. 生态安全调控机制模型

在生态安全评价和预警的基础上,运用情景分析法确定生态环境敏感因子,计算敏感因子变化百分率,找出影响山区生态环境系统的敏感因子。

三、技术路线

河北山区生态安全评价与预警调控研究技术路线见图2.1。

第二节 数 据 来 源

一、遥感影像数据

遥感(remote sensing,RS)广义地说,是在不直接接触的情况下,对目标物或自然现象远距离感知的一种探测技术。狭义而言,指在高空和外层空间的各种平台上,运用各种传感器(摄影仪、扫描仪和雷达等)获取地表信息,通过数据的传输和处理,实现研究地面物体形状、大小、位置、性质及其环境的相互关系的一门现代化应用技术科学。遥感技术作为人类认识自然、探索自然的一种新手段,具有探测范围大、地形限制小、数据更新快、宏观性强、多时相、综合信息丰富等优点,因此在土地资源调查、森林管理和环境监测与评价等方面发挥重要作用。

在生态安全相关研究中,遥感技术作为基础信息源主要在土地利用/覆被变化、生态安全评价、预警以及调控等过程中获取各种信息建立土地利用数据库。土地利用/覆被

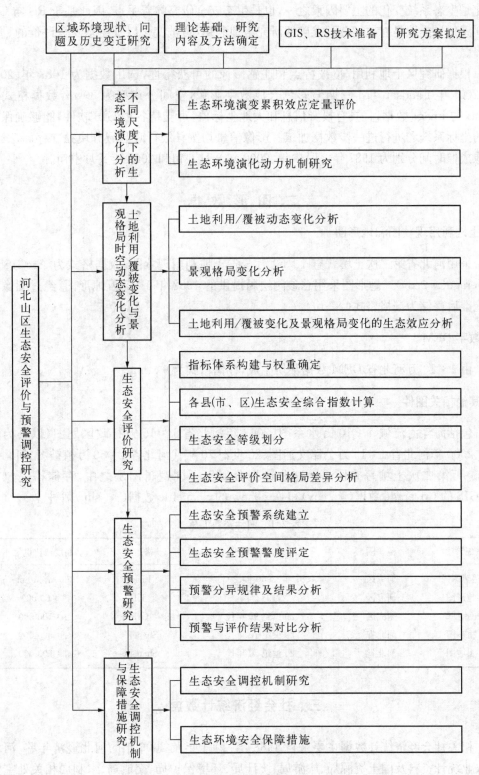

图 2.1 技术路线图

变化是生态系统变化的主要因素之一,也是生态安全研究的着手点,因此基于 RS 与 GIS 的遥感信息提取是有效、客观、准确地研究土地利用/覆被变化以及生态安全评价的重要前提。

根据研究区土地利用/覆被特点和遥感影像的可获得性,选用数据为 1987 年、2000 年、2005 年 Landsat TM 三期假彩色合成数字影像,空间分辨率为 30 m,数据格式为 Erdas 的 Image 数据,且具有投影信息和大地坐标值,可支持各种 GIS 软件,能够确保统一的坐标系统和进行进一步数据加工。影像信息均按县级行政区域分块独立存储,三期影像成像时间分别为 1987 年 3 月中旬、2000 年 9 月上旬和 2005 年 8 月中旬。

二、图　形　数　据

1. 土地利用现状图和地形图

采用河北省第二次土壤普查 1∶50 万全省土地利用现状图,数据格式为 ArcGIS 的 Coverage(＊.cov)。地形图采用总参测绘局提供的 1982 年 1∶5 万地形图,经过图像扫描配准后存储为栅格格式(＊.tif)。

2. 数字 DEM

由 1∶10 万河北省 DEM 数据裁切生成,存储格式为＊.img。

3. 其他相关图件

包括海滦河流域 1∶10 万水系图、2002 年河北省 1∶15 万行政区划图(以县为单位)、2000 年河北省 1∶15 万公路交通图、20 世纪 70 年代河北省 1∶50 万植被图、河北省 1∶50 万第二次土壤普查图等。这些数据分属于不同逻辑图层之中,存储格式包括 ArcGIS 的 Coverage 数据(＊.cov)和 ArcView 的 Shapefile 数据(＊.shp)两种。

表 2.1　图件资料汇总

数据类型	范　围	时　　间	格　式	精度或比例尺
遥感影像	研究区	1987 年、2000 年、2005 年	Image	30 m×30 m
地形图	研究区	1982 年	Tiff	1∶50 000
数字 DEM	研究区	20 世纪 90 年代	Grid	1∶100 000
植被图	河北省	20 世纪 70 年代	Shapefile	1∶500 000
土壤图	河北省	20 世纪 80 年代	Shapefile	1∶500 000

三、社会经济统计数据

相关社会经济统计数据主要来自 1988 年、2001 年及 2006 年的河北经济年鉴、河北省农业统计资料及国土资源局、旅游局、统计局、环境保护局、交通局、水利局相关处室资料与图件,资料汇总见表 2.2。

表 2.2 河北山区社会经济统计资料汇总表

资　料　分　类		资　料　来　源
行政区划	行政建制与区划、辖区面积等情况	测绘局
自然条件与资源	气候气象、地貌、土壤、植被、水文、地质、自然灾害等情况	国土资源厅、气象局
	水资源、矿产资源、能源、生物资源、景观资源等情况	国土资源厅、旅游局等
人口情况	历年总人口、城镇人口、农村人口、人口密度等情况	统计局、公安局、计生委等
经济社会生态环境	社会经济发展状况、国内生产总值、财政收入、人均产值、人均收入等情况	发改委、发改局、统计局、开发区等
	产业结构、主要产业发展情况及趋势	发改委、发改局、开发区等
	对外交通、商业服务、旅游发展等情况	交通局、旅游局等
	生态基础状况、生态环境保护、防治污染、绿化、环境卫生建设等情况	环境保护局
土地资源与土地利用	土地利用现状(变更)调查资料	国土资源厅
	耕地调查评价、历次非农业建设用地清查、土壤普查、土地适宜性评价、土地动态遥感监测及其他土地利用调查评价(估价)资料与图件	国土资源厅
	土地利用总体规划、基本农田保护、土地生态保护建设规划等土地利用专项规划资料与图件	国土资源厅、环保局等
	城镇体系规划、农业区划、自然保护区规划、生态保护和建设规划以及林业、交通、水利、环保、旅游等相关部门涉及土地利用的规划资料和发展战略等	国土资源厅、住房和城乡建设厅、农业厅、林业厅、旅游局、水利厅等

第三节　ArcGIS 环境下的数据提取与处理

一、数据处理平台

(一)硬件准备

主要涉及的硬件包括数据输入、处理、存储、输出等四方面。

数据输入设备主要包括鼠标、键盘、扫描仪等。

数据处理主要依托两台图形工作站以及数十台 P4 以上高性能电子计算机。

数据存储主要依托硬盘、移动硬盘、优盘、CD 或 DVD 光盘等大容量存储硬件及网络存储。

数据输出设备主要包括显示器及打印机。本研究所用电子计算机标配 17 英寸* 及以上 CRT 或 LCD 显示器,打印机包括 HP LaserJet 1505 黑白激光打印机、EPSON EPL‐2020 黑白激光打印机、HP Design 500 彩色喷墨打印机等。

---

* 英寸,符号 in, 1 in=2.54 cm。

（二）软　件　准　备

主要涉及的软件类型包括操作系统软件、办公软件、遥感影像处理软件、地理信息系统软件、景观分析软件、图形处理软件等六类。

操作系统软件采用 Microsoft Windows XP Professional。Microsoft 开发的 Windows 是目前世界上用户最多且兼容性最强的操作系统。办公软件采用 Microsoft Office 2003。Office 是一套由 Microsoft 公司开发的办公软件，包括 Word、Excel、Access 等组件，用户界面友好且功能强大，在文字处理、电子数据表格、关联式数据库管理等方面具有强大的功能。

遥感影像处理软件采用 Erdas Imagine 8.6。Erdas Imagine 是美国 Erdas 公司开发的遥感影像处理系统。它以其先进的影像处理技术，友好、灵活的用户界面和操作方式，面向广阔应用领域的产品模块，服务于不同层次用户的模型开发工具以及高度的 RS/GIS 集成功能，为遥感及相关应用领域的用户提供了内容丰富而且功能强大的影像处理工具，代表了遥感影像处理系统未来的发展趋势。

地理信息系统软件采用 ArcGIS 8.3 和 ArcView GIS 3.2。ArcGIS 是世界上最大的 GIS 软件厂商美国环境系统研究所（ESRI）出品的综合的、可扩展的 GIS 软件，是一套可伸缩集成、具有 C/S 与 B/S 结合体系结构的系列 GIS 平台，可为用户提供从低到高多层次的开放、可扩展性强的解决方案，包括 ArcReader、ArcView、ArcEditor、Arc/Info 和 ArcGIS 扩展模块等。ArcGIS 具有强大的分析功能，使系统成为真正的决策支持系统。ArcGIS 界面友好，操作简便，工具丰富，广泛用在防汛、水资源、水土保持、农田灌溉等各个领域。ArcView 是一款可提供地理数据显示、制图、管理、分析、创建和编辑的 GIS 桌面软件。用它可以创建许多不同来源数据的智能化的、动态的地图，用户可利用 ArcView 带有的工具和数据立即进行 GIS 分析和地图创建。

景观分析软件采用 Fragstats 3.3（栅格版）。Fragstats 是由美国俄勒冈州立大学森林科学系开发的一个景观指标计算软件，其功能强大，可以计算出几十个景观指数。该软件有两种版本，矢量版本运行在 ArcGIS 环境中，接受 ArcGIS 格式的矢量图层；栅格版本可以接受 ArcGIS、Idrisi、Erdas 等多种格式的格网数据。由于栅格版本可以计算最近距离、邻近指数和蔓延度，而矢量版本则不能，因此本研究采用栅格版本的 Fragstats。

图形处理软件采用 Photoshop 7.0。Photoshop 具有功能强大、容易上手的图像编辑特点。Photoshop 自带多个图像特效滤镜，可方便地做出各式各样的图像特效，文本输入功能颇具特色，有多种效果可供选择，并能自由地调整文本角度，内置编辑功能和图像分层的特点，在图像、图形、文字、视频、出版各方面都有很广泛的应用。

利用 Erdas 8.6 进行遥感数据格式转换、投影变换、几何校正、影像增强处理、影像镶嵌、影像裁剪等，运用 ArcGIS 进行投影设置与变换、数据查错、建立拓扑关系以及叠加分析，采用 ArcView 进行人机交互判读、土地利用覆被图和土地利用覆被变化图的制作，使用 Fragstats 进行景观格局的分析，利用 Photoshop 进行土地利用覆被图和土地利用覆被变化图的整饰,使用 Excel 等软件进行土地利用覆被变化数据库和山区生态安全综合评价数据库的建立。

二、遥感影像处理

(一) 地图投影的选择

选用三个不同时期的 Landsat TM 遥感影像数据,波谱范围为可见光—近红外波段,共分 7 个波段。其中,TM 1~3 为可见光波段,分别为蓝、绿、红;TM 4 为近红外波段;TM 5 和 TM 7 为短波红外波段;TM 6 为热红外波段。除第 6 波段的分辨率为 120 m 外,其他波段都为 30 m。由于原始遥感影像数据格式的不同,在使用这些数据之前,须先通过 Erdas 8.6 中的 Import 模块将原数据转换为分辨率均为 30 m 的 img 格式,并通过 Interpreter 模块中 Utilities 下的 Layer Stack 功能将三个时期的 img 影像转换为相同的 7 个波段。

在数据库建设中,所有原始数据图形及影像数据均采用北京 1954 坐标系及亚尔勃斯(Albers)双标准纬线等面积圆锥投影,其中央经线为 105°E,标准纬线 $N\varphi1=25°$、$N\varphi2=47°$。投影计算采用的是克拉索夫斯基(Krasovsky)椭球基本元素值,$a=6\,378\,245$ m,$b=6\,356\,863$ m,$R=6\,371\,116$ m,投影比例尺 1:1(即为实际大地坐标),单位采用米。大地水准面为 Beijing1954。

通过计算可知该投影保持面积不变,满足了研究中提供的土地利用面积的量测要求,同时长度变形和角度变形都在可接受范围内,并在本研究制图区变形分布比较均匀,因此该投影的选择比较合理。

(二) 遥感影像几何精校正

几何校正指控制点校正,即利用变形的遥感影像与标准地图之间的对应点(即控制点数据对),用一种数学模型来近似描述遥感影像的几何形变过程,通过几何控制点求出几何畸变模型,然后进行影像的几何校正。

几何校正过程遵循以下原则:① 控制点数量大,一般在 50 个以上;② 明显地物点选取具有明显特征及自然状态下不易发生变化的地物标示点,如道路交叉点、河流、居民点、农田边界等;③ GCP 均匀分布于影像内;④ 单个 GCP 的 RMS 误差和总 RMS 误差都控制在 0.5 个像元以内。对三期遥感影像几何精校正采用最小二乘法计算,校正方程根据控制点选取情况采用二次到三次多项式,像元重采样采用最近邻点法或双线性插值法,校正后每个像元点分辨率为 30 m。具体步骤是:首先利用研究区 1:10 万地形图,利用 Erdas 8.6 软件中的 Image Geometric Correction 模块,采用上述投影坐标系统,对 2000 年 TM 影像进行几何精校正。若其中误差过大,则改进控制点,或重新选取控制点,直到满足精度为止。然后,利用几何精校正后的 2000 年 TM 影像在同一模块完成 1987 年和 2005 年 TM 影像的几何精校正。由于涉及研究区的遥感影像并非完整的一幅,因此每幅遥感影像都必须经过几何精校正处理。

(三) 影像增强、镶嵌与裁切

为了使遥感影像能提供更多的类别和更高的分类精度,利用人眼对彩色较高的分辨能力,提高目视解译效果,需要对遥感影像进行彩色合成增强处理。根据 TM 影像的特点,结合本研究需要,将精确校正后的影像在 Erdas 8.6 软件中的 Raster-Contrast 命令中进行影像增强处理,依据理论经验选用 4、3、2 波段分别赋予红、绿、蓝色进行假彩色合成,这种合成方案可以获取植被、水域信息提取的最佳效果。彩色合成后的影像色彩均匀,对比度大,影像更清晰,目标物更突出,易于判读识别,适宜土地利用覆被类型提取。

由于研究区面积较大,还必须将多幅遥感影像拼接起来形成能覆盖全区的较大影像,即需要进行镶嵌处理。遥感影像的数字镶嵌就是对若干景互为邻接的遥感影像通过彼此之间的几何镶嵌、色调调整、去重叠等数字处理,镶合拼接成一幅统一的新影像,以便于更好地统一处理、解译、分析和研究。拼接的影像需具有相同波段数并应经过几何校正处理,这一工作通过 Erdas 8.6 软件中的 Mosaic Images 子模块实现。

将研究区所涉及的遥感影像拼接好后按照行政边界进行裁切。影像剪裁可分为规则分幅剪裁和不规则分幅剪裁。规则分幅剪裁的边界范围是一个矩形,剪裁范围可以通过直接输入左上角点坐标和右下角点坐标定义,还可以通过绘画矩形感兴趣区域(AOI)进行剪裁。不规则分幅剪裁的边界范围是个任意多边形,无法通过左上角和右下角两点的坐标确定影像的范围,而必须生成一个完整的闭合多边形区域后进行剪裁。多边形区域可以是 ArcInfo 的一个 Polygon Coverage,也可以是一个 AOI 多边形。以 AOI 多边形裁剪为例,可以在 Erdas 8.6 中将与遥感影像投影一致的 Shapefile 格式的研究区行政边界转换为 aoi 裁剪框格式(∗ . aoi),然后使用 DataPrep 中的 Subset Images 工具进行裁剪。为了方便下一步工作,将裁切出的遥感影像进一步裁切,以县级行政区为单位进行存储。

(四) 遥感影像解译标准确定

遥感影像解译(imagery interpretation),指从遥感影像获取信息的基本过程,即根据各专业(部门)的要求,运用解译标志和实践经验与知识,从遥感影像上识别目标,定性、定量地提取出目标的分布、结构、功能等有关信息,并把它们表示在地理底图上的过程。遥感影像解译可以分为计算机自动分类和人机交互判读两种。

计算机自动分类又分为监督分类和非监督分类。监督分类是用被确认类别的样本像元去识别其他未知类别像元的过程。在这种分类中,首先根据已知的样本类别和类别的先验知识,确定判别函数和相应的判别准则,计算机计算每种训练样区的统计特征和其他信息,利用一定数量的已知类别的样本观测值求解待定类别的值,然后将未知类别的样本观测值代入判别函数,再依据判别准则对该样本的所属类别做出判定,将其划分到和其最相似的类别中。非监督分类,也称为聚类分析或点群分析,即在多光谱影像中搜寻、定义其自然相似光谱集群组的过程。非监督分类不需要人工选择训练样本,仅需极少的人工初始输入,计算机按一定规则自动地根据像元光谱或空间等特征组成集群组,然后分析者将每个组和参考数据比较,将其划分到某一类别中。

遥感影像解译是一个复杂的多步骤循环过程。由于研究区的复杂性,遥感影像的时相并不一致,所以无论监督分类还是非监督分类解译难度均较大,而且精度难以保证。例如,TM 5、4、3 合成影像图上植被信息反映明显,不同植被间的差异比较突出,对于植被类型信息的提取常利用 TM 5、4、3 合成的影像;水域由于时相不同导致面积的大小、形状和水量等因素的不同,其光谱有很大的差异,TM 4、3、2 波段分别赋以红、绿、蓝,进行假彩色遥感影像合成,合成影像上水体特征表现明显易于判读。由于很难用同一个解译标志将其归纳其中,故本研究采用人机交互判读。

依据遥感影像特征和遥感影像判读解译的基本原理,利用分层分类判读方法,采用三结合的原则,分别为:遥感信息与地学资料相结合;室内判读与专家经验、野外调查相结合;综合分析与主导分析相结合,建立影像判读解译标志。

人机交互判读是一种利用判读人员的经验和知识,从遥感影像上提取目标空间信息、语义信息的方法。该方法可以充分利用判读人员的经验和知识,解译精度也较高。经过具备丰富经验的人员解译,结合外业调查,影像解译精度在 95% 以上,能够满足研究需要。

考虑到河北山区统计资料详细程度与空间数据精度的匹配,本研究主要从宏观上把握各土地利用覆被类型的空间分布特征,土地利用覆被类型的划分参照中国科学院资源环境数据库中的全国 1∶10 万土地利用分类系统,从遥感影像上解译出 6 个一级类型:耕地、林地、草地、水域、城乡工矿居民用地和未利用土地(表 2.3)。

表 2.3 中国科学院资源环境数据库土地利用分类系统

编码	名　称	含　　义
1	耕　地	种植农作物的土地,包括熟耕地、新开荒地、休闲地、轮歇地、草田轮作地;以种植农作物为主的农果、农桑、农林用地;耕种三年以上的滩地和海涂
2	林　地	生长乔木、灌木、竹类以及沿海红树林地等林业用地
3	草　地	以生长草本植物为主,覆盖度在 5% 以上的各类草地,包括以牧为主的灌丛草地和郁闭度在 10% 以下的疏林草地
4	水　域	天然陆地水域和水利设施用地
5	城乡工矿居民用地	城乡居民点及其以外的工矿、交通等用地
6	未利用土地	目前还未利用的土地,包括难利用的土地

(五)人机交互判读

在人机交互判读中,采用 ArcView 3.2 的矢量化交互式解译界面,依据遥感影像判读解译的基本原理和建立的判读标志,采用多因素综合分析法,以影像栅格为判读背景,参考河北省第二次土壤普查 1∶50 万土壤图、土地利用现状图、地形图等,辅以必要的野外实地踏查,通过人机交互方式,逐块进行人机交互土地利用覆被类型图斑勾绘、属性判定、标注编码。判读完成后,在 ArcToolbox 工具中进行文件格式转换、数据查错并建立拓扑关系,最终生成图形数据库和属性数据库。提取出的土地利用覆被数据以 ArcGIS 系统下的 Coverage 格式(*.cov)和 ArcView 系统下的 Shapefile 格式(*.shp)以县级行政单位为单元进行存储。

　　将河北山区 1987 年、2000 年和 2005 年三期影像各分县的 Coverage 数据分别用 Mapjoin 命令合并,形成整个研究区的 1987 年、2000 年和 2005 年土地利用覆被图,然后提取得到三个年份的土地利用覆被信息(图 2.2、图 2.3、图 2.4,见文后插图)。利用 ArcGIS 中的 Identity 命令将三期土地利用覆被图叠加分析,结合运用 ArcGIS、ArcView、SPSS 和 FoxPro 等软件,提取发生变化的数据进行土地利用覆被动态变化及景观格局分析。

(六)遥感影像提取流程

　　遥感信息提取技术流程如图 2.5 所示。

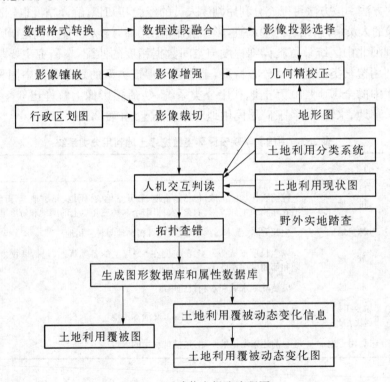

图 2.5　遥感信息提取流程图

三、其他数据处理

(一)图形数据处理

　　图形数据主要包括土地利用现状图和地形图、数字 DEM、海滦河流域 1∶10 万水系图、2002 年河北省 1：15 万行政区划图（以县为单位）、2000 年河北省 1：15 万公路交通图、20 世纪 70 年代河北省 1：50 万植被图以及河北省 1：50 万第二次土壤普查土壤图等。这些图形数据存储格式主要分为栅格格式（＊.tif、＊.img 等）以及矢量格式（＊.cov、＊.shp 等）。

图形数据处理主要是将河北省的相关图形数据剪裁为河北山区范围的图形数据，首先生成河北山区范围的 ArcInfo 的一个 Polygon Coverage 文件，用其作为裁剪框可分别在 ArcInfo 以及 Erdas 等相关软件中将图形数据裁剪成为所需范围。为了便于利用并方便下一步的工作，将裁切出的图形数据进一步裁切为以县级行政区为单位进行存储。

（二）统计数据处理

统计数据涉及行政区划、自然条件与资源、人口情况、经济社会、生态环境、土地资源与土地利用等方面。处理过程分为统计数据录入、统计数据审核和修改、统计数据汇总、统计数据的导入和导出四个阶段。

统计数据录入阶段的特点是大量统计数据的录入，每次插入的统计数据量不一定很大，但有大量的提交。数据录入主要由专人在 Excel 软件中完成。

统计数据审核和修改的特点是批量统计数据的处理，产生审核错误清单，并随错误量的大小有相应数量的修改操作。

统计数据汇总的特点是批量统计数据的处理，产生汇总结果。

统计数据导入的特点是大量统计数据的导入，每次插入的数据量很大，但只有少量的提交。统计数据导出一般从数据库中向外部文件（如 ArcView 的 ＊.dbf 数据）输出数据，也是批量数据的处理。

统计数据处理最终形成的结果包括 ＊.xls 文件、＊.dbf 文件以及 ＊.txt 文件等。

第三章　河北山区区域环境概况

河北山区位于河北省北部和西部,介于北纬36°13′~42°37′、东经113°04′~119°53′之间,南以漳河与河南省相隔,西隔太行山与山西省为邻,北与内蒙古自治区相接,东北与辽宁省接壤,东部濒临渤海,对北京、天津两个直辖市呈半包围状。地形上基本以海拔100 m等高线和河北平原为界,南北绵延超过740 km,东西纵横约510 km,呈半环状穿越秦皇岛、唐山、承德、张家口、保定、石家庄、邢台、邯郸8市。

考虑到地貌单元的整体性和统计数据的可得性,本研究以河北山涉及的行政区界线作为边界,包括8个设区市所辖的60个县级行政单位(如表3.1所示,含县、县级市、市辖区、自治县,市区作为县域看待,下同)。

表 3.1　研究区行政区划表

地区		县(市、区)	合计(个数)
冀西山区	保定市	涞水县、涞源县、唐县、满城县、顺平县、易县、曲阳县、阜平县	8
	石家庄市	井陉县、鹿泉市、元氏县、赞皇县、平山县、灵寿县、行唐县、井陉矿区	8
	邢台市	临城县、内丘县、邢台县、沙河市	4
	邯郸市	邯郸县、武安市、磁县、涉县、永年县、峰峰矿区	6
冀北山区	承德市	承德县、兴隆县、平泉县、滦平县、隆化县、丰宁满族自治县、宽城满族自治县、围场满族自治县、承德市区	9
	张家口市	宣化县、张北县、康保县、沽源县、尚义县、蔚县、阳原县、怀安县、万全县、怀来县、涿鹿县、赤城县、崇礼县、张家口市区	14
冀东山区	秦皇岛市	昌黎县、青龙满族自治县、卢龙县、抚宁县、秦皇岛市区	5
	唐山市	遵化市、迁安市、滦县、迁西县、玉田县、丰润区	6

第一节　区域环境历史变迁

一、气候变化

(一)地质时期及冰期—间冰期气候旋回

中生代晚期以来的构造运动是奠定河北山区现代地貌特征的主要构造运动。坝上高原区是一个古老的长期隆起区,自元古代吕梁运动以来,长期处于缓慢上升或相对稳定状态;在中生代晚期的燕山运动中,燕山山地进一步抬升,断层发育,并伴随有强烈的岩浆活动,东西和北东、北西向断裂控制了区内的隆起和凹陷,山地丘陵地貌格局基本定型;冀北山地区和冀西北间山盆地区出现了一系列较大的断层,形成了大面积的岩浆岩层;太行山区也发生强烈的褶皱和断裂,形成了一系列的彼此平行呈北东—南西方向延伸的背斜隆起和向斜凹地,在地貌上构成一条山脉,奠定了河北山区的基本轮廓。新生代第三纪中期,由于喜马拉雅地壳运动加强,本区构造活动继续发展,断裂活动仍在加强。冀北山地处于剥蚀环境中,并与坝上高原连成一片;太行山以山前断裂带为界,西部山区不断隆升,并形成几个北东—南西向雁行状排列的盆地;东部平原则不断凹陷形成广阔的山前平原,形成太行山现代山地地貌的雏形。晚第三纪时,由于新构造运动的影响,燕山、太行山以及坝上高原不断抬升;冀北山地发生掀斜式抬升,坝缘一带抬升幅度较大,形成了由北向南逐级降低的梯状斜面;冀西北间山盆地区受南、北向作用力的挤压而产生的力偶作用下,形成了一系列北东 $60°\sim70°$ 雁行排列的断块隆起与断陷盆地。第四纪时,继承了第三纪的地壳活动,在太行山东麓并有冰川活动及玄武岩喷发。地貌形态的改变,使得区域气候也随之发生变化。

世界气候发展具有冷暖交替的旋回特征。地史上有三个明显的寒冷期,即震旦纪大冰期($6\times10^8\sim5\times10^8$ a B. P.)、石炭—二叠纪大冰期($3\times10^8\sim2\times10^8$ a B. P.)和开始于晚新生代的大冰期(开始于 $3.5\times10^8\sim3.0\times10^6$ a B. P.)。各大冰期之间为温暖期,但气候仍有较大幅度的波动。晚新生代以来的冰期,开始于中新世中期,第四纪世界气候普遍转冷,进入地球历史上最大冰期之一——第四纪冰川。冰期与间冰期交替发生,并一直延续至今。第四纪 200 万年中,世界范围内曾发生大小冰期 20 次;过去 50 万年中,每一次冰期旋回约为十万年,每一间冰期约维持一万年。最末次冰期在中国称为大理冰期,其最盛时代在 18×10^3 a B. P.。现代间冰期(全新世)开始于 $12\times10^3\sim10\times10^3$ a B. P.,6×10^3 a B. P. 达到高峰,称为气候最宜时期。

与地质演变、全球气候变化相对应,老第三纪时期,本区位于亚热带季风气候区内,夏季炎热多雨,冬季温暖潮湿,全期雨量充沛。古新世时温度微微降低;始新世时温暖湿润,年均温度为 $15\sim20℃$;早渐新世气候略微温和。新第三纪时期,燕山、太行山地以及坝上高原不断抬升,平原区海水逐渐消退,使得广阔的平原陆地逐渐出露水面,形成平坦开阔的河北平原,大气环流随之发生根本性的改变,气候逐渐转为温凉气候,且比较干燥,但整体属于暖温的北亚热带—暖温带较湿润的气候类型,从孢粉组合特征来看,上新世晚期河北地区气候约相当于目前长江流域亚热带中生气候及暖温带较暖和的湿润气候环境,推论当时气温应比目前气温高 $4\sim5℃$,年平均降水量比现在至少高 800 mm。

第四纪以来,气候进一步转为干凉,且存在冰期间冰期波动。据研究,河北山区更新世以来共发生六个亚冰期和其间的六个亚间冰期,六个亚冰期分别为早冰期(300×10^4 a B. P.)、S 冰缘期($210\times10^4\sim150\times10^4$ a B. P.)、鄱阳冰期($110\times10^4\sim80\times10^4$ a B. P.)、大姑冰期($60\times10^4\sim50\times10^4$ a B. P.)、庐山冰期($30\times10^4\sim20\times10^4$ a B. P.)和大理冰期($10\times10^4\sim1\times10^4$ a B. P.),亚冰期之间是较为温和的亚间冰期。从化石和沉积物、孢粉组合等特征分析,与现在相比,早冰期—S 冰缘期年平均温度至少比现在低 $8\sim10℃$,降水量比现在少 $100\sim800$ mm;S 冰缘期—鄱阳间冰期年平均温度略高于目前 $2\sim3℃$,气候温暖湿润;鄱阳冰期年平均温度比现在低 $7\sim8℃$,气候较冷,且有波动;鄱阳—大姑间冰期比现在略微温暖湿润,年平均温度约为 $13\sim15℃$;大姑冰期气温约低于现在

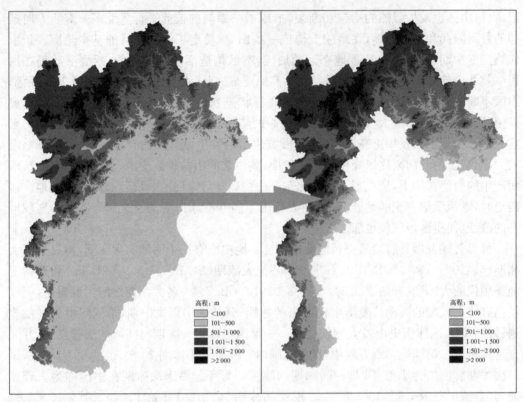

图 3.1 河北山区数字高程模型示意图(单位：m)

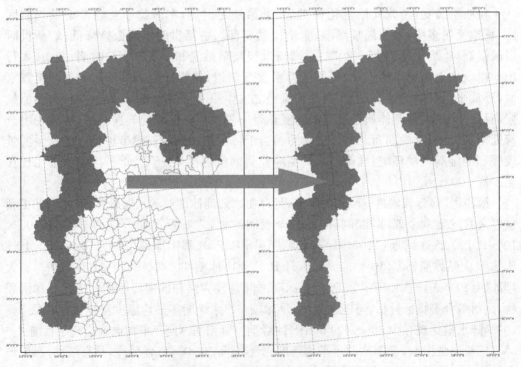

图 3.2 河北山区地理位置及行政区划示意图

6～7℃,气候略干旱;大姑—庐山间冰期气温比目前高1～2℃,为温和潮湿的温带—亚热带气候;庐山冰期气温比目前平均气温低4～5℃,降水量少500～600 mm,气候环境寒冷而干旱;庐山—大理间冰期气候温和略微干旱,温度比现今温度稍高;大理冰期气候寒冷干燥,气温比现在低7～8℃,草本植物以耐干旱的蒿、蔡、菊及苔草为主。

大理冰后期以来,约在1.15×10⁴～1.08×10⁴a B. P. 时,与全球变化相一致,河北山区进入温暖的现代间冰期阶段。根据冰后期气候波动情况,现代间冰期又可分为泄湖寒冷期、仰韶温暖期、周汉寒冷期、普兰店温暖期和现代小冰期五个阶段。在1.08×10⁴～0.8×10⁴a B. P. 的2 000年间,是泄湖寒冷期,虽然脱离了冰期环境气温开始回升,但还比较寒冷,温度比现在低5～6℃;距今8×10³～3×10³a B. P. 的5 000年间,是仰韶温暖期,气候转为温暖湿润,年平均温度比现在高2～3℃,其中6×10³a B. P. 时气候最为温暖,称为全新世气候最宜时期;距今3 000年以来,气候又趋向寒冷,气温比现在低1～2℃,称周汉寒冷期;到公元600年以后,气温有所回升,约比现今高1～2℃,此时进入了普兰店温暖期,直到公元1400年现代小冰期开始为止。

(二) 千年尺度气候演化

1. 温度变化

历史时期,本区气候也历经多次冷暖、干湿更迭。我国气候学先驱竺可桢教授根据考古、物候、历史文献以及气象观测资料,建立了我国5 000年来高分辨率的温度演变序列,葛全胜等根据30年来的最新研究成果,对该序列进行了进一步完善;《河北气候》、《河北森林》、《河北植被》均对河北地区气候变化情况进行了基础性的研究;王绍武对公元1380年以来的华北地区气温变化进行研究,得到了区域性温度演化序列。

本研究综合各方研究成果认为:

河北山区9000～8000年前,气候较干凉,温度比现在约低2～4℃。7000年前,较温暖,温度约比现在高2℃。5500年前左右,有一短暂冷期。仰韶文化时期至殷商时代(5500～3100年前),河北一带年均气温比现在温暖2～3℃左右,冬季温度比现在温暖3～5℃。到了周朝早期(公元前10世纪),气候比较干冷,气温比现在低1～2℃,持续150年左右。至春秋时期(公元前770～前481年),气候转为和暖,这种和暖的天气一直延续到公元23年的西汉时期。东汉时期(公元23年以后),气候转冷,公元366年前后,从昌黎到营口的渤海海面连续三个冬天封冻,推论年均气温比现在低1～2℃,这种寒冷延续到公元7世纪中期的初唐。唐朝(7世纪中期～10世纪)时期,天气转暖,推论当时平均温度比现在约高1℃。五代至北宋(12世纪初),温度转冷,比现在低1℃左右。南宋时期(12世纪初至12世纪末)天气加剧转寒,杭州四月均温比现在低1～2℃。13世纪初至13世纪后半叶,气候短暂回暖,北京气候与现在类似。14世纪至19世纪末,气候寒冷,其间存在几次波动,竺可桢根据我国各地史料记载江河结冰资料,认为我国大部分地区近500年来有三个寒冷期,即公元1470～1520年、1620～1720年、1840～1890年,其中17世纪最冷。据王绍武的研究,在华北地区,第一个寒冷期表现不明显;第二个冷期提前至16

世纪 50 年代至 17 世纪 90 年代,温度大都低于前 500 年平均水平,而且出现近 600 年来最低值,北京冬季比现在冷 2℃左右;第三个冷期提前至 19 世纪初至 19 世纪 60 年代,温度比第二个冷期稍高,时间稍短。河北省对海河流域近 500 年的冷暖史料研究表明,17世纪异常寒冬年最多,其中 1651～1691 年是 500 年来最冷时段。历史时期气温变化距平见图 3.3。

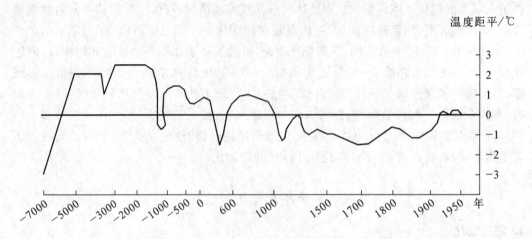

图 3.3　河北山区近 9 000 年来温度变化曲线图

2. 降水量变化

我国历史文献中直接对降水量的记载不多见,而往往以旱涝情况来反映,因此描述历史时期降水量变化时就用旱涝变化等级情况来代替,平水年认为降水量中等,偏涝时认为降水量偏多,偏旱时认为降水量偏少。

我国关于旱涝的史料记载始于 2 000 多年前,但在公元 950 年后,记载才较完整;公元 1470 年后,旱涝记载更为丰富。据河北省气象局、河北省地理研究所等研究,在公元950 年前,因史料不完整,只能大致推论出以下干湿时段:公元前 422 年至公元初为湿润段;公元初至公元 99 年为干时段;公元 100～299 年为湿润段;公元 300～549 年为干时段;公元 550～950 年为湿润段。

汤仲鑫等根据史料确定公元 950 年以来各地各年旱涝等级,并在分级基础上,绘制了海河流域公元 950 年以来旱涝等级 50 年滑动平均图,定出旱涝阶段为:公元 950～1090 年、1280～1430 年、1530～1570 年、1750～1800 年、1870～1910 年为涝阶段;公元1100～1270 年、1440～1520 年、1580～1740 年、1810～1860 年及 1920 年后为旱阶段。其中 13 世纪后期至 15 世纪前期约 150 年为最长涝阶段,16 世纪后期至 18 世纪中期约160 年为最长旱阶段。

中国气象科学研究院和河北省气象台根据地方志材料整理编辑了河北省近 500 年来的旱涝史料,并从史料中取张家口、承德、唐山、沧州、保定、石家庄、衡水、邢台、邯郸9 个点的旱涝等级序列逐年平均值作为河北省平均旱涝等级序列,评定出河北省近 500年主要旱涝时段,如表 3.2 所示。

表 3.2　河北省近 500 年主要旱涝期

旱　　　期			涝　　　期		
出现年份	持续年数	平均旱涝等级	出现年份	持续年数	平均旱涝等级
1520~1529	10	3.5	1567~1577	11	2.3
1609~1620	12	3.6	1648~1657	10	2.3
1636~1644	9	4.1	1731~1740	10	2.4
1679~1689	11	3.5	1747~1762	16	2.3
1856~1865	10	3.6	1816~1823	8	2.4
1936~1945	10	3.4	1882~1898	17	2

从各世纪平均旱涝等级可见 17 世纪最旱,18 世纪及 19 世纪最湿润。17 世纪主要旱期有 3 个,而且旱期持续年数长,旱情严重,尤以 1636~1644 年的明末崇祯年间大旱最为严重,1679~1689 年清朝康熙年间大旱也很严重。18 世纪及 19 世纪主要涝期次数较多(共 4 次),持续年数长,1882~1898 年涝期持续 17 年,其中 7 年连涝,3 年大涝,平均旱涝等级只有 2.0,为各涝期之最;1747~1762 年涝期也持续达 16 年。16 世纪主要涝期出现在明朝隆庆年间(1567~1577 年),其中 1567~1574 年连涝 8 年,并有 5 年大涝。20 世纪以来,虽然也出现过 1917 年、1924 年、1956 年、1963 年等涝年,但因涝年不连续,有些涝年又非全省性的,所以从河北省全省平均旱涝等级来看,只有在 50 年代后期至 60 年代初有一小涝期,但其持续期及强度远不如 18 世纪、19 世纪的涝期明显。

(三) 近百年及最近 45 年来的气候变化

1. 近百年来气候演化

近代气象事业的发展,使得借助气象台站的观测资料研究近百年来的气候变化成为可能。由于本区内气象台站建立时间较晚,苏剑勤等利用与河北气温序列相关程度较好的北京台站气温资料,延长订正了河北省张北及邢台两个基准站气温,绘制了两站 100 年来年均气温 5 年滑动平均值。他认为河北省平均气温自 19 世纪 90 年代低温期后,1908~1918 年、20 世纪 50 年代及 70 年代为低谷期,其中以 20 世纪 50 年代为最低,1956

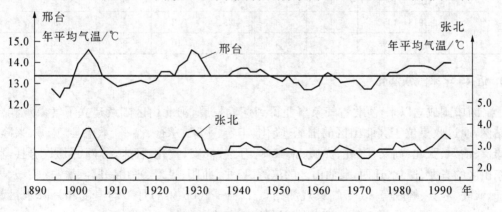

图 3.4　邢台张北年平均气温 5 年滑动平均图

年平均气温距平为−1.6℃;气温峰值主要出现在 1898～1904 年、1920～1932 年、20 世纪 40 年代及 80 年代以后,其中 1927 年平均气温距平为 2.0℃。

由于降水资料较少且站点标准不统一,对近百年来降水变化分析主要通过河北省平均旱涝等级来进行。苏剑勤等给出了近 100 多年来全省平均旱涝等级 5 年滑动平均图,认为主要多雨期在 19 世纪 90 年代至 20 世纪初和 20 世纪 50～60 年代,其他为少雨期。

表 3.3 列出河北省近 100 年来主要多雨期及少雨期,多雨期为 1882～1898 年、1904～1912 年、1953～1964 年,其中以 1882～1898 年持续时间最长,而且平均旱涝等级只有 2.0,有 3 年大涝年;1953～1964 年是新中国成立以来降水量最多时期,其中 1956 年、1959 年、1963 年、1964 年都发生大范围洪涝。1913～1952 年及 1965 年以来逐渐处于少雨期,前一个少雨期持续了 40 年,其中以 1940～1942 年发生的连年大旱最为严重;1965 年以来的少雨期已延续了近 30 年,这段时期虽然也出现有 1973 年、1977 年、1990 年等部分地区多雨的年份,但总的仍属少雨期,其中 1965 年、1968 年、1972 年、1980～1981 年、1986 年、1989 年等年份干旱较为严重。

图 3.5 河北省平均降水等级 5 年滑动平均图

表 3.3 河北省近 100 年来多雨期、少雨期及旱涝等级出现年数

雨　期	年　　份	各旱涝等级出现年数					平均旱涝等级
		1 级	2 级	3 级	4 级	5 级	
多雨期	1882～1898	3	12	1	1	0	2
	1901～1912	0	5	4	0	0	2.4
	1953～1964	1	5	5	1	0	2.6
少雨期	1913～1952	1	3	23	12	1	3.2
	1965～1993	0	3	16	10	0	3.2

2. 近 45 年来气候演化

新中国成立以来,河北省气象事业得到蓬勃发展,河北山区陆续建立了气象观测台站网,通过收集位于冀北山区的围场、隆化、丰宁、平泉、承德、滦平、承德县、宽城、兴隆、康保、沽源、张北、尚义、崇礼、赤城、张家口、万全、怀安、宣化、怀来、涿鹿、阳原、蔚县,冀东山区的青龙、遵化、迁西,冀西山区的涞源、阜平、曲阳、灵寿、平山、井陉、赞皇、临城、内丘、武安、涉县、峰峰等 38 个气象观测站点 1961～2005 年的月平均温度和月降水量数据,分冀北、冀东、冀西三个区域分别探讨其 45 年来的气候变化规律。

（1）分析方法

a. 温度变化分析

对各站点月平均温度数据,用简单算术平均法分别求出该站点各季度平均温度（四季划分为：3～5 月为春季,6～8 月为夏季,9～10 月为秋季,11 月～次年 2 月为冬季）及每年平均温度。

对站点季度平均温度及年平均温度,用公式 $T_j = \dfrac{\sum\limits_{i=1}^{n} T_i}{n}$ 求算术平均值,分别求出各区域的季度平均温度及年平均温度。

分别求出各区域 1971～2000 年 30 年季度平均温度及年平均温度的平均值,作为河北山区各部分的现代温度特征值。

将各区域的季度平均温度及年平均温度与相应的现代温度特征值做比较,得出各区域的季度平均温度距平和年平均温度距平,并求得距平 5 年滑动平均值。

分别作出各季度平均温度距平和年平均温度距平及其 5 年滑动平均值曲线图,并用最小二乘法求出 5 年滑动平均值的直线回归方程。

分别作出各季度平均温度距平和年平均温度距平的每 10 年平均值,分年代讨论 45 年来的温度变化情况。

b. 降水量变化分析

降水量变化分析方法与温度变化分析方法完全相同,只是将温度变化分析方法中的平均温度数据换成总降水量数据。

（2）结果与分析

a. 现代气候特征值

由冀北、冀东、冀西山区 1971～2000 年 30 年季度平均温度及年平均温度的平均值计算的河北山区现代温度特征值分别为：冀北山区年平均温度 6.8℃,春季平均温度 8.3℃,夏季平均温度 20.9℃,秋季平均温度 11.1℃,冬季平均温度 −7.2℃；冀东山区年平均温度 10.4℃,春季平均温度 11.8℃,夏季平均温度 24.0℃,秋季平均温度 14.8℃,冬季平均温度 −3.2℃；冀西山区年平均温度 12.5℃,春季平均温度 13.7℃,夏季平均温度 25.1℃,秋季平均温度 16.6℃,冬季平均温度 0.2℃。

由冀北、冀东、冀西山区 1971～2000 年 30 年季度总降水量及年总降水量的平均值计算的河北山区现代降水量特征值分别为：冀北山区年总降水量 455.9 mm,春季总降水量 63.1 mm,夏季总降水量 309.4 mm,秋季总降水量 67.8 mm,冬季总降水量 15.4 mm；冀东山区年总降水量 723.5 mm,春季总降水量 77.7 mm,夏季总降水量 531.3 mm,秋季总降水量 94.0 mm,冬季总降水量 20.8 mm；冀西山区年总降水量 525.1 mm,春季总降水量 65.5 mm,夏季总降水量 356.1 mm,秋季总降水量 78.6 mm,冬季总降水量 25.6 mm。

b. 平均温度的变化

如图 3.6(a)所示,冀北山区年平均温度距平 5 年滑动平均值的直线回归方程为 $y = 0.0383x − 0.9535$,回归系数 0.0383 为正值,表明冀北山区年均温度呈上升趋势,1961～2005 年年均温度升速为 0.38℃/10 a。由直线回归方程计算的 1961～2005 年温度升幅为 1.724℃。由 5 年滑动平均曲线可看出：年均温度距平的 5 年滑动平均值呈波动变化，1963～1987 年间为负值，属偏冷阶段；1987 年以后为正值，属偏暖阶段。具体来看，20 世纪 60 年代初至 60 年代末为年均温度下降阶段，70 年代初至 80 年代中期为温度波动阶段，80 年代中期以后为上升阶段。从距平曲线来看：1961～1987 仅有 5 年为正距平，其余都为负距平，最低值为 1969 年的－1.5℃；1987 年以后仅有 4 年为负距平，其余皆为正距平，最高值为 1998 年的 1.5℃。图 3.6(b)、图 3.6(c)、图 3.6(d)、图 3.6(e) 显示冀北山区各个季节平均温度距平均呈上升态势，从线性变化趋势来看，春季平均温度升速为 0.38℃/10 a，夏季平均温度升速为 0.28℃/10 a，秋季平均温度升速为 0.24℃/10 a，冬季平均温度升速为 0.54℃/10 a，冬季平均温度升速高于全年平均水平。

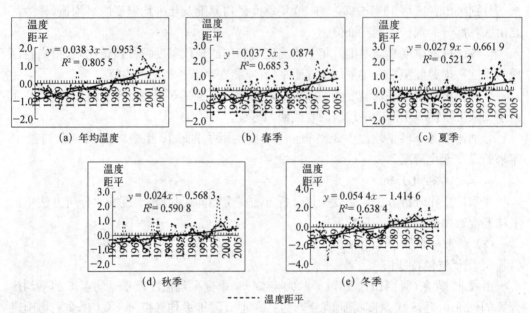

图 3.6　冀北山区平均温度距平图

从平均温度的年代际变化来看，冀北山区的年均温度距平每 10 年平均值 20 世纪 60～80 年代均为负值，90 年代和 2001～2005 年 5 年平均值为正值，其中冬季温度呈平缓上升态势，温度升高最为明显，90 年代以后春季温度升高明显，而夏秋季温度增幅不大。就平均温度距平每 10 年平均值而论，20 世纪 60 年代和 70 年代年均温度及各季节温度距平均为负值，80 年代以后，冀北山区整体增温迅速，2001～2005 年春季增温最为迅速（表 3.4）。

表 3.4　冀北山区全年及分季节平均温度距平每 10 年平均值　　　　　（单位：℃）

年代 \ 季节	全 年	春 季	夏 季	秋 季	冬 季
20 世纪 60 年代	−0.6	−0.5	−0.2	−0.3	−1.1
20 世纪 70 年代	−0.3	−0.5	−0.4	−0.4	−0.2
20 世纪 80 年代	−0.1	0.1	−0.1	0.1	−0.4
20 世纪 90 年代	0.5	0.4	0.5	0.3	0.6
2001～2005 年	0.6	1.0	0.5	0.5	0.7

如图 3.7(a) 所示, 冀东山区年平均温度距平 5 年滑动平均值的直线回归方程为 $y = 0.044\,2x - 1.098\,9$, 回归系数 0.044 2 为正值, 表明冀东山区年平均温度呈上升趋势, 1961~2005 年春季平均温度升速为 0.44℃/10 a。由直线回归方程计算的 1961~2005 年温度升幅为 1.989℃。由 5 年滑动平均曲线可看出: 年均温度距平的 5 年滑动平均值呈波动变化, 1963~1987 年间全部为负值, 属偏冷阶段; 1987 年以后为正值, 属偏暖阶段。具体来看, 1986 年以前 5 年滑动平均值一直波动变化, 且均为负距平, 1986 年以后呈上升态势, 温度升高明显。1961~1987 年中仅有 4 年为正距平, 其余都为负距平, 最低值为 1969 年的 -1.8℃; 1987 年以后除 1991 年为负距平外, 其余皆为正距平, 最高值为 1998 年的 1.3℃。图 3.7(b)、图 3.7(c)、图 3.7(d)、图 3.7(e) 显示冀东山区各个季节平均温度距平均呈上升态势, 从线性变化趋势来看, 春季平均温度升速为 0.43℃/10 a, 夏季平均温度升速为 0.27℃/10 a, 秋季平均温度升速为 0.27℃/10 a, 冬季平均温度升速为 0.69℃/10 a, 冬季平均温度升速高于全年平均水平。

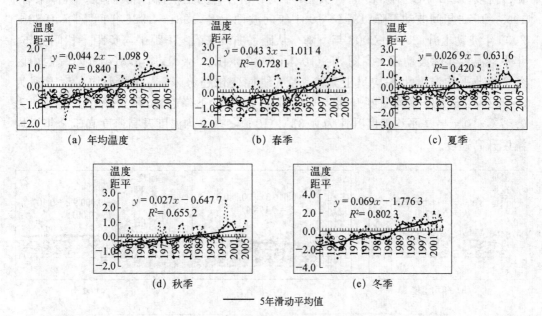

图 3.7 冀东山区平均温度距平图

从平均温度的年代际变化来看, 冀东山区的年均温度距平每 10 年平均值 20 世纪 60~80 年代均为负值, 90 年代和 2001~2005 年 5 年平均值为正值, 其中冬季温度升高最为明显, 90 年代以后春季温度升高明显, 而夏秋季温度增幅不大。就平均温度距平每 10 年平均值而论, 20 世纪 60 年代和 70 年代年均温度及各季节温度距平均为负值, 80 年代以后, 冀东山区整体增温迅速, 2001~2005 年春季增温最为迅速(表 3.5)。

表 3.5 冀东山区全年及分季节平均温度距平每 10 年平均值 （单位: ℃）

年代 \ 季节	全 年	春 季	夏 季	秋 季	冬 季
20 世纪 60 年代	-0.6	-0.5	-0.1	-0.4	-1.3
20 世纪 70 年代	-0.5	-0.5	-0.4	-0.4	-0.5

续 表

年代\季节	全 年	春 季	夏 季	秋 季	冬 季
20 世纪 80 年代	−0.1	0.1	−0.1	0.1	−0.2
20 世纪 90 年代	0.6	0.4	0.5	0.4	0.7
2001~2005 年	0.8	1.2	0.4	0.5	1.2

如图 3.8(a)所示,冀西山区年平均温度距平 5 年滑动平均值的直线回归方程为 $y = 0.015\,4x - 0.358\,5$,回归系数 $0.015\,4$ 为正,表明冀西山区年平均温度呈上升趋势,1961~2005 年夏季平均温度升速为 $0.15℃/10\,a$。由直线回归方程计算的 1961~2005 年夏季温度升幅为 $0.693℃$。由 5 年滑动平均曲线可看出:夏季平均温度距平的 5 年滑动平均值呈波动变化,1963~1992 年间仅有 1 年为正值,7 年为零值,其余均为负值,属偏冷阶段;1992 年以后除 1993 年、1994 年为零值外皆为正值,属偏暖阶段。具体来看,1963~1971 年间波动下降,1971~1981 年间波动上升,1981~1986 年间下降,1986~2000 年波动上升,2000~2003 年下降。从距平曲线来看:正距平与负距平相间分布,年平均温度年际波动较大。图 3.8(b)、图 3.8(c)、图 3.8(d)、图 3.8(e)显示冀西山区各个季节平均温度距平均呈上升态势,从线性变化趋势来看,春季平均温度升速为 $0.16℃/10\,a$,夏季平均温度升速为 $-0.01℃/10\,a$,有下降趋势,秋季平均温度升速为 $0.07℃/10\,a$,冬季平均温度升速为 $0.33℃/10\,a$,冬季平均温度升高速度高于全年平均温度升高速度。

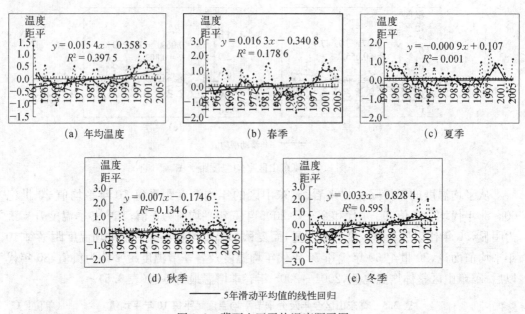

图 3.8 冀西山区平均温度距平图

从平均温度的年代际变化来看,冀西山区的年均温度距平每 10 年平均值 20 世纪 60~80 年代均为负值,90 年代和 2001~2005 年 5 年平均值为正值,其中冬季温度升高最为明显,90 年代以后春季温度升高明显,而夏秋季温度增幅不大(表 3.6)。

表3.6　冀西山区全年及分季节平均温度距平每10年平均值　　　　（单位：℃）

年代＼季节	全　年	春　季	夏　季	秋　季	冬　季
20世纪60年代	−0.1	−0.1	0.5	−0.1	−0.5
20世纪70年代	−0.1	0.0	−0.1	−0.1	−0.1
20世纪80年代	−0.1	0.0	−0.1	0.0	−0.3
20世纪90年代	0.2	0.1	0.3	0.1	0.4
2001～2005年	0.4	1.0	0.1	0.0	0.6

总体而言,河北山区温度呈上升趋势,其中冬季温度呈平缓上升态势,温度升高最为明显,20世纪90年代以后春季温度升高明显,而夏秋季温度增幅不大。就平均温度距平每10年平均值而论,20世纪60～80年代年均温度距平均为负值,90年代以后,河北山区整体增温迅速,2001～2005年春季增温最为迅速(表3.7)。

表3.7　河北山区年平均温度距平每10年平均值　　　　（单位：℃）

年代＼区域	冀北山区	冀东山区	冀西山区
20世纪60年代	−0.6	−0.6	−0.1
20世纪70年代	−0.3	−0.5	−0.1
20世纪80年代	−0.1	−0.1	−0.1
20世纪90年代	0.5	0.6	0.2
2001～2005年	0.6	0.8	0.4

c. 总降水量的变化

如图3.9(a)所示,冀北山区降水量年际波动较大,但总体呈逐渐减少趋势。1961～2005年冀北山区年总降水量距平5年滑动平均值的直线回归方程为 $y = -0.3833x + 6.3347$,回归系数−0.3833为负值,表明冀北山区年总降水量呈减少趋势,1961～2005年年总降水量减少速率为3.83 mm/10 a。由直线回归方程计算的1961～2005年年总降水量减少幅度为17.25 mm。由年总降水量距平的5年滑动平均曲线可看出:年总降水量距平的5年滑动平均值呈波动变化,且1963～2001年间呈现两个以20年左右为周期的周期性变化。从距平曲线来看:正负距平相间分布。分季节来看,冀北山区春季降水量距平5年滑动平均值的线性回归系数为0.3729,夏季回归系数为−1.6146,秋季回归系数为0.3011,冬季回归系数为0.0853,说明从线性变化趋势来看,夏季降水量呈减少趋势,减少速率为16.15 mm/10 a,春、秋、冬三季降水量均呈增加趋势,增加速率分别为3.73 mm/10 a、3.01 mm/10 a和0.85 mm/10 a,见图3.9(b)、(c)、(d)、(e)。

从降水量的年代际变化来看,冀北山区的年总降水量距平每10年平均值20世纪60年代、70年代、90年代均为正值,80年代和2001～2005年5年平均值为负值,夏季降水量减少明显(表3.8)。

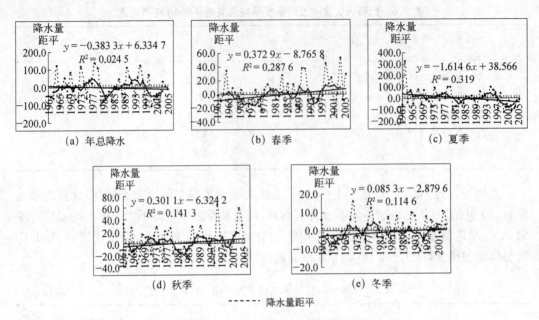

图 3.9   冀北山区总降水量距平图

表 3.8   冀北山区全年及分季节降水量距平每 10 年平均值 (单位：mm)

年代 \ 季节	全 年	春 季	夏 季	秋 季	冬 季
20 世纪 60 年代	6.6	−1.4	38.8	−2.9	−4.9
20 世纪 70 年代	14.1	−6.3	15.5	2.8	2.1
20 世纪 80 年代	−17.5	1.1	−14.9	−3.0	−1.2
20 世纪 90 年代	3.4	5.3	−0.6	0.3	−1.0
2001～2005 年	−24.1	9.5	−51.4	16.4	3.4

如图 3.10(a)所示，冀东山区年总降水量年际波动较大，总体呈逐渐减少趋势。1961～2005 年冀东山区年总降水量距平 5 年滑动平均值的直线回归方程为 $y = -4.083\,9x + 99.899$，回归系数 $-4.083\,9$ 为负值，表明冀东山区年总降水量呈减少趋势，1961～2005 年年总降水量减少速率为 40.84 mm/10 a。由直线回归方程计算的1961～2005 年春季总降水量减少幅度为 183.78 mm。由年总降水量距平的 5 年滑动平均曲线可看出：年总降水量距平的 5 年滑动平均值呈波动变化，且 1963～2001 年间呈现 4 个以 10 年左右为周期的周期性变化。从距平曲线来看：正负距平相间分布。分季节来看，冀东山区春季降水量距平 5 年滑动平均值的线性回归系数为0.088 7，夏季回归系数为 −3.860 6，秋季回归系数为−0.312，冬季回归系数为0.009 9，说明从线性变化趋势来看，夏秋季节降水量均呈减少趋势，夏季降水量减少最快，减少速率为 38.61 mm/10 a，春、冬两季降水量均呈增加趋势，增加速率分别为 0.89 mm/10 a 和 0.01 mm/10 a，夏季降水量变化与全年降水量变化关系最为密切，见图 3.10(b)、图 3.10(c)、图 3.10(d)、图 3.10(e)。

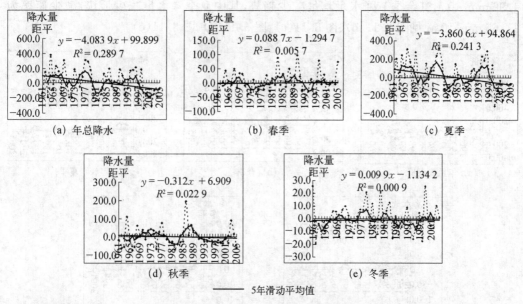

图 3.10 冀东山区总降水量距平图

从年总降水量的年代际变化来看,冀东山区年总降水量距平每 10 年平均值 20 世纪 60 年代和 70 年代为正值,80 年代、90 年代、2001~2005 年 5 年平均值为负值,其中 2001~2005 年 5 年平均值最小,为-144.8 mm(表 3.9)。

表 3.9 冀东山区全年及分季节降水量距平每 10 年平均值 （单位：mm）

年代　　　　季节	全　年	春　季	夏　季	秋　季	冬　季
20 世纪 60 年代	69.5	3.6	76.4	-7.5	-2.7
20 世纪 70 年代	45.7	-15.6	48.9	9.7	2.3
20 世纪 80 年代	-32.8	19.7	-65.4	12.8	-0.5
20 世纪 90 年代	-12.8	-4.1	16.5	-22.5	-1.8
2001~2005 年	-144.8	4.7	-149.7	0.6	-0.5

如图 3.11(a)所示,冀西山区降水量呈波动减少趋势。1961~2005 年冀西山区年总降水量距平 5 年滑动平均值的直线回归方程为 $y=-1.9739x+56.556$,回归系数 -1.9739 为负值,表明冀西山区年总降水量呈减少趋势,1961~2005 年年总降水量减少速率为 19.74 mm/10 a。由直线回归方程计算的 1961~2005 年年总降水量减少幅度为 88.83 mm。由年总降水量距平的 5 年滑动平均曲线可看出:年总降水量距平的 5 年滑动平均值呈波动变化,且 1965~1989 年间呈现两个以 12 年左右为周期的周期性变化,1989 年以后,于 1989~1994 年间有一小周期下降—上升变化,1994~1999 年下降,1999~2002 年缓慢上升。从距平曲线来看:正负距平相间分布,降水量年际波动较大,在 1963 年和 1996 年各有一次峰值。分季节来看,冀西山区春季降水量距平 5 年滑动平均值的线性回归系数为 0.1993,夏季回归系数为-1.1662,秋季回归系数为-0.1142,冬季回归系数为-0.1911,表明线性变化趋势方面,春季降水量呈增加趋势,增加速率为

1.99 mm/10 a,其余季节降水量均呈减少趋势,其中夏季降水量减少最快,减少速率为 11.66 mm/10 a,见图 3.11(b)、图 3.11(c)、图 3.11(d)、图 3.11(e)。

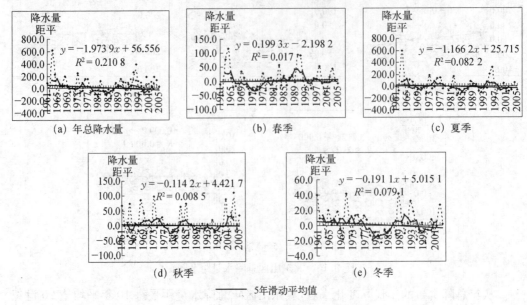

(a) 年总降水量　　(b) 春季　　(c) 夏季

(d) 秋季　　(e) 冬季

——— 5年滑动平均值

图 3.11　冀西山区总降水量距平图

从年总降水量的年代际变化来看,冀西山区的全年和夏季降水量距平每 10 年平均值 20 世纪 60 年代、70 年代、90 年代均为正值,其中 60 年代最大;80 年代和 2001~2005 年 5 年平均值为负值;2001~2005 年总降水量距平 5 年平均值减少最多(表 3.10)。

表 3.10　冀西山区全年及分季节降水量距平每 10 年平均值　　　　(单位:mm)

季节 年代	全 年	春 季	夏 季	秋 季	冬 季
20 世纪 60 年代	87.6	11.3	32.8	9.1	6.6
20 世纪 70 年代	7.0	−16.8	15.4	3.8	3.7
20 世纪 80 年代	−12.0	11.0	−18.9	−1.0	−3.6
20 世纪 90 年代	5.1	5.8	3.5	−2.8	−0.1
2001~2005 年	−21.0	3.3	−45.8	17.4	3.9

总体而言,河北山区降水量呈减少趋势,其中冀东山区降水量减少最为明显,冀西山区次之,冀北山区降水量变化最为缓和。分季节而言,春季降水量均有增多趋势,其中冀北山区春季降水量增加最为明显;夏季降水量均呈减少之势,冀东山区降幅最大;秋季降水量冀北山区呈增多趋势,冀东山区、冀西山区均呈减少趋势;冬季降水量冀北山区和冀东山区均呈微量增加趋势,冀西山区呈微量减少趋势。

d. 温度变化与降水量变化的关系

对比冀北山区年均温度距平图[图 3.6(a)]和年总降水量距平图[图 3.9(a)]、冀东山区年均温度距平图[图 3.7(a)]和年总降水量距平图[图 3.10(a)]、冀西山区年均温度距平图[图 3.8(a)]和年总降水量距平图[图 3.11(a)]可以看出,上述三个地区温度变化与降水量变化均呈反向变动趋势,说明该地区有暖干化趋势。应用 SPSS 软件分别对上述两项指标进行的相关分析结果表明,两者相关系数均不具有显著的负相关关系,说明温度变化和降水变化之间的关系较为复杂,不能简单用线性相关关系来表征。事实上,王绍武研究近 500 年我国旱涝史料时指出,受海气相互作用的影响,我国东部地区降水量存在 36 年的周期性变化;陈烈庭认为,华北各区夏季降水的长期变化存在周期性跃变现象;张庆云指出,华北夏季降水的年际和年代际变化与夏季西太平洋地区上空 500 hPa 位势高度场以及西太副高脊线位置的年际和年代际变化密切相关。本研究对河北山区降水量的讨论也表明,本地区似乎也存在类似的准周期变化规律,限于资料序列的长度,此结果还有待进一步验证。

e. 几点认识

河北山区现代气候特征(根据 1971～2000 年平均温度、降水量计算)为:

冀北山区年平均温度 6.8℃,年总降水量 455.9 mm;冀东山区年平均温度 10.4℃,年总降水量 723.5 mm;冀西山区年平均温度 12.5℃,年总降水量 525.1 mm。

1961～2005 年河北山区年均温度呈上升趋势,其中冀北山区温度上升速率为0.38℃/10 a,冀东山区温度上升速率为 0.44℃/10 a,冀西山区温度上升速率为 0.15℃/10 a。冀东山区增温速度快于冀北山区和冀西山区,冬季温度升高对全年温度升高的贡献最大。对比近百年来河北地区气候变化可以看到,尽管 20 世纪 90 年代以来,研究区气候偏暖且温度持续升高,但截至 2005 年,此次温度升高幅度尚未超过 20 世纪 20 年代,更没有超出历史上温暖时期的限度,整体上看温度波动还处于正常范围。

1961～2005 年河北山区年总降水量呈减少趋势,其中冀北山区降水量减少速率为3.83 mm/10 a,冀东山区降水量减少速率为 40.84 mm/10 a,冀西山区降水量减少速率为19.74 mm/10 a。冀东山区降水量减少速率大于冀西山区和冀北山区,夏季降水量减少对全年降水量减少的贡献最大,而春季降水量略呈增长趋势。

1961～2005 年河北山区年均温度上升的同时,年总降水量减少,该区域有暖干化的趋势;但相关分析结果表明,两者不具有显著的负相关关系,温度变化和降水变化之间关系较为复杂,不能简单用线性相关关系来表征。

二、水资源量变化

气候变化是水文水资源变化最重要的决定因子,气候环境发生变化,水资源条件随之发生变化。河北山区经过漫长的地质演化、气候变迁,形成今天的水资源现状。

早第三纪时,本区地势低平,气候温暖湿润,现在的河北平原区为海水覆盖,河北山区位于滨海地带,雨量丰沛,水资源丰富。晚第三纪时,平原区海水逐渐消退,平原陆地出露水面形成平坦开阔的河北平原,大气环流发生根本性改变,气候逐渐转为温凉干燥,但整体属于暖温的北亚热带—暖温带较湿润的气候类型,降水量比现在高出 800 mm,水资源量足以支持亚热带常绿/落叶阔叶林植被群落生长繁衍。第四纪时,随着冰期间冰期气候波动,水资源量也发生相应变化。冰期阶段寒冷干燥,降水量减少;间冰期阶段温暖湿润,降水量增多。全新世早期,随着气候回暖,冰雪消融,降水量增大,坑塘洼地水流荡溢,河北平原地区湖沼广布;中全新世大暖期时,气候更加温暖,雨量充沛。晚全新世时,气温下降,降水量减少。

从长期来看,一个地区的水资源量丰富程度主要由降水量决定,由于资料限制,描述历史时期水资源量变化时就用旱涝变化等级情况来代替,平水年认为水资源量适宜,偏涝时认为水资源量丰富,偏旱时认为水资源量贫乏。历史时期旱涝灾害变化情况已在本章前一部分千年尺度降水量变化中详细论述,在此不再赘述。

近百年来,尤其是新中国成立后,河北省水文事业得到长足发展,各地水文测量站相继建立,并相连成网络。

以冀西山区为例,年均地表水资源量为 44.66×10^8 m³,地下水资源量为 31.46×10^8 m³,扣除两者之间重复计算部分,冀西山区年均水资源总量为 53.93×10^8 m³(表 3.11)。

表 3.11 冀西山区各年代主要流域地表水资源量均值表 （单位：10^8 m³）

流域区	1956~2000 年	1956~1959 年	1960~1969 年	1970~1979 年	1980~1989 年	1990~2000 年
大清河北支	6.696 3	16.844 3	6.967 7	5.904 7	4.368 0	5.595 7
大清河南支	12.335 6	25.671 8	13.278 2	12.802 2	9.048 6	9.193 1
滹沱河	5.075 1	11.290 2	7.388 0	3.168 3	2.978 5	4.356 0
滏阳河	9.270 9	14.433 3	14.113 5	7.448 0	5.625 8	7.962 5

三、生物多样性变化

与地质演变、气候变化相适应,河北山区生物多样性也发生一系列演替。

早第三纪时,河北山区生长着海洋性亚热带森林,森林类型属东北—华北暖温带—北亚热带常绿—落叶阔叶—针叶林区。古新世时,山上有松和雪松林,丘陵则广布桦、榆、桤、鹅耳枥、柳等组成的阔叶林,混有常绿的黄杨、黄榿、杨梅、山核桃、枫香等,林下有榛、山茱萸等灌木。到了始新世,山地植被以裸子植物森林为主,有水杉、雪松、柳杉、铁杉、油杉、铁线蕨型银杏、榧等生长,灌木层中增添了鼠李、八仙花、马甲子等,沼泽和水塘附近有欧水松和喜热的桃金娘科植物,在静水中有睡莲生长。早渐新世时,出现了适应寒冷气候生长的云杉、冷杉、落叶松和日本金松,低山和丘陵地带仍然分布有铁杉、银杏、山核桃、枫香、栎、榆、栗等树木,常绿的乔灌木已不多见,植被向着暖温带落叶阔叶林植被的方向发展。

晚第三纪时,古老的蕨类和裸子植物及原始类型的被子植物比早第三纪时相对减少,而松柏类喜凉寒的植被生长面积不断扩大,落叶阔叶林大量生长。森林类型转为东北—华北温带—暖温带落叶阔叶林和森林草原区,草本植物种属及数量都在激增,松科及草本双子叶植物的植被类型增加。

晚渐新世时,植被继承早第三纪荑黄花序的落叶阔叶林的特征,含有大量桦、榆、朴、鹅耳枥、栎、核桃,但松科、杨梅科植物大为削弱。中新世晚期,河北省受惠于海洋来的湿气,森林较为茂密,生长有桦、椴、槭、朴、梓、榆、核桃、栗、杨、柳等落叶阔叶林树种,并混生有山核桃、枫香、木兰、山麻树、榕、爬山藤、木姜子、山胡椒、樟、糙叶树、野桐、刺楸、吴茱萸等常绿或喜热树种,还有油杉、松及杉科树种生长。上新世早期,山地上部有云杉、冷杉林,中部是郁闭度较小的松林,低山是针阔叶混交林,有松、柳杉、银杏、桦、柳、桤木、栎、榆、榉、朴、白蜡等乔木,林下有盐肤木、木樨等。上新世晚期,草原进一步发展;林木主要为落叶阔叶和常绿阔叶混交林,木本占绝对优势,落叶阔叶树以桦栎为主,其次有栗、桑、榆、桤木、枫杨、山核桃、白蜡、椴、榆、杨等树种;常绿阔叶树为无患子、卫矛科等常绿树种;林层下生长着由苗榆、漆树、金缕梅和榛等组成的灌木丛林。林下发育有草本植物蓼科、豆科、毛茛科、茅膏菜科、唇形科和菊科等构成的草本层,阴湿的凹地有水龙骨和阴地蕨等,山地较高处生长着松和铁杉等,河湖和洼地中浮生槐叶萍。

第四纪早冰期—S冰缘期时,植被是以云杉、落叶松、松、侧柏和蒿属为主的森林—草原型,森林植被主要是针叶植物,云杉不断增多,落叶松、松柏繁盛,其中夹杂罗汉松、银杏、桦、柳和栎等;林外和林下之草本层多为菊科、蒿属及盐生的藜科,植被类型属于华北型云杉、冷杉自然林。S冰缘期—鄱阳间冰期植被类型为阔叶、针叶混交林,林相特点与目前太行山南段低山栓皮桦、槲树和鹅耳枥杂木林相似,尚存有枫香、山毛榉及山核桃等植物,落叶阔叶栎树迅速发展,伴有榆、栗、桑、桤木、胡桃和桦树等,其中混有针叶树,林下草本植物以豆科、蓼科为主,阴湿洼地生长着水龙骨科、紫萁、里白和石松类,远离湿润地带有盐生的菊、藜残存。鄱阳冰期植被为暗针叶林—草原型,由松、落叶松构成乔木层的主体,云杉、冷杉为松林的伴生树种,其间杂生柏、紫杉和银杏等。这一阶段有多次气候波动,当暖湿季风波及时,桦、胡桃、山毛榉和栗等阔叶树种繁育,林下阴湿地段生长蕨类植物水龙骨、阴地蕨和瓶尔小草等;当干冷气候影响时,林下草地生长有耐干旱的麻黄、菊科和藜科植物。该阶段植被总体亦同于北京百花山和蔚县小五台山区的云杉、冷杉自然林。鄱阳—大姑间冰期时,植被是以桑、榆为主的落叶阔叶林—草原,此时植被的建群种是桑、榆、栎、栗、胡桃和桤木等;草本植物占主要地位,有豆科、毛茛科、花荵科和大量喜湿的百合科、香蒲科和十字花科。在低矮的阴坡生长着桦树林,林下草本植物繁杂,均为广域广湿型的豆科、毛茛科、十字花科、百合科、花荵科和蓼科。大姑冰期期间,植被为桦、松、云杉和冷杉为主的针阔叶混交林带。桑、榆明显减退,代之以云杉、冷杉和大面积生长的桦树林,其中以桦属最盛,掺杂栎、桤木、胡桃和山核桃等,还有少量的百岁兰;草本植物数量较多的是菊科、禾本科、豆科、藜科、篙属和水龙骨科,林层下大量繁育菊科、篙属、禾本科和藜科等草本植物。大姑—庐山间冰期植被为落叶阔叶林和常绿阔叶混交林,总的面貌是落叶树繁盛,针叶树有所减少,常绿阔叶树增加。林中乔木层有栗、栎、椴、桤木和苗榆等,混生有金缕梅和悬铃木等,另有少量的松及云杉;林下生长草本植物禾本科、莎草科、蓼科、豆科、水龙骨科和紫萁等;低洼沼泽中有槐叶萍等水生植物。庐山冰期植被为以松、云杉、冷杉和藜科为主的针叶林—干寒草原型。植被主要成分有松、柏、云杉、冷杉和罗汉松,其间零星分布买麻藤、麻黄以及桦、栎、枫杨、柳等;草本植物以豆科、藜科为主,其次有蒿和菊科,均为耐干旱型草本植物。庐山—大理间冰期植被为针阔叶混交林—草原型。这阶段针叶类树种减少,而落叶阔叶树种的榆、柳、栗迅速发展,伴生有栎、槭、桑、柳和胡桃等;林下草本繁茂,有豆科、十字花科、禾本科、虎耳草、百合、荨麻、蓼科等,散生有香蒲、茅膏菜、芝麻、酸模等;山区干旱地带生长有菊科和藜科。大理冰期植被为暗针叶林—半荒漠草原型,该阶段针叶林乔木繁盛,以云杉、冷杉、落叶松、松、雪松等构成乔木层的主体,杂生栎、榆、桑、枫杨、柳等;有少量的灌木生长,草本植物以耐干旱的蒿、藜、菊及苔草繁盛。

由于受冰期间冰期的影响,第四纪动物种群也有变化。早更新世时,还有不少针阔叶混交林存在,生存着长鼻三趾马、德永象、鹿、猞猁、付骆驼、扭角羚羊、剑齿虎、板齿犀、中国犀牛、猪、豪猪、羚羊、中国鬣狗、真马、犬、熊、绵羊、牛等森林草原哺乳动物。中更新世时,气候变得更为干寒,草原进一步扩大,森林面积逐渐减少,成为疏林草原景观,动物种群也转变为葛氏梅花鹿、肿骨鹿、纳玛象、梅氏犀、大河狸、剑齿虎、中国鬣狗、李氏野猪等。晚更新世中期的庐山—大理间冰期,动物种群有斑鹿、纳玛象、鸵鸟等;大理冰期有披毛犀、野猪、赤鹿、转角羚羊、原始牛、猛犸象等。

全新世泄湖寒冷期时,植被以针阔叶混交林—草原植被为主。松属、桦属林木占绝对优势,含有少量云杉、冷杉、栎、榆等。在太行山南段分布着以松、臭椿为主的混交林植被;中段的娘子关盆地森林覆盖率较低,盆地内和周边的山上分布着大面积的草灌丛植被;北段是以松为主的混交林景观。草本植物以耐旱的藜科、菊科、篙属、禾本科等草本植物为主;河湖、池沼边缘主要生长着香蒲、莎草、水蕨等湿生、中生草本植物。仰韶温暖期、周汉寒冷期、普兰店温暖期三个时期里,由于气温波动较小,河北省的大部分地区一直是针阔叶混交林森林景观,山上生长以松属为代表的针叶林。森林的分布以栎树为主,混杂一些松树,还有榆、椴、桦、槭、柿、鹅耳枥、朴、漆、栗、胡桃、臭椿、柳、桤、核桃和榛等乔灌木。

在整个人类历史时期,由于生产发展,人口增加,人类改造自然的能力越来越强,活动范围日益扩展至整个河北山区。伐木取材,毁林开荒,使得森林植被难以自然恢复。至北宋时,冀西山区"松山大半皆童矣";到15世纪中叶即使依然保存完好的太行山北段、冀西北山地植被,经过元明两代的大规模砍伐破坏,也已荡然无存,荒山累累。清乾隆以后,随着人口的迅猛增长,自然植被毁坏现象愈加剧烈,造成水土流失,出现了"土薄石厚"的情况。从19世纪中叶至新中国成立前夕,由于土地利用更不合理,以致"山石尽辟为田,犹不敷耕种",自然植被破坏无遗。植被的破坏,生境的丧失,加之人类活动的直接影响、乱捕滥猎等原因,河北山区的动物种类和数量日益减少,不少原本很常见的动物逐渐成为重点保护、濒危野生动物。新中国成立前在河北山区还较为常见的熊、狼、狐、鹰、隼等现在即使在深山区也往往难觅其踪影。

第二节　区域环境现状

一、区域自然环境

(一) 地 质 构 造

河北山区在大地构造中属华北地台的组成部分。根据地质历史发育过程和构造特点,属于阴山褶皱带、燕山褶皱带、太行山隆起带等构造单元,另有少部分属于华北平原沉降带。

冀西山区位于新华夏构造体系山西背斜东部边缘,生成于中生代晚期,在地质历史上经历了多次地壳运动,尤其是在燕山运动中,太行山隆起形成了山地地貌格局。主要由一系列北北东向褶皱,压性、压扭性断裂挤压破碎带及其相伴生的张性、张扭性断裂所组成,其中以北北东向复式背斜隆起最为明显。东部与河北平原以断裂接触,地形界线明显;北部地区的西侧及中部地区主要由古老的花岗岩、片麻岩组成,北部地区的东侧低山丘陵区及南部地区多由石灰岩组成。

冀北山区在地质构造上又分为坝上高原区、冀北山地区和冀西北间山盆地区三部分。坝上高原区在大地构造上除康保县北部属察哈尔槽向斜外,大部分属内蒙古台背斜。按地质力学观点,属于冀北纬向构造体系。高原是一个古老的长期隆起区,自元古代吕梁运动以来,长期处于缓慢上升或相对稳定状态。冀北山地区在大地构造上属于内蒙古台背斜的一部分。自中元古代以来,长期处于缓慢抬升或相对稳定状态,太古界和下元古界变质岩系裸露,并遭受长期的风化剥蚀。中生代燕山运动中出现了一系列较大的断层,形成了大面积的岩浆岩层。第三纪早、中期冀北山地处于剥蚀环境中,并与坝上高原连成一片,后在喜马拉雅运动中,发生掀斜式抬升,坝缘一带抬升幅度较大,形成了由北向南逐级降低的梯状斜面。冀西北间山盆地区在大地构造上属燕山沉降带西延部分,位于阴山纬向构造体系、祁(连山)吕(梁山)山字型构造体系东翼反射弧与新华夏构造体系复合交接部位。本区在燕山运动中断裂和岩浆活动都比较强烈,尤其在新构造运动中,受南、北向作用力的挤压而产生的力偶作用下,形成了一系列北东 60°～70°雁行排列的断块隆起与断陷盆地。

冀东山区在大地构造上属燕山沉降带东段,按地质力学观点,处于阴山纬向构造体系东延地带,并受新华夏构造体系和祁吕山字型构造体系东翼反射弧的干扰,构造复杂。在太古代和早元古代时期局部为古老的隆起区,中晚元古代和早古生代大部分地区断续处于深海、浅海和滨海交替的环境之中,堆积了巨厚的中元古界长城系、蓟县系、青白口系及早古生界寒武系与下、中奥陶系地层,其岩性有石英砂岩、页岩和碳酸盐岩类等沉积岩。中生代印支运动中燕山断块隆起呈山地形态,后在燕山运动中,山地进一步抬升,断层发育,并伴随有强烈的岩浆活动,东西和北东、北西向断裂控制了区内的隆起和凹陷,山地丘陵地貌格局基本定型。晚第三纪以来,燕山山地丘陵区的新构造运动主要表现为断块性差异升降,在流水为主的外营力共同作用下,形成了河谷纵横、地面破碎的山地丘陵区。

(二) 地 形 地 貌

河北山脉呈半环形排立在西部和北部。太行山纵峙于西,燕山横亘于北,张家口地区南部山地为太行山、恒山东延余脉和燕山交汇之地。

冀西北山地海拔较高,地形复杂,不少山峰海拔在 2 000 m 以上。赤城、怀来与北京市交界处的大海坨山、军都山,宣化、怀来与赤城、崇礼之间的燕然山、边墙山等均属燕山西延余脉。洋河与桑干河谷地之间的熊耳山、虎窝山、黄阳山等均属恒山东延余脉的北支,呈北东东—南西西走向。蔚县盆地南侧山地习称"蔚县南山",为恒山东延余脉的南支,其东是河北省最高峰小五台山,东台最高,海拔 2 882 m。此外,涿鹿县南部与北京市交界处有灵山、西灵山和东灵山。

太行山北起小五台,南至河南省沁河谷地,全长 700 多千米。在河北省境内 340 km(小五台至漳河谷地),东西宽 30～140 km,山脉呈北北东—南南西向,紫荆关—阜平一线以西冀、晋交界地带海拔较高,其余以低山丘陵为主。

坝上高原区位于河北省北部张家口和承德地区的北部,东、北、西均与内蒙古自治区为邻,南界止于俗称的"坝缘"或"坝头"。坝上高原海拔高程 1 200～1 500 m,南高北低,由坝头向北缓缓倾斜,坝头与坝下相对高差达 500～1 000 m。高原上除滦河上游闪电河和东洋河上游鸳鸯河外,其余均为内流河。

燕山有广义和狭义之分,广义的燕山山脉位于坝缘以南,河北平原以北,西起张家口,东至省界,包括北京市北部的广大山地,有大马群山、燕山、七老图山、军都山等。其中滦平、承德、平泉一线以北,包括丰宁、赤城境内的山地习称"冀北山地",该线以南为狭义的燕山山脉。冀北山地地势较高,海拔 2 000 m 以上的山峰有十余座,山脉总的走向为南西西—北东东,支脉有的呈北西—南东向,有的近南北向,地势由西北向东南倾斜。狭义的燕山,主脊在兴隆—青龙一线,在河北省境内东西延伸 300 余千米,南北宽 60 km 左右,多数山峰海拔 1 000 m 以上,长城以南多丘陵谷地。

(三)气 候 条 件

河北山区地处中纬度,属温带大陆性季风气候,四季分明。但是本气候区因地形复杂,地势差异悬殊,各地气候差异较大。冀西山区属中温带半湿润气候亚区,多年平均气温 7.4～13.9℃,≥10℃的活动积温 3 000～4 700℃;多年平均降雨量 570～620 mm;年平均日照时数 2 300～2 800 h;无霜冻期 131～204 d。冀北山区处于半湿润区向半干旱区的过渡地带,区内日照时数 2 800～3 060 h;气温由东南向西北逐渐降低,且年较差较大;坝上高原≥10℃的活动积温 2 153～2 800℃,北部山区 2 200～3 500℃,冀西北间山盆地区为 2 000～3 400℃;坝上无霜冻期 80～110 d,冀西北间山盆地 100～140 d。冀东山区属暖温带较湿润气候亚区,年平均气温 10～11℃,≥10℃积温 3 800～3 950℃,年平均降水量 700～804.2 mm,无霜冻期 170～180 d。

(四)水 文 状 况

冀西山区位于太行山迎风坡,东侧为平原地区,主要河流有易水、唐河、沙河、磁河、滹沱河、槐河、沙河、洺河、漳河等,境内河网发育,支流众多,水力资源较丰富,已建水库多处。受降水季节分配影响,径流的年内分配比较集中,年径流的 70% 左右集中于汛期,最大月径流往往占年径流的 50% 以上。洪水峰高量大,水位暴涨暴落,其他季节水量很小,冬春两季各占年径流的 10% 左右。径流年际变化也相当悬殊,多水年水量往往是少水年的数十倍。河水矿化度为 300～400 mg/L。20 世纪 80 年代以来,由于超量开采地下水,地下水位持续下降,地表产水量日趋减少。由于暴雨集中及植被情况较差,水土流失比较严重,局部地区还有泥石流产生,水蚀模数大部地区为 500～1 000 t/(km² · a),有的地区达 1 000～2 000 t/(km² · a)。河流含沙量大,危及水库寿命及效益。

冀北山区最北部为坝上缺水地区,其北面到达省界,与内蒙古自治区相邻,南面以坝缘线与背山少水地区相连。境内水网不发育,具有湖多河少的特点,河流除滦河、辽河及东洋河外,均为内陆河,水量不丰,年均径流深 75 mm 以下,约 60%～70% 的径流量集中于夏季。冬季水量小,多数河流封冻或干涸;春季因积雪冻冰融化,形成春汛,水量占全年水量的 5%～25%。由于地形影响,境内地表径流多汇于洼地,潴水成湖,湖淖星罗棋布,遍及全区,其中以安固里淖最大。湖水矿化度较高。冀北山区其余地区为背风坡,降水较少,海拔为 400～1 000 m。主要河流有桑干河、洋河、潮白河上游和滦河中上游等。该地区湿度较迎风坡明显减小,年径流比迎风坡少,但比坝上丰富,为 50～100 mm。水质良好,矿化度为 300～500 mg/L。由于气候原因,各河每年出现两次汛期,夏汛(6～9月)水量一般占年径流的 50%。洪水峰高量大,水位暴涨暴落,常引起河岸坍塌和农田被水冲沙压。三四月份由于冰雪消融,常形成明显的春汛,春汛径流量可占年径流量的 10%～25%。

冀东地区位于燕山迎风坡,降水较多。主要河流有石河、洋河、陡河、还乡河、滦河及其支流青龙河等。境内河网发育,支流众多,皆源短流急。各河穿过燕山时,多形成峡谷湍流,具有多处优良坝址,水力资源较丰富,已建水库多处。受降水季节分配的影响,径流的年内分配比较集中,年径流的 70% 左右集中于汛期,最大月径流往往占年径流 50%以上。洪水峰高量大,水位暴涨暴落,其他季节水量很小,冬春两季各占年径流的 10% 左右。降水量虽然比较多,但因蒸发量较大,径流较上两地区少,而且地区分布不均,年径流深多的可达 100 mm,少的只有 25 mm。河川径流年内分配很不均匀,全年水量均集中在汛期。径流年际变化也相当悬殊,多水年水量往往是少水年的数十倍。河水矿化度为 300～400 mg/L。20 世纪 80 年代以来,由于超量开采地下水,地下水位持续下降,地表产水量日趋减少。

(五) 土 壤 植 被

1. 土壤

土壤是土地的重要组成部分,不同类型的土壤及其理化特征在很大程度上影响着土地利用方式。由于地质地形、母质、气候、植被、水文等自然条件的作用和悠久的农耕历史,孕育了河北山区多种土壤类型和多样的土壤性质。

冀西山区土壤以山地棕壤、褐土为主。海拔千米以下的土壤以棕壤为主者,为夏绿林及灌丛;褐土为主者,以中温作物一年一熟为主。部分低平谷地热量、水分条件较好,小麦杂粮两熟。

冀北地区分为坝上高原栗钙土、灰色森林土和冀西北间山盆地山地棕壤、褐土区。坝上高原栗钙土、灰色森林土区位于河北省最北部,包括张北、沽源、康保三县的全部和尚义、丰宁、围场县的一部分及万全、崇礼、赤城县少部。土壤以栗钙土、灰色森林土、草甸土、风沙土、盐碱土为主。土壤质地较粗,易遭风蚀和水土流失。心土为钙积层,植物根系难以穿过。冀西北间山盆地为山地棕壤、褐土区。

冀东山区属燕山沉陷带,海拔千米以下的土壤以棕壤为主者,为夏绿林及灌丛;褐土为主者,以一年一熟的中温作物为主。部分低平谷地热量、水分条件较好,小麦杂粮两熟。

2. 植被

冀西山地属于落叶阔叶林、灌草丛区。本区位于河北省西部,北连冀西北间山盆地旱生灌木草原区,东邻北京市,东部大致以 100 m 等高线与河北平原栽培植被农作物区相接,西靠山西省、南邻河南省。

冀北山区分为温带草原地带和暖温带落叶阔叶林地带。温带草原地带位于河北省最北部的坝上区,东、北、西三面与内蒙古自治区相接,南以坝缘与暖温带为邻。地带性植被为温带草原,其中以干草原和草甸草原为主。暖温带落叶阔叶林地带东邻内蒙古自治区、辽宁省和渤海湾,北连温带草原地带,西接山西省。在西部冀西北间山盆地以旱生灌木草原为主,东部燕山山地以落叶阔叶林、温性针叶林为主。地带性植被为落叶阔叶林,其中以栎林为主。

燕山山地属于落叶阔叶林及温性针叶林区。自然植被在海拔 1 600 m 以上为针叶林带;1 600 m 以下为落叶阔叶林或落叶林和温性针叶林的混交林;1 000 m 以下多利用为农田果林带。很多地段森林植被破坏以后,成为次生灌草丛,在冀东山地丘陵区人工油松林可分布到海拔 100 m 地带。

(六) 矿 产 资 源

冀西山区地处华北地块腹地,经历了漫长的地史演化,记录了丰富多彩的地质变化信息,蕴藏着种类繁多的地下宝藏,吸引了众多中外地质学家涉足此地。新中国成立后,地矿、冶金、有色等系统在此区域开展了更为广泛的地质研究和矿产勘查,研究成果数以百计。影响较大的如华北准地台(黄汲清,1945)、新华夏系隆起带(李四光,1962;1973)、华北断块(张文佑等,1986)、地洼(陈国达,1960;1992),并开展有多项专题性研究。经研究发现该区矿藏储量丰富,金属矿藏中铁、银、铜、铅、锌、铝土、镍、钴等大量存在,非金属矿藏中煤、耐火黏土、磷、熔剂用石灰岩、硫铁、水晶、高铝矿物原料、熔剂用白云岩等普遍分布。

冀北山区煤、铁、灰岩类、硅质原料、白云岩、耐火黏土等六类矿产分布最广泛,几乎遍及山区的所有地(市)区。总的来看金矿资源比西部山区丰富,产地、储量都占绝对优势。另外,铜、铅、锌、钼、银等矿种也有分布。钒、钛矿主要分布在承德地区。

冀东山区的矿产资源品种多、储量大、质地优良、分布集中、易于采选。目前已发现并探明储量的矿藏有 47 种。煤炭保有量 6.25×10^9 t,为全国焦煤主要产区;铁矿保有量 5.75×10^9 t,是全国三大铁矿区之一。石油、天然气、石灰岩、黄金等储量也十分可观。

二、区域社会经济环境

(一) 国民经济状况

截至 2007 年年底,河北山区地区生产总值达到 3 762.1 亿元(统计资料不含石家庄市井陉矿区、邯郸市峰峰矿区、唐山市丰润区、秦皇岛市区、张家口市区和承德市区,下同),占全省总量的 38.37%。人均国内生产总值为 19 935.86 元/人,略高于全省平均水平。其中,全区第一产业产值 480.78 亿元,第二产业产值 2 169.88 亿元,第三产业产值 1 111.44 亿元。三大产业产值分别占全区地区生产总值的 12.78%、57.68%、29.54%,经济发展以第二、第三产业为主,尤其第二产业对地区经济发展拉动作用显著。

(二) 社会发展状况

河北山区对外交通比较发达,沿线有承德市、张家口市、保定市、石家庄市、邢台市、邯郸市、唐山市、秦皇岛市八大交通枢纽,对经济快速发展起到积极作用。南北交通大动脉京广铁路、京通铁路纵贯冀西山区、冀北山区东麓,邯长(长治)、石太、朔黄、京原、大秦、京包、京承、京秦、京哈九条铁路横穿东西。京珠高速公路南北纵贯冀西山区东麓,石太、青银、石黄、保津、丹拉、宣大六条高速公路东西横穿河北山区。107、101、111 三条国道纵贯南北,309、307、108、109、207、112、110、102、205 等国道纵横交错。形成以铁路、高速公路、国道、省道为骨架的纵贯南北、横贯东西的交通网络。截至 2007 年年底,区内公路通车里程达到 62 349 km,公路路网密度达到 1.14 km/km²,交通事业的快速发展,对旅游业的发展也起到了积极的推动作用。

通讯事业发展迅猛,目前全区已基本普及程控式固定电话,可直拨国际国内;移动通讯信号覆盖整个河北山区,移动电话实现无缝隙漫游,为山区的经济社会发展提供了有力的信息保障。

城镇化是社会进步的重要标志,是实现农村现代化的必由之路。河北省高度重视山区小城镇建设,在全省重点支持的 50 个具有一定特色、基础条件较好、发展潜力较大的小城镇中,本研究区包括 22 个,占全省总数的 44%。其中,冀东山区 9 个,冀西山区 9 个,冀北山区 4 个。河北山区还有 6 个全国千强镇:丰润区丰润镇、迁安市杨店子镇、迁安市马兰庄镇、迁安市蔡园镇、鹿泉市获鹿镇、沙河市白塔镇。

河北山区拥有独特的山水、气候、植被景观,以及特定的人文景观。目前河北山区有各类旅游景区(点)500 多个,1 个世界文化遗产(保定易县清西陵),4 个国家 AAAAA 级旅游景区,25 个国家 AAAA 级旅游景区,10 个国家 AAA 级旅游景区,6 个国家 AA 级旅游景区,5 个国家 A 级旅游景区,2 个国家级自然保护区——张家口蔚县小五台山(河北省第一高峰)及承德市兴隆县雾灵山,15 个省级自然保护区(7 个建设中),8 个国家重点风景名胜区,5 个国家森林公园,4 个国家地质公园,近百家重点文物保护单位。白石山、野三坡、狼牙山、驼梁、五岳寨、西柏坡、天桂山、苍岩山、嶂石岩、八路军 129 师司令部、娲皇宫和崆山白云洞、太行奇峡群、清东陵、清西陵、南戴河、避暑山庄等一大批景点已经成为旅游热点。

第三节　区域环境问题

河北山区是经济欠发达的地区,是河北省防护林建设和农林牧综合发展的重要基地及北京、天津两市西北部的天然生态屏障,整个生态环境系统结构简单、食物链短、自我调节能力差,既承受不了自然灾害的冲击,也经受不住人类活动的影响。传统农业生产方式与脆弱生态系统相结合使得生物生产能力下降,土地资源和水资源日益丧失,生态退化问题较为严重,环境承载能力有限。目前生态安全面临以下七大问题。

一、人地矛盾突出

随着人们生活水平提高,城市化进程加快,粮食需求量不断增加,多项人均资源量严重不足,同时受恶劣自然条件限制,区内多旱地和坡耕地,耕地质量不高,耕地资源分布不均。在资源有限的条件下,人们为了生存,加大了对自然资源开发利用的频度和强度,掠夺式开发利用资源,乱占耕地现象尤为突出,造成生态环境的进一步退化,人地矛盾越发尖锐,耕地资源保护的压力越来越大。

二、土地沙化明显

降水少,气候干燥,林木枯萎,植被覆盖度低,风天多,风速大,地形平坦开阔,地表疏松物质较多,土地风蚀沙化现象较易发生,坝上尚义县北部风蚀模数为 $200\sim500 \, t/(km^2 \cdot a)$,其中五台河一带更是高达 $3\,000 \, t/(km^2 \cdot a)$。宣化、万全、赤城、崇礼等县土壤风蚀沙化现象较为严重,是河北省沙漠化最严重、最难治理的地区,是京津两市沙尘天气的主要源地,对两市大气环境质量、居民正常生产生活造成严重影响。

三、林草退化突出

本区历史上森林茂密,种类繁多,但由于开发利用不尽合理,使森林资源屡遭破坏。新中国成立后,虽采取了有计划的植树造林和封山育林措施,林业生产有了一定的恢复和发展,但林业建设速度仍然较缓慢,造林质量较低,森林成活率不高。同时,毁林开荒、滥砍滥伐的现象时有发生,森林虫害愈加严重。因此,该区森林资源存在人均数量不足、林地退化、森林覆盖率低、分布不均、保持水土能力有待提高等问题。

草地面积减少、草场退化严重是研究区极为突出的生态环境问题,坝上地区曾是天然牧区,近些年由于干旱少雨和不合理的垦殖、过度放牧,使草原再生能力被破坏,天然植被退化,牧草产量质量下降,林草资源遭到严重破坏,优良牧草锐减,杂草、毒草大量入侵,虫害、鼠害严重,土壤易风蚀沙化,并呈日渐加剧趋势。

四、水土流失严重

大部分地区地势起伏大,地形破碎,季风气候异常显著,降雨量集中在夏季,而且降雨强度大。流水对土壤的冲刷侵蚀力强,坡面越长,汇集的地表径流量越多,对地表冲刷侵蚀力越强,越容易产生超渗径流,地表组成物质质地松软,遇水易蚀。加上人类对土地不合理的开发利用,如陡坡开荒、开矿、修路、将废土弃石随意向河沟倾倒等,破坏了地面植被和稳定的地形,导致更加严重的水土流失。水土流失使大量肥沃的表层土壤丧失,造成土地质量下降;加上土地开垦后,只用不养,施肥不足,特别是有机肥施用量不够,养地作物比例又很小,不能合理轮作倒茬,使土壤肥力下降,土地产出率降低,农业生产受到很大影响。

五、水 资 源 短 缺

河北山区属资源型缺水区,存在地表水过度开发利用和地下水严重持续超采的现象,同时为了提高粮食产量,大量增加灌溉用水,加大了开采利用地表和地下水强度,在一定程度上加剧了水资源危机,城区供水紧张,灌溉面积锐减,地表水、地下水环境日趋恶化。用水量增加,地下水位下降,河流断流,水面萎缩,致使水域面积缩小,甚至干涸,淡水湖淖向碱化发展,有的成为碱滩。

六、农业污染严重

工矿企业废水、废气、工业固体废弃物的排放,化肥、农膜、农药的大量使用,尤其是高残毒农药的使用,导致土壤肥力下降及农产品自身的污染,随着乡镇企业的蓬勃发展,土壤污染有愈来愈严重的趋势。污染物质在土壤中的慢慢积累,使土壤理化性状发生不良变化,影响农作物生长发育,导致产量降低,并使有害物质在农作物体内残留富集,最终危害人体健康。同时农药、化肥流失带来的面源污染已成为水体污染的重要来源,城乡垃圾无序弃放也引起大量面源污染。加之研究区内降水量和地表径流量均较小,地表水、地下水污染环境状况较为严重,农业面源污染的形势严峻。

七、自然灾害频发

河北山区自然条件严酷,景观生态和系统层次结构简单,环境本身的抗干扰能力和自身的修复能力差,常发生各种灾害性天气,如干旱、洪涝灾害、风沙、霜冻、冰雹、生物灾害等,特别是水、旱灾害。

近年来,旱灾发生频繁,有"十年九旱"之称。据资料统计,1989年春、夏、秋三季连旱,1990～1992年三年连旱,1997～2001年五年连旱等,特别是1990年年末到1992年8月发生持续22个月的干旱,不但春旱严重,而且出现夏旱。

河北山区降水很不均匀,尤其是夏季暴雨多,强度大,易发山洪。据资料统计,20世纪80～90年代为枯水期,但1996年8月遭受了一场百年不遇的特大洪涝灾害,突发的连降暴雨和特大暴雨,强度大,时间集中,覆盖面大,造成山洪暴发,山体滑坡引发泥石流,河流猛涨,大量耕地、居民用地、交通道路等被冲毁、淹没,损失极其严重。

第四章　不同尺度下的生态
环境演化分析

河北山区是典型的生态脆弱区,人类活动对生态环境影响的深度和广度空前加大,导致生态环境急剧恶化,严重威胁着人类自身的生产生活以及人类社会的可持续发展,生态环境问题已经成为影响全球经济社会可持续发展的主要障碍。对该地区开展长时期的生态环境演化及其动力机制研究,"知古而论今",有助于人们认清生态环境现状及变化发展趋势,从而对生态环境保护提出更有针对性的对策。

第一节　生态环境演变累积效应定量评价

一、评价模型与方法

(一) 评 价 模 型

1. 模糊层次分析法

　　AHP分析法(analytic hierarchy process)是美国运筹学家 T. L. Saaty 于 20 世纪 70 年代提出的一种定性与定量相结合,将对复杂事物的分析思维过程模型化、数量化的方法。运用这种方法,通过将复杂问题分解为若干层次和若干因素,在各因素之间进行简单的比较和计算,从而得出不同因素重要性程度的权重,为综合指标的计算提供依据。此方法有两个特点:① 思路简单明了,可以将思维过程条理化、数理化,便于计算,容易被人们接受;② 所需要的定量化数据较少,但对问题的本质、问题所涉及的因素及其内在关系分析得比较透彻清楚。因此,AHP方法常常被应用于多目标、多准则、多要素、多层次的非结构化复杂地理问题,具有十分广泛的实用性。但是此方法也有它的缺点,就是模型的建立、因素的选取和权重的确定都存在较大的随意性。在使用过程中,人们对它进行了一系列的改进,最主要的是在权重确定环节。主观确定权重方面常常综合各个专家的不同意见,应用特尔斐法即专家打分法确定各因素权重;在客观确定权重方面,发展了模糊综合评价法、熵权法等确定权重方法,力求使所确定的要素权重真实可靠。

　　模糊层次分析法(F-AHP)是在 AHP 分析法的基础上,将各因素因子重要性程度的两两比较变为在同一准则下不同因素因子之间的比较,将清晰判断变为模糊判断,同时分别引入三角模糊数字 $\tilde{1}$、$\tilde{3}$、$\tilde{5}$、$\tilde{7}$、$\tilde{9}$ 来表示层次体系中因素因子的相对强度。在同一准则下,对该准则贡献最小的方案记为 $\tilde{1}$,其他按贡献大小分别设为 $\tilde{3}$、$\tilde{5}$、$\tilde{7}$ 和 $\tilde{9}$,还引入了水平截集 α 和乐观指数 λ 来计算评价结果的满意程度。模糊运算主要理论如下:

　　一个模糊数 $\tilde{u}$ 可由三个确定数 (u_1, u_2, u_3) 来定义,即 $\tilde{u} = (u_1, u_2, u_3)$,其隶属函数可表示为

$$U(x) = \begin{cases} 0 & x < u_1 \\ \dfrac{x - u_1}{u_2 - u_1}, & u_1 \leqslant x \leqslant u_2 \\ \dfrac{u_3 - x}{u_3 - u_2}, & u_2 \leqslant x \leqslant u_3 \\ 0, & x > u_3 \end{cases}$$

引入截集 α，定义 α 为水平截集下的置信区间，对于 $\forall \alpha \in [0, 1]$，三角模糊数特性可表示为

$$\tilde{U}_\alpha = [u_1^\alpha, u_3^\alpha] = [(u_2 - u_1)\alpha + u_1, u_3 - (u_3 - u_2)\alpha]$$

对于给定模糊数 $\tilde{A}$ 和 $\tilde{B}$，一些主要运算法则可通过置信区间描述为

$$\forall \alpha \in [0, 1]$$

$$\tilde{A}_\alpha + \tilde{B}_\alpha = [a_1^\alpha, a_3^\alpha] + [b_1^\alpha, b_3^\alpha] = [a_1^\alpha + b_1^\alpha, a_3^\alpha + b_3^\alpha]$$

$$\tilde{A}_\alpha - \tilde{B}_\alpha = [a_1^\alpha, a_3^\alpha] - [b_1^\alpha, b_3^\alpha] = [a_1^\alpha - b_1^\alpha, a_3^\alpha - b_3^\alpha]$$

$$\tilde{A}_\alpha \times \tilde{B}_\alpha = [a_1^\alpha, a_3^\alpha] \times [b_1^\alpha, b_3^\alpha] = [a_1^\alpha b_1^\alpha, a_3^\alpha b_3^\alpha]$$

$$\tilde{A}_\alpha \div \tilde{B}_\alpha = [a_1^\alpha, a_3^\alpha] \div [b_1^\alpha, b_3^\alpha] = [a_1^\alpha / b_1^\alpha, a_3^\alpha / b_3^\alpha]$$

依据模糊运算法则，本研究所用的模糊数为 $\tilde{1}$、$\tilde{3}$、$\tilde{5}$、$\tilde{7}$、$\tilde{9}$，其数字特征及引入截集 α 的表示方法见表 4.1。

表 4.1　模糊数、数字特征及截集表示

模糊数	$\tilde{1}$	$\tilde{3}$	$\tilde{5}$	$\tilde{7}$	$\tilde{9}$
数字特征	(1, 1, 3)	(1, 3, 5)	(3, 5, 7)	(5, 7, 9)	(7, 9, 11)
截集表示	$[1, 3 - 2\alpha]$	$[1 + 2\alpha, 5 - 2\alpha]$	$[3 + 2\alpha, 7 - 2\alpha]$	$[5 + 2\alpha, 9 - 2\alpha]$	$[7 + 2\alpha, 11 - 2\alpha]$

2. 熵权法

熵是系统状态不确定性的一种度量。应用熵可以度量评价指标体系中指标数据所蕴含的信息量，并依此确定各指标的权重。根据信息熵定义，评价矩阵 Y 中第 j 项指标的信息熵为

$$E_j = -\frac{1}{\ln m}\left(\sum_{i=1}^{m} f_{ij} \ln f_{ij}\right) \tag{4.1}$$

式中，$f_{ij} = \dfrac{1 + y_{ij}}{\sum\limits_{i=1}^{m}(1 + y_{ij})}$。

当某指标对研究区域等概率作用时信息熵值最大，此时 $E_j = 1$。等概率作用说明该指标包含的信息量对所有研究区域是一致的，该指标的存在不影响最终评价结果，对分析的效用价值为零。因此，某项指标的信息效用价值取决于该指标的信息熵 E_j 与 1 的差

值,公式为

$$D_j = 1 - E_j \tag{4.2}$$

某指标的效用价值越高,则对评价的重要性就越大,该指标的权重也就越大。于是得到第 j 项指标的熵权为

$$w_j = \frac{D_j}{\sum\limits_{j=1}^{n} D_j} \tag{4.3}$$

(二) 评 价 方 法

1. 评价指标体系的建立

遵循科学性、系统性、区域性、可操作性原则,选取因素因子,建立河北山区生态环境演变评价指标体系。

2. 指标数据标准化处理

为了消除不同指标量纲的影响,统一定性和定量两种指标,需要对指标进行标准化处理。对于已经获得的 m 个研究时段、n 个评价指标的初始数据矩阵为

$$X = (x_{ij})_{m \times n} \qquad (i = 1, 2, \cdots, m; j = 1, 2, \cdots, n)$$

采用的标准化方法为

$$y_{ij} = \frac{\mid x_{ij} \mid}{\mid x \mid_{\max}} \tag{4.4}$$

式中, $\mid x \mid_{\max}$ 为同列指标的最大值,可得到标准化判断矩阵 $Y = (y_{ij})_{m \times n}$。

3. 将标准化判断矩阵转化为模糊判断矩阵 $\widetilde{Y}$

用模糊数 $\widetilde{1}$、$\widetilde{3}$、$\widetilde{5}$、$\widetilde{7}$、$\widetilde{9}$ 标度标准化判断矩阵中的元素,将其转化为模糊判断矩阵,具体转化标准如表 4.2 所示。

表 4.2　标准化值区间与模糊数的对应关系表

标准化值区间	[0, 0.2]	(0.2, 0.4]	(0.4, 0.6]	(0.6, 0.8]	(0.8, 1.0]
模糊数	$\widetilde{1}$	$\widetilde{3}$	$\widetilde{5}$	$\widetilde{7}$	$\widetilde{9}$

4. 确定各评价指标的模糊权重 $\widetilde{w}_j$

根据各评价指标的重要性程度,采用极不重要、不重要、中等、重要、极重要 5 个模糊语气算子标度各准则下参评因素因子的重要性程度,用对应的模糊数标识其权重值。模糊语气算子与模糊数的对应关系如表 4.3 所示。

表 4.3 模糊语气算子与模糊数的对应关系表

模糊语气算子	极不重要	不重要	中　等	重　要	极重要
模糊数	$\tilde{1}$	$\tilde{3}$	$\tilde{5}$	$\tilde{7}$	$\tilde{9}$

5. 构造模糊判断矩阵

用各个准则的模糊权重向量 w 乘以判断矩阵 $\tilde{Y}$ 中的各个元素值得到模糊判断矩阵 $\tilde{A}$。

$$\tilde{A} = \begin{bmatrix} \tilde{w}_1 \tilde{y}_{11} & \cdots & \tilde{w}_n \tilde{y}_{1n} \\ \vdots & \ddots & \vdots \\ \tilde{w}_1 \tilde{y}_{m1} & \cdots & \tilde{w}_1 \tilde{y}_{mn} \end{bmatrix}_{m \times n} \tag{4.5}$$

对于水平截集 α，依据模糊数计算法则，式(4.5)可转换为

$$\tilde{A} = \begin{bmatrix} [a_{11l}^{\alpha}, a_{11u}^{\alpha}] & \cdots & [a_{1nl}^{\alpha}, a_{1nu}^{\alpha}] \\ \vdots & \ddots & \vdots \\ [a_{m1l}^{\alpha}, a_{m1u}^{\alpha}] & \cdots & [a_{mnl}^{\alpha}, a_{mnu}^{\alpha}] \end{bmatrix}_{m \times n} \tag{4.6}$$

式中，$a_{ijl}^{\alpha} = w_{il} \cdot y_{ijl}^{\alpha}$；$a_{iju}^{\alpha} = w_{iu} \cdot y_{iju}^{\alpha}$；$\forall \alpha \in [0, 1]$。

用截集 α 和乐观指数 λ 计算评价结果的满意程度，将式(4.6)转化为非模糊矩阵 $\hat{A}$。

$$A = \begin{bmatrix} \hat{a}_{11}^{\alpha} & \cdots & \hat{a}_{1n}^{\alpha} \\ \vdots & \ddots & \vdots \\ \hat{a}_{m1}^{\alpha} & \cdots & \hat{a}_{mn}^{\alpha} \end{bmatrix}_{m \times n} \tag{4.7}$$

式中，$\hat{a}_{ij}^{\alpha} = \lambda a_{ijl}^{\alpha} + (1 - \lambda) a_{iju}^{\alpha}$，$\forall \lambda \in [0, 1]$；$\forall \alpha \in [0, 1]$

在本研究中，取 $\alpha = 0.05$，$\lambda = 0.5$。

6. 用熵权法求得各评价指标的权重 w_j

应用式(4.1)~式(4.3)求得各指标熵权法权重 w_j。

7. 构造判断矩阵，计算生态环境演变综合指数

用各准则熵权法权重向量 w_j 乘以判断矩阵 $\hat{A}$ 中各元素值得到总判断矩阵 A。

$$A = \begin{bmatrix} w_1 \hat{a}_{11}^{\alpha} & \cdots & w_n \hat{a}_{1n}^{\alpha} \\ \vdots & \ddots & \vdots \\ w_1 \hat{a}_{m1}^{\alpha} & \cdots & w_n \hat{a}_{mn}^{\alpha} \end{bmatrix}_{m \times n} \tag{4.8}$$

定义第 i 个研究时段的生态环境演变综合指数为

$$ECI_i = \sum_{j=1}^{n} w_j \hat{a}_{ij}^{\alpha} \tag{4.9}$$

极值标准化得到最后结果。

二、大时间尺度生态环境演变

（一）评价模型的建立

大时间尺度生态环境演变选取冀西山区第三纪以来的生态环境变化,截取其中 20 个时段之间的 19 次变化情况作为评价对象。这一时期的变化完全为自然所控制,是自然界引起的盲目的变化,加之评价时间分辨率较低,因子层选取温度变化、降水量变化、土地覆被和生物变化 3 个指标度量,建立评价模型如图 4.1 所示。

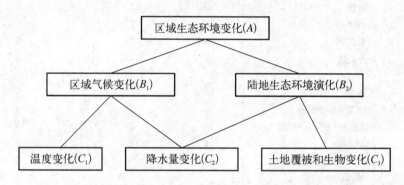

图 4.1 大时间尺度生态环境演变评价层次分析模型图

（二）数 据 处 理

对前文所述的大时间尺度生态环境演变阶段及其特征进行整理,得到大尺度生态环境要素特征表,如附表 1 所示。

对于温度因子,根据现代温度特征值及各时期温度与现代的比较情况,可直接计算出各时期温度数值;对于降水量指标,只能根据地层孢粉组合及动植物化石特征,大致推断出当时气候干湿情况,而无法定量描述,本研究采用表 4.4 所示干湿度分级的方法,将定性数据半定量化;大尺度评判中,土地覆被特征主要是植被特征,因其是自然界长期气候环境演变的结果,在无外界大规模干扰的情况下,都能达到自然演替的顶峰,因此采用表 4.5 所示土地覆被特征分级的方法,半定量化描述土地覆被变化情况;自然状态下,生物多样性与气候植被情况密切相关,因此在大尺度评判中,将生物多样性特征与土地覆被特征合并为土地覆被—生物特征。根据上述原则,将附表 1 数据转换为定量指标,如表 4.6 所示。

表 4.4 干湿度特征分级表

干湿度等级	1	2	3	4	5
特征描述	极干旱	干旱	适中	湿润	丰沛

表 4.5 土地覆被特征分级表

植被等级	1	2	3	4	5
特征描述	以干寒荒漠为主,植被稀少	以疏林草原植被为主,间有部分干寒荒漠,植被覆盖度中等	以草原植被为主,有少量耐干寒乔木生长	以森林草原植被为主	以森林植被为主,或有少量森林草原存在,植被覆盖度好

表 4.6 大尺度生态环境要素定量特征表

序号	时间	温度(℃)	降雨量 (干湿度分级)	土地覆被—生物特征 (土地覆被分级)
1	古新世	10	5	5
2	始新世	17.5	5	5
3	早渐新世	13	5	5
4	晚渐新世	12	4	5
5	中新世	15	5	5
6	上新世	16	5	5
7	早冰期—S冰缘期	3	2	4
8	S冰缘期—鄱阳间冰期	14	4	4
9	鄱阳冰期	4	2.5	4
10	鄱阳—大姑间冰期	14	3.5	4
11	大姑冰期	5	2.5	4
12	大姑—庐山间冰期	13	4	5
13	庐山冰期	7	1	4
14	庐山—大理间冰期	13	4	4
15	大理冰期	4	1	3.5
16	泄湖寒冷期	6	2	4
17	仰韶温暖期	14	4	4
18	周汉寒冷期	10	2	3.5
19	普兰店温暖期	13	3.5	3.5
20	现代小冰期	10	3	3.5

将状态标度转换成变化幅度标度,如表 4.7 所示。

表 4.7 各时期大尺度生态环境要素变化表

变化时期	温度变化	降雨量 (干湿度分级)	土地覆被—生物特征 (土地覆被分级)
1~2	7.5	0	0
2~3	−4.5	0	0
3~4	−1	−1	0
4~5	3	1	0
5~6	1	0	0
6~7	−13	−3	−1
7~8	11	2	1
8~9	−10	−1.5	−1
9~10	10	1	0

续　表

变化时期	要素变化 / 温度变化	降雨量（干湿度分级）	土地覆被—生物特征（土地覆被分级）
10～11	−9	−1	0
11～12	8	1.5	1
12～13	−6	−3	−1
13～14	6	1	0
14～15	−9	−1	−0.5
15～16	2	1	0.5
16～17	8	2	0
17～18	−4	−2	−0.5
18～19	3	1.5	0
19～20	−3	−0.5	0

在此,我们关心的是各时期之间的变化幅度,所以可按照式(4.4)所示方法,将变化幅度指标值取绝对值,再应用极值标准化法(将各列数据除以其所在列最大值),将数据标准化,如表4.8所示。

表4.8　数据标准化表

温度变化	降水量变化	植被—生物变化
0.576 9	0.000 0	0.000 0
0.346 2	0.000 0	0.000 0
0.076 9	0.333 3	0.000 0
0.230 8	0.333 3	0.000 0
0.076 9	0.000 0	0.000 0
1.000 0	1.000 0	1.000 0
0.846 2	0.666 7	1.000 0
0.769 2	0.500 0	1.000 0
0.769 2	0.333 3	0.000 0
0.692 3	0.333 3	0.000 0
0.615 4	0.500 0	1.000 0
0.461 5	1.000 0	1.000 0
0.461 5	0.333 3	0.000 0
0.692 3	0.333 3	0.500 0
0.153 8	0.333 3	0.500 0
0.615 4	0.666 7	0.000 0
0.307 7	0.666 7	0.500 0
0.230 8	0.500 0	0.000 0
0.230 8	0.166 7	0.000 0

表4.9　模糊矩阵表

温度变化	降水量变化	植被—生物变化
5	1	1
3	1	1
7	3	1
3	3	1
1	1	1
9	9	9
9	7	9
7	5	9
7	3	1
7	3	1
7	5	9
5	9	9
5	3	1
7	3	5
1	3	5
7	7	1
5	7	5
3	5	1
3	1	1

将标准化矩阵转换为模糊矩阵,如表4.9所示。

对于 B_1—C 层,构建模糊判断矩阵 Y_{B1},确定各因子模糊权重值。

对于大时间尺度气候变化评判,人们往往更关心温度变化,故取模糊权重向量 $\tilde{W}_{B1} = [\tilde{3} \quad \tilde{1}]$,据式(4.7)得到模糊判断矩阵 $\tilde{A}_{B1}$。

令 $\alpha = 0.05, \lambda = 0.5$，根据模糊数计算规则，由式(4.6)和式(4.7)得到非模糊判断矩阵 $\hat{A}_{B1}$。

由标准化矩阵计算得到 B_1—C 各指标熵权为 $W_{B1} = \begin{bmatrix} 0.4580 & 0.5420 \end{bmatrix}$，由式(4.8)得到判断矩阵 A_{B1}，由式(4.9)计算出各变化时期 B_1 综合值，并进行极差标准化得到 B_1 综合指数，如表 4.10 所示。

表 4.10　B_1 综合指数表

变化时期	1	2	3	4	5	6	7	8	9	10
综合指数	0.2719	0.1230	0.5074	0.2096	0.0000	1.0000	0.8854	0.6220	0.5074	0.5074
变化时期	11	12	13	14	15	16	17	18	19	
综合指数	0.6220	0.7022	0.3585	0.5074	0.0798	0.7365	0.4387	0.3242	0.1230	

对 B_2—C 层重复以上步骤，可得到 B_2 综合指数，如表 4.11 所示。

表 4.11　B_2 综合指数表

变化时期	1	2	3	4	5	6	7	8	9	10
综合指数	0.0000	0.0000	0.0574	0.0574	0.0000	1.0000	0.9242	0.8483	0.0574	0.0574
变化时期	11	12	13	14	15	16	17	18	19	
综合指数	0.8483	1.0000	0.0574	0.3917	0.3917	0.2090	0.5434	0.1332	0.0000	

对 B_1、B_2 综合指数，取模糊权重向量 $\tilde{W}_A = \begin{bmatrix} \tilde{3} & \tilde{1} \end{bmatrix}$，由标准化矩阵计算得到 A—B 层各指标熵权为 $W_A \begin{bmatrix} 0.3162 & 0.6838 \end{bmatrix}$，计算得到生态环境演变综合指数 ECI_A，应用极值标准化处理，得到各变化时期大时间尺度生态环境演变综合指数，如表 4.12 所示。

表 4.12　大时间尺度生态环境演变综合指数表

变化时期	1	2	3	4	5	6	7	8	9	10
综合指数	0.3144	0.2460	0.3972	0.3144	0.2460	1.0000	1.0000	0.9172	0.3972	0.3972
变化时期	11	12	13	14	15	16	17	18	19	
综合指数	0.9172	0.9172	0.3144	0.4852	0.3341	0.5680	0.6016	0.3144	0.2460	

从表 4.12 可看出，第 6、第 7 两个变化期为大时间尺度生态环境演变最为剧烈的时期，对应变化综合指数 1.0000；其次为第 8、第 11 和第 12 变化期，对应变化综合指数 0.9172。这五个时期除了 6 处于第三纪温暖期向第四纪冰期的过渡时期外，都处于第四纪冰期旋回中，充分说明第四纪冰期—间冰期旋回为冀西山区研究时期内生态环境变化最为剧烈的时期。而处于人类历史时期的 17~19 时期，生态环境演变最为剧烈的 17 变化期变化综合指数仅为 0.6016，即生态环境变化综合指数相当于最剧烈时期的 60.16%；处于普兰店温暖期向现代小冰期过渡时期的 19 变化期生态环境变化综合指数仅为 0.2460。

三、千年尺度生态环境演变

(一) 评价模型的建立

千年尺度生态环境演变评价以人类历史时期的全新世以来的生态环境变化作为评价对象。从指标选取的科学性、评价的全面系统性以及可操作性原则出发,因子层选取温度变化、干湿度变化、植被变化、生物多样性变化等 4 项指标度量,建立评价模型如图4.2 所示。

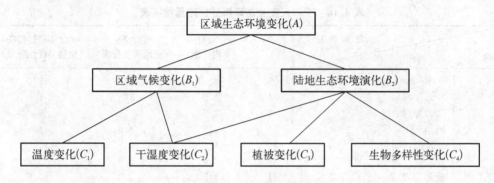

图 4.2　千年尺度生态环境演变评价层次结构图

(二) 数 据 处 理

对前文所述的千年尺度生态环境演变阶段及其特征进行整理,得到千年尺度生态环境要素特征表,如附表 2 所示。

对于温度因子,与大尺度生态环境演变评价所用方法相同,根据现代温度特征值及各时期温度与现代的比较情况,直接计算出各时期温度数值;对于干湿度指标,则根据历史时期旱涝评价分级方法,半定量化描述历史时期的干湿状况,历史时期干湿度评价分级方法如表 4.13 所示;人类历史时期,是人类社会对陆地自然演变过程的干扰从无到有、由弱到强的时期,这一阶段陆地自然植被、生物越来越表现出受人类活动影响,而与其自然演化不相一致的人为影响下的演化特征,本研究采用表 4.14 所示土地覆被特征分级和表 4.15 所示生物多样性特征分级的方法,半定量化描述天然植被、生物在人类活动干扰下的变化情况。根据上述原则,将附表 2 数据转换为定量指标,如表 4.16 所示。

表 4.13　干湿度特征分级表

干湿度等级	1	2	3	4	5
特征描述	大 涝	涝	正 常	旱	大 旱

表 4.14　土地覆被特征分级表

植被等级	1	2	3	4	5
特征描述	道路、耕地、居民点等纯人工景观	人类活动影响区,但自然植被尚未完全破坏	森林草原,受人类中度干扰	森林草原,受人类轻度干扰	自然森林草原,保存完好,基本无人类干扰

表 4.15　生物多样性特征分级表

生物多样性等级	1	2	3	4	5
特征描述	严重破坏	较严重破坏	中度破坏	轻度破坏	当时自然条件下最适

表 4.16　千年尺度生态环境要素定量特征表

序号	时间	温度(℃)	干湿度(旱涝分级)	植被特征(土地覆被分级)	生物多样性特征(生物多样性分级)
1	9000~8000 年前	9	3.5	5	5
2	7000 年前	14	2.5	5	5
3	5500 年前	8	2.5	5	5
4	5500~3100 年前	14	2.5	4.8	4.5
5	公元前 10 世纪	10	3	4	4
6	公元前 770~公元 23 年	14	2.5	3.5	3.8
7	公元 23 年后	11	3.5	3.3	3.5
8	366 年前后	10	4	3.5	3.5
9	7 世纪中期~10 世纪	13	2	3	3.5
10	12 世纪	11	4	2.7	3
11	13 世纪	11.5	3	2.5	2.8
12	1470~1520 年	11	4	2.2	2.5
13	16 世纪 50 年代~17 世纪 90 年代	10	4.5	2	2.3
14	19 世纪初~19 世纪 60 年代	10.5	4	2	2

将状态指标转换成变化幅度指标,如表 4.17 所示。

表 4.17　各时期千年尺度生态环境要素变化表

变化时期	温度变化	降雨量变化	植被变化	生物多样性变化
1~2	5	1	0	0
2~3	−6	0	0	0
3~4	6	0	−0.2	−0.5
4~5	−4	−0.5	−0.8	−0.5
5~6	4	0.5	−0.5	−0.2
6~7	−3	−1	−0.2	−0.3
7~8	−1	−0.5	0.2	0
8~9	3	2	−0.5	0
9~10	−2	−2	−0.3	−0.5
10~11	0.5	1	−0.2	−0.2
11~12	−0.5	−1	−0.3	−0.3
12~13	−1	−0.5	−0.2	−0.2
13~14	0.5	0.5	0	−0.3

转化为正值,标准化,如表 4.18 所示。将标准化矩阵转换为模糊矩阵,如表 4.19 所示。

表 4.18 标准化矩阵表					4.19 模 糊 矩 阵			
温度	降水量	植被	生物		温度	降水量	植被	生物
0.833	0.500	0.000	0.000		9	5	1	1
1.000	0.000	0.000	0.000		9	0	1	1
1.000	0.000	0.250	1.000		9	0	3	9
0.667	0.250	1.000	1.000		7	3	9	9
0.667	0.250	0.625	0.400		7	3	7	3
0.500	0.500	0.250	0.600		5	5	3	5
0.167	0.250	0.250	0.000		1	3	3	1
0.500	1.000	0.625	0.000		5	9	7	1
0.333	1.000	0.375	1.000		3	9	3	9
0.083	0.250	0.250	0.400		1	5	3	5
0.083	0.500	0.375	0.600		1	5	3	5
0.167	0.250	0.250	0.400		1	3	3	3
0.083	0.250	0.000	0.600		1	3	1	9

对于 B_1—C 层,构建模糊判断矩阵,取模糊权重向量 $\widetilde{W}_{B1}=\begin{bmatrix}\tilde{1} & \tilde{1}\end{bmatrix}$,由标准化矩阵计算得熵权为 $W_{B1}=\begin{bmatrix}0.529\,1 & 0.470\,9\end{bmatrix}$,计算得到 B_1 综合指数,如表 4.20 所示。

表 4.20　B_1 综合指数表

变化时期	1	2	3	4	5	6	7
综合指数	1.000 0	0.545 0	0.545 0	0.613 5	0.613 5	0.591 0	0.000 0

变化时期	8	9	10	11	12	13
综合指数	0.955 0	0.750 5	0.182 0	0.182 0	0.000 0	0.000 0

对于 B_2—C 层,构建模糊判断矩阵,取模糊权重向量 $\widetilde{W}_{B2}=\begin{bmatrix}\tilde{1} & \tilde{3} & \tilde{1}\end{bmatrix}$,由标准化矩阵计算得熵权为 $W_{B1}=\begin{bmatrix}0.296\,9 & 0.272\,6 & 0.430\,5\end{bmatrix}$,计算得到 B_2 综合指数,如表 4.21 所示。

表 4.21　B_2 综合指数表

变化时期	1	2	3	4	5	6	7
综合指数	0.172 6	0.000 0	0.564 9	1.000 0	0.532 8	0.502 3	0.186 1

变化时期	8	9	10	11	12	13
综合指数	0.658 5	0.899 7	0.384 8	0.502 3	0.303 7	0.326 6

对于 A—B 层,构建模糊判断矩阵,取模糊权重向量 $\widetilde{W}_A=\begin{bmatrix}\tilde{1} & \tilde{1}\end{bmatrix}$,由标准化矩阵计算得熵权为 $W_A=\begin{bmatrix}0.615\,5 & 0.384\,5\end{bmatrix}$,计算得到 A 综合指数,如表 4.22 所示。

表 4.22　千年尺度生态环境演变综合指数表

变化时期	1	2	3	4	5	6	7
综合指数	0.768 5	0.499 6	0.647 1	0.949 5	0.781 6	0.647 1	0.263 5
变化时期	8	9	10	11	12	13	
综合指数	1.000 0	0.949 5	0.327 0	0.411 0	0.327 0	0.327 0	

由表 4.22 看出,第 8 变化期为千年尺度生态环境演变最为剧烈的时期,对应变化综合指数 1.000 0;其次为第 4 和第 9 变化期,对应变化综合指数 0.949 5;排在第三位的是第 5 变化期,对应变化综合指数 0.781 6,接下来依次是第 1、第 3、第 6、第 2、第 11、第 10、第 12、第 13 变化期,变化程度最为温和的是第 7 变化期,对应变化综合指数仅为 0.263 5。

四、近 45 年生态环境演变

近 45 年来,随着社会生产的极大发展,人类以前所未有的方式影响着自然生态系统的各个方面,使自然界的面貌发生巨大变化。在这样的背景下,冀西山区生态环境也发生了巨大的改变。

(一) 评价模型的建立

从指标选取的科学性、评价的全面系统性以及可操作性原则出发,因子层选取温度变化、降水量变化、水资源量变化和森林覆盖率变化等 4 项指标度量,建立评价模型如图 4.3 所示。

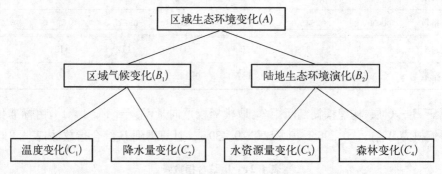

图 4.3　近 45 年来生态环境演变评价层次结构图

(二) 数 据 处 理

最近 45 年,各项观测手段日益进步,数据日趋完善,因此对近 45 年来的各变化指标采用观测数据直接定量化描述。对前文所述的近 45 年来生态环境演变情况进行整理,因为数据方面的原因,对近 45 年来的评价仅选取了 1950 年、1987 年、2000 年作为特征年份,建立生态环境特征描述如表 4.23 所示。

表 4.23　近 45 年来生态环境要素定量特征表

序号	时间	温度距平 (℃)	降雨量距平 (mm)	地表水资源量 ($10^8 m^3$)	森林覆盖率 (%)
1	1950	−1.3	77	68.24	4
2	1987	−0.2	2.5	22.02	26.01
3	2000	0.8	−63.9	27.11	28.06

将状态指标转换成变化幅度指标,如表 4.24 所示。

表 4.24　近 45 年来生态环境要素变化表

变化时期	温度距平变化 (℃)	降雨量距平变化 (mm)	地表水资源量变化 ($10^8 m^3$)	森林覆盖率变化 (%)
1～2	1.1	−74.5	−46.22	22.01
2～3	1	−66.4	5.09	2.05

标准化数据得到标准化矩阵,如表 4.25 所示;再将标准化矩阵转换为模糊矩阵,如表 4.26 所示。

表 4.25　标准化矩阵表

温　度	降　水	水资源量	森林覆盖率
1.000 0	1.000 0	1.000 0	1.000 0
0.909 1	0.891 3	0.110 1	0.093 1

表 4.26　模糊矩阵表

温　度	降　水	水资源量	森林覆盖率
1	1	9	9
1	1	1	1

对于 B_1—C 层,构建模糊判断矩阵,取模糊权重向量 $\widetilde{W}_{B1}=[\widetilde{1}\quad \widetilde{3}]$,由标准化矩阵计算得熵权为 $W_{B1}=[0.409\,2\quad 0.590\,8]$,计算得 B_1 综合指数,如表 4.27 所示。

表 4.27　B_1 综合指数表

变化时期	1	2
综合指数	1	1

对于 B_2—C 层,构建模糊判断矩阵,取模糊权重向量 $\widetilde{W}_{B2}=[\widetilde{1}\quad \widetilde{3}]$,由标准化矩阵计算得熵权为 $W_{B2}=[0.487\,6\quad 0.512\,4]$,计算得 B_2 综合指数,如表 4.28 所示。

表 4.28　B_2 综合指数表

变化时期	1	2
综合指数	1	0

对于 $A—B$ 层,构建模糊判断矩阵,取模糊权重向量 $\widetilde{W}_A = [\widetilde{1} \quad \widetilde{5}]$,由标准化矩阵计算得熵权为 $W_A = [0.924\,5 \quad 0.075\,5]$,计算得 A 综合指数,如表 4.29 所示。

表 4.29　近 45 年来生态环境演变综合指数表

变化时期	1	2
综合指数	1	0.636 5

从表 4.29 可看出,1950～1987 年生态环境变化最为剧烈,对应的变化综合指数为 1。值得注意的是 1987～2000 年仅用了 13 年时间就完成了 1950～1987 年 37 年间变化综合指数的 63.65%,反映出生态环境演变呈加速发展趋势。

第二节　生态环境演化动力机制研究

一、生态环境演化驱动力分析

(一)自然因素

1. 区域气候演化驱动力分析

在大时间尺度气候变化中,地质演化过程导致大气环流改变,是气候演变的重要驱动因素。中小时间尺度中,影响区域气候演化的自然驱动因素主要有东亚季风环流变化和区域陆面过程演化(主要是植被变化以及土壤湿度变化等)。

季风是影响中国气候与环境的一个重要因子,亚洲季风环流对河北山区气候变化有着重要影响,形成区域气候本底值。亚洲夏季风环流对华北地区影响较大的有东亚季风和南亚季风,当亚洲夏季风增强时,华北地区降水偏多;反之,则降水减少。东亚冬季风环流增强时,华北地区气温偏低;反之,则偏高。

陆面过程指发生在地表并控制地面和大气间物质和能量交换的所有过程,包括陆面热力过程(如辐射和热交换过程)、地面与大气间的动量交换(如地面大气间的摩擦、植被或地形的阻挡等)、水文过程(如地面降水、蒸发和蒸腾、地表径流、土壤的渗透等)、地气间的能量和物质交换及土壤中的水热传导和输送过程等。植被是地表状况的重要特征,是生物圈及生态系统的核心和功能部分。植被—大气间的相互作用是陆面过程中的重要组成部分,其生理及形态特性对陆面过程具有十分重要的作用。森林植被具有降低温度、提高空气湿度、增加降水、减少地表径流并延长径流历时、推迟洪峰、消洪补枯的作用,还可以吸收大气中的二氧化碳(CO_2),固定碳,从而减少地面温室效应。植被覆盖面积的变化对区域气候变化影响也很显著,大范围的自然植被恢复不仅可以改变近地面气候状况,而且可以改变大气环流状况,从而产生显著的气候和环境效应。总的来说,陆面过程受气候变化影响而又正向反馈于气候变化,使其向强化原始变化的方向发展。

2. 区域水资源量变化驱动力分析

影响水资源量变化的自然因素主要有地质演化、气候变化等。地质演化对区域水资源量变化的影响主要体现在两方面：一是较为强烈的地质作用往往会改变区域的地质构造、地貌类型，引起区域河流迁徙改道、流量发生变化，地下水流向、流速发生改变，从而使区域水资源量发生变化；二是较为强烈的地质作用还可能改变大气环流形式，从而改变区域气候类型，引起区域冷暖、干湿状况的较大改变，如新第三纪时期，随着太行山地继续抬升，平原区海水逐渐消退，大气环流发生根本性的改变，气候由温暖湿润转为温凉干燥，极大影响了水资源量的变化。气候状况控制着一个地区的冷暖、干湿状况，其变化也对区域水资源量变化影响巨大。河北山区处于中国东部暖温带半湿润季风气候区的现状，决定了本区水资源量的丰富程度，而本区气候呈现暖干化趋势，预示着如果照此趋势发展下去，本区的水资源量将会进一步减少。

3. 土地利用/覆被变化驱动力分析

自然因素对土地利用/覆被变化的影响主要表现在地质演化、气候变化、水资源变化等方面。

地质演化对河北山区土地利用/覆被变化的影响主要反映在大时间尺度较为强烈的地质作用对植被地带性分布规律的破坏和其引起的气候变化对植被分布的影响方面。气候的冷暖干湿变化往往会引起植被分布范围的迁移、物种的变化、演化的更替。水资源量的变化会影响植被类型的分布，还会对土地的利用类型和方式产生直接或间接的影响。

4. 生物多样性变化驱动力分析

影响生物多样性变化的自然因素主要是气候变化。一个地区的气候类型、干湿状况是决定该地区植被类型、生物种群的根本原因，冷暖、干湿变化是植被更替、动物迁徙的原生驱动力。

（二）人　为　因　素

1. 区域气候演化驱动力分析

由人类活动引起的气候变化已成为深刻影响 21 世纪全球可持续发展的重大问题。IPCC 第三次评估报告明确指出，1860～2000 年全球平均气温上升了 0.4～0.8℃，20 世纪 90 年代是 20 世纪最暖的十年。新的证据表明，过去 50 年观测到的增暖大部分可以归因于人类活动。人为因素对河北山区气候变化的影响主要体现在燃烧化石燃料、毁林等引起的 CO_2 等大气温室气体浓度增加、气溶胶浓度变化、土地利用/覆被变化导致的下垫面变化、过度的水资源利用导致的干旱效应等方面。

温室气体（主要是 CO_2）的增加通过它引起的辐射强迫影响地球气候，其气候效应具有全球性。由于人类活动的影响，大气中 CO_2 等的浓度已明显增加。目前大多数研究结果认为，20 世纪特别是近 50 年的气候变暖，可能主要是由人类活动引起的大气中温室气体浓度增加造成的。但目前在降水变化方面还很难看出有受到 CO_2 浓度升高影响的明显印记。

气溶胶指悬浮在大气中的各种液态或固态微粒所形成的悬浮体系,水滴和尘埃是太阳辐射的吸收体和散射体,并参与各种化学和生物学循环。人为气溶胶影响气候的方式有两种:一种是通过吸收、散射太阳和红外辐射扰动地球大气系统的能量收支,施加直接辐射强迫影响气候,称为气溶胶的直接气候效应;另一种是作为云凝结核改变云的微物理和辐射性质以及云的寿命,称为气溶胶的间接气候效应。这两种效应对区域气候变化的影响结果都是使近地面温度降低。在各种人为气溶胶中,硫酸盐气溶胶、黑炭气溶胶等对气候的影响最大。

土地利用/覆被变化对气候的影响主要是通过改变大气运动的下垫面状况实现的。土地利用/覆被变化改变地表植被分布,并通过改变地表反照率、土壤湿度、地表粗糙度等地表属性影响地—气系统能量交换、地—气辐射平衡和水分平衡等过程,进而引起地表气温和湿度状况的变化,并通过影响云量及局地对流活动而导致区域性降水变化。一些学者采用数值模拟方法、理论分析方法对土地利用/覆被变化的气候效应进行的研究表明,植被退化会导致地表反射率增大、粗糙度减小、地面热通量增加、区域水分循环过程减弱,造成中国北方地区夏季温度增加、降水量和蒸发量减少。大范围的植被变化还可能使东亚季风环流强度发生变化,影响我国整个东部地区的降水分布。严重的区域植被退化还能导致降水和退化间的正反馈,使退化区不断向外扩展。

过度的水资源利用对气候的影响是通过其所导致的干旱效应表现出来的。具体说来,过度利用水资源会导致湿地萎缩、地表河流枯竭、地下水水位下降及埋深增大,从而造成地表土壤水分减少,产生干旱效应,加重山区植被退化,间接对气候变化产生影响。

2. 区域水资源量变化驱动力分析

人为因素对河北山区水资源量变化的影响主要体现在对水资源的过度利用和土地利用/覆被变化对流域下垫面条件的改变两大方面。

一般来说,对水资源在其可更新的允许限度内利用是正常的、可持续的,但利用超出了其可更新的允许限度,就会引起水资源枯竭,带来一系列环境和生态问题。研究区水资源过度利用体现在对地表水资源的过度利用和对地下水资源的过量开采两方面。20世纪 70 年代后期以来,随着人口增多,生产发展,人民生活水平提高,对水资源开发利用程度也越来越高,当地表水资源不能满足用水需要时,地下水资源的开采量也逐年增加。据统计,整个河北山区地下水开采量由 1980 年占山区地下水排泄量的 25% 增加至 2000年的 39%,山区地下水的开采,实际上是夺取了部分河川基流量和河床潜流量,造成河流源头泉水的干涸及基流量的减少。此外,大规模引蓄水工程,拦蓄地表径流,也极大地改变了山区的产汇流,从而造成水资源量的减少。

土地利用/覆被变化改变流域下垫面条件继而使水资源量发生变化属人类活动对水资源量的间接影响,主要体现在两方面:① 下垫面条件的变化引起小区域气候变化,区域降水量的变化引起水资源量的改变;② 下垫面的变化,还可使流域蒸发、下渗、土壤含水量等发生变化,改变地下水补给、径流、排泄的规律,从而使水资源量发生变化。

刘春蓁等对海河流域山区 20 个子流域近 50 年水文气候变化趋势的归因分析研究

表明,以大清河南支分区为代表的冀西山区近50年来,温度升高、降水减少是径流量减少的主要原因,而人类活动如超采地下水引起的土壤干化、水库水面蒸发、用水量的增加等对径流量变化的影响居于次要地位。

3. 土地利用/覆被变化驱动力分析

人类活动就是对土地利用的过程,土地利用/覆被变化与人类生产活动密切相关。人类活动对河北山区土地覆被变化的影响可以上溯到7 000年以前的新石器时代,影响土地利用/覆被变化的人为因素主要包括开垦耕地、砍伐林木、城乡建设、污染排放、开采矿山、退耕还林草、荒山绿化等几大方面。

最初,人类对自然环境只是适应性利用,随着农业发展,人口增多,生产规模扩大,对自然环境的改变日益显现。人类通过开垦耕地、砍伐林木、居民点建设,在纯自然环境中越来越多地加入人工元素,使得天然自然变为人为自然。大规模土地开垦使得大片植被被毁;建筑业的发展,加之冶炼、陶瓷等手工业的兴起,文字的发展,对木材的需求越来越多,对山区森林采伐强度不断增加,使得植被难以自然恢复;明朝中叶以后统治者出于经济目的的有组织大规模林木砍伐,更使森林荡然无存,荒山累累;清代乾隆以后,伴随人口的增加河北山区毁坏林草植被现象愈演愈烈,造成大量水土流失,出现"土薄石厚"的情况;从19世纪中叶至新中国成立前夕,由于土地利用更不合理,以致"山石尽辟为田,犹不敷耕种",自然植被破坏无遗,过去曾是天然林草茂盛的山区,最后变为荒山秃岭。

20世纪50年代以来,随着社会生产的迅猛发展,人类驾驭自然的能力得到极大提高。大规模的城乡建设、污染排放、开采矿山,以及后来的退耕还林草、太行山、燕山绿化等,使河北山区的土地利用/覆被状况发生了前所未有的深刻变化。人为因素已经成为本区土地利用/覆被变化的主导因素。

4. 生物多样性变化驱动力分析

人为因素对生物多样性变化的影响分为直接影响和间接影响两大方面。直接影响指对生物资源的直接过度利用造成该种生物数量减少,种群质量下降,并对与该种生物有关的生物产生影响;间接影响包括土地利用/覆被变化、CO_2浓度变化等对生物多样性的影响。

人类对生物资源的过度利用表现在由于人口的剧增,人们对自然资源的消耗越来越大,过量的樵采、渔猎等造成生物量下降,对生物多样性造成影响;人们往往受经济利益驱使,对珍稀动植物资源大肆采集、捕猎,甚至殃及无辜,完全不计生态后果,结果造成该种生物灭绝,生物多样性减少。

土地利用/覆被变化对生物多样性的影响反映在随着人口增多,人类活动范围扩大,人们通过毁林开荒、居民点建设等手段满足自身需要的同时,却破坏了该地原有物种的生境,挤占它们的生存空间,结果导致该种生物死亡或迁徙,使得当地生物多样性减少。

此外,美国科学家的研究还表明,大气中CO_2浓度的增高会促进生物进化的速度,使新物种的出现加快,从而增加生物多样性。

二、生态环境演化机制定量分析

（一）基本步骤

1. 明确问题并建立层次结构模型

即确定评价的范围,进行关键生态环境驱动力因素的筛选,并进一步分析各个因素之间的相互关系,筛选关键生态环境驱动力因素的过程中,必须遵循科学性、可表征性、可度量性以及可操作性的原则,建立层次结构,构成多层次指标体系。层次结构划分如下:

目标层:以区域生态环境变化(A)作为目标层,评价各项指标变化对目标层(A)变化的贡献度;

准则层:由区域气候变化(B_1)、陆地生态环境演化(B_2)两个子系统组成;

指标层:由区域气候变化的自然因素(C_1)、人为因素(C_2)和陆地生态环境演化的自然因素(C_3)、人为因素(C_4)组成;

分指标层:由东亚季风环流变化(D_1)、地质演化(D_2)、陆面过程演化(D_3)、CO_2排放(D_4)、气溶胶变化(D_5)、过度利用水资源(D_6)、修建水库(D_7)、气候变化(D_8)、城乡建设(D_9)、污染排放(D_{10})、滥伐滥捕滥采(D_{11})、毁林开垦耕地(D_{12})、采矿(D_{13})、退耕还林还草(D_{14})、太行山绿化(D_{15})等15项指标构成。

2. 构造判断矩阵

判断矩阵表示针对上一层次中的某元素,评定该层次中各有关元素相对重要性。应用逐对比较的方法,在每一层次上,对该层元素逐对比较,得到各元素相对于其他相关元素的重要性判断,排列成矩阵形式。

3. 层次单排序及一致性检验

层次单排序目的是对于上层次中的某元素而言,确定本层次与之有联系的各元素重要性次序的权重值,是本层次所有元素对上一层次某元素而言的重要性排序的基础。它的求解可归结为计算判断矩阵的特征值和特征向量问题,即对于判断矩阵 B,计算满足

$$BW = \lambda_{max}W \tag{4.10}$$

的特征值和特征向量。上式中,λ_{max} 为 B 的最大特征值;W 为对应于 λ_{max} 的正规化特征向量;W 的分量 W_i 就是对应元素单排序的权重值。

实际计算常采用如下近似算法求解判断矩阵的最大特征值及其对应的特征向量:

1) 计算判断矩阵每一行元素的乘积

$$M_i = \prod_{j=1}^{n} b_{ij} \quad (i = 1, 2, \cdots, n) \tag{4.11}$$

2）计算 M_i 的 n 次方根

$$\overline{W}_i = \sqrt[n]{M_i} \quad (i = 1, 2, \cdots, n) \tag{4.12}$$

3）将向量 $\overline{W} = [\overline{W}_1, \overline{W}_2, \cdots, \overline{W}_n]^{\mathrm{T}}$ 归一化

$$\overline{W}_i = \overline{W}_i / \sum_{i=1}^{n} \overline{W}_i \quad (i = 1, 2, \cdots, n) \tag{4.13}$$

则 $W = [W_1, W_2, \cdots, W_n]^{\mathrm{T}}$ 即为所求特征向量。

4）计算最大特征值

$$\lambda_{\max} = \sum_{i=1}^{n} \frac{(AW)_i}{nW_i} \tag{4.14}$$

式中，$(AW)_i$ 为向量 AW 的第 i 个分量。

5）计算判断矩阵的一致性指标

$$CI = \frac{\lambda_{\max} - n}{n - 1} \tag{4.15}$$

将 CI 与随机一致性指标 RI 进行比较，计算判断矩阵的随机一致性比例 CR，当

$$CR = \frac{CI}{RI} < 0.10 \tag{4.16}$$

时，认为判断矩阵具有令人满意的一致性；否则，当 $CR \geqslant 0.1$ 时，就需要调整判断矩阵，直到满意时为止。

表 4.30 平均一致性指标表

阶数	1	2	3	4	5	6	7	8	9	10
RI	0	0	0.58	0.90	1.12	1.24	1.32	1.41	1.45	1.49

4. 层次总排序及一致性检验

利用同一层次中所有层次单排序的结果，计算针对上一层次的层次总排序。

计算层次总排序中的一致性指标

$$CI = \sum_{j=1}^{m} a_j CI_j \tag{4.17}$$

$$RI = \sum_{j=1}^{m} a_j RI_j \tag{4.18}$$

$$CR = \frac{CI}{RI} \tag{4.19}$$

　　同样,当 $CR < 0.10$ 时,认为判断矩阵具有令人满意的一致性;否则,当 $CR \geqslant 0.10$ 时,就需要调整判断矩阵,直到满意时为止。

(二) 建立层次结构模型

　　时间尺度分大尺度、中尺度、小尺度,大尺度主要为自然因素所控制,属于自然界引起的盲目的变化,故在此不作讨论,本研究重点讨论千年尺度和近几十年生态环境演化的驱动力。

　　区域生态环境变化驱动力评价指标体系分为四层,最高层为目标层 A,第二层为准则层 B,其次为指标层(因素层)C,最下层为分指标层(因子层)D。

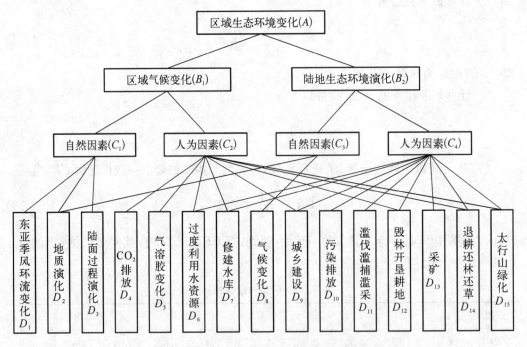

图 4.4　区域生态环境变化驱动力层次分析结构模型

(三) 千年尺度生态环境演化驱动力评价

1. 模型计算

A-B 判断矩阵及层次单排序结果(既是层次单排序,也是层次总排序)

A	B_1	B_2	W	排　序
B_1	1	3	0.75	1
B_2	0.333 3	1	0.25	2

$\lambda_{\max} = 2, CI = RI = 0$。

B_1-C 判断矩阵及层次单排序结果

B_1	C_1	C_2	W
C_1	1	9	0.9
C_2	0.11	1	0.1

$\lambda_{max} = 2$, $CI = RI = 0$。

B_2-C 判断矩阵及层次单排序结果

B_2	C_3	C_4	W
C_3	1	3	0.75
C_4	0.33	1	0.25

$\lambda_{max} = 2$, $CI = RI = 0$。

C 层次总排序结果

C ＼ B	B_1 0.75	B_2 0.25	C 层的总排序权重值	排序
C_1	0.9		0.675	1
C_2	0.1		0.075	3
C_3		0.75	0.187 5	2
C_4		0.25	0.062 5	4

$CI = RI = 0$。

C_1-D 判断矩阵

C_1	D_1	D_2	D_3	W
D_1	1	9	3	0.655 4
D_2	0.111 1	1	0.142 9	0.054 9
D_3	0.333 3	7	1	0.289 7

$\lambda_{max} = 3.080 3$, $CI = 0.040 1$, $RI = 0.58$, $CR = 0.069 2 < 0.10$。

C_2-D 判断矩阵

C_2	D_4	D_5	D_6	D_7	D_9	D_{12}	D_{14}	D_{15}	W
D_4	1	2	1	1	0.333 3	0.142 9	2	2	0.074 5
D_5	0.5	1	0.5	0.5	0.142 9	0.111 1	1	1	0.038 6
D_6	1	2	1	2	2	0.142 9	2	2	0.101 6
D_7	1	2	0.5	1	2	0.142 9	2	2	0.085 5
D_9	3	7	0.5	0.5	1	0.142 9	3	3	0.106 7
D_{12}	7	9	7	7	7	1	9	9	0.506 9
D_{14}	0.5	1	0.5	0.5	0.333 3	0.111 1	1	0.5	0.039 4
D_{15}	0.5	1	0.5	0.5	0.333 3	0.111 1	1	1	0.046 8

$\lambda_{max} = 8.575 1$, $CI = 0.082 2$, $RI = 1.41$, $CR = 0.058 3 < 0.10$。

C_3-D 判断矩阵

C_3	D_2	D_8	W
D_2	1	0.2	0.166 7
D_8	5	1	0.833 3

$\lambda_{max} = 2$，$CI = RI = 0$。

C_4-D 判断矩阵

C_4	D_6	D_7	D_9	D_{10}	D_{11}	D_{12}	D_{13}	D_{14}	D_{15}	W
D_6	1	0.5	0.2	1	0.2	0.142 9	0.5	1	1	0.040 1
D_7	2	1	0.333 3	1	0.2	0.142 9	1	1	1	0.053 5
D_9	5	3	1	5	0.333 3	0.333 3	3	3	3	0.151 6
D_{10}	1	1	0.2	1	0.142 9	0.142 9	0.5	0.5	0.333 3	0.034 2
D_{11}	5	5	3	7	1	0.333 3	3	1	1	0.166 5
D_{12}	7	7	3	7	3	1	5	5	5	0.346 7
D_{13}	2	1	0.333 3	2	1	0.2	1	1	1	0.071 7
D_{14}	1	1	0.333 3	2	1	0.2	1	1	1	0.066 4
D_{15}	1	1	0.333 3	3	1	0.2	1	1	1	0.069 4

$\lambda_{max} = 9.547 3$，$CI = 0.068 4$，$RI = 1.45$，$CR = 0.047 2 < 0.10$。

D 层次总排序

D 层 \ C 层	C_1 0.675	C_2 0.075	C_3 0.187 5	C_4 0.062 5	D 层的总排序权重值	排序
D_1	0.655 4				0.442 4	1
D_2	0.054 9		0.166 7		0.068 3	4
D_3	0.289 7				0.195 5	2
D_4		0.074 5			0.005 6	12
D_5		0.038 6			0.002 9	14
D_6		0.101 6		0.040 1	0.010 1	8
D_7		0.085 5		0.053 5	0.009 8	9
D_8			0.833 3		0.156 2	3
D_9		0.106 7		0.151 6	0.017 5	6
D_{10}				0.034 2	0.002 1	15
D_{11}				0.166 5	0.010 4	7
D_{12}		0.506 9		0.346 7	0.059 7	5
D_{13}				0.071 7	0.004 5	13
D_{14}		0.039 4		0.066 4	0.007 1	11
D_{15}		0.046 8		0.069 4	0.007 8	10

$CI = 0.037 5$，$RI = 0.587 9$，$CR = 0.063 8 < 0.10$。

2. 结果分析

综合上述计算，可得出千年尺度区域生态环境演化驱动力结论如下：

从 B 层排序结果看，千年尺度区域生态环境演化驱动力中，区域气候变化贡献度远高于陆地生态环境演化,两者对区域生态环境演化的贡献度分别为 0.75 和 0.25。

从 C 层排序结果看,千年尺度区域气候变化中,自然因素的贡献度为 0.9,人为因素贡献度仅为 0.1;陆地生态环境演化中,自然因素和人为因素的贡献度分别为 0.75 和 0.25;合并两者在气候和陆地生态环境演化中的贡献度可得,自然因素和人为因素对千年尺度区域生态环境演化的贡献度分别为 0.862 5 和 0.137 5,自然因素对区域生态环境演化的影响占主导地位。

从 D 层排序结果看,各驱动力因子对千年尺度区域生态环境演化的贡献程度大小依次为 D_1(东亚季风环流变化)$>D_3$(陆面过程演化)$>D_8$(气候变化)$>D_2$(地质演化)$>D_{12}$(毁林开垦耕地)$>D_9$(城乡建设)$>D_{11}$(滥伐滥捕滥采)$>D_6$(过度利用水资源)$>D_7$(修建水库)$>D_{15}$(太行山绿化)$>D_{14}$(退耕还林还草)$>D_4$(CO_2 排放)$>D_{13}$(采矿)$>D_5$(气溶胶变化)$>D_{10}$(污染排放)。其中,D_1(东亚季风环流变化)对千年尺度区域生态环境演化的贡献度高达 0.442 4,远高于其余各驱动力因子;人为因素中 D_{12}(毁林开垦耕地)对千年尺度区域生态环境演化的贡献度最高,为 0.059 7。D_{12}(毁林开垦耕地)、D_9(城乡建设)、D_{11}(滥伐滥捕滥采)、D_6(过度利用水资源)、D_7(修建水库)、D_{15}(太行山绿化)、D_{14}(退耕还林还草)7 项指标在千年尺度区域生态环境演化的人为驱动力因素中累计贡献度高达 89%,而 D_4(CO_2 排放)、D_{13}(采矿)、D_5(气溶胶变化)、D_{10}(污染排放)在千年尺度区域生态环境演化的人为驱动力因素中居于次要地位。

(四)小时间尺度生态环境演化驱动力评价

1. 模型计算

A-B 判断矩阵及层次单排序结果(既是层次单排序,也是层次总排序)

A	B_1	B_2	W	排序
B_1	1	0.142 9	0.125	2
B_2	7	1	0.875	1

$\lambda_{\max} = 2$, $CI = RI = 0$。

B_1-C 判断矩阵及层次单排序结果

B_1	C_1	C_2	W
C_1	1	0.5	0.333 3
C_2	2	1	0.666 7

$\lambda_{\max} = 2$, $CI = RI = 0$。

B_2-C 判断矩阵及层次单排序结果

B_2	C_3	C_4	W
C_3	1	0.333 3	0.25
C_4	3	1	0.75

$\lambda_{\max} = 2$, $CI = RI = 0$。

C 层次总排序结果

C \ B	B_1 0.125	B_2 0.875	C层的总排序权重值	排　序
C_1	0.333 3		0.041 7	4
C_2	0.666 7		0.083 3	3
C_3		0.25	0.218 8	2
C_4		0.75	0.656 3	1

$CI = RI = 0$。

C_1 - *D* 判断矩阵

C_1	D_1	D_2	D_3	W
D_1	1	9	5	0.751 4
D_2	0.111 1	1	0.333 3	0.070 4
D_3	0.2	3	1	0.178 2

$\lambda_{max} = 3.029\ 1$, $CI = 0.014\ 5$, $RI = 0.58$, $CR = 0.025\ 1 < 0.10$。

C_2 - *D* 判断矩阵

C_2	D_4	D_5	D_6	D_7	D_9	D_{12}	D_{14}	D_{15}	W
D_4	1	2	5	3	3	0.333 3	3	2	0.193 8
D_5	0.5	1	3	2	2	0.2	1	1	0.103 6
D_6	0.2	0.333 3	1	0.5	0.5	0.2	0.5	0.333 3	0.039 7
D_7	0.333 3	0.5	2	1	1	0.2	0.5	0.333 3	0.057 7
D_9	0.333 3	0.5	2	1	1	0.2	0.333 3	0.333 3	0.054 8
D_{12}	3	5	5	5	5	1	2	2	0.308 9
D_{14}	0.333 3	1	2	2	3	0.5	1	0.5	0.101 3
D_{15}	0.5	1	3	3	3	0.5	2	1	0.140 2

$\lambda_{max} = 8.300\ 5$, $CI = 0.042\ 9$, $RI = 1.41$, $CR = 0.030\ 4 < 0.10$。

C_3 - *D* 判断矩阵

C_3	D_2	D_8	W
D_2	1	0.142 9	0.125
D_8	7	1	0.875

$\lambda_{max} = 2$, $CI = RI = 0$。

C_4 - *D* 判断矩阵

C_4	D_6	D_7	D_9	D_{10}	D_{11}	D_{12}	D_{13}	D_{14}	D_{15}	W
D_6	1	1	2	1	1	0.333 3	2	0.5	0.333 3	0.088 4
D_7	1	1	1	0.5	0.333 3	0.333 3	1	0.5	0.333 3	0.062 1
D_9	0.5	1	1	0.5	0.5	1	0.5	0.333 3	0.333 3	0.060 1
D_{10}	1	2	2	1	1	2	2	1	1	0.142 1

续　表

C_4	D_6	D_7	D_9	D_{10}	D_{11}	D_{12}	D_{13}	D_{14}	D_{15}	W
D_{11}	1	3	2	1	1	1	1	2	1	0.137 7
D_{12}	3	3	1	0.5	1	1	2	2	1	0.144 0
D_{13}	0.5	1	3	1	0.5	0.5	1	1	1	0.093 7
D_{14}	2	2	3	1	0.5	0.5	1	1	0.5	0.109 3
D_{15}	3	3	3	1	1	1	1	2	1	0.162 7

$\lambda_{max} = 9.471\,0$，$CI = 0.058\,9$，$RI = 1.45$，$CR = 0.040\,6 < 0.10$。

D 层次总排序

D 层 ＼ C 层	C_1 0.041 7	C_2 0.083 3	C_3 0.218 8	C_4 0.656 3	D 层的总排序权重值	排序
D_1	0.751 4				0.031 3	11
D_2	0.070 4		0.125		0.030 3	12
D_3	0.178 2				0.007 4	15
D_4		0.193 8			0.016 2	13
D_5		0.103 6			0.008 6	14
D_6		0.039 7		0.088 4	0.061 3	8
D_7		0.057 7		0.062 1	0.045 6	9
D_8			0.875		0.191 4	1
D_9		0.054 8		0.060 1	0.044 0	10
D_{10}				0.142 1	0.093 3	4
D_{11}				0.137 7	0.090 4	5
D_{12}		0.308 9		0.144	0.120 2	2
D_{13}				0.093 7	0.061 5	7
D_{14}		0.101 3		0.109 3	0.080 2	6
D_{15}		0.140 2		0.162 7	0.118 5	3

$CI = 0.053\,4$，$RI = 1.093\,2$，$CR = 0.048\,9 < 0.10$。

2. 结果分析

综合上述计算，可得出百年尺度区域生态环境演化驱动力结论如下：

从 B 层排序结果看，B_1（区域气候变化）在百年尺度区域生态环境演化驱动力因素中贡献度仅为 0.125，而陆地生态环境演化的贡献度上升至 0.875，陆地生态环境演化的贡献度远高于区域气候变化的贡献度。

从 C 层排序结果看，百年尺度区域气候变化中，自然因素的贡献度仅为 0.333 3，人为因素贡献度达到 0.666 7；陆地生态环境演化中，自然因素和人为因素的贡献度分别为 0.25 和 0.75；合并两者在气候和陆地生态环境演化中的贡献度可得，自然因素和人为因素对千年尺度区域生态环境演化的贡献度分别为 0.260 4 和 0.739 6，人为因素对区域生态环境演化的影响占主导地位。

从 D 层排序结果看，各驱动力因子对百年尺度区域生态环境演化的贡献程度大小依次为 D_8（气候变化）＞D_{12}（毁林开垦耕地）＞D_{15}（太行山绿化）＞D_{10}（污染排放）＞D_{11}（滥伐滥捕滥采）＞D_{14}（退耕还林还草）＞D_{13}（采矿）＞D_6（过度利用水资源）＞D_7（修建水库)>D_9(城乡建设)>D_1(东亚季风环流变化)>D_2(地质演化)>D_4(CO_2排放)>D_5(气溶胶变化)>D_3(陆面过程演化)。其中,D_8(气候变化)对百年尺度区域生态环境演化的贡献度达 0.191 4,高于其余各驱动力因子。自然因素排序依次为 D_8(气候变化)、D_1(东亚季风环流变化)、D_2(地质演化)、D_3(陆面过程演化);人为因素中 D_{12}(毁林开垦耕地)对百年尺度区域生态环境演化的贡献度最高,为 0.120 2,其次为 D_{15}(太行山绿化)0.118 5,D_{10}(污染排放)0.093 3,D_{11}(滥伐滥捕滥采)0.090 4。D_{12}(毁林开垦耕地)、D_{15}(太行山绿化)、D_{10}(污染排放)、D_{11}(滥伐滥捕滥采)、D_{14}(退耕还林还草)、D_{13}(采矿)、D_6(过度利用水资源)、D_7(修建水库)、D_9(城乡建设)9 项指标在百年尺度区域生态环境演化的人为驱动力因素中累计贡献度高达 96.65%,而 D_4(CO_2排放)、D_5(气溶胶变化)在百年尺度区域生态环境演化的人为驱动力因素中居于次要地位。

第五章 土地利用/覆被变化与景观格局时空动态变化分析

土地利用/覆被变化(LUCC)是区域土地资源状态改变的最主要的驱动因素,土地利用及其覆被变化不仅改变了自然景观面貌,而且影响了物质循环和能量分配,对区域土壤、水文的影响极其深刻,集中体现了人类改造地球表面的景观过程,深入研究并揭示土地利用与土地资源景观格局之间的相互关系,对于制定区域土地可持续利用政策,采取合理的土地管理方式以及建立可持续的土地利用模式均有重要的科学意义。

景观生态学理论的成熟为土地利用/覆被变化的研究提供了进一步的技术与理论支持。土地利用与土地覆被是地球表层系统最突出的景观标志,将其研究与景观生态学结合起来,充分利用"3S"等技术手段进行系统性研究成了当前此类问题研究的一大亮点。在景观生态学中,景观格局指景观的空间格局,即大小和形状不一的景观嵌块体在景观空间上的排列。景观空间格局既是景观异质性的具体体现,也是各种生态过程在不同尺度上作用的结果。景观格局及其动态变化是目前景观生态学研究中的一个热点,对于揭示景观变化过程与机制具有重要意义。

第一节 土地利用/覆被动态变化分析

一、土地利用/覆被数量变化

(一) LUCC 变化的幅度

土地利用结构的变化首先反映在各土地利用类型面积总量的变化上。根据解译所得 1987 年、2000 年、2005 年各土地利用类型数据分别进行统计,河北山区各土地利用类型面积变化见表 5.1。

表 5.1 1987~2005 年河北山区土地利用面积变化表

地 类	1987 年 面积(km²)	2000 年 面积(km²)	1987~2000 年 净增减 面积(km²)	幅度(%)	2005 年 面积(km²)	2000~2005 年 净增减 面积(km²)	幅度(%)	1987~2005 年 净增减 面积(km²)	幅度(%)
耕 地	33 724.00	31 300.56	-2 423.44	-7.19	29 050.29	-2 250.27	-7.19	-4 673.71	-13.86
林 地	36 142.19	40 755.74	4 613.55	12.76	43 663.04	2 907.30	7.13	7 520.85	20.81
草 地	31 873.82	30 457.50	-1 416.32	-4.44	29 825.51	-631.99	-2.07	-2 048.31	-6.43
水 域	3 979.71	3 367.62	-612.09	-15.38	3 043.74	-323.88	-9.62	-935.97	-23.52
城乡工矿居民用地	5 442.07	6 732.38	1 290.31	23.71	9 347.35	2 614.97	38.84	3 905.28	71.76
未利用土地	12 594.61	11 142.60	-1 452.01	-11.53	8 826.47	-2 316.13	-20.79	-3 768.14	-29.92
总面积	123 756.40	123 756.40	0.00	0.00	123 756.40	0.00	0.00	0.00	0.00

从表 5.1、图 5.1～图 5.4 可以看出,近 20 年来,河北山区各土地利用类型以林地、耕地以及草地为主。

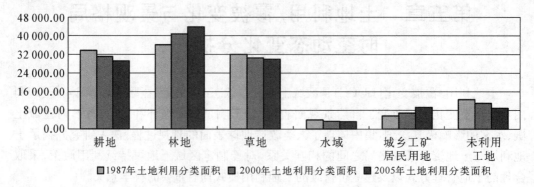

图 5.1　1987 年、2000 年、2005 年河北山区土地利用分类面积总量对比图

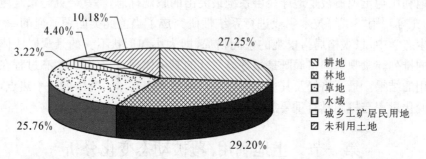

图 5.2　1987 年河北山区土地利用结构图

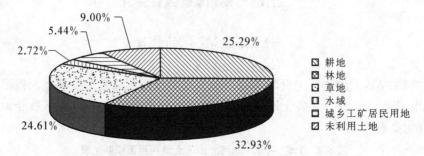

图 5.3　2000 年河北山区土地利用结构图

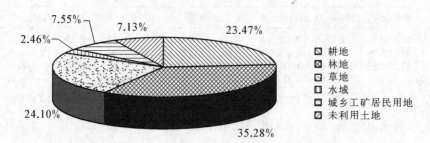

图 5.4　2005 年河北山区土地利用结构图

1987～2005 年间,耕地、草地、水域以及未利用土地面积均有不同程度减少,其中耕地面积减少的最多,由 33 724.00 km² 减少到 29 050.29 km²,共计减少 4 673.71 km²,减少了 13.86%;未利用土地也有大面积减少,由 12 594.61 km² 减少到 8 826.47 km²,共计减少 3 768.14 km²;草地面积总共减少 2 048.31 km²;水域面积减少 935.97 km²。

林地、城乡工矿居民用地面积明显增加,其中林地面积由 36 142.19 km² 增加到 43 663.04 km²,18 年间面积共计增加 7 520.85 km²,增加量占 1987 年林地总面积的 20.81%;城乡工矿居民用地面积由 5 442.07 km² 增加到 9 347.35 km²,增加 3 905.28 km²,增加量占 1987 年林地总面积的 71.76%。

总的来说,1987～2005 年间河北山区土地面积变化的主要趋势是随着耕地、草地、水域、未利用土地的减少,林地、城乡工矿居民用地明显增加。各地类变化幅度依次为:城乡工矿居民用地>未利用土地>水域>林地>耕地>草地。

(二) LUCC 变化的速度

土地利用类型变化速度对预测未来土地利用变化趋势有积极的作用,可以采用土地利用动态度来描述。土地利用动态度可细分为单一土地利用类型动态度和综合土地利用类型动态度。

单一土地利用类型动态度可定量描述研究区一定时间范围内某种土地利用类型变化的速度,其表达式为

$$K = \frac{U_b - U_a}{U_a} \times \frac{1}{T} \times 100\% \tag{5.1}$$

式中,K 为研究时段内某一土地利用类型动态度;U_a 为研究期初某一种土地利用类型的数量;U_b 为研究期末某一种土地利用类型的数量;T 为研究时段长,当 T 的时段设定为年时,K 的值就是该研究区某一种土地利用类型年变化率。

综合土地利用类型动态度可定量表示区域土地利用的整体动态情况,其表达式为

$$LC = \left[\frac{\sum_{i=1}^{n} \Delta LU_{i-j}}{2 \sum_{i=1}^{n} LU_i} \right] \times \frac{1}{T} \times 100\% \tag{5.2}$$

式中,LU_i 为监测起始时间第 i 类土地利用类型面积;ΔLU_{i-j} 为监测时段内第 i 类土地利用类型转为非 i 类土地利用类型面积的绝对值;T 为监测时段长度,当 T 的时段设定为年时,LC 的值就是该研究区土地利用年变化率。

根据单一土地利用类型动态度和综合土地利用类型动态度模型公式计算得到研究区 1987～2005 年 18 年间土地利用变化速度。

表 5.2 1987～2005 年土地利用类型变化速度表

地　类	1987 年土地利用 分类面积（km²）	2005 年土地利用 分类面积（km²）	单一土地利用 类型动态度（%）	综合土地利用 类型动态度（%）
耕　地	33 724.00	29 050.29	−0.77	
林　地	36 142.19	43 663.04	1.16	
草　地	31 873.82	29 825.51	−0.36	
水　域	3 979.71	3 043.74	−1.31	0.51
城乡工矿 居民用地	5 442.07	9 347.35	3.99	
未利用土地	12 594.61	8 826.47	−1.66	

从表 5.2 可以看出，研究区综合土地利用类型动态度为 0.51。各土地利用类型中，城乡工矿居民用地面积变化速度最快，以 3.99% 的年变化速度迅速增加，草地面积年变化速度最慢，其余各地类年变化率由大到小依次为未利用土地、水域、林地、耕地。

1）耕地不断减少。耕地以 0.77% 的年变化率递减，其变化原因主要是由于人口不断增加，城市化进程加快占用了大量耕地。另外，国家推行的退耕还林还草政策也使部分耕地变为林地，从而使耕地不断减少。

2）林地不断增加。林地以 1.16% 的年变化率不断增加，主要是由于国家推行的"一退两还"政策以及河北省委、省政府根据山区不同类型特点，在河北山区布设了有代表性的综合试验示范区、星火示范区，进行多项技术组装配套和试验、示范、推广，使林地面积有所增加。

3）草地不断减少。草地每年以 0.36% 的年变化率不断减少，主要是由于部分地区垦草种粮，草地被开发为耕地，还有一部分草地被改造为林地。

4）水域不断减少。由于水域不断被开发为耕地和城乡工矿居民用地，致使水域以 1.31% 的年变化率逐年减少。

5）未利用土地不断减少。未利用土地以 1.66% 的年变化率不断减少，主要是由于国家推行了严格的耕地总量动态平衡的保护政策，对未利用土地提高了开发强度。

6）城乡工矿居民用地快速增加。城乡工矿居民用地以 3.99% 的年变化率快速增加。近年来由于人口不断增长，导致居民用地不断增加，此外工矿用地的增加和旅游业的发展也是城乡工矿居民用地增长的主要原因之一。

二、土地利用/覆被空间变化

（一）土地利用结构变化

对于土地利用结构变化分析选取的时间跨度越长，其体现的规律性越强，对未来的预测能力也就越强，因此选取 1987 年和 2005 年的土地利用结构进行分析。

基于 ArcGIS 对两期土地利用图进行空间叠加运算，求得各时期土地利用类型的转移矩阵,进而分析土地利用变化的过程。以年为单位,把土地利用格局变化分成一系列的离散的演化状态,从一个状态到另一个状态的转化速率,通过各时间段内某类土地利用类型的年平均转化率获得。确定土地单元转移概率后,可构筑转移概率矩阵。

表 5.3 中,行表示的是 1987 年 i 种土地利用类型,列表示的是 2005 年 j 种土地利用类型。其中,各地类中"面积"表示的是 1987 年的土地利用类型转变为 2005 年各种土地利用类型的面积,即原始土地利用变化转移矩阵 A_{ij};"比例"表示 1987 年 i 种土地利用类型转变为 2005 年 j 种土地利用类型的比例。行、列的合计分别表示 1987 年和 2005 年各种土地利用类型的面积。

表 5.3　1987~2005 年河北山区土地利用类型转移矩阵表

1987 年＼2005 年		耕 地	林 地	草 地	水 域	城乡工矿居民用地	未利用土地	1987 年总计
耕 地	面积(km²)	21 387.64	5 053.13	3 932.83	261.13	2 295.45	793.82	33 724.00
	比例(%)	63.42	14.98	11.66	0.77	6.81	2.35	
林 地	面积(km²)	1 008.18	30 288.9	2 721.54	280.01	1 426.63	416.93	36 142.19
	比例(%)	2.79	83.80	7.53	0.77	3.95	1.15	
草 地	面积(km²)	4 224.62	4 526.26	20 469.61	291.55	1 692.68	669.10	31 873.82
	比例(%)	13.25	14.20	64.22	0.91	5.31	2.10	
水 域	面积(km²)	624.48	286.15	257.81	1 852.73	675.57	282.97	3 979.71
	比例(%)	15.69	7.19	6.48	46.55	16.98	7.11	
城乡工矿居民用地	面积(km²)	757.31	739.55	724.89	128.97	2 948.88	142.47	5 442.07
	比例(%)	13.92	13.59	13.32	2.37	54.19	2.62	
未利用土地	面积(km²)	1 048.06	2 769.05	1 718.83	229.35	308.14	6 521.18	12 594.61
	比例(%)	8.32	21.99	13.65	1.82	2.45	51.78	
2005年总计		29 050.29	43 663.04	29 825.51	3 043.74	9 347.35	8 826.47	123 756.40

由表 5.3 中可得 1987~2005 年河北山区土地利用类型转移情况。

1) 耕地转化分析。耕地总计减少 4 673.71 km²,主要转化为林地、草地以及城乡工矿居民用地。其中,5 053.13 km² 的耕地转换为林地,占耕地转出总面积的 40.96%;另外,3 932.83 km² 耕地转化为草地,2 295.45 km² 耕地转化为城乡工矿居民用地,分别占耕地转出面积的 31.88% 和 18.61%。转入耕地主要为草地、未利用土地以及林地,面积分别为 4 224.62 km²、1 048.06 km² 和 1 008.18 km²。

2) 林地转化分析。林地共计增加 7 520.85 km²,其中转入林地 13 374.14 km²,主要来源于 5 053.13 km² 的耕地转入和 4 526.26 km² 的草地转入,两者合计占转入总面积的71.63%。转出林地面积共计 5 853.29 km²,其中 2 721.54 km² 转换为草地,占转出林地面积的 46.50%;1 426.63 km² 转换为城乡工矿居民用地,占转出林地面积的 24.37%;1 008.18 km² 转换为耕地,占转出林地面积的 17.22%;其余 696.94 km² 转换为未利用土地和水域。

3) 草地转化分析。草地总计减少 2 048.31 km²,18 年间草地共计转出 11 404.21 km²,

其中,4 526.26 km² 转化为林地,4 224.62 km² 转化为耕地,1 692.68 km² 转化为城乡工矿居民用地,三者共占草地转出面积的 91.58%;其余 960.65 km² 的转出草地转化为未利用土地和水域。转入草地主要为耕地、林地以及未利用土地,面积分别为 3 932.83 km²、2 721.54 km² 和 1 718.83 km²。

4) 水域转化分析。其他地类转入水域 1 191.01 km²,水域转出 2 126.98 km²,水域面积共计减少 935.97 km²。在水域转出面积中,675.57 km² 转换为城乡工矿居民用地,624.48 km² 转换为耕地,286.15 km² 转换为林地,282.97 km² 转换为未利用土地,257.81 km² 转换为草地。转入水域来源比较分散。

5) 城乡工矿居民用地转化分析。18 年间城乡工矿居民用地共计增加 3 905.28 km²,其中转出 2 493.19 km²,其他地类转入 618.97 km²。在转入地类中耕地转入面积最大,共计转入 2 295.45 km²,其余依次为草地、林地、水域以及未利用土地。

6) 未利用土地转化分析。18 年间,未利用土地面积共计减少 3 768.14 km²,其中转出 6 073.43 km²,其他地类转入 2 305.29 km²。未利用土地转出趋势主要向林地、草地、耕地转化,转化面积分别为 2 769.05 km²、1 718.83 km²、1 048.06 km²。转入未利用土地主要为耕地和草地,面积分别为 793.82 km² 和 669.10 km²。

综上所述,耕地主要转化为林地、草地以及城乡工矿居民用地;草地减少的面积主要转化为林地、耕地以及城乡工矿居民用地;林地增加的面积主要来源于耕地和草地;水域减少的面积主要转化为城乡工矿居民用地和耕地;未利用土地减少的面积主要转换为林地、草地和耕地。总体看来,耕地、林地、草地、城乡工矿居民用地空间变化较大,水域和未利用土地空间变化较小。各土地类型结构变化见图 5.5~图 5.10。

(二) 土地利用程度变化

土地利用程度既反映了人类对土地利用的广度和深度,也反映了土地利用中土地本身的自然属性,同时又反映了人类因素和自然环境的综合效应。区域土地利用程度变化是区域中多种土地利用类型综合变化的结果,土地利用程度及其变化可以定量地表达该区土地利用的综合水平和变化趋势。

土地利用综合程度指数模型表达式为

$$L = 100 \times \sum_{i=1}^{n} A_i \times C_i, \ L \in [100, 400] \tag{5.3}$$

土地利用程度时空演变模型表达式为

$$\Delta L_{b-a} = L_b - L_a = (\sum_{i=1}^{n} A_i \times C_{ib} - \sum_{i=1}^{n} A_i \times C_{ia}) \times 100 \tag{5.4}$$

式中,L_b、L_a 分别为 b 时段和 a 时段研究区土地利用程度综合指数,指数值介于 100~400;A_i 为第 i 级土地利用程度分级指数;C_{ia}、C_{ib} 分别为 a 时段和 b 时段第 i 级土地利用程度分级百分比,土地利用程度分级标准如表 5.4 所示。计算结果,若 $\Delta L_{b-a} > 0$,表明区域土地利用处于发展期;若 $\Delta L_{b-a} < 0$,表明区域土地利用处于衰退期或调整期。

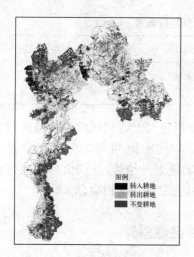

图 5.5　耕地转化分布图

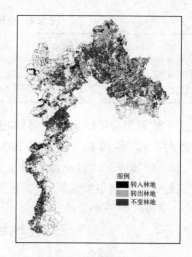

图 5.6　林地转化分布图

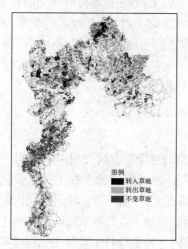

图 5.7　草地转化分布图

图 5.8　水域转化分布图

图 5.9　城乡工矿居民用地转化分布图

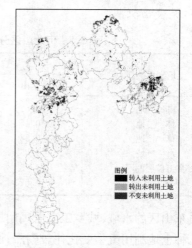

图 5.10　未利用土地转化分布图

表 5.4　土地利用程度分级指数表

类　　型	未利用土地级	林、草、水用地级	耕地级	城乡工矿居民用地级
土地利用类型	未利用土地	林地、草地、水域	耕地	城乡工矿居民用地
分级指数	1	2	3	4

将从土地利用分类结果中获得的相应数据分别代入土地利用综合指数模型和土地利用程度时空模型,得到 1987 年、2000 年、2005 年的土地利用综合程度指数分别为 225.87、227.17 和 231.45,土地利用综合指数呈加速上升趋势,反映出河北山区在研究时段内正处于土地利用发展期,这与该区的经济社会发展状况相吻合。

三、土地利用/覆被区域差异

通过区域内某种土地利用类型相对变化率的不同来反映土地利用变化的区域差异。土地利用类型的相对变化率是建立在变化率指数的基础上,将局部地区的类型变化率与全区的类型变化率相比较,用以分析研究区范围内特定土地利用类型变化的区域差异与特定类型变化的热点地区。

某研究区某一特定土地利用类型相对变化率可表示为

$$R = \frac{\mid K_b - K_a \mid \times C_a}{K_a \times \mid C_b - C_a \mid} \tag{5.5}$$

式中,K_a、K_b 分别为局部区域某一特定土地利用类型研究期初及研究期末的面积;C_a、C_b 分别代表全研究区该类型研究期初及研究期末的面积。绝对值的意义在于摒除变化方向带来的混乱,便于局部地区的比较。该模型隐含的假设是 C_a 不等于 C_b,即研究期内区域用地类型面积发生变化。如果区域土地利用类型的相对变化率 $R > 1$,表示区域内这种土地利用类型变化较全区大;如果 R 越接近于 0,则表示区域内这种土地利用类型变化程度越小。

由公式(5.5)计算得到河北山区内部冀东山区、冀北山区、冀西山区的土地利用相对变化率,见表 5.5。

表 5.5　河北山区分区域土地利用类型相对变化率

土地利用类型	相　对　变　化　率		
	冀东山区	冀北山区	冀西山区
耕　　地	0.62	1.17	0.88
林　　地	0.15	1.12	1.21
草　　地	0.58	1.45	0.23
水　　域	1.25	1.27	0.25
城乡工矿居民用地	1.03	1.22	0.81
未利用土地	1.87	1.00	0.89

冀东山区的水域、城乡工矿居民用地、未利用土地的土地利用相对变化率 $R > 1$,表明这几种土地利用类型变化比较剧烈;而耕地、草地土地利用相对变化率 $0.5 < R < 1$,说明这两种土地利用类型变化较整个研究区而言较为温和;林地土地利用相对变化率 R

仅为 0.15,说明林地变化速度相对缓慢。

冀北山区的各种土地利用相对变化率 $R \geqslant 1$,说明这几种土地利用类型变化均比较剧烈。

冀西山区的林地土地利用相对变化率 $R > 1$,说明林地土地利用类型变化比较剧烈;而耕地、城乡工矿居民用地、未利用土地土地利用相对变化率 $0.5 < R < 1$,说明这几种土地利用类型变化较整个研究区而言较为温和;草地和水域土地利用相对变化率 R 分别仅为 0.23 和 0.25,说明草地和水域变化速度相对缓慢。

总体上,研究区土地利用变化存在显著的区域差异,冀北山区的土地利用相对变化率大于其他两个地区。冀北山区面积广阔,自然条件复杂多样,土壤侵蚀、水土流失等现象比较严重,在一定程度上反映了自然条件和人类活动对土地利用变化的影响。

第二节 景观格局变化分析

一、景观类型变化

表 5.6 河北山区 1987 年景观类型尺度景观指数

	耕 地	林 地	草 地	水 域	城乡工矿居民用地	未利用土地
景观类型面积(CA)	33 724.00	36 142.19	31 873.82	3 979.71	5 442.07	12 594.61
景观百分比(PLAND)	27.24	29.20	25.76	3.22	4.40	10.18
平均斑块面积(AREA_MN)	3.356 3	5.083 3	2.606 8	0.608 0	0.476 3	8.407 6
总边缘长度(TE)	145 584 900	106 971 000	129 473 700	20 194 200	27 805 800	8 867 400
景观形状指数(LSI)	176.748 9	132.055 2	191.435 4	92.395 7	114.948 1	51.587 6
平均形状指数(SHAPE_MN)	1.417 2	1.380 8	1.504 8	1.197 2	1.097 1	1.346 0
斑块分维数(PAFRAC)	1.613 4	1.527 9	1.588 6	1.570 8	1.407 2	1.491 0
最大斑块指数(LPI)	10.251 9	10.854 7	4.451 2	0.068 5	0.052 0	0.083 3
斑块个数(NP)	10 048	7 110	12 227	6 546	11 425	1 498
斑块密度(PD)	0.081 2	0.057 5	0.098 8	0.052 9	0.092 3	0.012 1
斑块边缘密度(ED)	11.763 8	8.643 6	10.461 9	1.631 8	2.246 8	0.716 5

表 5.7 河北山区 2005 年景观类型尺度景观指数

	耕 地	林 地	草 地	水 域	城乡工矿居民用地	未利用土地
景观类型面积(CA)	29 050.29	43 663.04	29 825.51	3 043.74	9 347.35	8 826.47
景观百分比(PLAND)	23.48	35.28	24.10	2.46	7.55	7.13
平均斑块面积(AREA_MN)	3.483 2	6.049 2	2.917 8	0.471 2	0.740 6	3.175 0
总边缘长度(TE)	116 797 800	106 020 300	103 086 300	23 975 700	43 923 000	19 751 700
景观形状指数(LSI)	152.146 9	131.478 1	155.871 4	96.424 8	132.286 0	71.446 6
平均形状指数(SHAPE_MN)	1.430 3	1.413 1	1.462 2	1.232 5	1.181 6	1.326 3
斑块分维数(PAFRAC)	1.579 9	1.508 4	1.537 5	1.538 1	1.473 0	1.488 5
最大斑块指数(LPI)	7.483 2	5.647 8	1.830 5	0.059 3	0.064 6	0.331 4
斑块个数(NP)	8 340	7 218	10 222	6 459	12 621	2 780
斑块密度(PD)	0.067 4	0.058 3	0.082 6	0.052 2	0.102 0	0.022 5
斑块边缘密度(ED)	9.435 2	8.564 6	8.327 6	1.936 8	3.548 2	1.595 6

景观类型尺度上的景观格局指数如表 5.6 和表 5.7 所示,从中可以看出以下十点。

1. 土地景观类型以林地为基质

基质是景观中相对面积最大、连接度最高、对景观动态起着控制作用的景观类型。景观类型斑块大小的构成特征,既反映景观的动态变化趋势,也表明了景观的稳定性特征。1987 年林地面积最大,占总面积的 29.20%,大于其他景观类型的面积,可以认为是景观的基质;其次为耕地,占 27.24%;再次为草地,占 25.76%;其他各类斑块面积占 17.79%。2005 年,林地面积最大,为 43 663.04 km²,比 1987 年增加 7 520.85 km²,占景观总面积的 35.28%,仍然是景观的基质;其次为草地,占 24.10%;再次为耕地,占 23.48%;其他各类斑块面积占 17.14%。可以看出研究区呈现以林地为基质,耕地、草地、水域、城乡工矿居民用地和未利用土地等其他景观类型作为斑块单元镶嵌其中的格局。

2. 林地、城乡工矿居民用地的面积增加而其余景观面积减少

18 年间,林地、城乡工矿居民用地的面积均增加,分别增加了 7 520.85 km²、3 905.28 km²,年均增加 417.83 km²、216.96 km²;耕地、草地、水域、未利用土地的面积均减少,其中,耕地减少幅度最大,为 4 673.71 km²,年均减少 259.65 km²。

3. 除水域、未利用土地外平均斑块面积均有所扩大

斑块是景观的基本单元,斑块面积大小是斑块最显著的几何特征,它直接影响单位面积的生物量、生产力和养分储量,以及物种组成和多样性。从斑块的平均面积来看,2005 年耕地、林地、草地、水域、城乡工矿居民用地、未利用土地的平均斑块面积分别为 1987 年的 1.04 倍、1.19 倍、1.12 倍、0.78 倍、1.55 倍、0.38 倍,除水域、未利用土地外均有所扩大。单一的大斑块所含的物种数量比几个小斑块多得多,而且大斑块通常还含有敏感的内部种。18 年间,研究区内水域、未利用土地面积减少,而且平均斑块面积也相应减小,林地、城乡工矿居民用地的平均斑块面积随着整体面积增加而增大,表明研究区内人类活动增强,导致整体景观结构及生态功能变弱。

4. 平均边缘长度总体上有所扩大

斑块的边缘长度在 1987 年为耕地>草地>林地>城乡工矿居民用地>水域>未利用土地,2005 年为耕地>林地>草地>城乡工矿居民用地>水域>未利用土地。2005 年的耕地、林地、草地、水域、城乡工矿居民用地、未利用土地的平均边缘长度分别为 1987 年的 0.80 倍、0.99 倍、0.80 倍、1.19 倍、1.58 倍、2.23 倍,总体上有所扩大。边缘效应与边缘长度呈正相关。相对于 1987 年,耕地、林地、草地边缘长度减小,不利于生物多样性的保持和生态辐射;水域、城乡工矿居民用地、未利用土地的边缘长度增加,有利于生物多样性的保持和生态辐射。

5. 形状指数总体上有所减小

1987~2005 年,形状指数的整体趋势一致,最大的均为草地,最小的均为未利用土地。相对于 1987 年,2005 年的耕地、林地、草地形状指数减小,草地减小最多;水域、城乡工矿居民用地、未利用土地的形状指数有所增加,但增加幅度较小。形状指数越接近 1,说明该斑块的形状越接近正方形,指数数值越大,形状越复杂。平均形状指数值在 1~1.5 之间,最大的为草地,最小的为城乡工矿居民用地。其中,草地、未利用土地的平均形状指数减少,草地减少的幅度最大;其余斑块平均形状指数增加,城乡工矿居民用地增幅最大。

6. 分维数呈现匀质化

斑块的分维数反映景观的破碎化程度,由于人类定向选择造成了一些景观类型退化或者消失,一些景观类型范围扩大,分布趋于连片;人类活动又不断地分隔景观,使得原来成为整体的自然景观分化为不同的景观类型斑块,呈镶嵌分布。1987~2005 年各个景观类型的差异不是很大,在整个研究区内呈现匀质化。从景观类型上比较,两个年份分维数最大的均为水域,最小的均为城乡工矿居民用地。这与这两类景观类型的自身复杂程度有关,水域的分维数大主要是由水域中河流的自然复杂性决定的,城乡工矿居民用地的分维数小主要是由城乡工矿居民用地分布集中、构型简单造成的。相对于 1987 年,2005 年耕地、未利用土地的分维数呈现增大趋势,其他景观类型的分维数均呈现变小趋势,林地减少趋势最大,说明耕地、未利用土地景观类型复杂程度增大,其他景观类型复杂程度变小。

7. 人为干扰强度增大

最大斑块指数的大小决定着景观中的优势种、内部种的丰度等生态特征,其值的变化可以反映人类活动干扰的强度和频率。1987 年各个景观类型的斑块指数间大小排列为林地>耕地>草地>未利用土地>水域>城乡工矿居民用地,最大的最大斑块指数为林地,最小的最大斑块指数为城乡工矿居民用地;2005 年各个景观类型的斑块指数大小排列为耕地>林地>草地>未利用土地>城乡工矿居民用地>水域,最大的最大斑块指数为耕地,最小的最大斑块指数为水域。18 年间,耕地、林地、草地、水域的最大斑块指数减少,城乡工矿居民用地、未利用土地的最大斑块指数有所增加,这充分反映了研究区人为干扰强度的增大。

8. 斑块总数呈现下降的趋势

斑块数量反映景观总体的变动特征,可以看出斑块的破碎化程度以及两个时期土地利用的总体状况。从斑块数量变化情况看,18 年间,斑块总数呈现下降的趋势,减少了1 214块。1987 年草地斑块数目最多,为 12 227 块,未利用土地斑块数目最少,为 1 498块;2005 年城乡工矿居民用地斑块数目最多,为 12 621 块,未利用土地斑块数目最少,为2 780块。耕地、草地、水域的斑块数目分别减少了 1 708 块、2 005 块、87 块,林地、城乡工矿居民用地、未利用土地均有所增加,分别增加了 108 块、1 196 块、1 282 块。

9. 景观斑块分化程度变化不一

斑块密度反映景观整体斑块分化程度,斑块密度越高,表明一定面积上异质景观类型斑块数量多;斑块规模小,景观异质性越高。当斑块密度按景观类型分别统计时,通过比较分析可以说明不同景观类型在景观空间结构中的作用和特点,反映某景观类型在景观中的斑块分化程度。1987 年草地斑块密度最大,为 0.098 8,未利用土地最小,为 0.012 1;2005 年城乡工矿居民用地斑块密度最大,为 0.102 0,未利用土地最小,为 0.022 5。18 年间,林地、城乡工矿居民用地、未利用土地的斑块密度增大,其中未利用土地增大幅度最高,为 0.010 4,说明未利用土地分布进一步分散;耕地、草地、水域的斑块密度减少,其中草地减少幅度最高,为 0.016 2,说明草地分布进一步集中。

10. 耕地、林地、草地的边缘密度变小而其余变大

斑块边缘密度的大小反映景观中异质斑块之间物质、能量、物种及其他信息交换的潜力及相互影响的强度,可以直接表征景观整体的复杂程度,反映景观的破碎化程度,边缘密度的大小直接影响边缘效应以及物种组成。两个年份各景观类型的边缘密度分异规律基本一致,耕地最大,未利用土地最小。相对于 1987 年,2005 年水域、城乡工矿居民用地和未利用土地的边缘密度有所增加,城乡工矿居民用地的边缘密度增长较大,其余相对较小;耕地、林地、草地的边缘密度变小。

二、景观类型空间转化特征

景观类型空间相互关系分析包括同质景观类型的空间关系和异质景观类型之间的空间关系,本文主要研究后者。异质景观类型的空间相互关系,可以反映景观类型间的相互作用、景观类型动态演替或扩展潜力,以及人为活动引起的景观类型相互联系的变化,可以用结合度指数、分离度指数等加以描述和分析。

景观分离度指某一景观类型中不同斑块个体分布的分离程度。分离度的值越大,表明景观在地域分布上越分散,景观分布越复杂,研究区景观分离度指数见表 5.8。

表 5.8　河北山区景观分离度指数

景观类型	分离度指数(DIVISION)	
	1987 年	2005 年
耕　　地	0.986 3	0.990 5
林　　地	0.982 7	0.993 3
草　　地	0.997 8	0.999 1
水　　域	1.000 0	1.000 0
城乡工矿居民用地	1.000 0	1.000 0
未利用土地	1.000 0	1.000 0

从表 5.8 可以看出,1987 年和 2005 年各景观类型分离度整体趋势一致,水域、城乡工矿居民用地和未利用土地的分离度指数最大,均为 1;耕地、林地、草地分离度指数不足 1。1987~2005 年,耕地、林地、草地的分离度指数增大,说明三者在地域分布上呈现分散趋势;其他景观类型没有变化。

景观结合度指景观类型的自然连接性,研究区景观分结合指数见表 5.9。

表 5.9 河北山区结合度指数

景观类型	结合度指数（COHESION）	
	1987 年	2005 年
耕 地	99.360 1	99.212 4
林 地	99.475 5	99.071 7
草 地	97.850 1	97.133 3
水 域	81.832 5	84.134 2
城乡工矿居民用地	65.381 5	81.409 8
未利用土地	89.654 5	94.188 6

由表 5.9 可以看出，1987 年和 2005 年各景观类型的结合度整体趋势一致，耕地最大，说明该景观类型分布相对集中，空间连接性相对较大；城乡工矿居民用地最小，说明该类型分布相对分散，空间连接性相对较小。18 年间，水域、城乡工矿居民用地、未利用土地的结合度变大，其中城乡工矿居民用地的变化幅度最大，空间连接性相对增强，有助于物质和能量迁移；其他景观类型的结合度变小，分布趋于分散，空间连接性变弱，对物质、能量的流动产生不利影响。

综上可得，18 年间，耕地、林地、草地分布趋于分散，空间连接性相对变弱；水域、城乡工矿居民用地、未利用土地空间连接性相对增强。

三、景观格局变化特征

在自然因子和人为驱动因子的影响下，1987～2005 年景观格局发生了较大的变化，由表 5.10 可以看出以下四点。

表 5.10 河北山区 1987 年、2005 年景观格局特征值

景观指数 ＼ 年份	1987 年	2005 年
斑块个数（NP）	48 854	47 640
总边缘长度（TE）	219 448 500	206 777 400
景观形状指数（LSI）	159.887 3	150.897 7
斑块密度（PD）	0.394 8	0.384 8
斑块边缘密度（ED）	17.732 2	16.704 0
斑块分维数（PAFRAC）	1.564 1	1.527 8
景观多样性指数（SHDI）	1.334 8	1.463 8
景观均匀度指数（SHEI）	0.745 0	0.817 0
景观优势度指数（D）	0.457 0	0.328 0
蔓延度指数（CONTAG）	38.996 5	34.759 1
结合度指数（COHESION）	99.082 8	98.615 0
分离度指数（DIVISION）	0.966 9	0.982 8

1. 景观破碎化程度下降

1987～2005 年间，景观斑块的数量减少，由 1987 年的 48 854 个，减少到 2005 年的

47 640 个；景观斑块密度表现出减小的特点，由 1987 年的 0.394 8 个/km² 下降至 2005 年的 0.384 8 个/km²；景观的形状指数和景观边缘密度也呈现出减少的趋势，景观的形状指数由 1987 年的 159.887 3 下降至 2005 年的 150.897 7，景观边缘密度由 1987 年的 17.732 2 m/km² 下降至 2005 年的 16.704 0 m/km²。这些数据充分表明近 18 年来尽管人类对太行山、燕山山麓平原耕地区的干扰加强，但是由于近年来封山育林和退耕还林还草等活动使人类的干扰相对下降，整个研究区的景观破碎化程度下降。

2. 景观异质性程度加大

1987～2005 年间，多样性指数增加，2005 年比 1987 年增加 0.129 0，这表明景观多样性随开发活动的不断加强差异性变小，均匀度增加 0.072 0；景观优势度减少，由 1987 年的 0.457 0 下降至 2005 年的 0.328 0，表明各景观类型所占的比例差异在不断的减小，即优势景观斑块类型在景观中的面积比例下降，对景观的控制作用减弱，景观结构变得复杂。景观多样性水平提高，景观异质化程度增高，土地利用向着多样化和均匀化方向发展，主要原因与 18 年来草地、耕地、未利用土地和水域面积大幅减少，而林地、城乡工矿居民用地增加，进而导致各景观类型所占比例差异减小有关。

3. 景观的整体形状趋于简单化

景观整体的分维数 1987 年为 1.564 1，2005 年为 1.527 8，表明研究区景观的整体形状趋于简单化。

4. 景观的整体趋于分散化

蔓延度指数变化较大，1987 年为 38.996 5，2005 年减少到 34.759 1；结合度也随之降低，由 1987 年的 99.082 8 降低到 2005 年 98.615 0；分离度略微增加，1987 年为 0.966 9，2005 年增加到 0.982 8。蔓延度减少说明了景观的空间连接性下降，景观类型空间分布不均衡，优势景观类型比例下降，其他几种景观类型优势度增加，斑块分布更为分散，并混合在一起；两年结合度指数均接近 100，说明两年景观类型的空间连通性都很大，景观类型分布较集中，18 年间，斑块结合度变化不大，略微下降说明景观类型相对分散，空间连通性相对较低；分离度指数的增加说明了景观整体趋于分散化。

四、不同坡度景观格局变化特征分析

（一）不同坡度景观类型面积变化

地形状况不同，影响土地利用的难易程度，从而导致景观格局的差异。按照 1984 年全国农业区划委员会《土地利用现状调查技术规程》规定，凡坡度≤2°地称为平地，坡地分为 2°～6°、6°～15°、15°～25°、>25° 四个不同的坡级。

利用 ArcGIS 软件对 DEM 进行坡度分级，将坡度分级图和景观图进行叠置，生成不同坡度景观图，以 Grid 格式输入 Fragstats 3.3 软件，分别计算不同坡度级别上的景观格局指数,比较不同坡度在1987~2005年18年间景观格局的变化。

1987年、2005年不同坡度景观类型面积见表5.11、表5.12。不同坡度景观面积变化如下:

表5.11 河北山区1987年不同坡度景观类型的面积 （单位：km²）

景观类型 ＼ 坡度	<2°	2°~6°	6°~15°	15°~25°	>25°
耕　地	20 489.89	6 084.96	5 619.91	1 414.26	114.98
林　地	4 290.13	3 339.28	15 246.56	11 070.34	2 195.88
草　地	8 005.76	5 664.12	12 649.94	4 827.25	726.75
水　域	3 005.81	509.85	354.66	89.37	20.02
城乡工矿居民用地	4 440.49	674.51	288.11	35.53	3.43
未利用土地	5 121.69	1 322.49	3 545.4	2 091.97	513.06
合　计	45 353.77	17 595.21	37 704.58	19 528.72	3 574.12

表5.12 河北山区2005年不同坡度景观类型的面积 （单位：km²）

景观类型 ＼ 坡度	<2°	2°~6°	6°~15°	15°~25°	>25°
耕　地	20 050.28	3 956.66	4 183.50	1 108.79	51.06
林　地	6 690.82	5 185.23	18 009.83	11 237.85	2 239.31
草　地	6 532.77	5 857.87	12 048.30	4 713.09	673.48
水　域	2 077.42	327.15	403.83	199.57	35.77
城乡工矿居民用地	6 919.36	1 052.51	1 124.03	229.74	21.71
未利用土地	3 083.12	1 215.79	1 935.09	2 039.68	552.79
合　计	45 353.77	17 595.21	37 704.58	19 528.72	3 574.12

1）<2°坡度类型面积变化分析。18年间,耕地、草地、水域、未利用土地面积减少,分别减少了439.61 km²、1 472.99 km²、928.39 km²和2 038.57 km²;林地、城乡工矿居民用地面积增加,分别增加2 400.69 km²、2 478.87 km²。

2）2°~6°坡度类型面积变化分析。18年间,耕地、水域、未利用土地面积减少,其中耕地面积减少最多,减少了2 128.30 km²,水域和未利用土地面积分别减少了182.70 km²和106.70 km²;林地、草地、城乡工矿居民用地面积增加,分别增加了1 845.95 km²、193.75 km²、378.00 km²。

3）6°~15°坡度类型面积变化分析。18年间,耕地、草地、未利用土地面积减少,分别减少了1 436.41 km²、601.64 km²和1 610.31 km²;林地、水域、城乡工矿居民用地面积增加,分别增加2 763.27 km²、49.17 km²、835.92 km²。

4）15°~25°坡度类型面积变化分析。18年间,耕地、草地及未利用土地面积减少,分别减少了305.47 km²、114.16 km²、52.29 km²;林地、水域、城乡工矿居民用地面积增加,分别增加167.51 km²、110.20 km²、194.21 km²。

5）>25°坡度类型面积变化分析。18年间,耕地、草地面积减少,分别减少了63.92 km²、53.27 km²;林地、水域、城乡工矿居民用地以及未利用土地面积增加,分别增加43.43 km²、15.75 km²、18.28 km²、39.73 km²。

总体来看,18年来,耕地面积在所有坡度区均减少,以2°~6°和6°~15°减少最多;林地面积在所有坡度区均增加，以 6°~15°增加最多；草地面积在<2°、6°~15°、15°~25°、>25°坡度区均减少，以<2°坡度区减少最多，而在 2°~6°坡度区略有增加；水域面积在<2°、2°~6°坡度区减少，在<2°坡度区减少最多，而在 6°~15°、15°~25°、>25°坡度区面积略有增加；城乡工矿居民用地面积在所有坡度区均增加，在<2°坡度区增加最多；未利用土地面积在<2°、2°~6°、6°~15°、15°~25°坡度区均减少，以<2°坡度区减少最多，而在>25°坡度区略有增加。

(二) 不同坡度景观格局变化

1987~2005 年研究区不同坡度景观格局发生了较大的变化(表 5.13、表 5.14)，不同坡度景观格局分析如下：

表 5.13　河北山区 1987 年不同坡度区的景观指数

景观指数 ＼ 坡度	<2°	2°~6°	6°~15°	15°~25°	>25°
景观类型面积(TA)	4 535 377	1 759 521	3 770 458	1 952 872	357 412
斑块个数(NP)	64 235	75 043	74 759	48 166	14 870
斑块分维数(PAFRAC)	1.440 6	1.519 5	1.609 8	1.616 3	1.600
景观多样性指数(SHDI)	1.191 0	1.283 3	1.133 0	0.869 7	0.391 8
景观均匀度指数(SHEI)	0.664 7	0.716 2	0.632 3	0.485 4	0.395 3
蔓延度指数(CONTAG)	46.566 3	41.560 0	46.609 6	60.526 5	68.775 6
结合度指数(COHESION)	96.891 4	61.187 5	88.004 5	85.545 9	64.912 3
分离度指数(DIVISION)	0.973 1	0.999 7	0.999 1	0.998 9	0.999 0

表 5.14　河北山区 2005 年不同坡度区的景观指数

景观指数 ＼ 坡度	<2°	2°~6°	6°~15°	15°~25°	>25°
景观类型面积(TA)	4 535 377	1 759 521	3 770 458	1 952 872	357 412
斑块个数(NP)	62 733	73 442	68 888	44 621	14 345
斑块分维数(PAFRAC)	1.432 7	1.515 3	1.607 5	1.620 6	1.610 0
景观多样性指数(SHDI)	1.366 2	1.503 6	1.303 3	1.021 6	0.880 6
景观均匀度指数(SHEI)	0.762 5	0.839 2	0.727 5	0.570 2	0.491 5
蔓延度指数(CONTAG)	39.818 1	33.920 5	41.308 6	56.627 4	64.694 8
结合度指数(COHESION)	96.248 4	60.211 7	88.846 2	86.143 5	67.980 5
分离度指数(DIVISION)	0.981 5	0.999 8	0.999 0	0.999 0	0.998 4

1) <2°坡度景观格局变化分析。18 年间，斑块数目减少 1 502 块，分维数减少 0.007 9，多样性指数增加 0.175 2，均匀度指数增加 0.097 8，蔓延度减少 6.748 2，结合度减少 0.643 0，分离度增加 0.008 4。说明该区景观整体形状趋于简单，破碎化程度增大，多样性增大，空间构形趋于分散。

2) 2°~6°坡度景观格局变化分析。18 年间，斑块数目减少 1 601 块，分维数减少 0.004 2，多样性指数增加 0.220 3，均匀度指数增加 0.123 0，蔓延度减少 7.639 5，结合度减少 0.975 8，分离度增加 0.000 1。说明该区景观整体破碎化程度降低，整体形状趋于简单,景观多样性增大,空间构形趋于分散。

3) 6°～15°坡度景观格局变化分析。18 年间,斑块数目减少 5 871 块,分维数减少 0.002 3,多样性指数增加 0.170 5,均匀度指数增加 0.095 2,蔓延度减少 5.301 0,结合度减少 0.841 7,分离度减少 0.000 1。说明该区景观整体破碎化程度降低,整体形状趋于简单,多样性增大,空间构形趋于集聚。

4) 15°～25°坡度景观格局变化分析。18 年间,斑块数目减少 3 545 块,分维数增加 0.004 3,多样性指数增加 0.151 9,均匀度指数增加 0.084 8,蔓延度减少 3.899 1,结合度增加 0.597 6,分离度增加 0.000 1。说明该区景观整体破碎化程度降低,整体形状趋于复杂,景观多样性增大,空间构形趋于分散。

5) ＞25°坡度景观格局变化分析。18 年间,斑块数目减少 525 块,分维数增加 0.010 0,多样性指数增加0.488 8,均匀度指数增加0.096 2,蔓延度减少4.080 8,结合度增加3.068 2,分离度减少0.000 6。说明该区景观整体破碎化程度降低,整体形状趋于复杂,多样性增加,空间构形趋于集聚。

(三) 不同坡度景观类型转化

1. ＜2°景观类型转化分析

18 年间,在＜2°坡度区,耕地面积减少,主要是耕地向城乡工矿居民用地以及林地、草地的转化;林地面积增加,主要是未利用土地和耕地向其转化;草地面积减少,主要是其向城乡工矿居民用地、耕地转化;水域减少主要是其向城乡工矿居民用地、耕地转化;城乡工矿居民用地增加,主要是耕地、草地向其转化;未利用土地面积减少,主要是其向林地、耕地转化(表 5.15)。

表 5.15　河北山区 1987～2005 年＜2°坡度区景观类型转移矩阵

1987 年	2005 年	耕　地	林　地	草　地	水　域	城乡工矿居民用地	未利用土地	1987 年总计
耕　地	面积(km²)	15 864.96	1 120.14	1 065.94	138.49	1 874.98	425.38	20 489.89
	比例(%)	77.43	5.47	5.20	0.68	9.15	2.08	
林　地	面积(km²)	1 001.24	2 732.19	285.29	140.98	83.13	47.30	4 290.13
	比例(%)	23.34	63.69	6.65	3.29	1.94	1.10	
草　地	面积(km²)	1 212.83	738.32	3 934.81	117.88	1 859.22	142.70	8 005.76
	比例(%)	15.15	9.22	49.15	1.47	23.22	1.78	
水　域	面积(km²)	497.39	108.73	166.24	1 501.47	567.21	164.77	3 005.81
	比例(%)	16.55	3.62	5.53	49.95	18.87	5.48	
城乡工矿居民用地	面积(km²)	612.11	591.07	624.62	92.26	2 444.33	76.10	4 440.49
	比例(%)	13.78	13.31	14.07	2.08	55.05	1.71	
未利用土地	面积(km²)	561.75	1 700.37	455.87	86.34	90.49	2 226.87	5 121.69
	比例(%)	10.97	33.20	8.90	1.69	1.77	43.48	
2005年总计		20 050.28	6 690.82	6 532.77	2 077.42	6 919.36	3 083.12	45 353.77

2. 2°～6°景观类型转化分析

18年间,在2°～6°坡度区,耕地面积减少,主要是耕地向林地、草地转化;林地面积增加,主要是耕地向其转化;草地面积增加,主要是耕地向其转化;水域面积减少主要是其向耕地、林地转化;城乡工矿居民用地面积增加,主要是耕地、草地、林地向其转化;未利用土地面积减少,主要是其向耕地转化(表5.16)。

表 5.16　河北山区 1987～2005 年 2°～6°坡度区景观类型转移矩阵

1987 年	2005 年	耕　地	林　地	草　地	水　域	城乡工矿居民用地	未利用土地	1987 年总计
耕　地	面积(km²)	2 396.23	1 803.94	1 425.94	38.49	194.98	225.38	6 084.96
	比例(%)	39.38	29.65	23.43	0.63	3.20	3.70	
林　地	面积(km²)	131.24	2 649.54	285.29	40.98	186.28	45.95	3 339.28
	比例(%)	3.93	79.34	8.54	1.23	5.58	1.38	
草　地	面积(km²)	962.83	381.58	3 919.91	67.88	189.22	142.70	5 664.12
	比例(%)	17.00	6.74	69.21	1.20	3.34	2.52	
水　域	面积(km²)	81.70	138.73	56.24	141.20	47.21	44.77	509.85
	比例(%)	16.02	27.21	11.03	27.69	9.26	8.78	
城乡工矿居民用地	面积(km²)	112.11	111.07	64.62	12.26	344.33	30.12	674.51
	比例(%)	16.62	16.47	9.58	1.82	51.05	4.47	
未利用土地	面积(km²)	272.55	100.37	105.87	26.34	90.49	726.87	1 322.49
	比例(%)	20.61	7.59	8.01	1.99	6.84	54.96	
2005年总计		3 956.66	5 185.23	5 857.87	327.15	1 052.51	1 215.79	17 595.21

3. 6°～15°景观类型转化分析

18年间,在6°～15°坡度区,耕地面积减少主要是其向林地、草地的转化;林地面积增加,主要是草地、耕地和未利用土地向其转化,其中草地向其转化百分比最多;草地面积减少,主要是草地向林地、耕地、城乡工矿居民用地转化,其中向林地转化百分比最多;水域面积增加,主要是耕地、草地、未利用土地和林地向水域的转化;城乡工矿居民用地面积增加,主要是草地向其转化;未利用土地面积减少,主要是其向草地、林地转化,向草地转化百分比最多(表5.17)。

表 5.17　河北山区 1987～2005 年 6°～15°坡度区景观类型转移矩阵

1987 年	2005 年	耕　地	林　地	草　地	水　域	城乡工矿居民用地	未利用土地	1987 年总计
耕　地	面积(km²)	2 763.13	1 401.11	1 187.01	61.60	154.53	52.53	5 619.91
	比例(%)	49.17	24.93	21.12	1.10	2.75	0.93	
林　地	面积(km²)	681.83	13 876.44	503.76	44.24	97.76	42.53	15 246.56
	比例(%)	4.47	91.01	3.30	0.29	0.64	0.28	

123456789

续　表

1987年 \ 2005年		耕地	林地	草地	水域	城乡工矿居民用地	未利用土地	1987年总计
草地	面积(km²)	621.09	1 822.69	9 299.89	53.90	600.12	252.25	12 649.94
	比例(%)	4.91	14.41	73.52	0.43	4.74	1.99	
水域	面积(km²)	36.81	23.28	26.83	176.57	43.85	47.32	354.66
	比例(%)	10.38	6.56	7.56	49.79	12.36	13.34	
城乡工矿居民用地	面积(km²)	29.75	33.06	30.82	22.26	138.89	33.33	288.11
	比例(%)	10.33	11.47	10.70	7.73	48.21	11.57	
未利用土地	面积(km²)	50.89	853.25	999.99	45.26	88.88	1 507.13	3 545.40
	比例(%)	1.44	24.07	28.21	1.28	2.51	42.51	
2005年总计		4 183.5	18 009.83	12 048.30	403.83	1 124.03	1 935.09	37 704.58

4. 15°～25°景观类型转化分析

18年间,在15°～25°坡度区,耕地面积减少主要是其向林地、草地的转化,其中其向林地转化的百分比最多;林地面积增加,主要是草地、耕地向其转化,其中草地向其转化百分比最多;草地面积减少,主要是草地向林地、耕地转化,其中向林地转化的百分比最多;水域面积增加,主要是未利用土地、草地和林地向水域的转化,其中未利用土地转化的百分比最多;城乡工矿居民用地面积增加,主要是耕地、林地和草地向其转化;未利用土地面积减少,主要是其向耕地、草地转化,向耕地转化百分比最多(表5.18)。

表5.18　河北山区1987～2005年15°～25°坡度区景观类型转移矩阵

1987年 \ 2005年		耕地	林地	草地	水域	城乡工矿居民用地	未利用土地	1987年总计
耕地	面积(km²)	339.87	678.79	218.60	21.20	68.07	87.73	1 414.26
	比例(%)	24.03	48.00	15.46	1.50	4.81	6.20	
林地	面积(km²)	179.81	9 128.49	1 426.43	42.71	53.50	239.40	11 070.34
	比例(%)	1.62	82.46	12.89	0.39	0.48	2.16	
草地	面积(km²)	416.30	1 317.40	2 901.33	43.59	40.96	107.67	4 827.25
	比例(%)	8.62	27.29	60.10	0.90	0.85	2.23	
水域	面积(km²)	7.95	8.73	6.24	24.47	17.21	24.77	89.37
	比例(%)	8.90	9.77	6.98	27.38	19.26	27.72	
城乡工矿居民用地	面积(km²)	3.11	4.07	4.62	1.26	20.36	2.11	35.53
	比例(%)	8.75	11.46	13.00	3.55	57.30	5.94	
未利用土地	面积(km²)	161.75	100.37	155.87	66.34	29.64	1 578.00	2 091.97
	比例(%)	7.73	4.80	7.45	3.17	1.42	75.43	
2005年总计		1 108.79	11 237.85	4 713.09	199.57	229.74	2 039.68	19 528.82

5. ＞25°景观类型转化分析

18 年间,在＞25°坡度区,耕地面积减少主要是耕地向林地、草地的转化;林地面积增加,主要是由草地向其转化;草地面积减少,主要是林地转化;水域面积增加,主要是林地、草地向其转化,其中林地转化的百分比最多;城乡工矿居民用地面积增加,主要来自未利用土地、林地、草地和耕地的转化,其中未利用土地转化百分比最多;未利用土地的增加,主要是林地、草地向其的转化,其中林地转化的百分比最多(表 5.19)。

表 5.19　河北山区 1987～2005 年＞25°坡度区景观类型转移矩阵

1987 年 \ 2005 年		耕　地	林　地	草　地	水　域	城乡工矿居民用地	未利用土地	1987 年总计
耕　地	面积(km²)	23.45	49.15	35.34	1.35	2.89	2.80	114.98
	比例(%)	20.39	42.75	30.74	1.17	2.51	2.44	
林　地	面积(km²)	14.06	1 902.24	220.77	11.10	5.96	41.75	2 195.88
	比例(%)	0.64	86.63	10.05	0.51	0.27	1.90	
草　地	面积(km²)	11.57	266.27	413.67	8.30	3.16	23.78	726.75
	比例(%)	1.59	36.64	56.92	1.14	0.43	3.27	
水　域	面积(km²)	0.63	6.68	2.26	9.02	0.09	1.34	20.02
	比例(%)	3.15	33.37	11.29	45.05	0.45	6.69	
城乡工矿居民用地	面积(km²)	0.23	0.28	0.21	0.93	0.97	0.81	3.43
	比例(%)	6.71	8.16	6.12	27.11	28.28	23.62	
未利用土地	面积(km²)	1.12	14.69	1.23	5.07	8.64	482.31	513.06
	比例(%)	0.22	2.86	0.24	0.99	1.68	94.01	
2005年总计		51.06	2 239.31	673.48	35.77	21.71	552.79	3 574.12

根据上述研究结果,可以运用情景分析方法进一步模拟土地利用景观类型未来的发展趋势。

五、土地利用景观格局变化趋势分析

(一)初始转移概率确定

马尔科夫预测首先要在建立景观转移矩阵的基础上建立景观转移概率矩阵,再进行不同步长景观类型转移概率的计算和稳定状态下景观的组成。

马尔科夫预测模型是一种特殊的随机运动过程。一个运动系统在 $t+1$ 时刻的状态和 t 时刻的状态有关,而与提前的运动状态无关,这一点用于景观格局变化的预测是合适的,成功地应用马尔科夫模型的关键在于转移概率的确定。利用研究区 1987 年和 2005 年土地利用遥感影像人机交互判读结果,再以年为单位,把景观变化分成一系列离散的演化状态,计算从一个状态到另外一个状态的转化速率,也就是说,转移概率可以通过各时间段内某种景观类型的年平均转化率获得。例如,1987 年的景观分类图上的耕地,到 2005 年时部分变成林地、草地、水域等,后者占耕地面积的平均百分比即为转移概率。把耕地转化为其他景观类型的转移概率作为第 1 行,把林地转化为其他景观类型的转移概率作为第 2 行,以此类推,构成一个转移概率矩阵。

转移矩阵的每一项元素需满足以下条件:

1)$0 \leqslant P_{ij} \leqslant 1$,即各元素为非负值,其中 P_{ij} 为土地利用类型 i 转化为土地利用类型 j 的转移概率。

2)$\sum_{j=1}^{n} P_{ij} = 1$,即每行元素之和为 1。

$$P = (P_{ij}) = \begin{vmatrix} P_{11} & P_{12} & P_{13} & \cdots & P_{1n} \\ P_{21} & P_{22} & P_{23} & \cdots & P_{2n} \\ P_{31} & P_{32} & P_{33} & \cdots & P_{3n} \\ \vdots & \vdots & \vdots & \vdots & \vdots \\ P_{n1} & P_{n2} & P_{n3} & \cdots & P_{nn} \end{vmatrix} \tag{5.6}$$

计算转移概率矩阵的过程是根据某一时段内土地利用类型的面积变化矩阵,计算出年平均土地利用类型面积变化矩阵,再由该矩阵求出年平均土地利用类型转移概率。例如,1987 年的土地利用图上某块耕地到 2005 年部分变成牧草地、林地和居民点及工矿用地,后者除以年数($n=18$),即为其年平均面积转移概率,再由该矩阵计算总研究区面积中耕地、牧草地、林地的转移概率矩阵。

(二)预测及检验

以 1987 年土地利用现状为初始状态矩阵,根据 1987～2000 年的土地利用类型转移矩阵(表 5.20)和初始状态景观类型转移矩阵(表 5.21)模拟了 2005 年的土地利用类型面积(表 5.22)。结果表明,2005 年模拟值与实际值中,城乡工矿居民用地误差百分比最大(绝对值为 22.67%),其次就是未利用土地(绝对值为 19.91%),其他类型都小于 5%。城乡工矿居民用地和未利用土地与预测数值差距较大,这主要是由于在 2000～2005 年间城乡工矿居民用地迅速增加,而与此同时未利用土地迅速减少所致。考虑到这一时期社会经济的迅速发展,必将大量开发未利用土地,从而导致未利用土地锐减,而经济发展又不可避免地进行大量基础设施建设,导致城乡工矿居民用地的激增,因此出现这一现象也是正常的。另外,在人机交互判读过程中的误差也主要集中在城乡工矿居民用地和未利用土地中,导致预测数值与实际值差距变大,而其他地类面积变化和预测数值都比较接近,所以用马尔科夫过程来预测土地利用景观格局的变化是可行的。

表 5.20　1987～2000 年研究区各景观类型转移矩阵　　　　（单位：km²）

1987年 ＼ 2000年	耕 地	林 地	草 地	水 域	城乡工矿居民用地	未利用土地	1987年总计
耕　　地	23 214.41	4 549.48	2 540.38	308.59	2 157.83	953.31	33 724.00
林　　地	728.13	32 403.81	1 676.56	202.23	830.34	301.12	36 142.19
草　　地	3 151.11	3 568.97	23 105.82	240.56	1 322.49	484.87	31 873.82
水　　域	551.01	256.66	236.20	1 943.57	637.91	354.36	3 979.71
城乡工矿居民用地	448.70	484.25	473.17	133.15	3 799.90	102.90	5 442.07
未利用土地	956.93	2 399.87	1 793.38	215.64	598.88	6 629.91	12 594.61
2000年总计	29 050.29	43 663.04	29 825.51	3 043.74	9 347.35	8 826.47	123 756.40

表 5.21　1987～2000 年初始状态景观类型转移概率矩阵($n=0$)

年代 n	年代 $n+1$					
	耕 地	林 地	草 地	水 域	城乡工矿居民用地	未利用土地
耕　　地	0.976 0	0.010 4	0.005 8	0.000 7	0.004 9	0.002 2
林　　地	0.001 5	0.992 0	0.003 6	0.000 4	0.001 8	0.000 6
草　　地	0.007 6	0.008 6	0.978 8	0.000 6	0.003 2	0.001 2
水　　域	0.010 7	0.005 0	0.004 6	0.955 2	0.012 3	0.006 8
城乡工矿居民用地	0.006 3	0.006 8	0.006 7	0.001 9	0.976 8	0.001 5
未利用土地	0.005 8	0.014 7	0.011 0	0.001 3	0.003 7	0.963 6

表 5.22　2005 年土地利用预测值误差分析　　　　（单位：km²）

类　　型	耕 地	林 地	草 地	水 域	城乡工矿居民用地	未利用土地
1987 年	33 724.00	36 142.19	31 873.82	3 979.71	5 442.07	12 594.61
2000 年	31 300.56	40 755.74	30 457.50	3 367.62	6 732.38	11 142.60
2005 年预测值	30 368.47	42 530.18	29 912.76	3 132.20	7 228.65	10 584.13
2005 年实际值	29 050.29	43 663.04	29 825.51	3 043.74	9 347.35	8 826.47
误差差值	1 318.18	−1 132.86	87.25	88.46	−2 118.70	1 757.66
误差百分比	4.54%	−2.59%	0.29%	2.91%	−22.67%	19.91%

　　由此可见,运用马尔科夫模型预测景观格局变化,必须根据社会经济发展、自然环境变迁及其他人为干扰因素的变化,调整各项转移概率。

（三）各情景土地利用景观格局变化趋势预测

　　基于上述预测结果,可得到 2005 年以后自然发展情景下达到稳定状态下时的河北山区土地利用类型景观面积,进而分别推算出生态环境保护情景、耕地保护情景以及和谐发展情景下的土地利用类型景观面积。

1. 自然发展情景

　　根据 1987 年、2000 年、2005 年土地利用景观类型分别建立转移矩阵和转移概率矩阵,并进一步按时间步长求得 1987～2005 年多年加权转移概率矩阵(表 5.23),以预测

2005 年以后河北山区土地利用类型景观面积变化。

表 5.23　1987～2005 年初始状态景观类型转移概率矩阵($n=0$)

年代 n	年代 $n+1$					
	耕　地	林　地	草　地	水　域	城乡工矿居民用地	未利用土地
耕　　　　地	0.979 7	0.008 3	0.006 5	0.000 4	0.003 8	0.001 3
林　　　　地	0.001 5	0.991 0	0.004 2	0.000 4	0.002 2	0.000 6
草　　　　地	0.007 4	0.007 9	0.980 1	0.000 5	0.003 0	0.001 2
水　　　　域	0.008 7	0.004 0	0.003 6	0.970 3	0.009 4	0.004 0
城乡工矿居民用地	0.007 7	0.007 5	0.007 4	0.001 3	0.974 5	0.001 5
未利用土地	0.004 6	0.012 2	0.007 6	0.001 0	0.001 4	0.973 2

人们经过对土地长时间（$A_{t=n\to\infty}$）的利用，最终可能达到各土地利用类型所占比例与它们的初始状态（$A_{t=0}$）无关，转移概率达到相对稳定状态，即 $\lim p_{rs}(n)=a_s$($a_s=0$, $1,2,\cdots,n-1$)。稳定状态下的转移概率 a_s 值，不仅如前所述，在 $A_{t=n\to\infty}$ 的条件下，逐步计算得到 $p_{rs}(n)$。

也可以附加一个条件 $1=\sum\limits_{s=0}^{n-1}a_s$，直接由初始状态下的转移概率矩阵求出，马尔科夫预测模型稳定方程组为

$$\begin{cases} a_s=\sum\limits_{s=0}^{n-1}a_r p_{rs} \\ 1=\sum\limits_{s=0}^{n-1}a_s \end{cases} \tag{5.7}$$

本研究中 $n=6$，其方程组为

$$\begin{cases} a_1=a_0 p_{01}+a_1 p_{11}+a_2 p_{21}+a_3 p_{31}+a_4 p_{41}+a_5 p_{51} \\ a_2=a_0 p_{02}+a_1 p_{12}+a_2 p_{22}+a_3 p_{32}+a_4 p_{42}+a_5 p_{52} \\ a_3=a_0 p_{03}+a_1 p_{13}+a_2 p_{23}+a_3 p_{33}+a_4 p_{43}+a_5 p_{53} \\ a_4=a_0 p_{04}+a_1 p_{14}+a_2 p_{24}+a_3 p_{34}+a_4 p_{44}+a_5 p_{54} \\ a_5=a_0 p_{05}+a_1 p_{15}+a_2 p_{25}+a_3 p_{35}+a_4 p_{45}+a_5 p_{55} \\ 1=a_0+a_1+a_2+a_3+a_4+a_5 \end{cases} \tag{5.8}$$

代入初始状态下的转移概率矩阵各元素的值后，得

$$\begin{cases} a_1=a_0\times 0.008\,3+a_1\times 0.991\,0+a_2\times 0.007\,9+a_3\times 0.004\,0+a_4\times 0.007\,5+a_5\times 0.012\,2 \\ a_2=a_0\times 0.006\,5+a_1\times 0.004\,2+a_2\times 0.980\,1+a_3\times 0.003\,6+a_4\times 0.007\,4+a_5\times 0.007\,6 \\ a_3=a_0\times 0.000\,4+a_1\times 0.000\,4+a_2\times 0.000\,5+a_3\times 0.970\,3+a_4\times 0.001\,3+a_5\times 0.001\,0 \\ a_4=a_0\times 0.003\,8+a_1\times 0.002\,2+a_2\times 0.003\,0+a_3\times 0.009\,4+a_4\times 0.974\,5+a_5\times 0.001\,4 \\ a_5=a_0\times 0.001\,3+a_1\times 0.000\,6+a_2\times 0.001\,2+a_3\times 0.004\,0+a_4\times 0.001\,5+a_5\times 0.973\,2 \\ 1=a_0+a_1+a_2+a_3+a_4+a_5 \end{cases}$$

解得：$a_0 = 0.165\ 7$，$a_1 = 0.474\ 2$，$a_2 = 0.207\ 8$，$a_3 = 0.017\ 7$，$a_4 = 0.098\ 5$，$a_5 = 0.036\ 1$。

据马尔科夫预测模型稳定状态定义，稳定状态转移概率之值就是各景观类型达到相对稳定状态时所占的面积比例。

利用 1987~2005 年间的转移概率，预测了在保持当前干扰不变即自然发展的情景之下，2005 年后各土地利用景观类型面积比例变化（表 5.24）。

表 5.24　自然发展情景土地利用景观格局变化马尔科夫预测　　　（单位：km²）

年　份	耕　地	林　地	草　地	水　域	城乡工矿居民用地	未利用土地
2005	29 050.29	43 663.04	29 825.51	3 043.74	9 347.35	8 826.47
2010	28 232.87	45 037.10	29 450.83	2 930.28	9 829.31	8 276.02
2015	27 496.32	46 282.85	29 110.57	2 834.30	10 234.92	7 797.44
2020	26 832.17	47 412.65	28 801.47	2 753.05	10 575.85	7 381.22
2025	26 232.89	48 437.61	28 520.58	2 684.21	10 862.01	7 019.09
2030	25 691.80	49 367.76	28 265.25	2 625.86	11 101.81	6 703.93
→∞	20 506.44	58 685.27	25 716.58	2 190.49	12 190.01	4 467.61

结果表明，2005 年后景观变化的趋势是：耕地、草地、水域、未利用土地在逐年减少，林地、城乡工矿居民用地在逐年增加。当景观的变化达到相对稳定状态的时候，城乡工矿居民用地略有增加，林地增加较多，其他的比例显著降低，因此必须对景观所受到的干扰进行合理的调控，而不能使当前的扰动长期发展。

2. 生态环境保护情景

河北山区环绕京津，承担着京津冀主要城市和农业生产基地生态屏障的重要职能，同时也是京津冀地区经济发展水平较低，土地生态系统脆弱且破坏严重、贫困人口集中分布的地区，今后面临的主要用地矛盾是土地生态保护与加大土地经济产出之间的冲突。

研究区长期以来以土地生态系统退化为代价，基本解决了温饱问题，但是土地生态系统退化已经成为全面建设小康社会的主要制约因素，也是这一地区至今难以整体脱贫的关键，成为治理的难点地区。因此，实施贫困地区土地利用结构调整与人口迁移战略，是消除贫困、实施全面建设小康社会的必然要求。

实施贫困地区土地利用结构调整与人口迁移战略的目标是：大力调整土地利用结构，坡耕地全部或部分退耕还林还草，大部分宜林荒地完成植树造林，为全面建设小康社会提供基础保障；通过向各级城镇转移和向平原地区迁移两条主要途径，逐步迁出超载的人口，保障人地关系的协调。

坡耕地是典型的边际耕地之一，通常将大于 15°土地中的耕地称为坡耕地，将大于 25°土地中的耕地称为陡坡耕地。坡耕地和陡坡耕地较多，土地利用处于临界或不合理状态，是河北山区土地开发中较普遍的现象。目前河北省耕地中坡耕地集中分布在河北山区中的燕山深山区、冀西北间山地区和太行山深山区，大于 15°土地面积比例为 18.67%，其中坡耕地的比例约为大于 15°土地面积的 6.62%（1987 年）；大于 25°土地面积比例为 2.89%，其中陡坡耕地约为大于 25°土地面积的 3.22%（1987 年），所占比重较大。

根据上述要求,可以在自然发展情景基础上制定研究区土地利用结构调整方案如下:大于25°陡坡耕地全部退耕还林,草地比例由约20%调整为6%;15°~25°的坡耕地的60%还林,草地比例由约25%调整到6%;水域和未利用土地面积在2005年的基础上保持基本不变;城乡工矿居民用地增长速度逐步放缓为2005年以前速度的50%。由此可得生态环境保护情景土地利用景观格局变化,如表5.25所示。

表 5.25 生态环境保护情景土地利用景观格局变化 （单位：km²）

年 份	耕 地	林 地	草 地	水 域	城乡工矿居民用地	未利用土地
2005	29 050.29	43 663.04	29 825.51	3 043.74	9 347.35	8 826.47
→∞	19 790.11	59 611.22	21 716.18	3 043.74	10 768.68	8 826.47

在此情景下,耕地面积减少较快,由2005年的29 050.29 km²调整为稳定状态下的19 790.11 km²,耕地面积所占比例由23.47%减少到15.99%;林地面积增加较快,由2005年的43 663.04 km²调整为稳定状态下的59 611.22 km²,林地面积所占比例由35.28%增加到48.17%;草地面积减少较快,由2005年的29 825.51 km²调整为稳定状态下的21 716.18 km²,草地面积所占比例由24.10%减少到17.55%;城乡工矿居民用地面积平稳增长,由2005年的9 347.35 km²调整为稳定状态下的10 768.68 km²,城乡工矿居民用地面积所占比例由7.55%增加到8.70%;水域面积和未利用土地面积和所占比例不发生变化。

结果表明,与自然发展情景相比,在生态环境保护情景下当景观的变化达到相对稳定状态时,林地迅速增加,而耕地大量减少,生态环境将得到一定程度的改善,但是由于耕地面积减少过快,必将对区域农业生产生活产生相当大的负面影响,因此,单纯追求生态保护是不可行的。

3. 耕地保护情景

由于生态退耕还林还草等工程的进行,河北山区的坡耕地不断退耕还林还草,由此导致耕地面积不断减少;同时,工业化、城镇化是我国现代化的大趋势,耕地非农化是实现工业化和城市化所必须付出的代价,已经成为经济发展和城市化、工业化进程中的普遍现象。河北山区耕地非农化成为耕地资源减少的一个重要原因,且随着城市化进程的加快,耕地非农化的速度在加快。

保护耕地,事关生态安全、社会稳定、国家安全。随着研究区人口的增长和生活水平的提高,粮食需求在过去十几年期间持续增加,且有继续增长的趋势,耕地保护的压力越来越大,保护耕地刻不容缓。因此,有必要实施最严格的耕地保护制度,切实保护基本农田,保证耕地数量,同时提高耕地质量;严格执行各级土地利用总体规划,加强对土地开发利用的管理,采取坚决措施,遏止乱征滥用耕地的现象;加大投入力度,加强农业和农村基础设施建设,特别是加强基本农田水利建设;推进农业科技进步,加快适用技术推广,扩大良种补贴范围,依靠科技提高粮食的单产和质量。

根据上述要求,制定耕地保护情景下土地利用结构调整方案:大于25°陡坡耕地全部退耕还林,草地比例由约20%调整为6%;15°~25°的坡耕地的30%还林,草地比例由约

25%调整到6%,其他坡度的耕地面积基本保持不变;林地增长速度放缓为现有增速的60%;城乡工矿居民用地增长速度逐步放缓为自然发展速度的40%;水域和未利用土地保持自然发展速度。由此可得耕地保护情景土地利用景观格局变化,如表5.26所示。

表5.26 耕地保护情景土地利用景观格局变化 （单位:km²）

年 份	耕 地	林 地	草 地	水 域	城乡工矿居民用地	未利用土地
2005	29 050.29	43 663.04	29 825.51	3 043.74	9 347.35	8 826.47
→∞	28 333.96	52 676.38	25 603.54	2 190.49	10 484.41	4 467.61

在此情景下,耕地面积略有减少,由2005年的29 050.29 km²调整为稳定状态下的28 333.96 km²,耕地面积所占比例由23.47%减少到22.89%;林地面积平稳增加,由2005年的43 663.04 km²调整为稳定状态下的52 676.38 km²,林地面积所占比例由35.28%增加到42.56%;草地面积平稳减少,由2005年的29 825.51 km²调整为稳定状态下的25 603.54 km²,草地面积所占比例由24.10%减少到20.69%;水域面积减少,由2005年的3 043.74 km²调整为稳定状态下的2 190.49 km²,水域地面积所占比例由2.46%减少为1.77%;城乡工矿居民用地面积平缓增长,由2005年的9 347.35 km²调整为稳定状态下的10 484.41 km²,城乡工矿居民用地面积所占比例由7.55%增加到8.47%;未利用土地面积迅速减少,由2005年的8 826.47 km²调整为稳定状态下的4 467.61 km²,未利用土地面积所占比例由7.13%减少到3.61%。

结果表明,与生态环境保护情景相比,在耕地保护情景下当景观的变化达到相对稳定状态时,耕地面积基本保持不变,而林地和城乡工矿居民用地增速放缓,耕地资源得到一定程度的保护。

4. 和谐发展情景

生态环境保护、耕地保护和经济发展三者之间是和谐统一的关系。耕地保护和经济发展关系密切,互为因果。一方面耕地要保护,这是关系到吃饭并且始终是我国第一民生的大事;另一方面经济要发展,需要占用一定数量的耕地,以满足必要的经济建设需要。在整个国民经济体系中,农业作为第一产业,具有基础性地位,耕地是农业的基础,在任何时候都应该牢固把握农业基础地位,把耕地保护工作摆在更加重要、更加突出的位置上,只有保持稳定的耕地面积和质量,经济社会才有稳定持续发展的基础。同时,耕地保护与经济发展虽然存在矛盾,但也离不开经济的发展,只有社会经济发展了,才能加大耕地保护的投入,有效地提高耕地数量,才能提高农业技术水平,才能确保耕地质量,最终提高农业生产力。生态环境保护和经济建设之间有着相似的关系,即生态环境保护与经济发展之间虽然存在着矛盾,但也离不开经济的发展。只有社会经济发展了,才能加大生态环境保护的投入,才能有效地提高生态环境质量,最终营造良好的生态环境。而生态环境保护和耕地保护之间是一种互相促进的关系,耕地保护搞好了,自然会反过来进行生态环境保护,反之亦然。

根据上述要求,制定耕地保护情景下土地利用结构调整方案:大于25°陡坡耕地全部退耕还林,草地比例由约20%调整为6%;15°～25°的坡耕地的30%还林,草地比例由约

25%调整到6%,耕地总面积保证人均耕地面积0.1 hm²(以2005年人口数量);林地增长速度放缓为自然发展情景的60%;城乡工矿居民用地增长速度逐步放缓为自然发展速度的50%;水域面积减少速度调整为自然发展情景的30%;未利用土地面积减少速度调整为自然发展情景的60%。由此可得和谐发展情景土地利用景观格局变化,如表5.27所示。

表5.27　和谐发展情景土地利用景观格局变化　　　　　　（单位：km²）

年　份	耕　地	林　地	草　地	水　域	城乡工矿居民用地	未利用土地
2005	29 050.29	43 663.04	29 825.51	3 043.74	9 347.35	8 826.47
→∞	25 097.30	52 676.38	25 930.85	2 787.77	11 052.95	6 211.15

在和谐发展情景下,耕地面积平缓减少,由2005年的29 050.29 km²调整为稳定状态下的25 097.30 km²,耕地面积所占比例由23.47%减少到20.28%;林地面积平稳增加,由2005年的43 663.04 km²调整为稳定状态下的52 676.38 km²,林地面积所占比例由35.28%增加到42.56%;草地面积平稳减少,由2005年的29 825.51 km²调整为稳定状态下的25 930.85 km²,草地面积所占比例由24.10%减少到20.95%;水域面积略有减少,由2005年的3 043.74 km²调整为稳定状态下的2 787.77 km²,水域面积所占比例由2.46%减少为2.25%;城乡工矿居民用地面积平缓增长,由2005年的9 347.35 km²调整为稳定状态下的11 052.95 km²,城乡工矿居民用地面积所占比例由7.55%增加到8.93%;未利用土地面积迅速减少,由2005年的8 826.47 km²调整为稳定状态下的6 211.15 km²,未利用土地面积所占比例由7.13%减少到5.02%。

结果表明,与耕地保护情景相比,在和谐发展情景下当景观的变化达到相对稳定状态时,耕地面积略有减少,水域和未利用土地减速放缓,而城乡工矿居民用地增速放缓,耕地资源和生态环境均得到一定程度的保护,与此同时为社会经济发展留出了充分的空间。

（四）情景综合分析

各种情景下的土地利用景观面积见表5.28。综合四种情景发现,自然发展情景中未来10年土地利用将继续延续现有的变化,城乡工矿居民用地增加较快;生态保护情景中林地增加较快,与此同时耕地、草地减少较多;耕地保护情景耕地减少速度和缓,但水域及未利用土地减少较多;和谐发展情景各种地类增加减少较为均衡。

表5.28　四种情景土地利用景观面积比较　　　　　　（单位：km²）

土地类型	自然发展情景	生态环境保护情景	耕地保护情景	和谐发展情景
耕　　地	20 506.44	19 790.11	28 333.96	25 097.30
林　　地	58 685.27	59 611.22	52 676.38	52 676.38
草　　地	25 716.58	21 716.18	25 603.55	25 930.86
水　　域	2 190.49	3 043.74	2 190.49	2 787.77
城乡工矿居民用地	12 190.01	10 768.68	10 484.41	11 052.95
未利用土地	4 467.61	8 826.47	4 467.61	6 211.15

在自然发展情景下,土地利用结构将沿着现有的趋势继续发展,林地、城乡工矿居民用地迅速增加,而其他地类相应减少,其中水域和未利用土地减少最多,加之耕地、草地的减少导致环境压力较大,土地生态系统脆弱,必将进一步影响经济和社会的发展。

在生态环境保护情景下,耕地、草地减少最多,而林地增加更快,水域和未利用土地减少较少,城乡工矿居民用地增加较少,生态环境得到一定程度的改善,但以耕地的大幅度减少为代价,其经济发展目标和大量山区人口的吃饭问题难以有效解决。

在耕地保护情景下,耕地面积减少最少,林地及城乡工矿居民用地增加最少,而水域及未利用土地减少最多,耕地资源得到一定程度的保护,但是经济发展会受到一定程度的影响。

在和谐发展情景下,各种地类发展较为均衡,林地增长最少,草地减少最少,其余地类介于其他三种情景之间,耕地资源和生态环境均得到一定程度的保护,与此同时为社会经济发展留出了充分的空间,同时有利于生态系统的稳定和区域的可持续发展,且实用性、可行性较强,综合考虑是最为合理的一种情景模式。

第三节 LUCC 及景观格局变化的生态效应分析

生态系统服务功能指生态系统与生态过程所形成及所维持的人类赖以生存的自然环境条件与效用,土地利用/覆被变化过程对维持生态系统服务功能起着决定性的作用,并且是影响区域生态系统功能以及生态环境质量的重要因素。土地利用/覆被变化所带来的水土保持、调节气候、防风固沙等生态效应的变化,直接或间接地表现为生态系统服务功能的变化。

参照 Costanza 等人对全球生态系统类型服务功能价值测算结果的比例关系,结合专家打分法,并依据河北山区的实际情况,对不同土地利用类型的生态质量在[0,1]区间内赋值,定义为不同土地利用类型的相对生态价值,反映单位面积不同土地利用类型的生态价值之间的比例关系,对研究区的生态效应进行综合、定量的分析和评价。

一、LUCC 及景观格局变化对生态环境的影响

(一)相对生态价值的确定

中国科学院资源与环境数据中心根据土地资源的属性和利用属性,将土地利用分类系统共分为二级。其中,一级类型包括耕地、林地、草地、水域、城乡工矿居民用地及未利用地等 6 个土地利用类型;二级类型则根据土地的覆盖特征、覆盖度及人为利用方式的差异,将一级类型进一步划分为旱地、水田、有林地、疏林地和灌木林等 25 个土地利用类型。

1. 一级土地利用类型相对生态价值的确定

Costanza 等人测算了全球 16 个不同土地利用/覆被类型对应生态系统的服务功能

的经济价值,由于测算中某些数据可能存在较大偏差,如对湿地偏高、对耕地的估计过低,因此结合专家打分法和研究区实际,对一级土地利用类型所具有的生态价值在[0,1]区间内进行赋值,定义为不同土地利用类型的相对生态价值[图5.11(见文后插图)、表5.29]。即以林地的生态价值为最高,将其相对生态价值赋为0.812;根据草地与林地生态服务功能的全球平均值之间的比例关系,赋值为0.756;耕地的生态价值在全球耕地平均生态系统服务功能价值比例的基础上,依研究区现状有所调整,赋值为0.41;由于水体(主要为河流与湖泊)内部物种构成较为单一,生态系统结构相对简单,实际生态系统服务功能低于林地,其赋值相应降低,为0.24;而城乡工矿居民用地和未利用地因为Costanza等人研究中缺乏相关数据而未对其进行测算,参照研究区实际及与其他土地利用类型生态价值的比例关系,分别赋值为0.12和0.07。

2. 二级土地利用类型相对生态价值的确定

由于二级土地利用类型分类系统具有较高分辨率,且体现了明显的生态差异性,因此对二级分类体系下的土地利用类型所具有的生态环境质量进行赋值,并与土地利用变化类型和过程结合起来,建立土地利用/覆被与区域生态环境质量的关联,可以更加详细地分析和评价土地利用/覆被的数量与结构变化对区域生态效应的影响。依据Costanza等人测算的全球16个不同土地利用/覆被类型对应生态系统的服务功能的经济价值,结合专家打分法和研究区的实际情况,对二级土地利用类型所具有的生态价值进行赋值(表5.29)。

表 5.29　研究区土地利用类型的相对生态价值

一级类型		全球平均值 [USD/(hm² · a)]	相对生态价值	二级类型		相对生态价值
编号	名称			编号	名称	
1	耕地	92	0.41	11	水田	0.215
				12	旱地	0.195
2	林地	302	0.812	21	有林地	0.241
				22	灌木林地	0.225
				23	疏林地	0.183
				24	其他林地	0.163
3	草地	232	0.756	31	高覆盖度草地	0.307
				32	中覆盖度草地	0.252
				33	低覆盖度草地	0.197
4	水域	8 498	0.24	41	河渠	0.041
				42	湖泊	0.032
				43	水库坑塘	0.028
				44	冰川和永久积雪地	0.022
				45	滩涂	0.019
				46	滩地	0.098
5	城乡工矿居民用地	—	0.12	51	城镇用地	0.047
				52	农村居民点用地	0.042
				53	工交建设用地	0.031

一级类型		全球平均值	相对	二级类型		相对
编　号	名　称	[USD/(hm²·a)]	生态价值	编　号	名　称	生态价值
				61	沙　地	0.013
				62	戈　壁	0.006
				63	盐碱地	0.012
6	未利用地	—	0.07	64	沼泽地	0.007
				65	裸土地	0.009
				66	裸岩石砾地	0.012
				67	其他未利用地	0.011

（二）综合生态环境指数计算

区域生态环境指数（EV）是在综合考虑区域内各种土地利用类型所具有的生态环境质量及其面积比例的基础上，定量表征某一区域（县级行政单元）内生态环境质量的总体状况，其表达式为

$$EV_t = \sum_{i=1}^{n} LU_i C_i / TA \tag{5.9}$$

式中，$LU_i C_i$ 为该区域内 t 时期第 i 种土地利用类型所具有的面积和生态环境指数；TA 为该区域总面积；n 为区域内所具有的土地利用类型数量。

根据公式（5.9），计算出 1987 年、2005 年河北山区土地利用类型的区域生态环境指数（图 5.12、表 5.30）。

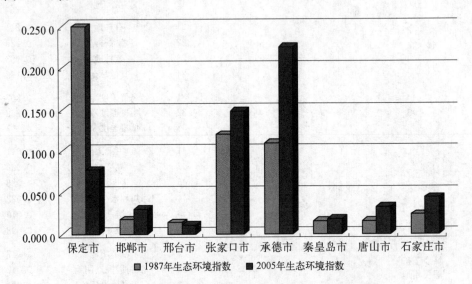

图 5.12　各市土地利用变化引起的区域生态质量变化图

表 5.30　1987～2005 年研究区土地利用总体生态环境指数变化

地　　区	区域生态环境指数		变 化 量
	1987 年	2005 年	
保定市	0.249 5	0.077 6	−0.171 8
邯郸市	0.017 2	0.029 8	0.012 5
邢台市	0.013 5	0.010 8	−0.002 7
张家口市	0.119 6	0.147 7	0.028 1
承德市	0.109 5	0.225 1	0.115 6
秦皇岛市	0.015 4	0.017 9	0.002 5
唐山市	0.015 4	0.032 4	0.016 9
石家庄市	0.023 5	0.043 6	0.020 1
河北山区	0.563 7	0.584 9	0.021 2

从计算结果可以看到,1987～2000 年,河北山区各地市的生态环境质量同时存在好转和恶化两种趋势,这两种趋势在一定程度上相互抵消,研究区的生态环境质量整体属于一般水平,且有好转趋势,生态环境指数由 1987 年的 0.563 7 提高到 2005 年的 0.584 9。表明区域土地利用变化带来了较好的生态效应,土地利用整体生态效益持续提高,景观生态系统结构不断优化,景观功能逐步完善,脆弱生态环境得以部分改善。

（三）生态贡献率分析

在河北山区生态环境质量变化过程中,各种土地利用类型的转化起了多少作用,可以用区域土地利用转变类型生态贡献率来表示。

区域土地利用转变类型生态贡献率指某一种土地利用变化类型所导致的区域生态质量的改变,其表达式为

$$LEI = (LE_{t+1} - LE_t)LA/TA \tag{5.10}$$

式中,LE_{t+1}、LE_t 分别为某一土地利用变化类型所反映的变化末期和初期土地利用类型所具有的生态质量指数;LA 为该变化类型的面积;TA 为该研究单元(县级行政单元)的总面积。

据此,每种变化类型体现了一种生态价值流,使区域内某一局部的生态价值升高或降低。通过土地利用转移矩阵获得的诸多土地利用类型,可以深入分析土地利用类型转化对区域生态环境质量的影响,也有利于探讨区域生态环境变化的主导因素。

根据公式(5.10),结合 1987～2000 年河北山区土地利用类型转移矩阵(表 5.3),对引起区域生态环境质量变化的土地利用转变类型及其生态贡献率进行分析。

表 5.31　导致区域生态环境质量改善的主要土地利用转变类型及贡献率

土地利用转变类型	转化面积(km²)	贡献率(%)	占总贡献率的百分比(%)
耕地转林地	5 053.13	0.016 4	13.38
耕地转草地	3 932.83	0.011 0	8.96
草地转林地	4 526.26	0.002 0	1.67

土地利用转变类型	转化面积(km²)	贡献率(%)	占总贡献率的百分比(%)
水域转耕地	624.48	0.000 9	0.70
水域转林地	286.15	0.001 3	1.08
水域转草地	257.81	0.001 1	0.88
城乡工矿居民用地转耕地	757.31	0.001 8	1.45
城乡工矿居民用地转林地	739.55	0.004 1	3.37
城乡工矿居民用地转草地	724.89	0.003 7	3.04
城乡工矿居民用地转水域	128.97	0.000 1	0.10
未利用地转耕地	1 048.06	0.002 9	2.35
未利用地转林地	2 769.05	0.016 6	13.54
未利用地转草地	1 718.83	0.009 5	7.77
未利用地转水域	229.35	0.000 3	0.26
未利用地转城乡工矿居民用地	308.14	0.000 1	0.10
合　计	23 104.81	0.071 9	58.64

表 5.32　导致区域生态环境质量恶化的主要土地利用转变类型及贡献率

土地利用转变类型	转化面积(km²)	贡献率(%)	占总贡献率的百分比(%)
耕地转水域	261.13	−0.000 4	0.29
耕地转城乡工矿居民用地	2 295.45	−0.005 4	4.39
耕地转未利用地	793.82	−0.002 2	1.78
林地转耕地	1 008.18	−0.003 3	2.67
林地转草地	2 721.54	−0.001 2	1.00
林地转水域	280.01	−0.001 3	1.06
林地转城乡工矿居民用地	1 426.63	−0.008 0	6.50
林地转未利用地	416.93	−0.002 5	2.04
草地转耕地	4 224.62	−0.011 8	9.63
草地转水域	291.55	−0.001 2	0.99
草地转城乡工矿居民用地	1 692.68	−0.008 7	7.09
草地转未利用地	669.1	−0.003 7	3.02
水域转城乡工矿居民用地	675.57	−0.000 7	0.53
水域转未利用地	282.97	−0.000 4	0.32
城乡工矿居民用地转未利用地	142.47	−0.000 1	0.05
合　计	17 182.65	−0.050 7	41.36

　　由表 5.31 和表 5.32 可以看出:1987~2005 年,河北山区的生态环境质量同时存在好转和恶化两种相反趋势。尽管在相当程度上这两种趋势在一定区域内相互抵消,使总体生态环境质量维持相对稳定,但是导致生态环境质量改善的生态贡献率略高于导致生态环境质量恶化的生态贡献率,占总贡献率的 58.64%,这些导致生态环境质量改善的土地利用转变类型使全区生态环境质量整体上呈好转趋势。

　　导致生态环境质量改善的土地利用转变类型主要包括耕地转林地、耕地转草地、草地转林地、水域转耕地、水域转林地、水域转草地等。其中,耕地转草地对生态环境质量改善的影响最大,占导致区域生态环境质量改善的土地利用转变类型总贡献率的 13.38%;其次为未利用地转林地和未利用地转草地,分别占总贡献率的 13.54% 和 7.77%。

导致生态环境质量恶化的土地利用转变类型主要包括耕地转城乡工矿居民用地、耕地转未利用地、林地转耕地、林地转草地、草地转耕地、草地转城乡工矿居民用地、草地转未利用地、水域转城乡工矿居民用地等。其中,草地转耕地对生态环境质量恶化的影响最大,占导致区域生态环境质量恶化的土地利用转变类型总贡献率的9.63%;其次为草地转城乡工矿居民用地、林地转城乡工矿居民用地,分别占总贡献率的7.09%和6.50%。

当然,区域生态环境质量的改变并不仅仅是土地利用类型转变所造成的,还受到土壤、大气、水文等自然要素的影响。但是通过上述对导致区域生态环境改善及恶化的土地利用转变类型及其贡献率的分析,可以看出,生态价值低的土地利用类型向生态价值高的土地利用类型转变,可以有效地改善生态环境;同样,生态价值高的土地利用类型向生态价值低的土地利用类型转变,对区域生态环境恶化也起着重大作用。自然环境因素之间是一个相互联系的整体,个别生态系统的改变对整个生态系统的改变产生非常大的影响。

二、生态效应空间分异规律

(一) 综合生态环境状况分布

由公式(5.9)计算得到河北山区各县(市)1987~2005年土地利用类型综合生态环境指数(表5.33)。

表 5.33　1987~2005 年研究区各县(市)生态环境指数变化

市　名	县　名	生态环境指数		变 化 量
		1987 年	2005 年	
保定市	涞水县	0.006 5	0.011 3	+0.004 8
	涞源县	0.009 9	0.017 3	+0.007 4
	唐县	0.004 1	0.007 7	+0.003 6
	满城县	0.209 8	0.003 1	−0.206 8
	顺平县	0.001 9	0.003 9	+0.002 0
	易县	0.007 5	0.014 5	+0.007 0
	曲阳县	0.002 7	0.004 6	+0.001 9
	阜平县	0.007 1	0.015 3	+0.008 2
邯郸市	邯郸县	0.001 4	0.002 6	+0.001 2
	武安市	0.005 0	0.009 4	+0.004 4
	磁县	0.002 7	0.003 9	+0.001 2
	涉县	0.003 2	0.008 0	+0.004 8
	峰峰矿区	0.002 2	0.001 9	−0.000 3
	永年县	0.001 6	0.002 8	+0.001 2
	邯郸市区	0.001 2	0.001 3	0.000 0

市　名	县　名	生态环境指数		变 化 量
		1987 年	2005 年	
邢台市	临城县	0.002 7	0.000 0	−0.002 7
	内丘县	0.002 0	0.005 2	+0.003 1
	邢台县	0.004 7	0.000 0	−0.004 6
	沙河市	0.003 7	0.005 3	+0.001 6
	邢台市区	0.000 5	0.000 3	−0.000 2
张家口市	康保县	0.007 5	0.011 2	+0.003 7
	沽源县	0.011 1	0.017 1	+0.006 0
	尚义县	0.008 6	0.008 5	−0.000 1
	张北县	0.010 4	0.000 0	−0.010 4
	崇礼县	0.010 8	0.015 5	+0.004 6
	赤城县	0.018 9	0.031 4	+0.012 5
	怀安县	0.004 1	0.007 0	+0.002 9
	万全县	0.007 6	0.004 7	−0.002 8
	宣化县	0.007 6	0.012 1	+0.004 6
	阳原县	0.004 8	0.009 4	+0.004 5
	蔚　县	0.009 1	0.017 2	+0.008 1
	涿鹿县	0.010 0	0.000 1	−0.010 0
	怀来县	0.006 2	0.009 0	+0.002 7
	张家口市	0.002 9	0.004 6	+0.001 6
承德市	宽城县	0.005 6	0.013 6	+0.008 0
	平泉县	0.009 2	0.017 5	+0.008 3
	兴隆县	0.008 8	0.020 5	+0.011 6
	滦平县	0.009 1	0.019 7	+0.010 6
	承德县	0.012 8	0.024 2	+0.011 4
	隆化县	0.015 5	0.033 1	+0.017 6
	围场县	0.020 1	0.044 9	+0.024 8
	丰宁县	0.025 7	0.046 0	+0.020 4
	承德市区	0.002 6	0.005 6	+0.003 0
秦皇岛市	昌黎县	0.001 5	0.004 2	+0.002 7
	青龙县	0.007 9	0.000 0	−0.007 8
	卢龙县	0.002 0	0.004 7	+0.002 7
	抚宁县	0.003 4	0.008 9	+0.005 6
	秦皇岛市	0.000 6	0.000 0	−0.000 6

续　表

市　名	县　名	生态环境指数		变　化　量
		1987 年	2005 年	
唐山市	遵化市	0.003 4	0.007 1	+0.003 7
	迁安市	0.002 4	0.005 5	+0.003 1
	滦　县	0.001 4	0.003 7	+0.002 3
	迁西县	0.004 4	0.009 3	+0.004 9
	玉田县	0.001 8	0.003 0	+0.001 2
	丰润区	0.002 0	0.003 7	+0.001 7
石家庄市	井陉县	0.003 8	0.007 7	+0.003 9
	鹿泉市	0.001 8	0.002 3	+0.000 5
	元氏县	0.001 6	0.002 9	+0.001 3
	赞皇县	0.003 0	0.004 6	+0.001 6
	平山县	0.007 0	0.015 0	+0.008 0
	灵寿县	0.003 8	0.006 5	+0.002 6
	行唐县	0.002 1	0.004 2	+0.002 1
	井陉矿区	0.000 3	0.000 5	+0.000 2
河北山区		0.563 7	0.584 9	+0.021 2

由表 5.31、表 5.32 及表 5.33 可以得出,不同县(市)不同土地利用类型的生态环境指数具有明显差异,研究时段内,土地利用类型的转变给各县(市)生态环境质量带来了不同程度的改善和恶化。河北山区的 62 个县(市)中,仅有 11 个县(市)的生态环境质量趋向恶化,1 个县(市)的生态环境质量没有变化,其余县(市)的生态环境质量有所改善。其中,围场县生态环境改善最为明显,生态环境指数由 1987 年的 0.020 1 升高到 2005 年的 0.044 9,提高了 0.024 8;其次为丰宁县,生态环境指数提高了 0.020 4。生态环境恶化最显著的是满城县,生态环境指数由 1987 年的 0.209 8 降低到 2005 年的 0.003 1,降低了 0.206 8;其次为张北县和青龙县,生态环境指数分别降低了 0.010 4 和 0.007 8。河北山区的生态环境指数由 1987 年的 0.563 7 升高到 2005 年的 0.584 9,有好转趋势。

(二) 生态效应分区

从表 5.33 可以看出,河北山区土地利用生态价值整体属于中等,且在研究时段内不断增大,表明区域土地利用变化带来了较好的生态效应,土地利用整体生态效益持续提高,景观生态系统结构不断优化,景观功能逐步完善,脆弱的生态环境部分得到改善。研究时段内各县(市)的总体生态价值高低悬殊,差异较大。

从 1987~2005 年各县(市)的生态环境指数变化来看,可以把河北山区由土地利用/覆被变化引起的生态效应变化过程分为三个类型区(图 5.13):① 增长区,生态环境指数在研究时段内增加。河北山区大部分县(市)均属于此区,包括围场县、隆化县、丰宁县、滦平县、承德县、灵寿县和赤城县等40个县(市)。② 退化区,生态环境指数在研究时段内降低。河北山区内极个别县(市)属于此区,零星分布于北部和南部,包括满城县、峰峰矿区、临城县、尚义县等10个县(市)。③ 平稳区,生态环境指数在研究时段内基本没有改变。包括玉田县、鹿泉市、元氏县、赞皇县、沙河市、永年县等12个县(市),主要分布于河北山区南部,北部也有少量分布。

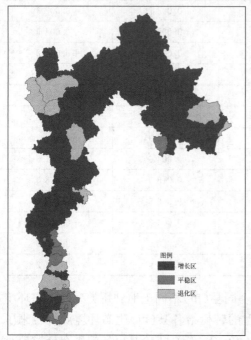

图5.13   1987~2005年生态环境指数变化类型图

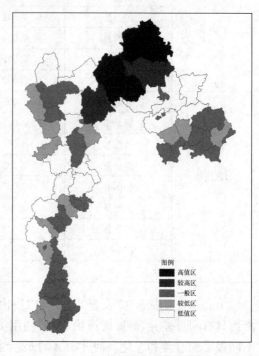

图5.14   各县生态价值分布图

(三) 生态价值分区

应用统计分析软件SPSS,采用 Euclidean distance 中 Ward's method 方法,对1987年和2005年的土地利用生态价值进行聚类分析,进行河北山区土地利用生态价值分区。

聚类后由图5.15可得,河北山区62个县(市)可以分成五大类生态价值区(图5.14):

1) 土地利用生态价值高值区,包括围场、丰宁2个县,分布在河北山区北部。这些地区植被以林地、草地为主,研究时段内林地、草地等生态价值较高的土地利用类型均有不同程度增加,收到了良好的生态效果。

2) 土地利用生态价值较高区,包括赤城、隆化2个县,分布在研究区北部。虽然该价值区生态环境基础比较好,生态环境指数比较高,研究时段内林、草、水域面积有不同程度增加,一定程度上提高了该区的生态环境质量。

3) 土地利用生态价值一般区,包括满城县、曲阳县、邯郸县、内丘县、张北县等31个县(市),主要分布于研究区东部和西部。这些地区以耕作业为主,生态价值在研究时段内没有明显变化。

4）土地利用生态价值较低区，包括唐县、武安市、怀安县、抚宁县、迁西县、井陉县等12个县（市），零星分布于河北山区。尽管研究时段内林地、草地等生态价值较高的土地利用类型面积有所增加，但是这些地区生态环境基础比较差，是该区生态价值较低的主要原因。

5）土地利用生态价值低值区，包括涞水县、沽源县、宽城县、滦平县、平山县等15个县，主要分布于研究区北部和中部。这些地区生态环境恶劣，林地、草地、水域等相对生态价值高的土地利用类型面积在研究时段内不断减少，城乡工矿居民用地、未利用地等相对生态价值低的土地利用类型面积增加，使该区生态价值处于较差状态。

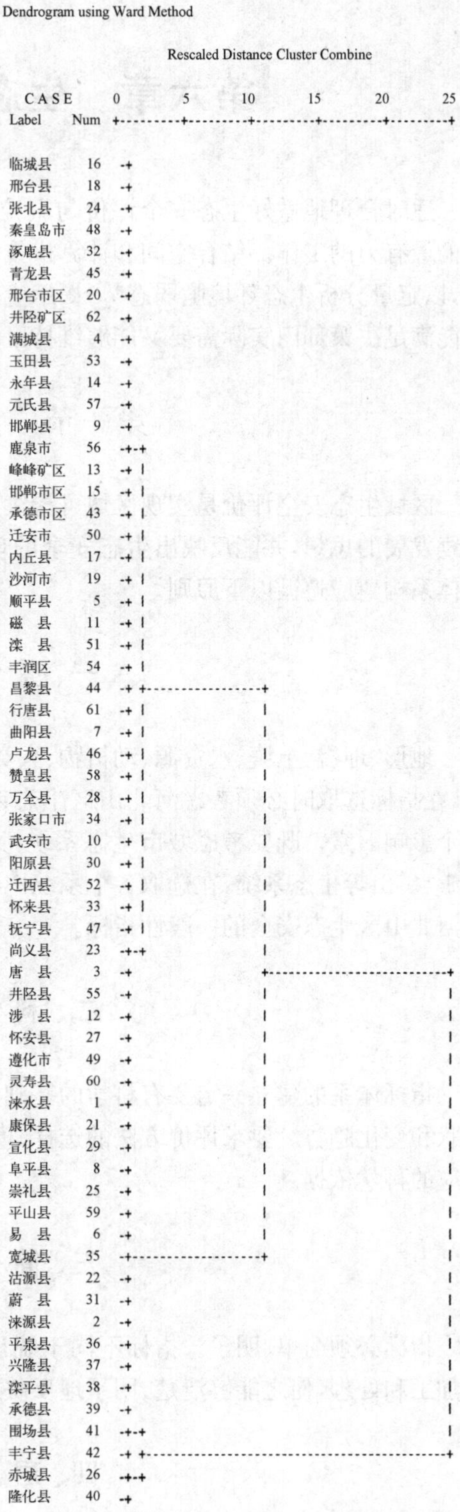

Dendrogram using Ward Method

Rescaled Distance Cluster Combine

```
C A S E       0    5    10   15   20   25
Label   Num   +----+----+----+----+----+

临城县    16   -+
邢台县    18   -+
张北县    24   -+
秦皇岛市  48   -+
涿鹿县    32   -+
青龙县    45   -+
邢台市区  20   -+
井陉矿区  62   -+
满城县     4   -+
玉田县    53   -+
永年县    14   -+
元氏县    57   -+
邯郸县     9   -+
鹿泉市    56   -+-+
峰峰矿区  13   -+ |
邯郸市区  15   -+ |
承德市区  43   -+ |
迁安市    50   -+ |
内丘县    17   -+ |
沙河市    19   -+ |
顺平县     5   -+ |
磁县      11   -+ |
滦县      51   -+ |
丰润区    54   -+ |
昌黎县    44   -+ +------------------+
行唐县    61   -+ |                  |
曲阳县     7   -+ |                  |
卢龙县    46   -+ |                  |
赞皇县    58   -+ |                  |
万全县    28   -+ |                  |
张家口市  34   -+ |                  |
武安市    10   -+ |                  |
阳原县    30   -+ |                  |
迁西县    52   -+ |                  |
怀来县    33   -+ |                  |
抚宁县    47   -+ |                  |
尚义县    23   -+-+                  |
唐　县     3   -+         +----------+---------+
井陉县    55   -+         |                    |
涉县      12   -+         |                    |
怀安县    27   -+         |                    |
遵化市    49   -+         |                    |
灵寿县    60   -+         |                    |
涞水县     1   -+         |                    |
康保县    21   -+         |                    |
宣化县    29   -+         |                    |
阜平县     8   -+         |                    |
崇礼县    25   -+         |                    |
平山县    59   -+         |                    |
易县       6   -+         |                    |
宽城县    35   -+--------------+            |
沽源县    22   -+                           |
蔚县      31   -+                           |
涞源县     2   -+                           |
平泉县    36   -+                           |
兴隆县    37   -+                           |
滦平县    38   -+                           |
承德县    39   -+                           |
围场县    41   -+-+                         |
丰宁县    42   -+ +-----------------------+
赤城县    26   -+-+
隆化县    40   -+
```

图 5.15　各县生态环境指数聚类谱系图

第六章 生态安全评价研究

适时合理地做好生态安全评价与调控,是遏制生态环境恶化,保障区域经济快速发展的最有力的工作。结合空间和计算机技术,构建适合河北山区生态安全的评价指标体系,以定量分析生态环境脆弱态势,揭示生态安全的区域差异和分异规律,为进一步提出既能满足决策部门实际需要又能够维持区域可持续发展的调控对策提供依据。

第一节 评 价 原 则

区域生态安全评价是实现区域可持续发展的重要手段,指标体系建立应充分体现可持续发展的思想,并能反映出生态安全的现状与水平,对河北山区生态安全综合评价指标体系构建应遵循以下原则。

一、整体性原则

地形、地貌、土壤、水资源、动植物、人类活动等均是影响山区生态环境质量的重要因素,在指标选取时必须考虑河北山区生态系统构成上的完整性,不能孤立地分析或研究各个影响因素。既要考虑城市生态系统,又要考虑农业生态系统,还要考虑森林、草原、旅游、矿山等生态系统,在选取各个系统中特有的指标的同时,更要注重选取能够反映整个河北山区生态安全的一般性指标。

二、科学性原则

指标体系的建立一定要有科学的基础,每一个指标都要客观反映研究区生态安全的现状和变化趋势。要求评价方法的选择、模型的建立、指标的选取、权重的确定等都具备相应的科学依据。

三、简明性原则

指标必须简单、明了。指标不同于统计数据和监测数据,必须对重要的指标数据经过加工和处理,使之能够清楚、明了地反映生态安全状况。

四、层次性原则

由于生态安全指标体系主要是为各级决策者提供可靠的信息,同时解决生态安全问题必须由决策者在各个层次上对人类社会的发展行为进行调控和管理,因此,衡量生态安全的状况是否具有可持续性,针对不同层次、不同级别应采用不同的指标体系。

五、实用性原则

指标体系不能盲目求大求全,要考虑指标的数据获取及量化的难易程度,指标体系过于冗杂将降低指标体系的可操作性,对于次要指标应尽可能的精减,最后的指标数要少而精。在定性、定量指标之间应尽可能选择定量指标。

六、针对性原则

指标体系的构建和各个指标因子的选择要针对河北山区这一特定目标,针对该地区当前生态安全面临的主要问题和主要矛盾。

七、公众化原则

指标体系建立之后不仅为政府部门的决策服务,同时还应为研究区内公众日常生产及生活服务,能被广大公众理解和接受,同时也应尽可能直观地反映与公众生活息息相关的内容,要让社会公众理解、关注并自觉运用指标数据来判断、选择和调整自身生产及生活活动行为。

第二节 评价体系构建与权重确定

一、评价模型设计

结合 PSR 模型与 PSC(压力—状态—调控)模型的特点,扩展构建了河北山区生态安全综合评价模型——压力—反馈—调控(PFC)模型,概念框架如图 6.1 所示。压力指引起生态环境问题的原因,反馈指自然环境对人类干扰引起的生态环境变化所做出的反应,调控指人类社会克服生态安全危机、保障生态安全的能力和措施。

图 6.1 压力—反馈—调控模型框架图

二、指标体系构建

(一)指 标 选 取

构建指标体系是生态安全评价的关键,既要反映生态环境状态,又要考虑对生态安全有潜在影响因素的变化以及人类活动的影响。因此需深入、客观分析评价区域中构成安全的要素及其体系结构,从而有的放矢地选择与建立适宜区域特征的指标体系。评价指标通过对统计和调查数据的处理,抽象出事物相互联系与变化规律,以较为简单的形式表达出来。评价指标体系是由若干相互联系的评价指标组成的有机整体,全面、系统、科学和准确地反映一定时期内河北山区生态多个侧面的变化特征和发展规律,其结构和组成要素的科学性会直接影响系统功能的发挥,根据各指标性质、功能有不同的分类,每种分类都需组成一个结构不同的评价指标体系。在分析了国内外不同区域生态安全评价指标体系的同时,结合本区域生态环境当前存在的实际问题,在生态安全评价概念框架指导下,基于其主要生态安全因子的格局及其时空动态分析研究,利用社会经济统计数据、遥感解译数据及各相关部门调查数据,构建了整个河北山区生态安全评价指标体系。

指标体系由目标层、准则层、因素层和指标层四层递阶结构构成。其中,目标层由准则层加以反映,准则层由因素层加以反映,因素层由具体评价指标层加以反映。实际上目标层是准则层、因素层及具体各个指标综合地反映与概括。评价指标体系如表 6.1 所示。

表 6.1 河北山区生态安全评价指标体系

目标层 (O)	准则层 (A)	因素层(B)	指标层(C)	单 位	趋 势
河北山区生态安全综合评价(O)	压力 (A₁)	人口承载压力(B₁)	人口密度(C₁)	人/km²	逆
			人口自然增长率(C₂)	‰	逆
		社会发展压力(B₂)	城市化率(C₃)	%	逆
			人类干扰指数(C₄)	%	逆
			交通密度指数(C₅)	—	逆
		经济发展压力(B₃)	人均GDP(C₆)	万元/人	正
			第三产业产值占总产值比例(C₇)	%	正
			农民年人均纯收入(C₈)	元/人	正
		资源环境压力(B₄)	≥25°坡耕地面积指数(C₉)	%	逆
			人均耕地(C₁₀)	hm²/人	正
			人均水资源量(C₁₁)	10⁸m³/万人	正
			人均矿产资源量(C₁₂)	t/人	正
			农业污染指数(C₁₃)	kg/km²	逆
			旅游资源承载力(C₁₄)	人/hm²	正

续　表

目标层(O)	准则层(A)	因素层(B)	指标层(C)	单 位	趋 势
河北山区生态安全综合评价(O)	反馈(A_2)	资源利用反馈(B_5)	单位土地经济产出(C_15)	万元/km²	正
			水网密度指数(C_16)	—	正
			山区植被覆盖指数(C_17)	%	正
			城镇人均公共绿地面积(C_18)	m²/人	正
		能源消耗反馈(B_6)	土地承载力指数(C_19)	—	正
			水资源承载力指数(C_20)	—	正
			单位 GDP 水耗(C_21)	m³/万元	逆
			单位 GDP 能耗(C_22)	吨标煤/万元	逆
		环境灾害反馈(B_7)	土地退化指数(C_23)	—	逆
			污染负荷指数(C_24)	—	逆
			自然灾害成灾率(C_25)	%	逆
		生态结构反馈(B_8)	生物丰度指数(C_26)	—	正
			生态稳定性指数(C_27)	—	正
			生态弹性力指数(C_28)	—	正
	调控(A_3)	资源利用调控(B_9)	有效灌溉面积比例(C_29)	%	正
			当年造林面积比例(C_30)	%	正
			人均土地后备资源量(C_31)	km²/万人	正
			退化土地恢复率(C_32)	%	正
		环境修复调控(B_10)	工业三废处理率(C_33)	%	正
			环境保护投资占 GDP 比例(C_34)	%	正
			受保护地区占国土面积比例(C_35)	%	正
		社会文明调控(B_11)	R&D 支出占 GDP 比例(C_36)	%	正
			农业劳动者素质(C_37)	%	正
			万名农业人口农业科技人数(C_38)	人/万人	正

（二）指 标 说 明

1. 人口承载压力(B_1)

● 人口密度(C_1)：每平方千米土地承载的人口数；公式：年末总人口/区域土地面积；单位：人/km²。

● 人口自然增长率(C_2)：一定时期内人口自然增长数(出生人数减死亡人数)与该时期内平均人口数之比,通常以年为单位计算,用千分比来表示；公式：(年出生人数－年死亡人数)/年平均人数×1 000‰；单位：‰。

2. 社会发展压力(B_2)

● 城市化率(C_3)：非农业人口占总人口的百分比；公式：非农业人口/年末总人口；单位：%。

● 人类干扰指数(C_4)：区域内农业用地与建设用地占区域土地总面积的百分比；公式：[(耕地面积＋建设用地面积)/区域土地面积]×100%；单位：%。

● 交通密度指数(C_5)：研究区内交通密度的极差标准化值；公式：(公路密度指数＋铁路密度指数)/2。

3. 经济发展压力(B_3)

● 人均GDP(C_6)：区域经济实力高低的重要指标；公式：国内生产总值/年末总人口；单位：万元/人。

● 第三产业产值占总产值比例(C_7)：第三产业产值占第一、二、三产业总值的比例；公式：[第三产业产值/(第一产业产值＋第二产业产值＋第三产业产值)]×100%；单位：%。

● 农民年人均纯收入(C_8)：农民年总收入中扣除相应的各项生产性费用支出、生产性固定资产折旧和上交税费后，按在当地农村常住的居民数平均后所得的收入；数据来源：河北省经济年鉴；单位：元/人。

4. 资源环境压力(B_4)

● ≥25°坡耕地面积指数(C_9)：区域内坡度≥25°坡耕地面积占区域耕地面积百分比；公式：(≥25°坡耕地面积/耕地面积)×100%；单位：%。

● 人均耕地(C_{10})：区域人均占有耕地资源的数量；公式：耕地面积/年末总人口；单位：hm^2/人。

● 人均水资源量(C_{11})：人均占有的水资源总体积数；公式：(地表水资源量＋地下水资源量)/人口总数；单位：$10^8 m^3$/万人。

● 人均矿产资源量(C_{12})：年产矿量/年末总人口；单位：t/人。

● 农业污染指数(C_{13})：单位土地承载的化肥、农药、农膜使用强度；公式：(0.5×化肥施用量＋0.3×农药施用量＋0.2×农膜施用量)/耕地面积；单位：kg/km^2。

● 旅游资源承载力(C_{14})：年接待人次/旅游区面积；单位：人/hm^2。

5. 资源利用反馈(B_5)

● 单位土地经济产出(C_{15})：单位国土面积农林牧渔业产值；公式：农林牧渔业总产值/区域土地面积；单位：万元/km^2。

● 水网密度指数(C_{16})：区域内河流总长度、水域面积和水资源量占被评价区域面积的比重；公式：河流长度/区域面积＋湖库面积/区域面积＋水资源量/区域面积。

● 山区植被覆盖指数(C_{17})：林地、草地及农田面积占评价区域面积的综合比；公式：[(0.5×林地面积＋0.3×草地面积＋0.2×农田面积)/区域面积]×100%；单位：%。

- 城镇人均公共绿地面积(C_{18})：城镇建成区的公共绿地面积与相应范围城市人口之比；公式：城镇公共绿地面积/城市人口；单位：m^2/人。

6. 能源消耗反馈(B_6)

- 土地承载力指数(C_{19})：区域人口规模与土地资源承载力之比，反映区域土地、粮食与人口关系；公式：年末人口/[（粮食产量＋1.5×水产品产量＋8×牛羊肉产量)/人均粮食消费标准]。
- 水资源承载力指数(C_{20})：区域人口规模（或人口密度）与水资源承载力（或承载密度）之比，反映区域水资源与人口的关系；公式：年末人口/（可利用水资源量/人均综合用水量）。
- 单位 GDP 水耗(C_{21})：万元工业生产总值的耗水量；公式：工业总水耗/工业生产总值；单位：m^3/万元。
- 单位 GDP 能耗(C_{22})：万元地区生产总值的耗能量；公式：总能耗/国内生产总值，各种能耗均折算成标煤；单位：吨标煤/万元。

7. 环境灾害反馈(B_7)

- 土地退化指数(C_{23})：区域内风蚀、水蚀、重力侵蚀、冻融侵蚀和工程侵蚀的面积占评价区域总面积的比重；公式：（0.05×轻度侵蚀面积＋0.25×中度侵蚀面积＋0.7×重度侵蚀面积)/区域面积。
- 污染负荷指数(C_{24})：区域单位面积上接纳的污染物总量，反映被评价区域所承受的环境污染压力；公式：（0.4×SO_2排放量＋0.2×固废排放量)/区域面积＋0.4×COD 排放量/区域地表径流量。
- 自然灾害成灾率(C_{25})：成灾面积占受灾面积的百分比；公式：（成灾面积/受灾面积)×100％；单位：％。

8. 生态结构反馈(B_8)

- 生物丰度指数(C_{26})：评价区域内生物多样性的丰贫程度；公式：（0.6×林地面积＋0.2×水域面积＋0.15×草地面积＋0.05 其他)/区域面积。
- 生态稳定性指数(C_{27})：区域生态系统抵御外界冲击的能力和受到外界冲击后恢复能力的综合表征；公式：（土壤侵蚀指数＋耕地生产力稳定性指数)/2。
- 生态弹性力指数(C_{28})：生态系统自我维持、自我调节及其抵抗各种压力与扰动能力大小，生态弹性度的大小反映特定生态环境系统缓冲与调节能力；公式：$ECO_{RES} = D_i \sum S_i \times P_i$（$ECO_{RES}$为生态弹性限度大小；$S_i$为地物 i 的覆盖面积；P_i 为地物 i 的弹性分值；D_i 为多样性指数）。

9. 资源利用调控(B_9)

- 有效灌溉面积比例(C_{29})：有效灌溉的土地面积占总土地面积的比例；公式：（有效灌溉面积/耕地面积)×100％；单位：％。

- 当年造林面积比例(C_{30})：（当年造林面积/区域面积）$\times 100\%$；单位：$\%$。
- 人均土地后备资源量(C_{31})：未加利用的宜林、宜农、宜草的、可开垦的、荒芜的土地数量；公式：（荒草地面积＋盐碱地面积＋沼泽地面积）/区域人口；单位：km^2/万人。
- 退化土地恢复率(C_{32})：（已恢复的退化土地总面积/退化土地总面积）$\times 100\%$；单位：$\%$。

10. 环境修复调控(B_{10})

- 工业三废处理率(C_{33})：用工业废水、废气、废渣的治理率表示；公式：$0.6\times$废水处理率＋$0.3\times$废物处理率＋$0.1\times$废气处理率；单位：$\%$。
- 环境保护投资占 GDP 比例(C_{34})：用于环境污染防治、生态环境保护和建设投资占当年国内生产总值的比例；公式：［（环境污染防治投资＋生态环境保护和建设投资）/国内生产总值（GDP）］$\times 100\%$；单位：$\%$。
- 受保护地区占国土面积比例(C_{35})：辖区内各类自然保护区、风景名胜区、森林公园、地质公园、生态功能保护区、水源保护区、封山育林地等面积占全部陆地（湿地）面积的百分比；公式：（各类受保护面积/区域土地面积）$\times 100\%$；单位：$\%$。

11. 社会文明调控(B_{11})

- R&D 支出占 GDP 比例(C_{36})：科学研究与试验发展（R&D）经费支出额占本年度国内生产总值的比例；公式：［科学研究与试验发展（R&D）经费支出/国内生产总值（GDP）］$\times 100\%$；单位：$\%$。
- 农业劳动者素质(C_{37})：初中及以上文化程度劳动者占乡村劳动者的比例；公式：［初中以上在校学生数/年末乡村劳动力］$\times 100\%$；单位：$\%$。
- 万名农业人口农业科技人数(C_{38})：农业科技人员占农业人口的比例；公式：农业科技人数/农业人口；单位：人/万人。

（三）指标数据无量纲化

各评价指标有正、逆向之分，正向性指标值越大越安全，逆向性指标值越小越安全。由于各指标选自不同的领域，数据量庞杂，不同指标的数量级、单位也各不相同，难以进行直接比较，因而采用指标数据无量纲化的方法消除各个指标的量纲，为后期评价做好基础性工作。无量纲化即将各指标原始值转化为可评价标准值的处理过程，本研究采用线性差值变换法进行指标数据的无量纲化，该方法简单实用，应用面较广，其步骤如下。

1. 建立评价样本矩阵

定义 X 为区域生态安全状况对应于 m 个评价指标与 n 个评价对象的样本矩阵，得到 $X=(x_{ij})_{m\times n}(i=1,2,\cdots,m;j=1,2,\cdots,n)$。式中，$x_{ij}$ 为第 j 个评价对象在第 i 个评价指标上的实际值，$x_{ij}\in[0,1]$。

$$X = \begin{bmatrix} x_{11} & x_{12} & \cdots & x_{1n} \\ x_{21} & x_{22} & \cdots & x_{2n} \\ \vdots & \vdots & & \vdots \\ x_{m1} & x_{m2} & \cdots & x_{mn} \end{bmatrix} = (x_{ij})_{m \times n} \tag{6.1}$$

2. 矩阵元素标准化

对于正向指标采用

$$d_{ij} = \frac{x_{ij} - \min_j \{x_{ij}\}}{\max_j \{x_{ij}\} - \min_j \{x_{ij}\}} \tag{6.2}$$

对于逆向指标采用

$$d_{ij} = \frac{\max_j \{x_{ij}\} - x_{ij}}{\max_j \{x_{ij}\} - \min_j \{x_{ij}\}} \tag{6.3}$$

式中，d_{ij} 为指标标准化值；x_{ij} 为第 i 行第 j 列指标原始值；$\max \{x_{ij}\}$ 为第 i 行第 j 列指标原始值所在列的最大值；$\min \{x_{ij}\}$ 为第 i 行第 j 列指标原始值所在列的最小值。经标准化处理后样本矩阵 X 转化为矩阵 D，得

$$D = (d_{ij})_{m \times n} (d_{ij} \in [0, 1]) \tag{6.4}$$

对原始指标数据进行无量纲化后，得到可以进一步比较分析的标准值，现以冀西山区井陉矿区、井陉县、行唐县，冀北山区宣化县、张北县、康保县，冀东山区青龙县、昌黎县、抚宁县为例，分别将 1987 年、2000 年、2005 年三个时点生态安全评价指标标准值列表分析（表 6.2、表 6.3、表 6.4）。

表 6.2 1987 年河北山区生态安全评价指标标准值

县(市、区)　指标	冀西山区				冀北山区				冀东山区			
	井陉矿区	井陉县	行唐县	⋯	宣化县	张北县	康保县	⋯	青龙县	昌黎县	抚宁县	⋯
C_1	0.951 6	0.858 1	0.749 9	⋯	0.916 7	0.963 1	0.967 6	⋯	0.918 3	0.691 8	0.782 3	⋯
C_2	0.496 6	0.254 2	0.322 0	⋯	0.638 4	0.610 2	0.621 5	⋯	0.723 2	0.593 2	0.711 9	⋯
C_3	0.946 6	0.940 9	0.971 8	⋯	0.967 8	0.929 7	0.957 7	⋯	0.981 9	0.910 6	0.963 4	⋯
C_4	0.995 4	0.999 3	0.994 0	⋯	0.985 7	0.986 0	0.982 3	⋯	0.958 2	0.977 8	0.965 3	⋯
C_5	0.264 9	0.275 5	0.415 2	⋯	0.783 0	0.926 8	1.000 0	⋯	0.861 8	0.521 9	0.429 6	⋯
C_6	1.000 0	0.085 3	0.102 6	⋯	0.683 5	0.049 1	0.044 4	⋯	0.078 0	0.162 9	0.147 8	⋯
C_7	0.704 5	0.578 4	0.619 7	⋯	0.521 4	0.489 4	0.647 8	⋯	0.499 7	0.580 9	0.472 0	⋯
C_8	1.000 0	0.348 5	0.282 5	⋯	0.428 7	0.643 5	0.068 3	⋯	0.359 9	0.454 4	0.503 4	⋯
C_9	0.993 9	0.984 1	1.000 0	⋯	0.992 0	1.000 0	1.000 0	⋯	0.981 4	0.999 6	1.000 0	⋯
C_{10}	0.025 1	0.095 6	0.118 2	⋯	0.230 6	0.725 4	0.902 5	⋯	0.933 1	0.298 1	0.449 9	⋯
C_{11}	0.436 8	0.304 8	0.176 9	⋯	0.139 1	0.101 5	0.101 2	⋯	0.443 6	0.152 3	0.247 8	⋯
C_{12}	0.076 9	0.275 0	0.059 5	⋯	0.019 0	0.036 5	0.021 3	⋯	0.099 3	0.125 3	0.149 6	⋯
C_{13}	0.404 7	0.313 3	0.243 3	⋯	0.530 4	0.000 0	0.001 3	⋯	0.017 5	0.200 9	0.091 6	⋯

县(市、区) 指标	冀西山区				冀北山区				冀东山区			
	井陉矿区	井陉县	行唐县	…	宣化县	张北县	康保县	…	青龙县	昌黎县	抚宁县	…
C_{14}	0.001 3	0.000 3	0.001 3	…	0.017 9	0.000 0	0.002 8	…	0.000 2	0.027 3	0.001 8	…
C_{15}	1.000 0	0.040 3	0.128 3	…	0.058 7	0.007 9	0.003 5	…	0.027 0	0.179 6	0.103 8	…
C_{16}	0.979 3	0.976 0	0.970 7	…	0.878 7	0.964 7	0.992 7	…	0.966 0	0.812 1	0.832 8	…
C_{17}	0.033 0	0.008 0	0.037 5	…	0.038 6	0.064 0	0.079 7	…	0.187 4	0.146 0	0.176 2	…
C_{18}	0.094 9	0.127 6	0.102 5	…	0.087 2	0.052 3	0.502 7	…	0.018 5	0.709 9	0.876 8	…
C_{19}	0.231 1	0.137 8	0.085 2	…	0.088 3	0.203 1	0.242 7	…	0.173 1	0.073 5	0.097 9	…
C_{20}	0.091 7	0.017 1	0.157 2	…	0.058 1	0.153 0	0.160 0	…	0.113 2	0.029 5	0.035 3	…
C_{21}	0.783 7	0.602 8	0.890 1	…	0.712 8	0.248 2	0.854 6	…	0.712 8	0.925 5	0.961 0	…
C_{22}	0.535 7	0.505 1	0.785 7	…	0.428 6	0.964 3	0.994 9	…	0.428 6	1.000 0	0.739 8	…
C_{23}	0.221 0	0.709 8	0.571 3	…	0.089 7	0.810 4	0.999 4	…	0.575 0	0.945 2	0.591 8	…
C_{24}	0.836 9	0.956 5	0.904 4	…	0.434 6	0.971 8	0.953 9	…	0.984 0	0.866 8	0.810 8	…
C_{25}	0.290 6	0.305 8	0.318 7	…	0.261 1	0.226 7	0.479 4	…	0.397 0	0.539 2	0.434 9	…
C_{26}	0.003 3	0.012 8	0.010 8	…	0.029 4	0.014 1	0.015 9	…	0.057 0	0.010 2	0.029 0	…
C_{27}	0.487 0	0.710 7	0.620 1	…	0.169 1	0.161 2	0.169 0	…	0.480 8	0.726 7	0.656 7	…
C_{28}	0.000 0	0.001 6	0.002 5	…	0.007 9	0.019 2	0.020 3	…	0.098 6	0.015 3	0.033 1	…
C_{29}	0.315 0	0.448 9	0.731 3	…	0.400 4	0.019 4	0.000 0	…	0.008 2	0.979 8	0.989 9	…
C_{30}	0.428 3	0.522 5	0.391 9	…	0.169 1	0.078 6	0.032 9	…	0.203 1	0.092 1	0.131 9	…
C_{31}	0.035 7	0.460 5	0.059 5	…	0.285 0	0.083 6	0.066 4	…	0.310 7	0.020 2	0.104 8	…
C_{32}	0.719 5	0.682 9	0.634 1	…	0.353 7	0.061 0	0.414 6	…	0.414 6	0.902 4	0.963 4	…
C_{33}	0.439 7	0.232 8	0.672 4	…	0.043 1	0.206 9	0.094 8	…	0.163 8	0.579 3	0.275 9	…
C_{34}	0.474 4	0.297 4	0.974 4	…	0.205 1	0.102 6	0.564 1	…	0.282 1	0.897 4	0.923 1	…
C_{35}	0.255 7	0.797 7	0.393 2	…	0.000 8	0.421 5	0.000 0	…	0.595 5	0.696 6	0.979 8	…
C_{36}	0.219 5	0.292 7	0.463 4	…	0.024 4	0.000 0	0.048 8	…	0.341 5	0.975 6	0.463 4	…
C_{37}	0.159 5	0.254 8	0.200 3	…	0.210 5	0.139 2	0.160 6	…	0.031 9	0.178 9	0.176 2	…
C_{38}	0.231 9	0.223 0	0.628 8	…	0.108 2	0.129 3	0.038 8	…	0.376 6	0.037 5	0.204 9	…

表 6.3　2000 年河北山区生态安全评价指标标准值

县(市、区) 指标	冀西山区				冀北山区				冀东山区			
	井陉矿区	井陉县	行唐县	…	宣化县	张北县	康保县	…	青龙县	昌黎县	抚宁县	…
C_1	0.297 1	0.891 8	0.811 9	…	0.946 0	0.983 0	0.984 6	…	0.946 5	0.776 4	0.851 9	…
C_2	0.790 6	0.570 5	0.439 8	…	0.575 2	0.488 4	0.503 7	…	0.637 4	0.804 5	0.642 7	…
C_3	0.726 4	0.646 9	0.864 9	…	0.751 7	0.831 1	0.876 2	…	0.894 5	0.622 4	0.733 6	…
C_4	0.988 7	0.994 3	0.993 5	…	0.979 2	0.994 0	0.991 2	…	0.991 0	0.985 7	0.986 8	…
C_5	0.000 0	0.465 6	0.618 0	…	0.869 5	0.981 3	0.987 2	…	0.914 0	0.649 2	0.466 4	…
C_6	0.266 9	0.421 0	0.270 5	…	0.245 1	0.095 4	0.094 3	…	0.096 1	0.296 2	0.329 8	…
C_7	0.465 4	0.386 6	0.366 8	…	0.483 7	0.407 8	0.696 0	…	0.562 0	0.372 4	0.253 2	…
C_8	0.951 9	0.563 0	0.520 0	…	0.427 7	0.160 3	0.101 0	…	0.000 0	0.692 5	0.577 7	…
C_9	0.995 9	0.983 4	1.000 0	…	0.992 9	1.000 0	1.000 0	…	0.984 0	0.999 1	1.000 0	…
C_{10}	0.014 8	0.097 6	0.132 3	…	0.284 2	0.785 8	0.859 0	…	0.087 3	0.167 9	0.125 7	…
C_{11}	0.323 4	0.253 7	0.153 0	…	0.119 6	0.092 3	0.092 0	…	0.375 9	0.099 3	0.224 4	…
C_{12}	0.051 7	0.251 2	0.043 4	…	0.030 1	0.077 2	0.027 4	…	0.127 0	0.026 7	0.122 8	…

县(市、区) 指标	冀西山区				冀北山区				冀东山区			
	井陉矿区	井陉县	行唐县	…	宣化县	张北县	康保县	…	青龙县	昌黎县	抚宁县	…
C_{13}	0.462 4	0.516 5	0.742 7	…	0.117 1	0.024 3	0.010 3	…	0.491 4	0.838 1	0.637 0	…
C_{14}	0.000 7	0.000 3	0.002 3	…	0.008 4	0.000 0	0.006 5	…	0.000 1	0.014 4	0.001 0	…
C_{15}	1.000 0	0.035 4	0.086 5	…	0.017 3	0.006 2	0.003 7	…	0.010 3	0.151 9	0.071 2	…
C_{16}	0.983 2	0.979 8	0.947 3	…	0.976 6	0.982 6	0.997 0	…	0.976 3	0.898 5	0.962 1	…
C_{17}	0.001 7	0.009 5	0.005 9	…	0.005 1	0.007 1	0.008 2	…	0.009 6	0.004 2	0.008 9	…
C_{18}	0.064 1	0.116 6	0.123 7	…	0.054 4	0.040 8	0.310 2	…	0.050 5	0.584 2	0.893 1	…
C_{19}	0.477 1	0.114 5	0.013 4	…	0.226 8	0.180 3	0.226 5	…	0.352 9	0.113 3	0.136 0	…
C_{20}	0.089 3	0.020 7	0.159 9	…	0.051 7	0.111 2	0.119 4	…	0.100 4	0.031 4	0.033 8	…
C_{21}	0.884 4	0.763 2	0.930 4	…	0.812 6	0.734 0	0.969 7	…	0.997 8	0.989 9	0.992 1	…
C_{22}	0.918 9	0.638 6	0.939 7	…	0.840 0	0.985 4	0.982 2	…	0.950 1	0.987 4	0.995 7	…
C_{23}	0.000 0	0.794 2	0.614 7	…	0.242 9	0.904 2	1.000 0	…	0.491 9	0.962 9	0.704 5	…
C_{24}	0.970 5	0.946 9	0.947 1	…	0.976 7	0.989 8	0.994 1	…	0.996 2	0.943 8	0.948 6	…
C_{25}	0.224 9	0.287 3	0.605 5	…	0.127 7	0.064 6	0.000 0	…	0.391 2	0.232 6	0.086 8	…
C_{26}	0.001 2	0.008 7	0.004 6	…	0.005 1	0.005 4	0.006 5	…	0.011 7	0.003 2	0.009 4	…
C_{27}	0.491 1	0.716 2	0.625 9	…	0.168 6	0.158 3	0.167 1	…	0.489 1	0.729 0	0.661 6	…
C_{28}	0.000 0	0.000 2	0.000 0	…	0.000 1	0.000 0	0.000 3	…	0.000 0	0.000 0	0.000 3	…
C_{29}	0.382 3	0.475 0	0.753 0	…	0.510 8	0.136 8	0.097 8	…	0.478 8	0.980 0	0.990 0	…
C_{30}	0.725 8	0.950 2	0.108 8	…	0.556 9	0.096 5	0.235 2	…	0.269 2	0.080 1	0.059 9	…
C_{31}	0.014 0	0.211 8	0.073 6	…	0.153 9	0.046 0	0.041 2	…	0.166 8	0.000 0	0.054 2	…
C_{32}	0.633 3	0.466 7	0.911 1	…	0.511 1	0.133 3	0.888 9	…	0.411 1	0.911 1	0.966 7	…
C_{33}	0.438 3	0.243 5	0.678 3	…	0.026 1	0.229 6	0.104 3	…	0.177 4	0.612 2	0.942 0	…
C_{34}	0.615 4	0.307 7	0.661 5	…	0.153 8	0.076 9	0.538 5	…	0.282 1	0.974 4	0.948 7	…
C_{35}	0.907 7	0.692 3	0.220 5	…	0.015 4	0.138 5	0.000 0	…	0.589 7	0.692 3	0.979 5	…
C_{36}	0.115 6	0.236 8	0.069 6	…	0.187 4	0.266 2	0.030 3	…	0.002 2	0.010 1	0.007 9	…
C_{37}	0.342 5	0.469 9	0.568 7	…	0.276 6	0.173 8	0.147 5	…	0.752 6	0.328 8	0.362 8	…
C_{38}	0.092 6	0.051 4	0.178 5	…	0.013 8	0.068 3	0.036 2	…	0.022 3	0.070 1	0.033 6	…

表 6.4 2005 年河北山区生态安全评价指标标准值

县(市、区) 指标	冀西山区				冀北山区				冀东山区			
	井陉矿区	井陉县	行唐县	…	宣化县	张北县	康保县	…	青龙县	昌黎县	抚宁县	…
C_1	0.287 2	0.910 1	0.826 5	…	0.953 3	0.979 5	0.980 9	…	0.949 2	0.804 1	0.868 5	…
C_2	0.870 3	0.391 2	0.338 7	…	0.622 5	0.712 8	0.725 7	…	0.339 5	0.747 9	0.703 6	…
C_3	0.551 2	0.728 0	0.784 9	…	0.805 3	0.776 6	0.737 2	…	0.804 4	0.673 9	0.677 9	…
C_4	0.460 7	0.663 9	0.524 4	…	1.000 0	0.252 0	0.236 1	…	0.485 1	0.302 4	0.375 4	…
C_5	0.380 1	0.641 6	0.592 0	…	0.707 7	0.832 2	0.685 7	…	0.817 2	0.771 9	0.619 3	…
C_6	0.115 8	0.369 1	0.224 6	…	0.166 4	0.110 2	0.079 2	…	0.110 8	0.270 3	0.285 4	…
C_7	0.462 1	0.501 9	0.213 6	…	0.611 1	0.377 3	0.481 1	…	0.366 5	0.364 4	0.278 6	…
C_8	0.645 4	0.541 0	0.344 7	…	0.328 2	0.075 0	0.074 5	…	0.000 0	0.559 4	0.488 5	…
C_9	0.996 3	0.985 5	1.000 0	…	0.993 6	1.000 0	1.000 0	…	0.986 9	0.999 7	1.000 0	…
C_{10}	0.008 6	0.149 5	0.189 4	…	0.378 2	0.778 5	0.860 3	…	0.063 2	0.257 0	0.145 4	…
C_{11}	0.314 1	0.298 4	0.161 5	…	0.132 6	0.084 5	0.080 6	…	0.414 5	0.118 1	0.254 6	…

续 表

县(市、区) 指标	冀西山区				冀北山区				冀东山区			
	井陉矿区	井陉县	行唐县	…	宣化县	张北县	康保县	…	青龙县	昌黎县	抚宁县	…
C_{12}	0.042 0	0.245 0	0.038 6	…	0.035 9	0.061 3	0.024 9	…	0.114 1	0.036 1	0.117 9	…
C_{13}	0.359 3	0.318 7	0.486 5	…	0.144 1	0.034 8	0.000 0	…	0.586 2	0.627 0	0.505 2	…
C_{14}	0.000 5	0.000 2	0.001 7	…	0.009 7	0.000 0	0.007 5	…	0.000 1	0.014 0	0.000 9	…
C_{15}	1.000 0	0.039 6	0.069 1	…	0.014 3	0.011 9	0.007 6	…	0.010 0	0.114 0	0.068 4	…
C_{16}	0.920 5	0.914 9	0.777 6	…	0.898 5	0.925 2	0.986 9	…	0.922 7	0.618 7	0.838 6	…
C_{17}	0.207 5	0.584 5	0.410 2	…	0.000 0	0.582 7	0.627 1	…	0.712 6	0.275 9	0.541 6	…
C_{18}	0.045 5	0.113 0	0.104 9	…	0.047 0	0.029 0	0.251 6	…	0.055 2	0.506 7	0.813 6	…
C_{19}	0.523 8	0.100 1	0.050 2	…	0.089 5	0.110 4	0.199 7	…	0.165 2	0.037 8	0.025 2	…
C_{20}	0.055 5	0.015 0	0.138 3	…	0.042 5	0.114 5	0.124 1	…	0.090 1	0.025 0	0.027 7	…
C_{21}	0.792 5	0.894 0	0.934 4	…	0.908 2	0.439 3	0.876 5	…	0.701 6	0.997 8	0.996 7	…
C_{22}	0.869 6	0.643 3	0.935 4	…	0.808 6	0.977 6	0.993 6	…	0.766 3	0.992 7	0.991 7	…
C_{23}	0.000 0	0.804 4	0.610 8	…	0.258 8	0.908 0	1.000 0	…	0.472 9	0.967 7	0.668 5	…
C_{24}	0.983 1	0.955 2	0.956 9	…	0.907 2	0.987 2	0.985 8	…	0.990 2	0.900 0	0.815 8	…
C_{25}	0.220 1	0.270 6	0.677 4	…	0.337 0	0.740 5	0.000 0	…	0.976 1	0.556 6	0.330 6	…
C_{26}	0.098 3	0.424 8	0.247 2	…	0.000 0	0.438 5	0.436 1	…	0.670 4	0.141 4	0.479 3	…
C_{27}	0.491 1	0.716 2	0.625 9	…	0.168 6	0.158 3	0.167 1	…	0.489 1	0.729 0	0.661 6	…
C_{28}	0.000 0	0.040 0	0.012 6	…	0.001 0	0.133 1	0.105 6	…	0.225 7	0.007 0	0.058 3	…
C_{29}	0.278 4	0.475 2	0.784 9	…	0.569 3	0.163 6	0.104 2	…	0.159 4	0.979 0	0.989 5	…
C_{30}	0.897 1	0.886 9	0.117 0	…	0.717 8	0.092 1	0.243 1	…	0.254 0	0.076 0	0.057 7	…
C_{31}	0.015 7	0.282 5	0.089 8	…	0.194 5	0.045 0	0.038 8	…	0.279 9	0.006 0	0.066 4	…
C_{32}	0.744 4	0.411 1	0.966 7	…	0.300 0	0.077 8	0.888 9	…	0.355 6	0.911 1	0.966 7	…
C_{33}	0.442 1	0.233 8	0.661 5	…	0.021 6	0.218 9	0.098 5	…	0.153 2	0.605 6	1.000 0	…
C_{34}	0.590 2	0.289 5	0.601 3	…	0.245 0	0.066 8	0.534 5	…	0.111 4	0.779 5	0.801 8	…
C_{35}	0.490 6	0.272 3	0.313 9	…	0.035 3	0.024 5	0.000 0	…	0.376 3	0.688 1	0.979 2	…
C_{36}	0.450 0	0.125 0	0.387 5	…	0.437 5	0.362 5	0.437 5	…	0.562 5	0.662 5	0.700 0	…
C_{37}	0.239 9	0.422 1	0.577 5	…	0.145 6	0.282 2	0.101 5	…	0.339 6	0.285 8	0.295 9	…
C_{38}	0.067 9	0.110 9	0.122 3	…	0.003 1	0.051 9	0.030 2	…	0.032 4	0.051 5	0.013 1	…

三、权 重 确 定

层次分析法(AHP)是目前确定权重较为常用的方法,它是美国运筹学家萨蒂(T. L. Saaty)于 20 世纪 70 年代提出的一种定性与定量相结合的多目标决策分析方法。该方法将分析人员的经验判断给予量化,对目标(因素)结构复杂且缺乏必要数据的情况更实用,是目前系统工程处理定性与定量相结合问题简单有效的分析方法,最先应用于能源问题,近些年在生态环境评价中广泛应用,可建立概念清晰、层次分明、逻辑合理的指标体系。

AHP 法权重确定的基本思路是通过分析复杂问题所包含的因素及其相互关系,将问题分解为不同的要素,并将这些要素归并为不同的层次,从而形成多层次结构,对每一层次元素按规定准则进行逐对比较,建立判断矩阵。通过计算判断矩阵最大特征值及对应的正规化特征向量,进而得出该层要素对于准则的权重,步骤如下。

(一) 明确评价指标体系的递阶层次结构

初步分析问题,将所含因素分系统、分层次的构筑成一个树状层次结构,可依次分目标层、准则层、因素层、指标层(图 6.2),用以确定评价的范围、评价的目的和对象、明确各个评价指标间的关系。

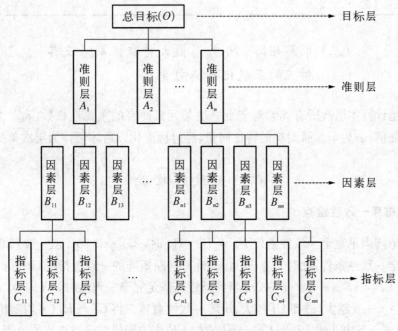

图 6.2　递阶层次结构图

(二) 分别构建 $O{\rightarrow}A$、$A{\rightarrow}B$、$B{\rightarrow}C$ 判断矩阵

递阶层次结构中的每一层次可按上一层次的对应准则要求,对该层次元素进行逐对比较,依照规定的标度定量化后写成矩阵形式,即构成判断矩阵。判断矩阵的构建是层次分析法的一个重要环节,假设某个判断矩阵为 $(P_{ij})_{m\times n}$,则有

$$(P_{ij})_{m\times n} = \begin{bmatrix} a_{11} & a_{12} & \cdots & a_{1n} \\ a_{21} & a_{22} & \cdots & a_{2n} \\ \vdots & \vdots & \vdots & \vdots \\ a_{n1} & a_{n2} & \cdots & a_{nn} \end{bmatrix} \tag{6.5}$$

利用特尔菲法由各位专家根据各层任意两个因素 a_i 和 a_j 进行逐项比较后,将相应的标度值 $(P_{ij})_{m\times n}$ 填入判断矩阵中相应位置,标度值取值参见表 6.5。

表 6.5　标度值确定表

P_i 与 P_j 比较	$(P_{ij})_{m \times n}$	P_i 与 P_j 比较	$(P_{ij})_{m \times n}$
P_i 与 P_j 优劣相等	1		
P_i 稍优于 P_j	3	P_i 稍劣于 P_j	1/3
P_i 优于 P_j	5	P_i 劣于 P_j	1/5
P_i 甚优于 P_j	7	P_i 甚劣于 P_j	1/7
P_i 极优于 P_j	9	P_i 极劣于 P_j	1/9

（三）求解矩阵 $(P_{ij})_{m \times n}$ 最大特征根 $\lambda_{\max}$ 及其对应的正规化特征向量 w

目的是计算本层次所有元素对于上一层某元素而言的重要性权数，$\lambda_{\max}$ 为 $(P_{ij})_{m \times n}$ 的最大特征值，w 为 $\lambda_{\max}$ 所对应的特征向量，经过标准化以后才可作为层次单排序权值。

（四）一致性检验

1. 层次单排序一致性检验

判断矩阵满足完全一致性条件 $P_{ik} = P_{ij} \cdot P_{jk}$ 时，$\lambda_{\max} \cdot w = n$。但一般判断矩阵不可能满足完全一致性条件，此时 $\lambda_{\max} \cdot w < n$。计算判断矩阵的一致性指标 CI 可检验一致性情况，定义 $CI = (\lambda_{\max} - n)/(n-1)$，当判断矩阵满足完全一致性时，$CI = 0$；$\lambda_{\max} \cdot w$ 越大，则 $\lambda_{\max} \cdot w - n$ 越大，进而 CI 越大，矩阵一致性愈差。将 CI 与 RI（平均随机一致性指标，取值见表 6.6）进行比较，即 $CR = CI/RI$，CR 称为随机性一致性比率。当 $CR < 0.1$ 时，认为判断矩阵具有满意的一致性，否则需要重新调整判断矩阵表，直到一致性达到满意。

表 6.6　1～15 阶矩阵的平均随机一致性指标

阶数	1	2	3	4	5	6	7	8	9	10	11	12	13	14	15
RI	0	0	0.58	0.90	1.12	1.24	1.32	1.41	1.45	1.49	1.52	1.54	1.56	1.58	1.59

2. 层次总排序一致性检验

利用同一层次中所有层次单排序的结果，针对上一层次而言计算本层次所有元素的重要性权重值。层次总排序需要自上而下逐层顺序进行。对于最高层，该层次单排序就是总排序。

假定已知层次所有 A 因素 A_1，A_2，$\cdots$，A_m 的组合权重值（总排序结果）分别为 a_1，a_2，$\cdots$，a_m。a_j 对应本层次 B 中因素 B_1，B_2，$\cdots$，B_m 单排序的结果为 b_{1j}，b_{2j}，$\cdots$，$b_{nj}(j = 1, 2, \cdots, m)$，所得层次总排序见表 6.7。

表 6.7 层次总排序计算方法

层次 B ＼ 层次 A	A_1	A_2	$\cdots$	A_m	B 层次的总排序
	a_1	a_2	$\cdots$	a_m	
B_1	b_{11}	b_{12}	$\cdots$	b_{1m}	$\sum_{i=1}^{m} a_i b_{1j}$
B_2	b_{21}	b_{22}	$\cdots$	b_{2m}	$\sum_{i=1}^{m} a_i b_{2j}$
$\vdots$	$\vdots$	$\vdots$	$\vdots$	$\vdots$	$\vdots$
B_n	B_{n1}	B_{n2}	$\cdots$	B_{nm}	$\sum_{i=1}^{m} a_i b_{nj}$

当 $\sum_{j=1}^{m}\sum_{i=1}^{n} a_i b_{ij} = 1$，即层次总排序为标准化向量。层次总排序是自上而下逐层进行的，类似层次单排序计算过程，其结果也要进行一致性检验。即 $CR = CI/RI = \sum_{j=1}^{m} a_i CI_j / \sum_{j=1}^{m} aRI_j < 0.1$ 时（CI_j、RI_j 分别为与 a_j 对应的 B 层中判断矩阵的一致性指标和随机一致性指标，RI 为层次总排序的随机一致性，CR 为层次总排序的随机一致性比例），认为总排序的结果具有令人满意的一致性，否则要对本层次的各判断矩阵进行调整，一直到层次总排序的一致性检验达到满意为止。

基于层次分析法，依据各指标因子在不同地区的重要性程度，针对河北山区不同分区的特点分别确定冀西、冀北、冀东山区评价指标权重（表 6.8～表 6.10），用以反映研究区不同区域相同因子权重的区域性差异，进而分析各区域各因子权重值与河北山区生态安全指标体系各因子权重平均值的差异（图 6.3）。

表 6.8 冀西山区生态安全评价指标权重值

目标层（O）	准则层（A）	权重	因素层（B）	权重	指标层（C）	权重
冀西山区生态安全综合评价	压力（A_1）	0.259 9	人口承载压力（B_1）	0.034 6	人口密度（C_1）	0.020 8
					人口自然增长率（C_2）	0.013 8
			社会发展压力（B_2）	0.071 2	城市化率（C_3）	0.020 8
					人类干扰指数（C_4）	0.017 4
					交通密度指数（C_5）	0.033 0
			经济发展压力（B_3）	0.050 4	人均 GDP（C_6）	0.019 1
					第三产业产值占总产值比例（C_7）	0.014 6
					农民年人均纯收入（C_8）	0.016 7
			资源环境压力（B_4）	0.103 7	≥25°坡耕地面积指数（C_9）	0.024 4
					人均耕地（C_{10}）	0.017 7
					人均水资源量（C_{11}）	0.013 5
					人均矿产资源量（C_{12}）	0.010 1
					农业污染指数（C_{13}）	0.031 4
					旅游资源承载力（C_{14}）	0.006 6

目标层 (O)	准则层 (A)	权重	因素层(B)	权重	指标层(C)	权重
冀西山区生态安全综合评价	反馈 (A₂)	0.327 5	资源利用 反馈(B₅)	0.054 7	单位土地经济产出(C₁₅)	0.010 7
					水网密度指数(C₁₆)	0.015 2
					山区植被覆盖指数(C₁₇)	0.021 1
					城镇人均公共绿地面积(C₁₈)	0.007 7
			能源消耗 反馈(B₆)	0.094 5	土地承载力指数(C₁₉)	0.035 2
					水资源承载力指数(C₂₀)	0.024 9
					单位 GDP 水耗(C₂₁)	0.018 9
					单位 GDP 能耗(C₂₂)	0.015 5
			环境灾害 反馈(B₇)	0.042 7	土地退化指数(C₂₃)	0.010 5
					污染负荷指数(C₂₄)	0.019 8
					自然灾害成灾率(C₂₅)	0.012 5
			生态结构 反馈(B₈)	0.135 5	生物丰度指数(C₂₆)	0.030 0
					生态稳定性指数(C₂₇)	0.043 2
					生态弹性力指数(C₂₈)	0.062 3
	调控 (A₃)	0.412 6	资源利用 调控(B₉)	0.189 8	有效灌溉面积比例(C₂₉)	0.031 4
					当年造林面积比例(C₃₀)	0.041 3
					人均土地后备资源量(C₃₁)	0.066 6
					退化土地恢复率(C₃₂)	0.050 6
			环境修复 调控(B₁₀)	0.131 6	工业三废处理率(C₃₃)	0.042 8
					环境保护投资占 GDP 比例(C₃₄)	0.056 1
					受保护地区占国土面积比例(C₃₅)	0.032 7
			社会文明 调控(B₁₁)	0.091 2	R&D 支出占 GDP 比例(C₃₆)	0.026 6
					农业劳动者素质(C₃₇)	0.022 4
					万名农业人口农业科技人数(C₃₈)	0.042 2

表 6.9　冀北山区生态安全评价指标权重值

目标层 (O)	准则层 (A)	权重	因素层(B)	权重	指标层(C)	权重
冀北山区生态安全综合评价	压力 (A₁)	0.255 2	人口承载 压力(B₁)	0.033 6	人口密度(C₁)	0.020 2
					人口自然增长率(C₂)	0.013 4
			社会发展 压力(B₂)	0.064 4	城市化率(C₃)	0.019 2
					人类干扰指数(C₄)	0.018 5
					交通密度指数(C₅)	0.026 7
			经济发展 压力(B₃)	0.048 9	人均 GDP(C₆)	0.018 5
					第三产业产值占总产值比例(C₇)	0.016 2
					农民年人均纯收入(C₈)	0.014 2

续　表

目标层 (O)	准则层 (A)	权重	因素层(B)	权重	指标层(C)	权重
冀北山区生态安全综合评价	压力 (A_1)	0.255 2	资源环境 压力(B_4)	0.108 3	≥25°坡耕地面积指数(C_9)	0.026 8
					人均耕地(C_{10})	0.017 6
					人均水资源量(C_{11})	0.014 1
					人均矿产资源量(C_{12})	0.010 6
					农业污染指数(C_{13})	0.032 0
					旅游资源承载力(C_{14})	0.007 0
	反馈 (A_2)	0.280 9	资源利用 反馈(B_5)	0.048 7	单位土地经济产出(C_{15})	0.008 8
					水网密度指数(C_{16})	0.013 3
					山区植被覆盖指数(C_{17})	0.019 9
					城镇人均公共绿地面积(C_{18})	0.006 8
			能源消耗 反馈(B_6)	0.078 2	土地承载力指数(C_{19})	0.030 5
					水资源承载力指数(C_{20})	0.020 4
					单位 GDP 水耗(C_{21})	0.014 7
					单位 GDP 能耗(C_{22})	0.012 7
			环境灾害 反馈(B_7)	0.045 2	土地退化指数(C_{23})	0.020 5
					污染负荷指数(C_{24})	0.015 7
					自然灾害成灾率(C_{25})	0.009 0
			生态结构 反馈(B_8)	0.108 9	生物丰度指数(C_{26})	0.024 4
					生态稳定性指数(C_{27})	0.040 2
					生态弹性力指数(C_{28})	0.044 3
	调控 (A_3)	0.463 8	资源利用 调控(B_9)	0.210 8	有效灌溉面积比例(C_{29})	0.032 6
					当年造林面积比例(C_{30})	0.054 8
					人均土地后备资源量(C_{31})	0.067 1
					退化土地恢复率(C_{32})	0.056 4
			环境修复 调控(B_{10})	0.160 9	工业三废处理率(C_{33})	0.046 9
					环境保护投资占 GDP 比例(C_{34})	0.074 5
					受保护地区占国土面积比例(C_{35})	0.039 4
			社会文明 调控(B_{11})	0.092 1	R&D 支出占 GDP 比例(C_{36})	0.027 5
					农业劳动者素质(C_{37})	0.026 4
					万名农业人口农业科技人数(C_{38})	0.038 1

表 6.10 冀东山区生态安全评价指标权重值

目标层(O)	准则层(A)	权重	因素层(B)	权重	指标层(C)	权重
冀东山区生态安全综合评价	压力(A₁)	0.289 4	人口承载压力(B₁)	0.035 4	人口密度(C_1)	0.021 2
					人口自然增长率(C_2)	0.014 2
			社会发展压力(B₂)	0.084 3	城市化率(C_3)	0.027 4
					人类干扰指数(C_4)	0.020 9
					交通密度指数(C_5)	0.035 9
			经济发展压力(B₃)	0.055 5	人均 GDP(C_6)	0.023 8
					第三产业产值占总产值比例(C_7)	0.015 9
					农民年人均纯收入(C_8)	0.015 9
			资源环境压力(B₄)	0.114 2	≥25°坡耕地面积指数(C_9)	0.026 8
					人均耕地(C_{10})	0.019 4
					人均水资源量(C_{11})	0.014 8
					人均矿产资源量(C_{12})	0.011 9
					农业污染指数(C_{13})	0.034 5
					旅游资源承载力(C_{14})	0.006 7
	反馈(A₂)	0.331 3	资源利用反馈(B₅)	0.059 3	单位土地经济产出(C_{15})	0.012 0
					水网密度指数(C_{16})	0.014 2
					山区植被覆盖指数(C_{17})	0.022 3
					城镇人均公共绿地面积(C_{18})	0.010 8
			能源消耗反馈(B₆)	0.095 3	土地承载力指数(C_{19})	0.030 7
					水资源承载力指数(C_{20})	0.025 8
					单位 GDP 水耗(C_{21})	0.019 6
					单位 GDP 能耗(C_{22})	0.019 1
			环境灾害反馈(B₇)	0.040 1	土地退化指数(C_{23})	0.011 5
					污染负荷指数(C_{24})	0.016 6
					自然灾害成灾率(C_{25})	0.012 0
			生态结构反馈(B₈)	0.136 6	生物丰度指数(C_{26})	0.033 9
					生态稳定性指数(C_{27})	0.044 4
					生态弹性力指数(C_{28})	0.058 2
	调控(A₃)	0.379 3	资源利用调控(B₉)	0.188 8	有效灌溉面积比例(C_{29})	0.031 3
					当年造林面积比例(C_{30})	0.045 6
					人均土地后备资源量(C_{31})	0.066 4
					退化土地恢复率(C_{32})	0.045 6
			环境修复调控(B₁₀)	0.108	工业三废处理率(C_{33})	0.038 3
					环境保护投资占 GDP 比例(C_{34})	0.045 6
					受保护地区占国土面积比例(C_{35})	0.024 1
			社会文明调控(B₁₁)	0.082 5	R&D 支出占 GDP 比例(C_{36})	0.026 3
					农业劳动者素质(C_{37})	0.018 2
					万名农业人口农业科技人数(C_{38})	0.037 9

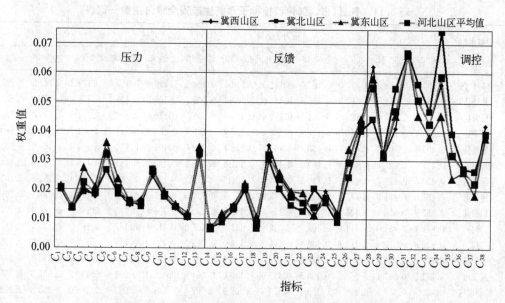

图 6.3　河北山区生态安全指标体系各因子权重值图

从表 6.8~表 6.10、图 6.3 分析得到评价指标体系中各因子权重具有如下特点：河北山区生态安全评价指标子系统权重值排序为：调控子系统＞反馈子系统＞压力子系统。调控因子对生态安全贡献最大，表明随着人类环保意识的增强，政府采取的调控措施对河北山区生态环境的恢复与保护起到至关重要的作用，其中资源利用调控(B_9)＞环境修复调控(B_{10})＞社会文明调控(B_{11})；第二位影响因素为反馈，即生态环境对人类破坏活动的反应，其中生态结构反馈(B_8)＞能源消耗反馈(B_6)＞资源利用反馈(B_5)＞环境灾害反馈(B_7)；影响相对较小的是压力，即人类活动对生态环境的破坏造成的诸多生态问题是历史遗留结果，目前正向积极的方向发展，其中资源环境压力(B_4)＞社会发展压力(B_2)＞经济发展压力(B_3)＞人口承载压力(B_1)。

第三节　生态安全等级划分

一、生态安全综合指数计算

河北山区生态系统的优劣由不同地区各个指标相互作用综合反映，单一指标仅能反映生态系统某一方面，多指标值综合计算是将各指标量化后的标准值与其权重值综合处理，以得到整个河北山区生态安全评价综合指数。生态安全综合指数值越小，区域生态环境越脆弱；反之，就越好。采用区域生态安全综合指数来表征区域生态环境脆弱度，其公式为

$$E = \sum_{i=1}^{n} W_i \times X_i \tag{6.6}$$

式中，E 为生态安全综合指数，取值范围为$[0, 1]$；W_i 为各指标因子权重；X_i 为各指标标准值。由公式(6.6)得各评价指标子系统生态安全综合指数值见表 6.11。

表 6.11 各县(市、区)评价指标子系统生态安全综合指数一览表

县(市、区)	总 系 统			压力子系统			反馈子系统			调控子系统		
	1987年	2000年	2005年	1987年	2000年	2005年	1987年	2000年	2005年	1987年	2000年	2005年
井陉矿区	0.406 1	0.413 2	0.407 0	0.162 6	0.121 3	0.110 2	0.104 2	0.119 4	0.124 0	0.139 3	0.172 5	0.172 7
井陉县	0.404 5	0.411 7	0.417 6	0.125 8	0.143 6	0.138 8	0.102 2	0.107 0	0.135 1	0.176 5	0.161 1	0.143 7
行唐县	0.447 7	0.437 8	0.439 0	0.124 1	0.150 4	0.125 6	0.108 7	0.112 8	0.128 3	0.214 8	0.174 6	0.185 1
灵寿县	0.435 2	0.441 1	0.440 8	0.127 9	0.156 4	0.128 9	0.105 7	0.104 3	0.131 2	0.201 7	0.180 4	0.180 7
赞皇县	0.405 8	0.408 8	0.412 0	0.136 7	0.142 0	0.138 1	0.099 5	0.101 2	0.114 4	0.169 6	0.165 6	0.160 2
平山县	0.411 5	0.425 3	0.420 4	0.129 0	0.148 9	0.131 6	0.106 2	0.107 9	0.144 3	0.176 2	0.168 5	0.144 5
元氏县	0.430 4	0.429 7	0.424 4	0.130 1	0.164 3	0.136 2	0.112 9	0.114 4	0.127 6	0.187 4	0.151 1	0.160 6
鹿泉市	0.451 8	0.451 8	0.442 7	0.144 8	0.149 3	0.137 4	0.110 9	0.115 0	0.105 3	0.196 1	0.187 5	0.199 9
邯郸县	0.427 7	0.428 8	0.426 0	0.113 4	0.157 6	0.135 8	0.130 5	0.128 2	0.133 1	0.183 8	0.142 9	0.157 1
涉县	0.411 1	0.411 0	0.414 9	0.102 2	0.112 8	0.111 7	0.117 5	0.119 1	0.157 3	0.191 4	0.179 1	0.145 9
磁县	0.418 6	0.409 4	0.412 6	0.130 6	0.141 2	0.114 0	0.115 4	0.120 0	0.119 6	0.172 7	0.148 3	0.179 0
永年县	0.377 0	0.404 4	0.397 0	0.123 7	0.142 2	0.121 1	0.111 7	0.122 5	0.127 1	0.141 5	0.139 7	0.148 8
武安市	0.371 5	0.397 1	0.397 3	0.123 3	0.132 6	0.140 0	0.094 3	0.110 3	0.098 8	0.153 9	0.154 3	0.158 5
峰峰矿区	0.400 9	0.409 9	0.406 4	0.113 5	0.133 3	0.109 9	0.092 5	0.092 8	0.093 9	0.195 0	0.183 8	0.202 6
邢台县	0.398 1	0.400 1	0.423 6	0.123 3	0.139 7	0.142 2	0.106 0	0.107 6	0.141 9	0.168 8	0.152 8	0.139 5
临城县	0.398 7	0.409 8	0.411 4	0.140 5	0.136 6	0.128 6	0.118 4	0.122 3	0.148 1	0.139 7	0.150 9	0.134 8
内丘县	0.404 5	0.433 8	0.418 6	0.141 7	0.147 6	0.127 7	0.111 6	0.107 5	0.128 2	0.151 2	0.178 7	0.162 7
沙河市	0.398 8	0.408 8	0.412 8	0.142 4	0.150 7	0.121 0	0.089 6	0.109 4	0.104 8	0.166 8	0.148 8	0.187 0
满城县	0.407 4	0.422 8	0.422 0	0.128 1	0.144 3	0.126 4	0.119 5	0.128 2	0.131 3	0.159 9	0.150 3	0.164 3
涞水县	0.379 8	0.401 6	0.394 3	0.122 3	0.134 6	0.132 5	0.110 9	0.113 3	0.123 3	0.146 6	0.153 6	0.138 5
阜平县	0.390 4	0.399 2	0.393 3	0.161 3	0.151 9	0.145 0	0.092 4	0.099 0	0.112 5	0.136 7	0.148 3	0.135 8
唐县	0.412 7	0.416 6	0.415 4	0.147 1	0.147 1	0.129 6	0.097 1	0.102 8	0.121 8	0.168 6	0.166 7	0.164 0
涞源县	0.376 7	0.380 6	0.381 9	0.145 5	0.140 9	0.132 6	0.095 5	0.105 1	0.135 0	0.135 7	0.134 7	0.114 3
易县	0.404 2	0.404 1	0.399 7	0.132 8	0.142 2	0.136 0	0.106 1	0.105 9	0.130 7	0.165 3	0.156 2	0.133 1
曲阳县	0.409 4	0.420 3	0.417 0	0.123 3	0.126 4	0.122 6	0.105 0	0.111 9	0.124 4	0.181 1	0.182 0	0.170 0
顺平县	0.413 3	0.427 9	0.420 1	0.137 5	0.123 7	0.121 4	0.107 2	0.121 9	0.119 6	0.168 6	0.182 3	0.179 2
宣化县	0.303 2	0.323 5	0.331 8	0.162 0	0.138 5	0.138 4	0.052 0	0.072 5	0.068 9	0.089 1	0.112 6	0.124 5
张北县	0.285 7	0.283 8	0.289 8	0.147 9	0.141 2	0.123 9	0.081 3	0.085 7	0.112 4	0.056 6	0.056 9	0.053 5
康保县	0.332 9	0.361 2	0.369 4	0.147 9	0.146 5	0.120 1	0.101 9	0.094 6	0.119 4	0.083 2	0.120 1	0.129 8
沽源县	0.357 4	0.355 9	0.368 8	0.151 9	0.142 7	0.134 6	0.091 0	0.086 8	0.121 6	0.114 5	0.126 4	0.112 5
尚义县	0.339 9	0.330 7	0.344 9	0.140 5	0.135 2	0.134 3	0.083 1	0.082 0	0.106 2	0.116 3	0.113 6	0.104 4
蔚县	0.257 0	0.296 6	0.328 3	0.139 6	0.146 9	0.126 6	0.075 2	0.077 2	0.107 7	0.042 2	0.072 5	0.094 0
阳原县	0.320 3	0.351 6	0.359 5	0.138 1	0.134 1	0.130 3	0.088 1	0.101 9	0.112 6	0.094 1	0.115 6	0.116 6
怀安县	0.327 8	0.352 9	0.353 0	0.138 7	0.136 5	0.127 5	0.073 6	0.087 4	0.090 7	0.115 5	0.128 9	0.134 8
万全县	0.348 3	0.352 3	0.347 5	0.136 2	0.123 6	0.122 6	0.060 1	0.094 9	0.088 8	0.152 0	0.133 8	0.136 2
怀来县	0.357 1	0.355 8	0.363 3	0.125 8	0.141 9	0.136 8	0.089 5	0.110 4	0.116 9	0.141 7	0.103 5	0.109 5
涿鹿县	0.363 5	0.361 4	0.365 5	0.144 5	0.133 9	0.134 4	0.076 5	0.082 5	0.111 4	0.142 5	0.145 0	0.119 7
赤城县	0.337 3	0.328 4	0.350 1	0.146 8	0.145 0	0.128 8	0.069 2	0.076 6	0.127 1	0.121 3	0.106 8	0.094 3
崇礼县	0.334 7	0.342 9	0.334 4	0.142 7	0.140 9	0.127 6	0.063 1	0.061 9	0.107 4	0.128 9	0.140 0	0.099 4
张家口市区	0.382 7	0.373 2	0.369 5	0.096 0	0.082 0	0.102 3	0.188 8	0.154 4	0.145 3	0.097 9	0.136 7	0.121 9
承德县	0.389 9	0.380 1	0.393 7	0.136 0	0.132 5	0.122 9	0.081 0	0.094 7	0.140 7	0.172 7	0.152 9	0.130 1
兴隆县	0.395 7	0.383 2	0.397 5	0.125 2	0.146 7	0.138 0	0.088 7	0.093 5	0.141 5	0.181 8	0.143 5	0.118 1
平泉县	0.393 7	0.386 4	0.397 3	0.127 2	0.138 3	0.130 3	0.089 5	0.094 4	0.134 1	0.177 0	0.153 7	0.132 9
滦平县	0.396 5	0.388 3	0.391 6	0.150 0	0.154 5	0.134 4	0.081 9	0.088 9	0.142 1	0.164 6	0.144 9	0.115 1
隆化县	0.372 2	0.369 7	0.378 3	0.140 5	0.153 4	0.125 8	0.073 6	0.081 5	0.153 9	0.158 0	0.134 9	0.098 6

县(市、区)	总 系 统			压力子系统			反馈子系统			调控子系统		
	1987年	2000年	2005年	1987年	2000年	2005年	1987年	2000年	2005年	1987年	2000年	2005年
丰宁县	0.371 6	0.364 7	0.385 0	0.134 5	0.139 4	0.122 2	0.076 2	0.084 2	0.166 2	0.160 8	0.141 1	0.096 5
宽城县	0.373 7	0.377 1	0.390 2	0.155 4	0.155 7	0.145 3	0.072 0	0.092 1	0.125 5	0.146 4	0.129 3	0.119 4
围场县	0.369 9	0.373 5	0.381 3	0.142 7	0.150 8	0.129 1	0.081 3	0.078 8	0.148 6	0.146 0	0.144 0	0.103 6
承德市区	0.392 4	0.405 2	0.388 8	0.118 1	0.085 5	0.100 3	0.117 0	0.207 2	0.156 1	0.157 3	0.112 5	0.131 7
青龙县	0.388 0	0.391 2	0.400 8	0.176 0	0.170 6	0.150 4	0.105 6	0.115 0	0.156 7	0.106 4	0.105 6	0.093 6
昌黎县	0.468 8	0.469 3	0.465 5	0.151 1	0.173 7	0.157 0	0.130 2	0.125 6	0.132 5	0.187 6	0.170 0	0.176 0
抚宁县	0.460 2	0.476 8	0.501 0	0.151 9	0.161 8	0.148 3	0.121 0	0.122 6	0.147 9	0.187 3	0.192 4	0.204 8
卢龙县	0.407 6	0.405 7	0.407 4	0.142 7	0.177 4	0.151 0	0.109 3	0.114 5	0.131 6	0.155 6	0.113 8	0.124 9
秦皇岛市区	0.453 4	0.445 7	0.454 7	0.128 1	0.097 1	0.080 3	0.117 8	0.150 2	0.168 5	0.207 6	0.198 4	0.205 8
丰润区	0.403 4	0.408 0	0.423 5	0.169 5	0.168 6	0.141 6	0.114 4	0.122 7	0.128 0	0.119 4	0.116 7	0.153 9
滦县	0.474 6	0.500 2	0.507 4	0.139 9	0.153 0	0.150 7	0.125 3	0.130 6	0.138 1	0.209 4	0.191 1	0.218 6
迁西县	0.412 3	0.421 1	0.431 3	0.167 2	0.176 1	0.164 0	0.099 4	0.111 4	0.155 8	0.145 8	0.133 7	0.111 5
玉田县	0.491 1	0.483 0	0.446 7	0.162 1	0.171 3	0.144 6	0.122 2	0.121 4	0.117 5	0.206 8	0.190 3	0.184 6
遵化市	0.409 8	0.416 0	0.415 1	0.152 8	0.168 0	0.152 4	0.118 7	0.114 5	0.138 3	0.138 3	0.133 5	0.124 3
迁安市	0.488 3	0.474 4	0.487 1	0.142 8	0.164 0	0.129 0	0.114 2	0.117 0	0.133 7	0.231 3	0.193 5	0.223 5
合 计	0.392 6	0.398 3	0.401 5	0.138 4	0.143 9	0.130 9	0.100 1	0.107 3	0.127 6	0.154 1	0.147 0	0.143 0

由表 6.11 可分析出各子系统生态安全时空变化有如下特征:

1) 总系统:三个时点总系统的生态安全综合指数分别为 0.392 6、0.398 3、0.401 5。1987 年、2000 年生态安全状况较差,生态环境高度脆弱,2005 年生态安全状况一般,生态环境较为脆弱,2005 年比 1987 年的生态安全综合指数上升了 2.27%,生态安全整体状况明显改善。空间上,同一时期不同县(市、区)综合安全指数差异明显。

2) 压力子系统:三个时期,压力子系统综合安全指数分别为 0.138 4、0.143 9、0.130 9。由于该子系统指标多为逆向指标,数值越小压力越大,对生态安全贡献越小,因此 1987年生态环境压力较大,到 2000 年略有好转,2005 年压力生态安全综合指数出现下降趋势并达到最小值,表明区域生态环境负荷日趋加剧,脆弱性越来越强,主要表现在人口的增长、社会经济的加速发展导致的自然环境压力的不断增加。各县(市、区)压力指数差异较为明显,冀北山区的生态压力明显高于冀东山区,这主要受脆弱的生态环境、过度的人类活动以及深刻的历史根源的影响。

3) 反馈子系统:三个时期,状态子系统生态安全综合指数分别为 0.100 1、0.107 3、0.127 6。该子系统指标多为正向,数值越大,对生态安全的贡献率越大,1987 年生态环境状态较差,到 2005 年明显好转,较 1987 年增长了 24.47%,表明区域生态环境状态明显改善,生态系统的自我恢复能力有所增强,这主要得益于资源生态环境质量的改善和生态稳定程度的提高。空间上,东部地区资源生态环境状态明显优于西部和北部地区。

4) 调控子系统:该系统指标多为正向指标,数值越大,对生态安全的贡献率越大。三个时期,响应子系统的生态安全综合指数分别为 0.154 1、0.147 0、0.143 0,略呈逐年降低的趋势。2005 年较 1987 年降低了 7.76%,这主要是由于随着人们保护脆弱生态环境自觉性的加强,使得环境保护措施的强制性色彩减弱。冀东山区的调控情况明显好于西、北部山区,主要受益于近年来国家和地方对该区生态环境的关注以及环境整治各方面的投入力度的加大。

综上所述,生态安全评价指标总系统演变是三个子系统共同作用的结果,调控子系统生态安全综合指数值最高,对总系统的贡献最大;反馈子系统的影响次之;压力子系统综合安全指数最低,对总系统影响较小,可见近几年人类对生态系统的压力减小,对生态环境保护与建设的投入力度逐渐加大,生态恢复与安全调控措施研究需要进一步加强。

二、生态安全等级确定

目前学术界还没有统一的山区生态安全评价等级划分标准。本研究在国家环保总局发布的生态省建设标准基础上,同时参考国内外相关研究成果并咨询有经验专家,进行了生态安全等级划分。首先,将各县(市、区)生态安全综合指数值由高到低排序,经与同一时期生态安全发展水平相比,分析得到在研究期内的相对发展趋势,再根据地域完整性原则、区域协调性原则及研究区的生态环境特征,最终将河北山区生态安全综合指数值划分为5个级别(表6.12)。

表6.12 河北山区生态安全评价等级划分标准

分级	生态安全综合指数区间	生态区	生态安全度	状态	指标特征
I	(0.6, 1.0]	生态稳定区	安全	好	系统所受扰动小
II	(0.5, 0.6]	生态较稳定区	较安全	良好	生态系统轻度脆弱
III	(0.4, 0.5]	生态一般区	预警	一般	生态系统较脆弱
IV	(0.3, 0.4]	生态较脆弱区	较危险	较差	生态系统高度脆弱
V	[0, 0.3]	生态脆弱区	危险	差	生态系统极度脆弱

按照此划分标准将河北山区1987年、2000年、2005年各县(市、区)生态安全综合指数及其面积占河北山区面积的比例进行统计(表6.13,图6.4~图6.6)。

表6.13 河北山区各县(市、区)生态安全综合指数及面积比例统计表

分级	区域名称	1987年			2000年			2005年		
		县(市、区)	生态安全综合指数	面积比例(%)	县(市、区)	生态安全综合指数	面积比例(%)	县(市、区)	生态安全综合指数	面积比例(%)
I	生态稳定区	—			—					
II	生态较稳定区				滦县	0.5002	0.83	抚宁县	0.5010	1.30
		—						滦县	0.5074	0.83
III	生态一般区	玉田县	0.4911	0.94	玉田县	0.4830	0.94	迁安市	0.4871	0.97
		迁安市	0.4883	0.97	抚宁县	0.4768	1.31	昌黎县	0.4655	0.97
		滦县	0.4746	0.83	迁安市	0.4744	0.98	秦皇岛市区	0.4547	0.29
		昌黎县	0.4688	0.97	昌黎县	0.4693	0.98	玉田县	0.4467	0.94

续　表

分级	区域名称	1987 年			2000 年			2005 年		
		县(市、区)	生态安全综合指数	面积比例(%)	县(市、区)	生态安全综合指数	面积比例(%)	县(市、区)	生态安全综合指数	面积比例(%)
III	生态一般区	抚宁县	0.460 2	1.30	鹿泉市	0.451 8	0.49	鹿泉市	0.442 7	0.48
		秦皇岛市区	0.453 4	0.29	秦皇岛市区	0.445 7	0.29	灵寿县	0.440 8	0.86
		鹿泉市	0.451 8	0.48	灵寿县	0.441 1	0.86	行唐县	0.439 0	0.82
		行唐县	0.447 7	0.82	行唐县	0.437 8	0.83	迁西县	0.431 3	1.16
		灵寿县	0.435 2	0.86	内丘县	0.433 8	0.64	邯郸县	0.426 0	0.42
		元氏县	0.430 4	0.54	元氏县	0.429 7	0.54	元氏县	0.424 4	0.54
		邯郸县	0.427 7	0.42	邯郸县	0.428 8	0.42	邢台县	0.423 6	1.55
		磁县	0.418 6	0.82	顺平县	0.427 9	0.57	丰润区	0.423 5	1.07
		顺平县	0.413 3	0.57	平山县	0.425 3	2.14	满城县	0.422 0	0.52
		唐县	0.412 7	1.14	满城县	0.422 8	0.52	平山县	0.420 4	2.13
		迁西县	0.412 3	1.16	迁西县	0.421 1	1.16	顺平县	0.420 1	0.57
		平山县	0.411 5	2.13	曲阳县	0.420 3	0.88	内丘县	0.418 6	0.63
		涉县	0.411 1	1.21	唐县	0.416 6	1.14	井陉县	0.417 6	1.11
		遵化市	0.409 8	1.22	遵化市	0.416	1.23	曲阳县	0.417 0	0.87
		曲阳县	0.409 4	0.87	井陉矿区	0.413 2	0.06	唐县	0.415 4	1.14
		卢龙县	0.407 6	0.77	井陉县	0.411 7	1.11	遵化市	0.415 1	1.22
		满城县	0.407 4	0.52	涉县	0.411	1.22	涉县	0.414 9	1.21
		井陉矿区	0.406 1	0.06	峰峰矿区	0.409 9	0.29	沙河市	0.412 8	0.80
		赞皇县	0.405 8	0.97	临城县	0.409 8	0.64	赞皇县	0.412 7	0.97
		内丘县	0.404 5	1.11	磁县	0.409 4	0.82	磁县	0.412 6	0.82
		井陉县	0.404 5	0.63	沙河市	0.408 8	0.98	临城县	0.411 4	0.64
		易县	0.404 2	2.04	赞皇县	0.408 8	0.81	卢龙县	0.407 4	0.77
		丰润区	0.403 4	1.07	丰润区	0.408	1.08	井陉矿区	0.407 0	0.06
		峰峰矿区	0.400 9	0.28	卢龙县	0.405 7	0.78	峰峰矿区	0.406 4	0.28
					承德市区	0.405 2	0.57	青龙县	0.400 8	2.82
					永年县	0.404 4	0.73			
					易县	0.404 1	2.05			
					涞水县	0.401 6	1.36			
					邢台县	0.400 1	1.56			

分级	区域名称	1987年			2000年			2005年		
		县(市、区)	生态安全综合指数	面积比例(%)	县(市、区)	生态安全综合指数	面积比例(%)	县(市、区)	生态安全综合指数	面积比例(%)
Ⅳ	生态较脆弱区	沙河市	0.398 8	0.80	阜平县	0.399 2	2.01	易　县	0.399 7	2.04
		临城县	0.398 7	0.64	武安市	0.397 1	1.46	兴隆县	0.397 5	2.51
		邢台县	0.398 1	1.55	青龙县	0.391 2	2.83	武安市	0.397 3	2.65
		滦平县	0.396 5	2.58	滦平县	0.388 3	2.59	平泉县	0.397 3	1.45
		兴隆县	0.395 7	2.51	平泉县	0.386 4	2.66	永年县	0.397	0.72
		平泉县	0.393 7	2.65	兴隆县	0.383 7	2.52	涞水县	0.394 3	1.35
		承德市区	0.392 4	0.57	涞源县	0.380 6	1.98	承德县	0.393 7	3.21
		阜平县	0.390 4	2.01	承德县	0.380 1	3.23	阜平县	0.393 3	2.01
		承德县	0.389 9	3.21	宽城县	0.377 1	1.56	滦平县	0.391 6	2.58
		青龙县	0.388	2.82	围场县	0.373 5	7.44	宽城县	0.390 2	1.55
		张家口市区	0.382 7	0.66	张家口市区	0.373 2	0.66	承德市区	0.388 8	0.57
		涞水县	0.379 8	1.35	隆化县	0.369 7	4.42	丰宁县	0.385	7.05
		永年县	0.377	0.72	丰宁县	0.364 7	7.08	涞源县	0.381 9	1.97
		涞源县	0.376 7	1.97	涿鹿县	0.361 4	2.26	围场县	0.381 3	7.41
		宽城县	0.373 7	1.55	康保县	0.361 2	2.72	隆化县	0.378 3	4.40
		隆化县	0.372 2	4.40	沽源县	0.355 9	2.95	张家口市区	0.369 5	0.66
		丰宁县	0.371 6	7.05	怀来县	0.355 8	1.45	康保县	0.369 4	2.71
		武安市	0.371 5	1.45	怀安县	0.352 9	1.38	沽源县	0.368 8	2.94
		围场县	0.369 9	7.41	万全县	0.352 3	0.94	涿鹿县	0.365 5	2.25
		涿鹿县	0.363 5	2.25	阳原县	0.351 6	1.49	怀来县	0.363 3	1.45
		沽源县	0.357 4	2.94	崇礼县	0.342 9	1.88	阳原县	0.359 5	1.49
		怀来县	0.357 1	1.45	尚义县	0.330 7	2.12	怀安县	0.353	1.37
		万全县	0.348 3	0.93	赤城县	0.328 4	4.27	赤城县	0.350 1	4.25
		尚义县	0.339 9	2.12	宣化县	0.323 5	1.70	万全县	0.347 5	0.93
		赤城县	0.337 3	4.25				尚义县	0.344 9	2.12
		崇礼县	0.334 7	1.87				崇礼县	0.334 4	1.87
		康保县	0.332 9	2.71				宣化县	0.331 8	1.70
		怀安县	0.327 8	1.37				蔚　县	0.328 3	2.59
		阳原县	0.320 3	1.49						
		宣化县	0.303 2	1.70						
Ⅴ	生态脆弱区	张北县	0.285 7	2.59	蔚　县	0.296 6	3.11	张北县	0.289 8	3.40
		蔚　县	0.257 0	3.40	张北县	0.283 8	2.50			

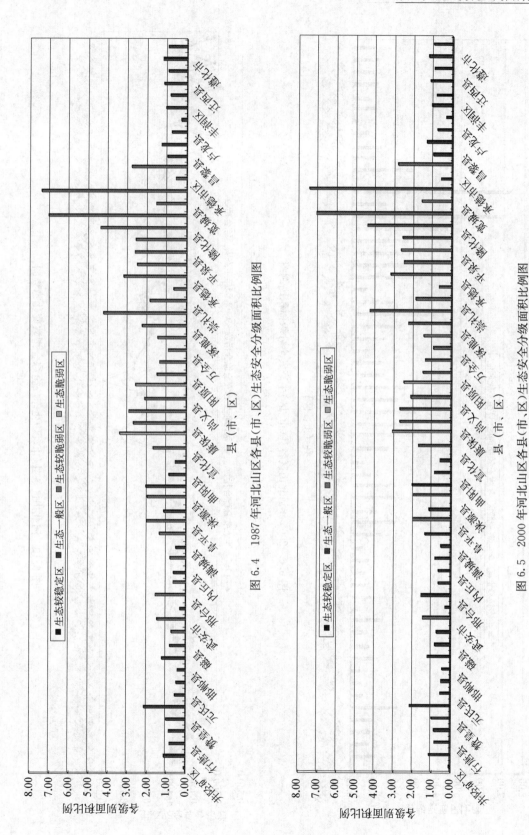

图 6.4 1987 年河北山区各县(市、区)生态安全分级面积比例图

图 6.5 2000 年河北山区各县(市、区)生态安全分级面积比例图

图 6.6 2005 年河北山区各县（市、区）生态安全分级面积比例图

图 6.10 河北山区各县（市）生态安全综合指数变化趋势图

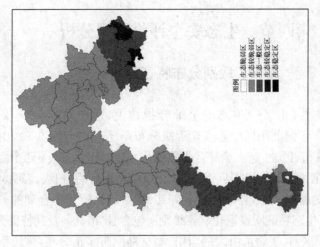

图 6.9 2005 年河北山区生态安全等级分布图

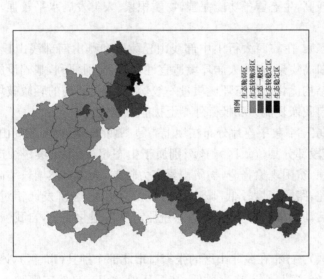

图 6.8 2000 年河北山区生态安全等级分布图

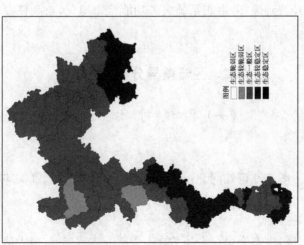

图 6.7 1987 年河北山区生态安全等级分布图

第四节　生态安全评价结果分析

一、级别分布特征对比

　　根据表 6.13 中各县（市、区）生态安全综合指数值，通过 ArcView 软件分级得到 1987 年、2000 年、2005 年河北山区生态安全等级分布图（图 6.7～图 6.9），由图可知这三个年份河北山区各县（市、区）生态安全综合指数值均覆盖了Ⅱ、Ⅲ、Ⅳ、Ⅴ四个级别且大部分县（市、区）处于Ⅲ级和Ⅳ级，仅有个别县（市、区）处于Ⅱ和Ⅴ级，不存在Ⅰ级，表明河北山区生态环境目前整体处于较为脆弱状态，环境质量较差，人类对自然资源不合理的开发利用使生态环境遭到严重破坏，生态功能明显退化。各级别所包含县（市、区）及其特征为：

　　Ⅱ级（生态较稳定区）：在冀东山区的唐山、秦皇岛两市零星分布，该级别生态环境质量较好，生态承载力较高，生态服务功能完善，物质积累、人类发展水平较强，人口集聚力强，适宜人类居住。

　　Ⅲ级（生态一般区）：在冀西太行山中部浅山丘陵区和燕山南部浅山丘陵区广泛分布，该区是河北省人口高集聚地带，人居环境适宜性较好，交通便利，基础设施条件较好，经济快速发展，产业结构优化。生态环境质量一般，受到人类活动的轻微破坏，生态系统服务功能略有退化，自我恢复能力和抵御外界干扰能力较差。

　　Ⅳ级（生态较脆弱区）：集中连片分布在坝上高原、冀北山地、冀西北间山盆地和太行山北段深山区及其南段部分县（市、区），该级别属于生态超载区，土壤侵蚀严重，草场退化，农业产出低而不稳，贫困现象普遍，物质积累实力较差，人口自然增长率高，集聚能力差，人口素质相对较差，路网密度较低，城市化水平较为落后，经济发展相对缓慢。生态环境质量较差，人类活动破坏较为严重，生态系统服务功能退化明显，自我恢复能力和抵御外界干扰能力差。

　　Ⅴ级（生态脆弱区）：分布在冀北山区的张家口市北部个别县（市、区），该区自然灾害频繁，土地退化严重，经济落后，人口素质低，缺乏环保意识。自然灾害和人类活动破坏都很严重，生态环境已经遭到破坏，生态系统服务功能严重退化，自我恢复能力和抵御外界干扰能力较差。

二、区域差异分析

（一）县 域 对 比

1. 生态安全状况分析

　　由表 6.13、图 6.7～图 6.9 可知河北山区各县（市、区）1987 年、2000 年、2005 各年生态环境状况如下。

　　（1）1987 年

　　河北山区各县（市、区）生态安全综合指数在 0.257 0～0.491 1，最大值与最小值相差

1.91 倍。最大值为玉田县，迁安市、滦县、昌黎县、抚宁县、秦皇岛市区、鹿泉市 6 县（市、区）生态安全综合指数均大于 0.450 0，生态环境较好；最小值为蔚县、张北县、宣化县、阳原县、怀安县 4 县生态安全综合指数均小于 0.330 0，环境质量相对较差。各级别面积分布情况为：不存在Ⅰ、Ⅱ级。

Ⅲ级（生态一般区）：包括冀西山区峰峰矿区、易县等 18 个县（市、区），面积占河北山区总面积的 15.48%，比例最大为平山县（2.13%），最小为峰峰矿区（0.28%），生态安全综合指数在 0.400 9～0.451 8，最小值出现在峰峰矿区，最大值为鹿泉市；冀东丰润区、卢龙县等 10 个县（市、区），面积占河北山区总面积的 9.53%，面积比例最大为抚宁县（1.30%），最小为秦皇岛市区（0.29%），生态安全综合指数在 0.403 4～0.491 1 之间，最小值为丰润区，最大值为玉田县。

Ⅳ级（生态较脆弱区）：包括冀西武安市、涞源县等 8 个县（市、区），面积占河北山区总面积的 10.51%，比例最大为阜平县（2.01%），最小为临城县（0.64%），生态安全综合指数在 0.371 5～0.398 8，最小值在武安市，最大值在沙河市；冀北宣化县、阳原县等 21 个县（市、区），面积占河北山区总面积的比例最大（55.67%），其中比例最大为围场县（7.41%），最小为承德市区（0.57%），生态安全综合指数在 0.303 2～0.396 5 之间，最小值在宣化县，最大值在滦平县；冀东仅青龙县位于本级别，面积占河北山区总面积的 2.82%，生态安全综合指数为 0.388 0。

Ⅴ级（生态脆弱区）：包括冀北蔚县（0.257 0）和张北县（0.285 7），面积共占河北山区总面积的 5.99%，为三个级别中最小的。

（2）2000 年

河北山区各县（市、区）生态安全综合指数在 0.283 8～0.500 2，最大值与最小值相差 1.76 倍。最大值为滦县，玉田县、抚宁县、迁安市、昌黎县、鹿泉市生态安全综合指数均大于 0.450 0，生态环境较好；最小值为张北县，生态环境条件最差，蔚县、赤城县、宣化县生态环境也都较差，生态安全综合指数均小于 0.330 0。各级别面积分布情况为：不存在Ⅰ级。

Ⅱ级（生态较稳定区）：仅包括冀东滦县，生态安全综合指数为 0.500 2，面积占河北山区总面积的 0.83%。

Ⅲ级（生态一般区）：包括邢台县、涞水县等冀西 23 个县（市、区），面积占河北山区总面积的 20.64%，其中比例最大为平山县（2.14%），最小为峰峰矿区（0.29%），生态安全综合指数 0.400 1～0.451 8，最小值在邢台县，最大值在鹿泉市；冀北仅承德市区位于此级别，面积占河北山区总面积的 0.57%，生态安全综合指数为 0.405 2；冀东卢龙县等 9 个县（市、区），面积占河北山区总面积的 8.74%，比例最大为抚宁县（1.31%），最小为秦皇岛市区（0.29%），生态安全综合指数在 0.405 7～0.483 0 之间，最小值在卢龙县，最大值在玉田县。

Ⅳ级（生态较脆弱区）：包括冀西涞源县（0.380 6）、武安县（0.397 1）、阜平县（0.399 2）三个县，面积占河北山区总面积的 5.45%，比例最大为阜平县（2.01%），最小为武安县（1.46%）；冀北宣化县、万全县等 20 个县（市、区），面积占河北山区总面积的 55.33%，最大为围场县（7.44%），最小为张家口市区（0.66%），生态安全综合指数在

0.323 5～0.388 3 之间,最小值位于宣化县,最大值位于滦平县;冀东青龙县(0.391 2)位于此级别,面积占河北山区总面积的 2.83%。

Ⅴ级(生态脆弱区):包括冀北张北县(0.283 8)和蔚县(0.296 6),面积占河北山区总面积的 5.61%。

(3) 2005 年

河北山区各县(市、区)生态安全综合指数在 0.289 8～0.507 4 之间,最大值与最小值相差 1.75 倍。最大值为滦县,抚宁县、迁安市、昌黎县、秦皇岛市区生态环境也都较好,生态安全综合指数均大于 0.450 0;最小值为张北县,蔚县生态环境也都较差,生态安全综合指数均小于 0.330 0。各级别面积分布情况为:不存在Ⅰ级。

Ⅱ级(生态较稳定区):包括冀东抚宁县(0.501 0)和滦县(0.507 4),面积占整个河北山区总面积的 2.13%。

Ⅲ级(生态一般区):包括冀西峰峰矿区、磁县等 20 个县(市、区),面积占河北山区总面积的 16.44%,其中比例最大为平山县(2.13%),最小为峰峰矿区(0.28%),生态安全综合指数在 0.406 4～0.442 7 之间,最小值在峰峰矿区,最大值在鹿泉市;冀东青龙县、卢龙县等 9 个县(市、区),面积占河北山区总面积的 10.23%,比例最大为青龙县(2.82%),最小为秦皇岛市区(0.29%),生态安全综合指数在 0.400 8～0.487 1 之间,最小值在青龙县,最大值在迁安市。

Ⅳ级(生态较脆弱区):包括冀西阜平县、涞水县等 6 个县(市、区),面积占河北山区总面积的 9.54%,比例最大为易县(2.04%),最小为永年县(0.72%),生态安全综合指数在 0.381 9～0.399 7 之间,最小值在涞源县,最大值在易县;冀北蔚县、宣化县等 22 个县(市、区),面积达到河北山区总面积的 58.26%,最大为围场县(7.41%),最小为承德市区(0.57%),生态安全综合指数在 0.328 3～0.397 5 之间,最小值在蔚县,最大值在兴隆县。

Ⅴ级(生态脆弱区):仅包括冀北张北县(0.289 8),面积占河北山区总面积的 3.40%。

综上所述,Ⅱ级面积占河北山区总面积的比例逐年增加,但其所占面积在河北山区为最小;Ⅲ级随时间推移先增加后减少;Ⅳ级先减少后增加,所占面积在河北山区最大;Ⅴ级逐年减少。1987 年、2000 年、2005 年三年河北山区各县(市、区)生态安全综合指数最大值、最小值均呈现逐年增加态势,且两者相差倍数越来越小,表明实施"三北"防护林、太行山绿化、京津风沙源治理、水土流失治理、退耕还林还草、21 世纪首都水资源保护等一系列生态建设工程对于河北山区抵御外界干扰能力的提高起到了积极作用,生态环境状况逐年好转,生态服务功能日趋完善。

2. 生态安全综合指数趋势研究

河北山区各县(市、区)生态安全综合指数值 1987～2005 年各年变化趋势如图 6.10 所示,可分为以下四种类型(表 6.14)。

1) 逐年增大:该类型包括县(市、区)最多,共 20 个,冀西山区 8 个,冀北山区 7 个,冀东山区 5 个,生态环境逐年好转,生态服务功能日趋完善。

2) 逐年减小:该类型所含县(市、区)最少,共 4 个,冀西山区 2 个,冀北山区 1 个,冀东山区 1 个,生态环境受人类破坏比较明显,日趋恶化。

3) 先减小后增大:该类型包括县(市、区)共 18 个,冀西山区 3 个,冀北山区 12 个,冀东山区 3 个,表明 1987~2000 年生态环境逐年恶化,生态服务功能退化,2000~2005 年生态环境状况有所好转,以脆弱的冀北山区变化最为明显,它是京津冀经济圈天然生态屏障,近几年国家对其生态环境重建采取了"一退双还"等工程,使得该地区生态环境状况得到明显改善。

4) 先增大后减小:该类型包含县(市、区)也是 18 个,冀西山区 13 个,冀北山区 3 个,冀东山区 2 个,表明 1987~2000 年生态环境有所好转,生态服务功能日趋完善,2002~2005 年生态环境状况略显恶化,以冀西山区各县(市、区)变化最为明显,这些地区矿产资源比较丰富,人类对资源的过度开发利用使得生态环境破坏速度加剧,服务功能丧失,生态恢复与重建很困难,极易发生生态灾害。

表 6.14 1987~2005 年河北山区各县(市、区)生态安全综合指数变化趋势表

1987~2005 年生态安全综合指数变化趋势	冀 西 山 区	冀 北 山 区	冀 东 山 区
逐年增大 [20 个县(市、区)]	井陉县、赞皇县、鹿泉市、武安市、涞源县、邢台县、临城县、沙河市	宣化县、阳原县、怀安县、康保县、围场县、宽城县、蔚县	丰润区、迁西县、抚宁县、滦县、青龙县
逐年减小 [4 个县(市、区)]	易县、元氏县	张家口市区	玉田县
先减小后增大 [18 个县(市、区)]	涉县、磁县、行唐县	赤城县、尚义县、怀来县、沽源县、涿鹿县、丰宁县、隆化县、承德县、平泉县、兴隆县、滦平县、张北县	卢龙县、秦皇岛市区、迁安市
先增大后减小 [18 个县(市、区)]	峰峰矿区、内丘县、井陉矿区、满城县、曲阳县、平山县、唐县、顺平县、邯郸县、灵寿县、永年县、涞水县、阜平县	崇礼县、万全县、承德市区	遵化市、昌黎县

(二) 地 市 对 比

1. 生态安全级别面积状况分析

河北山区所包含的 8 个设区市各级别面积占河北山区总面积的比例情况见表 6.15、图 6.11~图 6.13。

表 6.15　河北山区分市生态安全分级面积对比表　　　　（单位：%）

分级		1987 年		2000 年		2005 年	
		县（市、区）	面积比例	县（市、区）	面积比例	县（市、区）	面积比例
I	生态稳定区	—	—	—	—		—
II	生态较稳定区	秦皇岛市	—	秦皇岛市	—	秦皇岛市（1）	1.30
		唐山市	—	唐山市（1）	0.83	唐山市（1）	0.83
	合　计		0		0.83		2.13
III	生态一般区	石家庄市（8）	6.98	石家庄市（8）	7.00	石家庄市（8）	6.98
		邢台市（1）	0.63	邢台市（4）	3.64	邢台市（4）	3.63
		邯郸市（4）	2.73	邯郸市（5）	3.47	邯郸市（4）	2.73
		保定市（5）	5.14	保定市（6）	6.52	保定市（4）	3.10
		小　计	15.48		20.64		16.44
		张家口市	—	张家口市	—	张家口市	—
		承德市	—	承德市（1）	0.57	承德市	—
		小　计	—		0.57		—
		秦皇岛市（4）	3.34	秦皇岛市（4）	3.35	秦皇岛市（4）	4.87
		唐山市（6）	6.19	唐山市（5）	5.38	唐山市（5）	5.36
		小　计	9.53		8.74		10.23
	合　计		25.01		29.95		26.67
IV	生态较脆弱区	石家庄市	—	石家庄市	—	石家庄市	—
		邢台市（3）	2.99	邢台市	—	邢台市	—
		邯郸市（2）	2.17	邯郸市（1）	1.46	邯郸市（2）	2.17
		保定市（3）	5.35	保定市（2）	3.99	保定市（4）	7.37
		小　计	10.51		5.45		9.54
		张家口市（12）	23.73	张家口市（12）	23.82	张家口市（13）	26.32
		承德市（9）	31.95	承德市（8）	31.50	承德市（9）	31.95
		小　计	55.67		55.33		58.26
		秦皇岛市（1）	2.82	秦皇岛市（1）	2.83	秦皇岛市	—
		唐山市	—	唐山市	—	唐山市	—
		小　计	2.82		2.83		0
	合　计		69.00		63.61		67.80
V	生态脆弱区	张家口市（2）	5.99	张家口市（2）	5.61	张家口市（1）	3.40
	合　计		5.99		5.61		3.40

注：括号中数字表示该设区市此级别包含的县（市、区）个数。

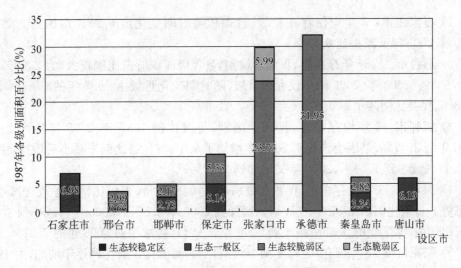

图 6.11 1987 年河北山区 8 个设区市各级别面积百分比

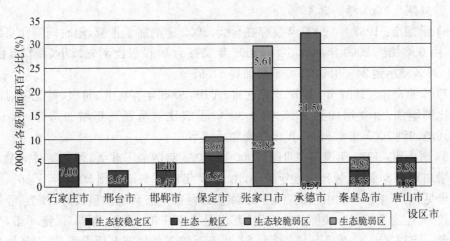

图 6.12 2000 年河北山区 8 个设区市各级别面积百分比

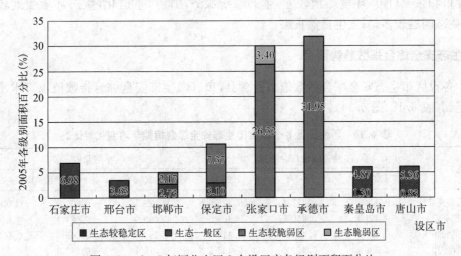

图 6.13 2005 年河北山区 8 个设区市各级别面积百分比

1) 石家庄市：3 年均仅存在Ⅲ级，且面积随时间变化由 6.98％增加到 2000 年的 7.00％，2005 年又减小到 6.98％。

2) 邢台市：1987 年存在Ⅲ、Ⅳ两个级别，且Ⅳ级面积所占比例较大，为 2.99％，Ⅲ级 为 0.63％。2000 年、2005 两年仅存在Ⅲ级，随时间变化Ⅲ级由 1987 年的 0.63％增加到 3.63％、Ⅳ级比例减小为 0。

3) 邯郸市：3 年均存在Ⅲ、Ⅳ两个级别，Ⅲ级比例 1987 年、2005 年均为 2.73％， 2000 年为 3.47％，是因为该级别 2000 年增加了永年县；Ⅳ级比例先减小后增加，由 1987 年 2.17％减小到 1.46％，2005 年又增加到 2.17％。

4) 保定市：3 年仅存在Ⅲ、Ⅳ两个级别，随时间变化Ⅲ、Ⅳ级比例均呈现先减小后增 加态势。Ⅲ级比例由 1987 年的 5.14％增加到 2000 年 6.52％，2005 年再减小到 3.10％； Ⅳ级比例由 1987 年的 5.35％减小到 2000 年 3.99％，再增加到 2005 年的 7.37％。

5) 张家口市：3 年仅存在Ⅳ、Ⅴ两个级别，随时间变化Ⅳ级比例逐年增加，由 1987 年 23.73％增加到 2000 年 23.82％，进一步增加到 26.32％；Ⅴ级比例逐年减小，由 1987 年 的 5.99％减小 2005 年的 3.40％。

6) 承德市：1987 年、2000 年仅存在Ⅳ级，2005 年增加了Ⅲ级，随时间变化Ⅲ级比例 增加，由 0 增加到 2000 年的 0.57％，2005 年又减为 0；Ⅳ级比例先减小后增加，由 1987 年 31.95％减小到 31.50％，2005 年增加到 31.95％。

7) 秦皇岛市：1987 年、2000 年存在Ⅲ、Ⅳ级，2005 年存在Ⅱ、Ⅲ级，可见随时间变化 Ⅱ级比例增加，由 0 增加到 2005 年 1.30％；Ⅲ级比例呈现逐年增加态势，由 1987 年 3.34％增加到 2005 年 4.86％；Ⅳ级先增加后减小。

8) 唐山市：1987 年仅存在Ⅲ级，2000 年、2005 年增加了Ⅱ级，可见随时间变化Ⅱ级 由 0 增加到 0.83％；Ⅲ级比例逐年减小，由 1987 年 6.19％减小到 2005 年 5.36％。

可见，对于整个河北山区而言，唐山、秦皇岛两市生态环境质量较好，社会、经济发展 水平较高，生态系统服务功能基本完善；其次是石家庄市、邢台、邯郸、保定 4 市，生态环 境受到一定程度破坏，生态环境质量一般，生态系统服务功能有所退化；生态环境最差为 承德市和张家口市，环境质量较差，生态系统服务功能严重退化，生态环境受到较大破 坏，生态问题较多，易发生自然灾害。

2. 生态安全综合指数趋势研究

各设区市生态安全综合指数值由所含县（市、区）生态安全综合指数值求算术平均值 后得到（表 6.16、图 6.14）。

表 6.16　河北山区 8 个设区市生态安全综合指数年均变化对比表

地　　区	生态安全综合指数			年均变化率（％）		
	1987 年	2000 年	2005 年	1987～2000 年	2000～2005 年	1987～2005 年
石家庄市	0.424 1	0.427 4	0.425 6	0.025 5	−0.037 0	0.008 2
邯郸市	0.401 1	0.410 1	0.409 0	0.069 0	−0.021 1	0.044 0
邢台市	0.400 0	0.413 1	0.416 6	0.100 9	0.069 5	0.092 1
保定市	0.399 2	0.409 1	0.405 5	0.076 1	−0.073 3	0.034 6

续 表

地 区	生态安全综合指数			年均变化率(%)		
	1987 年	2000 年	2005 年	1987～2000 年	2000～2005 年	1987～2005 年
张家口市	0.332 0	0.340 7	0.348 3	0.067 2	0.150 7	0.090 4
承德市	0.384 0	0.381 0	0.389 3	−0.023 1	0.167 3	0.029 8
秦皇岛市	0.435 6	0.437 7	0.445 9	0.016 2	0.163 0	0.057 0
唐山市	0.446 6	0.450 5	0.451 9	0.029 8	0.028 0	0.029 3
河北山区	0.392 6	0.398 3	0.401 5	0.043 7	0.064 4	0.049 5

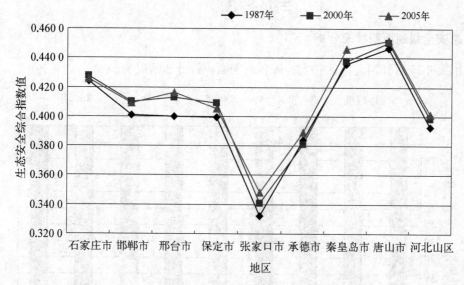

图 6.14 河北山区 8 个设区市生态安全综合指数变化图

从表 6.16、图 6.14 可以清晰地看出：河北山区所包含的 8 个设区市生态安全综合指数值由高到低排序为唐山市＞秦皇岛市＞石家庄市＞邢台市＞邯郸市＞保定市＞承德市＞张家口市，其中仅张家口、承德两市生态安全综合指数低于河北山区平均值，其他 6 个设区市均高于河北山区平均值。1987～2005 年各设区市按照其生态安全综合指数年均变化情况可以分为三类。

（1）逐年增大：邢台市、张家口市、秦皇岛市、唐山市

生态安全综合指数逐年递增，年均变化率均为正值，表明生态环境质量越来越好，生态自我调控能力和抗干扰能力越来越强。其中，邢台市 1987～2005 年年均变化率最大，为 0.092 1%；其次为张家口市，为 0.090 4%；秦皇岛市、唐山市都相对较小。

（2）先增大后减小：石家庄市、邯郸市、保定市

邯郸市生态安全综合指数年均变化率最大，为 0.044 0%；其次是保定市，为 0.034 6%；石家庄市最小，为 0.008 2%。总趋势是乐观的，但各县 2000～2005 年生态安全综合指数年均变化率逐年递减，年均变化率出现负值，可见近几年人类的破坏活动对生态环境的影响较大，生态环境出现恶化的趋势，应引起重视并进一步采取相应措施对脆弱的生态环境加以预防和保护。

（3）先减小后增大：承德市

1987～2000 年承德市生态环境安全指数年均变化率为－0.023 1％，表明承德市生态环境逐年恶化，但 2000～2005 年为 0.167 3％，可见近些年相关部门对承德市生态环境高度重视，良好的措施使得环境得到了进一步改善。

对于河北山区，1987～2000 年生态安全综合指数年均变化率为 0.043 7％，2000～2005 年生态安全综合指数年均变化率为 0.064 4％，可见 1987～2005 年整个河北山区生态环境状况是一个日益变好的趋势，而且近几年生态环境改善力度越来越大。

（三）分 区 对 比

1. 生态安全级别面积状况分析

由图 6.15 可知河北山区三大分区各级别面积百分比情况为：

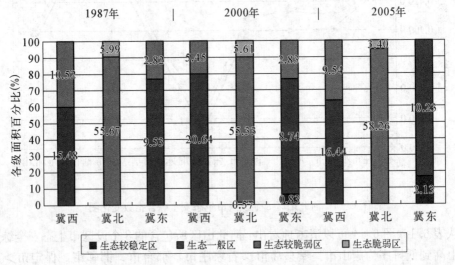

图 6.15　三大分区各级别面积百分比堆积柱形图

1）冀西山区：1987 年、2000 年、2005 年三年仅存在Ⅲ、Ⅳ级，Ⅲ级占河北山区总面积比例先增大后减小，由 1987 年的 15.48％增至 2000 年的 20.64％，再到 2005 年的 16.44％；Ⅳ级面积先减小后增大，由 1987 年的 10.50％，减至 2000 年的 5.45％，2005 年又增加到 9.54％。

2）冀北山区：1987 年、2000 两年仅存在Ⅳ、Ⅴ级，2005 年Ⅲ级面积从无到有。Ⅳ级占整个河北山区的面积先减小后增大，由 1987 年的 55.67％，减至 2000 年的 55.33％，2005 年又增加到 58.26％；Ⅴ级面积逐年较小，由 1987 年的 5.99％减少到 2000 年的 5.61％，2005 年再减至 3.40％。

3）冀东山区：1987 年存在Ⅲ、Ⅳ级，2000 年增加了Ⅱ级，2005 年减少了Ⅳ级。Ⅱ级面积逐年增大，1987 年为 0，2000 年增加到 0.87％，2005 年增至 2.13％；Ⅲ级面积先增大后减小，由 1987 年的 9.53％，到 2000 年的 10.22％，2005 年 9 个县（市、区）占河北山区总面积 8.74％；2000 年Ⅳ级较 1987 年的 2.82％增加了 0.01 个百分点。

2. 生态安全综合指数趋势研究

表 6.17　河北山区三大分区生态安全综合指数年均变化对比表

地　区	生态安全综合指数			年均变化率（%）		
	1987 年	2000 年	2005 年	1987～2000 年	2000～2005 年	1987～2005 年
冀西山区	0.407 5	0.415 6	0.414 2	0.062 7	−0.028 1	0.037 5
冀北山区	0.352 3	0.356 5	0.364 3	0.031 9	0.157 2	0.066 7
冀东山区	0.441 6	0.444 7	0.449 1	0.023 6	0.089 3	0.041 9
河北山区	0.392 6	0.398 3	0.401 5	0.043 7	0.064 4	0.049 5

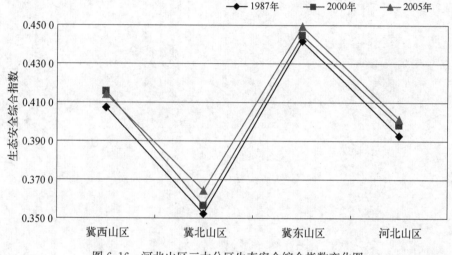

图 6.16　河北山区三大分区生态安全综合指数变化图

由表 6.17、图 6.16 分析可知：

1) 冀西山区：1987 年、2000 年、2005 年三年生态安全综合指数值分别为 0.407 5、0.415 6、0.414 2,均略高于河北山区各年平均生态安全综合指数,年均变化率为 0.037 5%,可见冀西山区整体生态环境条件较好。但 2000～2005 年生态安全综合指数年均变化为−0.028 1%,表明近些年冀西山区生态环境日趋变差,冀西山区脆弱的生态环境保护势在必行。

2) 冀北山区：1987 年、2000 年、2005 年三年生态安全综合指数值分别为 0.352 3、0.356 5、0.364 3,均低于河北山区各年平均生态安全综合指数,年均变化率为 0.066 7%,变化幅度为三大分区中最为明显的,且 1987～2005 年各年变化率均为正数,表明张家口、承德两市自 2000 年启动了京津风沙源治理等生态建设工程以来,在国家和政府大力扶持下,采取相关调控措施使生态环境向好的方向发展,生态环境和生产生活条件得以改善,并且对维护北京生态安全也发挥了作用。

3) 冀东山区：1987 年、2000 年、2005 年三年生态安全综合指数值分别为 0.441 6、0.444 7、0.449 1,均高于河北山区各年平均生态安全综合指数,年均变化率为 0.041 9%,1987～2005 年各年变化率均为正数,可以看出冀东山区生态环境日益好转。

4）河北山区：1987 年、2000 年、2005 年三年生态安全综合指数分别为0.392 6、0.398 3、0.401 5,1987 年、2000 年处于Ⅳ级,生态安全状况较差,生态系统高度脆弱,2005 年处于Ⅲ级,环境状况有所好转,生态系统仍较为脆弱。2005 年较 1987 年生态安全综合指数上涨 2.27%,年均变化率 0.049 5%,生态安全整体状况明显改善。

由此可见,河北山区生态环境质量较差,在三大分区中,冀东山区生态安全综合指数值最大,生态环境较好,生态系统结构基本完整,生态服务功能完善,受外界干扰较小;其次为冀西山区,生态安全综合指数值居中,生态系统结构较为完整,受外界干扰后一般可恢复,生态问题不显著;最差的是冀北山区,生态安全综合指数值最小,并且远远小于河北山区平均值,生态环境受到一定程度破坏,抵御外界干扰、自我恢复能力差,生态问题显著,生态灾害时有发生。

第七章　生态安全预警研究

在生态安全评价的基础上,优选评价指标,建立适合河北山区特点的生态安全预警系统,构建生态安全预警物元模型,对生态安全警度进行评定,揭示生态安全的区域差异和分异规律。

第一节　预警原则与方法

一、预　警　原　则

(一)预警系统的基本原则

1. 科学性原则

任何体系的建立都要有科学的依据,生态安全预警系统应建立在认真研究人口、经济、环境这个复杂系统的基础上。

2. 综合性和整体性原则

生态安全是一个自然与社会经济、人类活动交织在一起的复合安全性系统,一个因子的变化往往引起关联因子的变化,一个子系统的变化也往往引起关联子系统甚至大系统的变化。

3. 层次性原则

生态安全的预警应该区分成大系统、子系统和预警因子的不同层次性,从而便于突出重点。

4. 简单性和实用性原则

生态安全的预警是为环境、区域的开发规划和治理提供决策和依据的,因此预警的指标选择既要全面也要简洁,数据易获得,计算方法简便并便于操作。

(二)预警系统的临界准则

生态安全预警要遵循资源开发与利用的临界原则,资源与环境的开发利用都是有一定限度的,超出限度必定对地球系统及人类带来许多不可逆的影响。在对生态安全预警时要注重自然资源的生态、社会、经济的准则。

1. 生态效应准则

即要求对自然资源的利用不超过一定的限度,人类活动对环境、生态系统的影响不会导致生态状况的恶化并危及人类自身和生物安全。生态效应的测量可以制定一系列临界标准,如森林采伐强度、捕捞强度、地下水抽取强度、污染物排放量等。

2. 社会需求准则

社会发展对资源、环境、生物的需求不得危及生命与生态支持系统,即生态实力或生态资源的天然生命支持力。因此,必须确定一系列关于社会发展的临界标准,如人口承载力、经济增长度、社区发展目标等。

3. 经济效率准则

主要反映人类活动对自然资源利用方式、利用强度变化和自然资源产出供给费用变化关系,自然资源投入产出效率是其表征指标。

二、预 警 标 准

生态安全预警标准的选择,要能反映生态安全的范围和程度,尽可能定量化;能反映区域生态安全的优劣,资料易于获取;能用于生态安全预警,可操作性强。

根据生态安全预警的要求,参照以下标准作为依据:

1. 国家、行业与国际的标准

1) 国家标准是由国家标准化主管机构批准发布的在全国范围内统一的标准,如国家已发布的环境空气质量标准(GB3095—1996)、农药安全使用标准(GB4285—89)、粮食卫生标准(GB2715—81)、农田灌溉水标准(GB5804—92)、地面水环境质量标准(GB3838—88)等。

2) 行业标准是行业发布的环境安全评价规范、规定与设计。

3) 国际标准是国际相关组织与部门发布的一些有关环境与生物多样性的标准,如关于物种多样性的濒危的量化与保护物种的名称、世界卫生组织饮用水水质标准(日内瓦,1971)等。

2. 区域背景与本底值

以评价区域生态环境的背景值或本底值作为阈值标准,如区域的植被覆盖率、生物丰度和生物多样性等。

3. 类比标准

以未受人类严重干扰的生态安全度高的相似生态系统,或以相似自然条件下的生态系统作为类比标准,这类标准需要根据要求科学地选择。

4. 目前生态效应研究成果

以当地或相似条件下科学研究已判定的成果作为参考标准,如保障生态安全的绿化率要求、污染物在生物体内的最高容许量、敏感与濒危生物的环境质量要求等。

三、预 警 方 法

生态安全预警采用黄色预警方法。这种方法是目前最常用的预警方法,又称为灰色分析。根据警情预报的警度,是一种由因到果逐渐预警的过程。

1. 指数预警

通过建立预警指标体系,利用反映警情的一些指标进行预警,需要对这些指标进行综合,经常用到扩散指数(指全部警情指标个数中处于上升的指标个数所占的比重,当这一指数大于 0.5 时,表示警情指标中有半数以上处于上升,因而警情也将上升;如小于 0.5,表示半数以上警情指标下降,警情也将下降)和合成指数(对所有警情指标的变动值进行标准化加权综合处理,根据合成指数的升降判断警情的升降)。

2. 统计预警

通过一系列反映警情的指标与警情之间的相关关系进行统计处理,根据计算得到的分数预测警情程度。

3. 模型预警

模型预警实质是建立滞后模型进行回归预测分析,目前常见的生态安全预警多采用这一方法。

指数预警对入选警情指标的条件较为宽泛,其综合方法比较程序化、规范化;统计预警强调入选为警情指标的统计显著性检验,其综合方法不求规范;模型预警是在指数预警或统计预警方式基础上的进一步分析。本研究采用黄色预警方法中的模型预警。

第二节 生态安全预警系统建立

一、生态安全预警模型设计

生态安全状况是一个动态发展的过程,其目标、状态、过程集于一体,生态安全预警指标的"好"与"差"没有明晰的数量界限,具有一定的模糊性,是否处于生态安全预警状态无法明确描述。物元的概念为解决根据事物特征的量值来判断事物属于某集合程度的识别问题提供了新途径。物元分析中可拓集合的基本思想与识别问题是一致的,描述可拓集合的关联函数则使识别方法更为精细化。因此,利用可拓集合和关联函数建立物元分析模型,进行生态安全预警研究。

1. 基本概念

在物元分析中,把事物 m 及其特征 c 和量值 x 的三元有序组合作为描述事物的基本元,简称物元。

$$R = (m, c, x) \tag{7.1}$$

如果事物 m 需要用 n 个特征 $c_1, c_2, \cdots, c_n$ 和对应量值 $x_1, x_2, \cdots, x_n$ 来描述,那么 R 称为 n 维物元,并用矩阵表示为

$$R = \begin{vmatrix} m & c_1 & x_1 \\ & c_2 & x_2 \\ & \vdots & \vdots \\ & c_n & x_n \end{vmatrix} \tag{7.2}$$

2. 列出待评物元

对于生态安全预警系统,用物元表示为

$$R = (P_k, c_i, x_i) = \begin{vmatrix} P_k & c_1 & x_1 \\ & c_2 & x_2 \\ & \vdots & \vdots \\ & c_n & x_n \end{vmatrix} \tag{7.3}$$

式中,P_k 为待评事物($k=1, 2, \cdots, m$);c_i 为事物第 j 个等级的第 i 个特征;x_i 为 P_k 关于 c_i 的量值,即特征值的实际数据。

3. 确定经典域

按照判定事物的等级范围确定事物物元的经典域。

$$R_{oj} = (m_{oj}, c_i, x_{oij}) = \begin{vmatrix} m_{oj} & c_1 & x_{o1j} \\ & c_2 & x_{o2j} \\ & \vdots & \vdots \\ & c_n & x_{onj} \end{vmatrix} = \begin{vmatrix} m_{oj} & c_1 & <a_{o1j} & b_{o1j}> \\ & c_2 & <a_{o2j} & b_{o2j}> \\ & \vdots & \vdots & \vdots \\ & c_n & <a_{onj} & b_{onj}> \end{vmatrix} \tag{7.4}$$

式中,m_o 为事物的第 j 个等级($j=1, 2, \cdots, u$);x_{oij} 为 m_{oj} 关于 c_i 的量值范围,即各等级关于对应特征的经典域 $<a_{oij}, b_{oij}>$,$x_{oij} = |b_{oij} - a_{oij}|$。

4. 确定节域

节域事物指判定因素能满足要求,量值范围较经典域事物扩大化了的事物,包括标准事物和可以转化为标准事物的事物。节域事物的物元矩阵为

$$R_p = (P, c_i, x_{pi}) = \begin{vmatrix} P & c_1 & x_{p1} \\ & c_2 & x_{p2} \\ & \vdots & \vdots \\ & c_n & x_{pn} \end{vmatrix} = \begin{vmatrix} P & c_1 & <a_{p1} & b_{p1}> \\ & c_2 & <a_{p2} & b_{p2}> \\ & \vdots & \vdots & \vdots \\ & c_n & <a_{pn} & b_{pn}> \end{vmatrix} \tag{7.5}$$

式中，P 为事物等级的全体；x_{pi} 为 P 关于 c_i 的量值范围 $<a_{pi}, b_{pi}>$，这里 $x_{oij} \in x_{pi}$。

5. 处理原始数据

采用极差标准化方法对预警指标原始数据进行无量纲化处理。设 n 个预警指标，m 个预警对象，得到的原始数据矩阵 $X = (x_{ij})_{n \times m} (i = 1, 2, \cdots, n; j = 1, 2, \cdots, m)$，$x_{ij}$ 为第 j 个预警对象在第 i 个预警指标上的实际值。

$$X = \begin{vmatrix} x_{11} & x_{12} & \cdots & x_{1m} \\ x_{21} & x_{22} & \cdots & x_{2m} \\ \vdots & \vdots & \vdots & \vdots \\ x_{n1} & x_{n2} & \cdots & x_{nm} \end{vmatrix} \tag{7.6}$$

对于正向性指标

$$y_{ij} = \frac{x_{ij} - \min\limits_{j}(x_{ij})}{\max\limits_{j}(x_{ij}) - \min\limits_{j}(x_{ij})} \tag{7.7}$$

对于负向性指标

$$y_{ij} = \frac{\max\limits_{j}(x_{ij}) - x_{ij}}{\max\limits_{j}(x_{ij}) - \min\limits_{j}(x_{ij})} \tag{7.8}$$

由此得到标准化评价矩阵 $Y = (y_{ij}) n \times m$。

$$Y = \begin{vmatrix} y_{11} & y_{12} & \cdots & y_{1m} \\ y_{21} & y_{22} & \cdots & y_{2m} \\ \vdots & \vdots & \vdots & \vdots \\ y_{n1} & y_{n2} & \cdots & y_{nm} \end{vmatrix} \tag{7.9}$$

6. 计算权重

计算权重的方法很多，如特尔菲法、层次分析法（AHP）、回归分析法、灰色关联度法等，本研究采用熵权法，此方法充分挖掘了原始数据本身蕴涵的信息，结果比较客观。

熵是系统状态不确定性的一种度量。一般地，如果某个指标的信息熵 E_i 越小，就表明其指标值的变异程度越大，提供的信息量越大，在综合评价中所起的作用越大，则其权重也应越大。

根据信息熵定义，评价矩阵 Y 中第 i 项指标的信息熵为

$$E_i = -\frac{1}{\ln m} \left(\sum_{j=1}^{m} f_{ij} \ln f_{ij} \right) \tag{7.10}$$

$$f_{ij} = \frac{1 + y_{ij}}{\sum_{j=1}^{m} (1 + y_{ij})} \tag{7.11}$$

式中，y_{ij} 为指标数据 x_{ij} 的标准化处理值。

第 i 项指标熵权为

$$w_i = \frac{1 - E_i}{n - \sum_{i=1}^{n} E_i} \ (0 < w_i \leqslant 1, \ \sum_{i=1}^{n} w_i = 1) \tag{7.12}$$

7. 确定关联函数

通过关联函数将物元集合拓展到 $(-\infty, +\infty)$ 的实数轴，将物元的量值表达为实轴上的一点，客观地反映了物质世界的真实状态，使得解决不相容问题能够定量化。

关联函数定义为

$$Y_j(x_i) = \begin{cases} \dfrac{\rho(x_i, x_{oij})}{|x_{oij}|} & x \in x_{oij} \\ \dfrac{\rho(x_i, x_{oij})}{\rho(x_i, x_{pi}) - \rho(x_i, x_{oij})} & x \notin x_{oij} \end{cases} \tag{7.13}$$

式中，

$$\rho(x_i, x_{oij}) = \left| x_i - \frac{(a_{oij} + b_{oij})}{2} \right| - \frac{(b_{oij} - a_{oij})}{2} \tag{7.14}$$

$$\rho(x_i, x_{pi}) = \left| x_i - \frac{(a_{pi} + b_{pi})}{2} \right| - \frac{(b_{pi} - a_{pi})}{2} \tag{7.15}$$

$$|x_{oij}| = |b_{oij} - a_{oij}| \tag{7.16}$$

则待评事物 P_k 关于第 j 个等级的关联度为

$$Y_j(P_k) = \sum_{i=1}^{n} w_i Y_j(x_i) \tag{7.17}$$

8. 判定事物等级

关联度 $Y_j(P_k)$ 的数值表示被判定事物等级对生态安全警度级别标准范围的隶属程度，依据 $Y_j(P_k)$ 的不同取值范围作为判定事物等级的标准。

根据最大隶属原则，在 $Y_j(P_k)$ 中寻求最大的关联函数值：

当 $Y_j(P_k) > 1$ 时，表示被判定的生态安全预警值超过生态安全警度某级标准的上限，且数值愈大，开发潜力愈大。

当 $0 \leqslant Y_j(P_k) < 1$ 时，表示被判定生态安全预警值符合生态安全警度某级标准的要

求,其值的大小表示符合要求的程度,值愈大,愈接近标准的上限。

当$-1 \leqslant Y_j(P_k) < 0$时,表示被判定的生态安全预警值不符合生态安全警度某级标准的要求,但具有可转化为符合该级标准的条件。

当$Y_j(P_k) < -1$时,表示被判定的生态安全预警值不符合生态安全警度某级标准的要求,且不具备转化为符合该级标准的条件,其值愈小,距离该级标准愈远。

二、生态安全预警指标体系构建

生态安全预警系统应该能够提供各种潜在定性、定量的信息和时空变化的动态进程。河北山区生态安全预警系统作为一种预报河北山区生态安全现状与发展趋势的信号系统,根据安全阈值,测定生态系统及其子系统所受到的干扰,做出生态系统及其子系统受到威胁的判别,从而对河北山区的生态系统及自然资源、生态环境、社会经济发展、人口发展子系统进行生态安全预警。

根据生态安全评价结果可了解河北山区生态安全时空分布上的状况,结合河北山区特征,通过物元分析模型定量计算每个基础单元的警情,对河北山区进行较全面的生态安全预警。因此,河北山区生态安全预警指标在生态安全评价指标中进一步优选得到。

预警指标体系也是综合涵盖自然—社会—经济的复合系统,以具体化的指标选择来确定区域环境、生物与生态系统安全的预警系统。

从预警理论基础出发,河北山区生态安全预警指标体系涵盖人口预警指标群、社会经济预警指标群、自然资源预警指标群及生态环境预警指标群。依据不同时期、不同特点及各子系统运行与发展的不同状态水平确定18项能反映河北山区生态安全的具体预警指标(图7.1)。

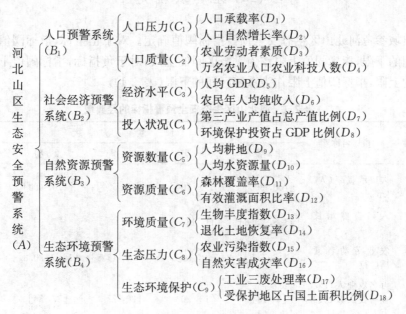

图7.1 河北山区生态安全预警指标体系

第三节　生态安全预警警度评定

综合遥感解译信息获取的各种区域背景资料及区域自然环境、社会经济情况，根据生态安全预警指标体系，结合河北山区区域特征，建立 60 个县（市、区）预警指标数据库，在预警指标阈值确定的基础上，基于物元分析模型进行生态安全预警研究。

参照生态安全预警模型的构建步骤，根据公式（7.1）～公式（7.17）计算河北山区生态安全警度。

一、经典域与节域确定

（一）列出待评物元

以 1987 年井陉矿区各指标为例，用物元矩阵表示为

$$R_1 = (P_1, c_i, x_i) = \begin{vmatrix} P_1 & D_1 & 1\,040 \\ & D_2 & 9.21 \\ & D_3 & 8.42 \\ & \vdots & \vdots \\ & D_{18} & 13.2 \end{vmatrix}$$

（二）经典域确定

经典域参考河北山区生态安全预警指标阈值确定。对于正指标，指标阈值下限作为重警区间的下限，指标阈值上限作为无警区间的上限；对于负指标，指标阈值下限作为无警区间的上限，指标阈值上限作为重警区间的下限（表 7.1）。

表 7.1　河北山区生态安全预警指标的经典域

序号	属性	指标名称	预警等级				
			重警	中警	轻警	预警	无警
D_1	逆	人口承载率（人/km²）	[700, 800]	[550, 700]	[400, 500]	[270, 400]	[136, 270]
D_2	逆	人口自然增长率（‰）	[13.5, 15.8]	[11, 13.5]	[9, 11]	[7, 9]	[2.79, 7]
D_3	正	农业劳动者素质（%）	[3.6, 7.9]	[7.9, 12.2]	[12.2, 16.5]	[16.5, 20.8]	[20.8, 25]
D_4	正	万名农业人口农业科技人数（人/万人）	[5, 13]	[13, 20]	[20, 27]	[27, 34]	[34, 40]

续　表

序号	属性	指标名称	预　警　等　级				
			重　警	中　警	轻　警	预　警	无　警
D_5	正	人均GDP(万元/人)	[0.025, 0.288]	[0.288, 0.551]	[0.551, 0.814]	[0.814, 1.077]	[1.077, 1.34]
D_6	正	农民年人均纯收入(元)	[1 200, 1 600]	[1 600, 2 000]	[2 000, 2 420]	[2 420, 2 830]	[2 830, 3 255]
D_7	正	第三产业产值占总产值比例(%)	[31.3, 41]	[41, 50.8]	[50.8, 60.5]	[60.5, 70.2]	[70.2, 80]
D_8	正	环境保护投资占GDP比例(%)	[0.9, 0.98]	[0.98, 1.06]	[1.06, 1.14]	[1.14, 1.22]	[1.22, 1.31]
D_9	正	人均耕地(亩/人)	[0.8, 0.92]	[0.92, 1]	[1, 1.12]	[1.12, 1.25]	[1.25, 1.4]
D_{10}	正	人均水资源量($10^8 m^3$/万人)	[0.1, 0.25]	[0.25, 0.4]	[0.4, 0.54]	[0.54, 0.7]	[0.7, 0.8]
D_{11}	正	森林覆盖率(%)	[15, 23]	[23, 31]	[31, 40]	[40, 48]	[48, 54.1]
D_{12}	正	有效灌溉面积比率(%)	[60, 68]	[68, 76]	[76, 84]	[84, 92]	[92, 100]
D_{13}	正	生物丰度指数	[0.1, 0.3]	[0.3, 0.48]	[0.48, 0.66]	[0.66, 0.84]	[0.84, 1]
D_{14}	正	退化土地恢复率(%)	[45, 55]	[55, 66]	[66, 75]	[75, 86]	[86, 100]
D_{15}	逆	农业污染指数(t/km^2)	[20, 22]	[18.5, 20]	[16.5, 18.5]	[15, 16.5]	[13, 15]
D_{16}	逆	自然灾害成灾率(%)	[95, 100]	[60, 95]	[40, 60]	[18, 40]	[0, 18]
D_{17}	正	工业三废处理率(%)	[5, 24]	[24, 43]	[43, 62]	[62, 81]	[81, 100]
D_{18}	正	受保护地区占国土面积比例(%)	[10, 28]	[28, 46]	[46, 64]	[64, 82]	[82, 100]

注：1亩 $\approx$ 666.7 m^2。

无警的经典域生态安全预警物元矩阵为

$$R_1 = (m_1, c_i, x_{oij}) = \begin{vmatrix} m_1 & D_1 & <136 & 270> \\ & D_2 & <5.79 & 7> \\ & D_3 & <20.28 & 25> \\ & \vdots & \vdots & \vdots \\ & D_{18} & <82 & 100> \end{vmatrix}$$

预警的经典域生态安全预警物元矩阵为

$$R_2 = (m_2, c_i, x_{oij}) = \begin{vmatrix} m_2 & D_1 & <270 & 400> \\ & D_2 & <7 & 9> \\ & D_3 & <16.5 & 20.8> \\ & \vdots & \vdots & \vdots \\ & D_{18} & <64 & 82> \end{vmatrix}$$

轻警的经典域生态安全预警物元矩阵为

$$R_3 = (m_3, c_i, x_{oij}) = \begin{vmatrix} m_3 & D_1 & <400 & 550> \\ & D_2 & <9 & 11> \\ & D_3 & <12.2 & 16.5> \\ & \vdots & \vdots & \vdots \\ & D_{18} & <46 & 64> \end{vmatrix}$$

中警的经典域生态安全预警物元矩阵为

$$R_4 = (m_4, c_i, x_{oij}) = \begin{vmatrix} m_4 & D_1 & <550 & 700> \\ & D_2 & <11 & 13.5> \\ & D_3 & <7.9 & 12.2> \\ & \vdots & \vdots & \vdots \\ & D_{18} & <28 & 46> \end{vmatrix}$$

重警的经典域生态安全预警物元矩阵为

$$R_5 = (m_5, c_i, x_{oij}) = \begin{vmatrix} m_5 & D_1 & <700 & 800> \\ & D_2 & <13.5 & 15.8> \\ & D_3 & <3.6 & 7.9> \\ & \vdots & \vdots & \vdots \\ & D_{18} & <10 & 28> \end{vmatrix}$$

（三）节 域 确 定

将经典阈拓展到实数轴，按照 $x_{oij} \in x_{pi}$，确定出节域（表7.2）。

表 7.2　河北山区生态安全预警指标的节域

序 号	属 性	指 标 名 称	节 域
D_1	逆	人口承载率（人/km²）	[100, 1 000]
D_2	逆	人口自然增长率（‰）	[5, 20]
D_3	正	农业劳动者素质（%）	[2, 30]
D_4	正	万名农业人口农业科技人数（人/万人）	[0, 50]
D_5	正	人均 GDP（万元/人）	[0, 0.15]
D_6	正	农民年人均纯收入（元）	[1 000, 3 500]
D_7	正	第三产业产值占总产值比例（%）	[30, 100]
D_8	正	环境保护投资占 GDP 比例（%）	[0.5, 1.5]
D_9	正	人均耕地（hm²/人）	[0, 1.5]
D_{10}	正	人均水资源量（10⁸ m³/万人）	[0, 1]
D_{11}	正	森林覆盖率（%）	[10, 60]
D_{12}	正	有效灌溉面积比率（%）	[50, 100]
D_{13}	正	生物丰度指数	[0, 1]
D_{14}	正	退化土地恢复率（%）	[40, 100]

序 号	属 性	指 标 名 称	节 域
D_{15}	逆	农业污染指数(t/km²)	[10, 25]
D_{16}	逆	自然灾害成灾率(%)	[0, 100]
D_{17}	正	工业三废处理率(%)	[0, 100]
D_{18}	正	受保护地区占国土面积比例(%)	[5, 100]

生态安全预警节域物元矩阵为

$$R_p = (P, c_i, x_{pi}) = \begin{vmatrix} P & D_1 & <100 & 1\,000> \\ & D_2 & <5 & 20> \\ & D_3 & <2 & 30> \\ & \vdots & \vdots & \vdots \\ & D_{18} & <5 & 100> \end{vmatrix}$$

二、数据处理与权重确定

(一)数 据 处 理

1. 预警指标原始值

由于以县级行政界线为测算基础单元边界,涉及 60 个县(市、区)1987 年、2000 年和 2005 年的各指标值,仅以井陉矿区、井陉县、行唐县、玉田县、遵化市、迁安市 6 个县(市、区)为例(表 7.3、表 7.4、表 7.5)。

表 7.3 河北山区生态安全预警指标原始值(1987 年)

县(市、区) 指标	井陉矿区	井陉县	行唐县	…	玉田县	遵化市	迁安市
D_1	1 040.00	215.50	349.27	…	493.56	391.19	475.99
D_2	9.21	13.50	12.30	…	0.80	4.43	2.50
D_3	8.42	12.96	10.37	…	7.66	9.64	11.26
D_4	13.42	12.99	33.04	…	5.81	19.64	7.44
D_5	0.03	0.01	0.01	…	0.01	0.01	0.01
D_6	982.00	410.00	352.00	…	488.00	673.00	566.00
D_7	33.71	28.12	29.95	…	26.30	33.46	30.13
D_8	1.50	2.00	0.90	…	0.31	0.85	0.26
D_9	0.54	1.32	1.57	…	1.90	1.49	1.31
D_{10}	0.16	0.11	0.07	…	0.04	0.08	0.04
D_{11}	7.91	23.97	19.87	…	3.39	19.74	35.26
D_{12}	32.15	45.42	73.38	…	70.81	63.02	25.48
D_{13}	0.01	0.02	0.01	…	0.00	0.02	0.03
D_{14}	60.00	62.50	45.60	…	58.00	76.00	70.50
D_{15}	13.14	10.21	7.96	…	17.47	11.82	8.21
D_{16}	75.45	74.03	72.82	…	48.68	42.88	77.48
D_{17}	41.25	23.25	61.50	…	27.15	18.00	41.25
D_{18}	13.20	26.50	10.40	…	3.20	4.60	3.20

表 7.4 河北山区生态安全预警指标原始值(2000 年)

指标 \ 县(市、区)	井陉矿区	井陉县	行唐县	…	玉田县	遵化市	迁安市
D_1	1 333.33	238.23	385.37	…	558.37	449.38	523.76
D_2	2.57	4.55	5.72	…	3.39	4.96	3.92
D_3	12.46	16.50	19.63	…	1.59	18.19	15.70
D_4	16.37	9.73	30.24	…	12.19	19.18	7.57
D_5	0.06	0.08	0.06	…	0.10	0.13	0.14
D_6	3 815.00	2 602.00	2 468.00	…	3 361.00	3 246.00	3 185.00
D_7	34.36	32.05	31.47	…	31.19	40.05	33.40
D_8	2.30	3.10	2.00	…	1.01	1.04	1.02
D_9	0.37	1.09	1.40	…	1.67	1.26	1.18
D_{10}	0.12	0.09	0.06	…	0.03	0.08	0.04
D_{11}	12.92	17.72	18.47	…	12.28	24.43	14.25
D_{12}	38.23	47.50	75.30	…	93.41	85.30	68.78
D_{13}	0.04	0.20	0.12	…	0.05	0.18	0.13
D_{14}	65.00	75.00	90.00	…	70.00	76.00	70.50
D_{15}	18.54	20.62	29.31	…	26.11	25.91	19.51
D_{16}	78.50	72.53	42.11	…	79.57	75.88	80.08
D_{17}	41.55	24.75	62.25	…	30.30	20.25	46.50
D_{18}	21.50	54.20	12.00	…	9.60	8.60	6.80

表 7.5 河北山区生态安全预警指标原始值(2005 年)

指标 \ 县(市、区)	井陉矿区	井陉县	行唐县	…	玉田县	遵化市	迁安市
D_1	1 536.00	231.72	406.83	…	566.52	457.59	568.71
D_2	3.06	10.20	10.98	…	6.61	4.61	12.57
D_3	11.28	16.26	20.51	…	16.96	22.73	25.85
D_4	16.53	26.13	28.69	…	10.31	3.97	12.75
D_5	0.06	0.16	0.10	…	0.19	0.31	0.36
D_6	4 023.00	3 643.00	2 929.00	…	4 377.00	4 908.00	4 908.00
D_7	33.12	34.61	23.79	…	32.99	35.28	34.31
D_8	2.60	3.20	2.20	…	1.16	1.30	1.40
D_9	0.26	1.06	1.29	…	1.57	1.10	0.98
D_{10}	0.10	0.09	0.05	…	0.03	0.07	0.04
D_{11}	13.13	17.87	10.79	…	7.28	24.87	17.68
D_{12}	31.32	50.05	79.53	…	90.81	99.76	73.67
D_{13}	0.07	0.21	0.13	…	0.04	0.18	0.15
D_{14}	70.00	82.00	95.00	…	76.00	80.50	79.10
D_{15}	23.67	21.12	31.65	…	46.90	30.21	20.40
D_{16}	79.22	74.46	36.07	…	75.22	66.20	77.92
D_{17}	45.75	26.25	66.30	…	34.53	21.75	54.56
D_{18}	25.50	55.20	17.00	…	11.60	10.90	7.20

2. 预警指标标准化值

按照公式(7.6)～公式(7.9),采用极差标准化方法,得到 1987 年、2000 年和 2005 年的各指标标准化值(表 7.6、表 7.7、表 7.8)。

表 7.6 河北山区生态安全预警指标标准值(1987 年)

指标 \ 县(市、区)	井陉矿区	井陉县	行唐县	…	玉田县	遵化市	迁安市
D_1	0.191 1	0.858 1	0.749 9	…	0.633 2	0.716 0	0.647 4
D_2	0.496 6	0.254 2	0.322 0	…	0.971 8	0.766 7	0.875 7
D_3	0.159 5	0.254 8	0.200 3	…	0.143 6	0.185 0	0.219 1
D_4	0.233 7	0.224 7	0.633 7	…	0.078 3	0.360 4	0.111 7
D_5	1.000 0	0.085 0	0.102 5	…	0.251 0	0.297 6	0.257 3
D_6	1.000 0	0.348 5	0.282 5	…	0.437 4	0.648 1	0.526 2
D_7	0.704 5	0.578 6	0.619 7	…	0.537 4	0.698 9	0.623 7
D_8	0.707 3	0.951 2	0.414 6	…	0.126 8	0.390 2	0.102 4
D_9	0.025 1	0.095 6	0.118 2	…	0.148 1	0.111 1	0.095 0
D_{10}	0.436 7	0.304 8	0.176 7	…	0.108 3	0.226 2	0.115 2
D_{11}	0.076 0	0.253 1	0.207 9	…	0.026 2	0.206 4	0.377 7
D_{12}	0.294 1	0.466 4	0.829 6	…	0.796 2	0.694 9	0.207 5
D_{13}	0.028 5	0.111 1	0.092 6	…	0.005 8	0.112 5	0.195 1
D_{14}	0.647 1	0.683 8	0.435 3	…	0.617 6	0.882 4	0.801 5
D_{15}	0.595 3	0.686 7	0.756 7	…	0.460 3	0.636 3	0.749 0
D_{16}	0.255 6	0.271 5	0.285 1	…	0.556 3	0.621 4	0.232 7
D_{17}	0.515 2	0.272 7	0.787 9	…	0.325 3	0.202 0	0.515 2
D_{18}	0.487 3	1.000 0	0.379 3	…	0.101 8	0.155 7	0.101 8

表 7.7 河北山区生态安全预警指标标准值(2000 年)

指标 \ 县(市、区)	井陉矿区	井陉县	行唐县	…	玉田县	遵化市	迁安市
D_1	0.297 1	0.891 8	0.811 9	…	0.718 0	0.777 1	0.736 7
D_2	0.790 6	0.570 5	0.439 8	…	0.698 9	0.524 6	0.640 5
D_3	0.342 5	0.469 9	0.568 7	…	0.000 0	0.523 3	0.444 7
D_4	0.242 7	0.134 7	0.467 9	…	0.174 8	0.288 3	0.099 7
D_5	0.266 9	0.421 0	0.270 6	…	0.514 8	0.687 0	0.767 8
D_6	0.951 9	0.563 0	0.520 0	…	0.806 3	0.769 5	0.749 9
D_7	0.465 4	0.386 6	0.366 8	…	0.357 4	0.659 4	0.432 8
D_8	0.369 9	0.506 8	0.318 5	…	0.149 0	0.154 1	0.150 7
D_9	0.014 8	0.097 3	0.132 3	…	0.162 4	0.116 2	0.106 9
D_{10}	0.323 4	0.253 8	0.153 2	…	0.085 4	0.222 0	0.112 9
D_{11}	0.090 6	0.146 9	0.155 7	…	0.083 0	0.225 7	0.106 2
D_{12}	0.409 3	0.508 5	0.806 1	…	1.000 0	0.913 2	0.736 4
D_{13}	0.028 5	0.222 5	0.116 5	…	0.030 1	0.194 1	0.128 1
D_{14}	0.583 3	0.750 0	1.000 0	…	0.666 7	0.766 7	0.675 0
D_{15}	0.537 6	0.483 5	0.257 3	…	0.340 5	0.345 7	0.512 4
D_{16}	0.284 4	0.363 6	0.765 7	…	0.270 0	0.319 0	0.263 5
D_{17}	0.489 3	0.271 8	0.757 3	…	0.343 7	0.213 6	0.553 4
D_{18}	0.382 4	1.000 0	0.203 0	…	0.157 7	0.138 8	0.104 8

表7.8　河北山区生态安全预警指标标准值(2005 年)

指标＼县(市、区)	井陉矿区	井陉县	行唐县	…	玉田县	遵化市	迁安市
D_1	0.287 2	0.910 1	0.826 5	…	0.750 2	0.802 3	0.749 2
D_2	0.870 3	0.391 2	0.338 7	…	0.632 2	0.766 4	0.232 2
D_3	0.239 9	0.422 1	0.577 5	…	0.447 6	0.658 8	0.772 7
D_4	0.218 0	0.355 9	0.392 7	…	0.128 7	0.037 8	0.163 9
D_5	0.115 8	0.369 2	0.224 6	…	0.457 4	0.751 3	0.885 6
D_6	0.645 4	0.541 0	0.344 7	…	0.742 7	0.888 7	0.888 7
D_7	0.462 1	0.501 9	0.213 6	…	0.458 6	0.519 6	0.493 9
D_8	0.336 7	0.437 7	0.269 4	…	0.094 3	0.117 8	0.134 7
D_9	0.008 6	0.149 5	0.189 4	…	0.237 9	0.155 6	0.134 0
D_{10}	0.314 2	0.298 5	0.161 5	…	0.086 7	0.225 0	0.113 5
D_{11}	0.093 0	0.168 2	0.055 7	…	0.000 0	0.279 4	0.165 2
D_{12}	0.102 3	0.174 6	0.288 4	…	0.331 9	0.366 5	0.265 8
D_{13}	0.098 3	0.424 8	0.247 2	…	0.046 6	0.373 6	0.285 4
D_{14}	0.640 8	0.813 2	1.000 0	…	0.727 0	0.791 7	0.771 6
D_{15}	0.640 7	0.681 5	0.513 5	…	0.270 5	0.536 5	0.692 8
D_{16}	0.220 1	0.270 6	0.677 4	…	0.262 6	0.358 1	0.233 9
D_{17}	0.529 8	0.280 2	0.792 7	…	0.386 2	0.222 6	0.642 4
D_{18}	0.442 8	1.000 0	0.283 3	…	0.182 0	0.168 9	0.099 4

(二) 确 定 权 重

按照公式(7.10)～公式(7.12),采用熵权法,得到 1987 年、2000 年和 2005 年河北山区生态安全预警各指标的权重值(表 7.9)。

表7.9　指 标 权 重 值

指标＼权重	w_i		
	1987 年	2000 年	2005 年
D_1	0.036 8	0.025 8	0.024 6
D_2	0.032 5	0.022 3	0.033 6
D_3	0.039 2	0.028 3	0.045 3
D_4	0.063 6	0.059 3	0.071 2
D_5	0.059 9	0.050 8	0.059 3
D_6	0.047 8	0.076 1	0.087 3
D_7	0.021 4	0.044 8	0.042 1
D_8	0.069 4	0.033 2	0.034 6
D_9	0.074 2	0.057 5	0.052 0
D_{10}	0.053 6	0.057 5	0.056 2
D_{11}	0.091 6	0.075 7	0.079 6
D_{12}	0.085 1	0.057 3	0.028 6
D_{13}	0.042 3	0.052 7	0.079 8
D_{14}	0.046 5	0.062 6	0.049 8
D_{15}	0.024 5	0.074 3	0.038 0
D_{16}	0.059 5	0.092 5	0.073 0
D_{17}	0.083 1	0.078 6	0.083 2
D_{18}	0.069 0	0.050 9	0.061 9

三、阈值确定

（一）内　　涵

1. 生态阈值

"阈值"在物理学界并不陌生，指某系统或物质状态发生剧烈改变的那一个点或区间。生态阈值是针对生态系统的阈值概念，对于生态学还是一个相对较新的概念。目前，对生态阈值的定义尚未统一，较为实用的定义由 Bennett 和 Radford 提出，他们认为生态阈值是生态系统从一种状态快速转变为另一种状态的某个点或一段区间，推动这种转变的动力来自某个或多个关键生态因子微弱的附加改变。不同的生态系统、不同的生态因子都存在生态阈值现象。当生态因子扰动接近生态阈值时，生态系统的功能、结构或过程会发生不同状态（alternative states）间的跃变，这是生态阈值最主要的特点。

2. 生态平衡阈值

生态系统内部具有一种自我调节的能力，成分的多样性、能量流动、物质循环途径的复杂性会影响这种平衡调节的能力。一般地讲，生态系统的组成成分越多样，能量流动和物质循环的途径越复杂，其平衡调节的能力就越强；相反，则平衡调节能力就越小。但是一个复杂的生态系统，不论其调节能力有多强，也是有一定限度的，超过了这个界限，调节就不起作用，从而使生态系统受到改变、伤害直至造成生态破坏。这个界限，就是生态平衡阈值。

3. 生态安全阈值

生态安全阈值指生态安全的临界值。在人类与自然的干扰下，生态系统的稳定性和抗性都有可能降低，从而增大生态系统受胁迫的程度和风险程度，当这种胁迫和风险增大到某一程度，就会使生态系统的状态发生根本改变，从而使生态安全受到严重威胁，这种程度就是生态安全阈值。从区域尺度来看，如果区域整体的生态安全程度下降到某一水平，可能导致区域生态安全状况发生突变，那么这种程度就表现为区域生态安全的阈值。

4. 生态安全预警指标阈值

生态系统平衡是确保生态安全的基础，生态安全又是生态系统发展的动态平衡状态。生态安全预警的评价指标应达到一定程度，以反映生态系统的平衡性和生态安全的稳定性，这种程度可以认为是预警指标阈值。

（二）指标阈值确定

在生态安全预警指标体系建立的基础上，参照生态安全预警标准，确定预警指标阈值。具体遵循以下原则：① 凡已有国家标准、行业标准或国际标准的指标，尽量采用规定的标准值；② 参考国外、生态区域的现状值作为标准值；③ 参考国内现状值，作趋势外推，确定标准值；④ 依据现有的环境与社会、经济协调发展的理论，力求定量化作为标准值；⑤ 在缺乏有关指标统计数据前，暂用类似指标替代；⑥ 没有现成标准的情况下，根据实验来确定标准值。

从河北山区的实际情况出发，假定每个预警评价指标都存在一个阈值，并且存在一上限与下限(表7.10)。

表7.10 河北山区生态安全预警指标阈值及标准

			指 标 系 统	阈值下限	阈值上限	下限标准	上限标准
河北山区生态安全预警系统	人口预警系统	人口压力	人口承载率(人/km²)	136	800	X	Ⅶ
			人口自然增长率(‰)	5.79	15.80	Ⅸ	Ⅴ
		人口质量	农业劳动者素质(%)	3.6	25.0	Ⅱ	Ⅶ
			万名农业人口农业科技人数(人/万人)	5	40	Ⅵ	Ⅱ
	社会经济预警系统	经济水平	人均GDP(万元/人)	0.025	0.140	Ⅱ	X
			农民年人均纯收入(元)	1 200	3 255	Ⅱ	X
		投入状况	第三产业产值占总产值比例(%)	31.3	80.0	Ⅸ	Ⅶ
			环境保护投资占GDP比例(%)	0.90	1.31	Ⅸ	Ⅲ
	自然资源预警系统	资源数量	人均耕地(hm²/人)	0.8	1.4	Ⅰ	Ⅴ
			人均水资源量(10⁸m³/万人)	0.1	0.8	Ⅰ	Ⅳ
		资源质量	森林覆盖率(%)	15	54.1	Ⅱ	Ⅰ
			有效灌溉面积比率(%)	60	100	Ⅱ	Ⅷ
	生态环境预警系统	环境质量	生物丰度指数	0	1	Ⅵ	Ⅷ
			退化土地恢复率(%)	45	100	Ⅸ	Ⅷ
		生态压力	农业污染指数(t/km²)	13	22	Ⅲ	Ⅶ
			自然灾害成灾率(%)	0	100	Ⅵ	Ⅷ
		生态环境保护	工业三废处理率(%)	10	100	Ⅲ	Ⅷ
			受保护地区占国土面积比例(%)	10	100	Ⅸ	Ⅷ

注：Ⅰ——国际标准；Ⅱ——小康社会标准；Ⅲ——生态示范区标准；Ⅳ——国际平均值；Ⅴ——全国平均值；Ⅵ——本底内推值；Ⅶ——类比标准外推值；Ⅷ——理想背景值；Ⅸ——河北生态省建设规划纲要；X——国民经济和社会发展第十一个五年计划纲要。

四、关联函数值计算

按照公式(7.13)～公式(7.16)，得到1987年井陉矿区生态安全预警指标各等级的关联函数值：$Y_1(x_1) = -1.2000$；$Y_2(x_1) = -1.1333$；$Y_3(x_1) = -1.0889$；$Y_4(x_1) = -1.0667$；$Y_5(x_1) = -1.0548$。其余指标的$Y_j(x_i)$见表7.11。

表 7.11　1987 年井陉矿区生态安全预警指标各等级的关联函数值

指　标	预　警　等　级				
	重　警	中　警	轻　警	预　警	无　警
D_1	−1.200 0	−1.133 3	−1.088 9	−1.066 7	−1.054 8
D_2	−0.504 7	−0.298 3	−0.105 0	−0.047 5	−0.344 2
D_3	−0.075 1	−0.121 2	−0.370 5	−0.557 2	−0.658 5
D_4	−0.030 7	−0.060 7	−0.328 8	−0.502 8	−0.605 2
D_5	0.295 4	0.971 9	−0.941 2	−0.960 2	−0.969 9
D_6	−1.090 0	−1.030 0	−1.018 0	−1.012 7	−1.009 8
D_7	−0.248 7	−0.662 5	−0.821 5	−0.878 3	−0.907 7
D_8	−1.000 0	−1.000 0	−1.000 0	−1.000 0	−1.000 0
D_9	−0.330 5	−0.417 9	−0.464 4	−0.521 8	−0.571 5
D_{10}	−0.376 1	−0.374 4	−0.609 0	−0.710 4	−0.776 6
D_{11}	−1.418 1	−1.160 8	−1.099 6	−1.069 7	−1.055 0
D_{12}	−2.785 0	−1.991 7	−1.686 5	−1.525 0	−1.425 0
D_{13}	−0.946 1	−0.982 0	−0.988 8	−0.991 8	−0.993 6
D_{14}	−0.200 0	0.333 3	−0.230 8	−0.428 6	−0.565 2
D_{15}	−0.686 2	−0.630 8	−0.517 2	−0.372 4	0.046 1
D_{16}	−0.443 3	−0.441 4	−0.386 2	−0.590 8	−0.700 6
D_{17}	−0.294 9	−0.092 1	−0.040 7	−0.334 7	−0.490 7
D_{18}	−0.177 8	−0.643 5	−0.800 0	−0.861 0	−0.893 5

再按照公式(7.17)，得到 1987 年井陉矿区生态安全预警各等级的关联度 $Y_j(P_1)$ 为

$$Y_1(P_1) = \sum_{i=1}^{18} w_i Y_1(x_i) = w_1 Y_1(x_1) + w_2 Y_1(x_2) + w_3 Y_1(x_3) + \cdots + w_{18} Y_1(x_{18})$$

$$= 0.036\ 8 \times (-1.200) + 0.032\ 5 \times (-0.504\ 7) + 0.039\ 2 \times (-0.075\ 1)$$

$$+ \cdots + 0.069\ 0 \times (-0.177\ 8)$$

$$= -0.72$$

$$Y_2(P_1) = -0.58$$

$$Y_3(P_1) = -0.73$$

$$Y_4(P_1) = -0.79$$

$$Y_5(P_1) = -0.82$$

1987 年、2000 年和 2005 年其余各县(市、区)生态安全预警各等级的关联度见表 7.12、表 7.13、表 7.14。

五、生态安全预警等级评定

根据最大隶属原则，在 $Y_j(P_1)$ 中寻找最大的关联度值，$Y'_j(P_1) = \max[-0.72, -0.58, -0.73, -0.79, -0.82]$，$Y'_j(P_1) = -0.58$，则井陉矿区生态安全预警属中警等级。

同理,参照判定事物等级的方法评定 1987 年、2000 年和 2005 年河北山区 60 个县(市、区)生态安全预警的等级(表 7.12、表 7.13、表 7.14)。

表 7.12　河北山区生态安全预警各等级的关联度及评定结果(1987 年)

县(市、区)	预警等级的关联度					评定结果
	重　警	中　警	轻　警	预　警	无　警	
井陉矿区	−0.72	−0.58	−0.73	−0.79	−0.82	中　警
井陉县	−0.75	−0.62	−0.70	−0.83	−0.92	中　警
行唐县	−0.56	−0.55	−0.41	−0.67	−0.76	轻　警
灵寿县	−0.60	−0.64	−0.64	−0.44	−0.59	预　警
赞皇县	−0.73	−0.70	−0.50	−0.79	−0.89	轻　警
平山县	−0.86	−0.78	−0.73	−0.72	−0.84	预　警
元氏县	−0.78	−0.67	−0.79	−0.90	−1.12	中　警
鹿泉市	−1.04	0.02	−0.90	−1.00	−0.89	中　警
邯郸县	−0.75	−0.67	−0.93	−0.98	−1.13	中　警
涉　县	−0.88	−0.78	−0.59	−0.98	−1.15	轻　警
磁　县	−0.69	−0.49	−0.71	−0.71	−0.70	中　警
永年县	−0.79	−0.76	−0.77	−0.77	−0.81	中　警
武安市	−0.89	−0.88	−0.90	−0.90	−0.96	中　警
峰峰矿区	−1.44	−0.81	−1.01	−0.99	−0.96	中　警
邢台县	−0.69	−0.63	−0.58	−0.76	−0.71	轻　警
临城县	−0.89	−0.88	−0.85	−0.93	−1.10	轻　警
内丘县	−0.86	−0.81	−0.74	−0.98	−1.29	轻　警
沙河市	−0.92	−0.81	−0.69	−0.75	−0.84	轻　警
满城县	−0.81	−0.71	−0.76	−0.77	−0.76	中　警
涞水县	−0.72	−0.53	−0.75	−0.75	−0.73	中　警
阜平县	−0.82	−0.65	−0.75	−0.49	−0.87	预　警
唐　县	−0.70	−0.71	−0.65	−0.66	−0.75	轻　警
涞源县	−1.18	−1.07	−0.87	−1.15	−1.33	轻　警
易　县	−0.76	−0.68	−0.64	−0.66	−0.57	轻　警
曲阳县	−0.80	−0.80	−0.65	−0.79	−0.82	轻　警
顺平县	−0.68	−0.67	−0.58	−0.66	−0.70	轻　警
宣化县	−0.93	−1.00	−0.70	−1.18	−1.75	轻　警
张北县	−2.10	−1.87	−2.38	−3.07	−6.14	中　警
康保县	−2.31	−2.15	−2.69	−3.56	−7.52	中　警
沽源县	−2.34	−2.33	−2.84	−3.90	−8.40	中　警
尚义县	−2.17	−2.06	−2.59	−3.37	−6.91	中　警
蔚　县	−1.58	−1.68	−1.50	−2.08	−3.76	轻　警
阳原县	−1.48	−1.26	−1.22	−1.72	−2.74	轻　警
怀安县	−1.18	−1.01	−0.84	−1.37	−2.04	轻　警
万全县	−1.07	−1.18	−0.95	−1.31	−1.85	轻　警
怀来县	−0.64	−0.55	−0.76	−0.76	−0.79	中　警
涿鹿县	−0.97	−0.64	−1.05	−1.18	−1.62	中　警
赤城县	−1.12	−1.26	−1.04	−1.48	−2.32	轻　警
崇礼县	−1.49	−1.66	−1.37	−2.06	−3.81	轻　警
张家口市区	−0.92	−0.83	−0.73	−1.05	−1.42	轻　警
承德县	−0.77	−0.74	−0.80	−0.83	−0.84	中　警

县(市、区)	预警等级的关联度					评定结果
	重　警	中　警	轻　警	预　警	无　警	
兴隆县	−0.90	−0.89	−0.96	−1.06	−1.23	中　警
平泉县	−1.29	−1.01	−1.02	−1.02	−1.08	中　警
滦平县	−0.87	−0.76	−0.85	−0.82	−0.77	中　警
隆化县	−0.95	−0.76	−1.00	−1.03	−1.11	中　警
丰宁县	−1.26	−1.10	−1.25	−1.39	−2.24	中　警
宽城县	−0.90	−0.81	−0.98	−1.02	−1.12	中　警
围场县	−1.34	−1.11	−1.22	−1.37	−1.92	中　警
承德市区	−0.81	−0.78	−0.81	−0.87	−1.06	中　警
青龙县	−2.45	−2.90	−2.43	−3.94	−8.22	轻　警
昌黎县	−1.20	−1.15	−1.20	−1.46	−2.45	中　警
抚宁县	−1.63	−1.57	−1.37	−1.96	−3.70	轻　警
卢龙县	−1.49	−1.28	−1.26	−1.53	−2.62	轻　警
秦皇岛市区	−0.74	−0.67	−0.75	−0.76	−0.84	中　警
丰润区	−0.92	−0.68	−0.82	−0.90	−1.21	中　警
滦县	−1.15	−0.79	−0.96	−1.05	−1.24	中　警
迁西县	−0.64	−0.79	−0.55	−0.88	−1.02	轻　警
玉田县	−1.02	−0.93	−0.87	−1.00	−1.33	轻　警
遵化市	−0.52	−0.61	−0.51	−0.67	−0.75	轻　警
迁安市	−1.02	−0.84	−0.79	−0.82	−0.95	轻　警

表 7.13　河北山区生态安全预警各等级的关联度及评定结果(2000 年)

县(市、区)	预警等级关联函数值					评定结果
	重　警	中　警	轻　警	预　警	无　警	
井陉矿区	−0.70	−0.57	−0.73	−0.88	−1.09	中　警
井陉县	−0.65	−0.55	−0.53	−0.76	−0.93	轻　警
行唐县	−0.60	−0.59	−0.55	−0.62	−0.66	轻　警
灵寿县	−0.59	−0.66	−0.36	−0.72	−0.83	预　警
赞皇县	−0.78	−0.65	−0.14	−0.85	−0.99	轻　警
平山县	−0.56	−0.49	−0.55	−0.14	−0.81	预　警
元氏县	−0.97	−0.64	−0.94	−0.81	−0.88	中　警
鹿泉市	−0.69	−0.61	−0.64	−0.73	−0.80	中　警
邯郸县	−0.59	4.15	−0.79	−0.81	−0.82	中　警
涉县	−0.35	−0.26	−0.57	−0.61	−0.64	中　警
磁县	−0.53	−0.30	−0.75	−0.75	−0.80	中　警
永年县	−0.70	−0.53	−0.73	−0.72	−0.87	中　警
武安市	−0.64	−0.47	−0.61	−0.59	−0.60	中　警
峰峰矿区	−1.43	−0.91	−0.96	−1.01	−1.11	中　警
邢台县	−0.45	−0.32	−0.08	−0.48	−0.58	轻　警
临城县	−0.55	−0.56	−0.18	−0.66	−0.78	轻　警
内丘县	−0.53	−0.45	0.13	−0.59	−0.70	轻　警
沙河市	−0.51	−0.20	−0.53	−0.56	−0.54	中　警
满城县	−0.54	−0.27	−0.56	−0.51	−0.59	中　警

县(市、区)	预警等级关联函数值					评定结果
	重　警	中　警	轻　警	预　警	无　警	
涞水县	−0.46	−0.31	−0.49	−0.62	−0.67	中　警
阜平县	−0.81	−0.34	−0.69	0.03	−0.91	预　警
唐　县	−0.69	−0.55	−0.23	−0.77	−0.85	轻　警
涞源县	−0.41	−0.71	−0.25	−0.78	−0.75	轻　警
易　县	−0.70	−0.53	−0.17	−0.84	−1.01	轻　警
曲阳县	−0.48	−0.46	−0.10	−0.56	−0.65	轻　警
顺平县	−0.74	−0.69	−0.75	−0.83	−1.04	中　警
宣化县	−1.09	−0.77	−0.42	−1.30	−1.85	轻　警
张北县	−1.45	−1.26	−1.84	−2.36	−4.42	中　警
康保县	−1.79	−1.19	−2.14	−2.74	−5.13	中　警
沽源县	−1.75	−1.16	−2.14	−2.84	−5.61	中　警
尚义县	−1.90	−1.62	−1.27	−2.40	−4.49	轻　警
蔚　县	−1.05	−0.58	−0.32	−1.32	−2.03	轻　警
阳原县	−1.11	−0.86	−0.39	−1.33	−2.08	轻　警
怀安县	−1.00	−0.66	−0.54	−1.16	−1.65	轻　警
万全县	−0.86	−0.59	−0.05	−0.99	−1.24	轻　警
怀来县	−0.52	−0.29	−0.71	−0.72	−0.72	中　警
涿鹿县	−0.66	−0.61	−0.42	−0.82	−1.06	轻　警
赤城县	−1.14	−0.87	−0.40	−1.36	−2.10	轻　警
崇礼县	−1.59	−1.28	−1.04	−1.92	−2.95	轻　警
张家口市区	−0.92	−0.91	−0.90	−0.91	−1.27	轻　警
承德县	−0.72	−0.65	−0.15	−0.70	−0.72	轻　警
兴隆县	−0.78	−0.87	−0.70	−0.88	−0.88	轻　警
平泉县	−0.55	−0.38	−0.71	−0.76	−0.79	中　警
滦平县	−0.55	−0.10	−0.71	−0.74	−0.80	中　警
隆化县	−0.63	−0.24	−0.76	−0.87	−1.09	中　警
丰宁县	−0.95	−0.69	−1.11	−1.30	−1.97	中　警
宽城县	−0.54	−0.22	−0.60	−0.61	−0.64	中　警
围场县	−0.70	−0.68	−0.91	−1.07	−1.59	中　警
承德市区	−0.77	−0.71	−0.65	−0.86	−1.09	轻　警
青龙县	−0.50	−0.39	−0.18	−0.63	−0.69	轻　警
昌黎县	−0.74	−0.88	−0.51	−1.01	−1.22	轻　警
抚宁县	−0.54	−0.31	−0.26	−0.58	−0.65	轻　警
卢龙县	−0.39	−0.28	−0.77	−0.81	−0.94	中　警
秦皇岛市区	−1.31	−1.21	−1.06	−1.59	−2.64	轻　警
丰润区	−1.00	−0.70	−0.71	−0.75	−0.87	中　警
滦　县	−6.42	−0.78	−0.79	−0.87	−0.93	中　警
迁西县	−0.97	−0.31	−0.64	−0.63	−0.68	中　警
玉田县	−0.75	−0.71	−0.57	−0.79	−0.89	轻　警
遵化市	−0.46	−0.47	−0.38	−0.51	−0.59	轻　警
迁安市	−0.46	−0.34	−0.55	−0.60	−0.65	中　警

表 7. 14　河北山区生态安全预警各等级的关联度及评定结果(2005 年)

| 县(市、区) | 预警等级关联函数值 | | | | | 评定结果 |
	重　警	中　警	轻　警	预　警	无　警	
井陉矿区	−0.50	−0.47	−0.83	−1.00	−1.29	中　警
井陉县	−0.63	−0.46	−0.28	−0.76	−0.99	轻　警
行唐县	−0.93	−0.73	−0.58	−0.65	0.00	轻　警
灵寿县	−0.63	−0.58	−0.49	−0.17	−0.74	预　警
赞皇县	−0.87	−0.84	−0.74	−0.98	−1.02	轻　警
平山县	−0.69	−0.48	−0.46	−0.44	−0.63	预　警
元氏县	−0.91	−0.05	−1.00	−0.98	−1.00	中　警
鹿泉市	−0.87	0.05	−1.06	−1.07	0.06	中　警
邯郸县	−0.99	−0.67	−0.95	−1.04	−1.34	中　警
涉　县	−0.78	−0.59	−0.65	−0.60	−0.65	中　警
磁　县	−0.74	−0.55	−0.83	−0.88	−1.07	中　警
永年县	−0.82	−0.91	0.04	−0.93	−0.92	轻　警
武安市	−0.54	−0.45	−0.84	−0.78	−1.08	中　警
峰峰矿区	−1.11	−0.84	−0.92	−1.03	−1.30	中　警
邢台县	−0.57	−0.57	−0.55	−0.64	−0.64	轻　警
临城县	−0.60	−0.56	4.53	−0.61	−0.69	轻　警
内丘县	−0.35	−0.61	−0.28	−0.61	−0.53	轻　警
沙河市	−0.69	−0.76	−0.64	−0.82	−0.97	轻　警
满城县	−0.72	−0.69	−0.79	−0.84	−1.05	中　警
涞水县	−0.64	−0.52	−0.57	−0.20	−0.74	轻　警
阜平县	−0.87	−0.35	−0.74	−0.18	−1.05	预　警
唐　县	−0.75	−0.78	−0.62	−0.87	−1.00	轻　警
涞源县	−0.30	−0.66	−0.55	−0.15	−0.74	预　警
易　县	−0.73	−0.59	−0.35	−0.80	−1.01	轻　警
曲阳县	−0.58	−0.52	−0.07	−0.62	−0.55	轻　警
顺平县	−0.78	−0.47	−0.81	−0.90	−1.10	中　警
宣化县	−0.97	−0.81	−0.50	−1.07	−1.39	轻　警
张北县	−1.09	−0.86	−0.75	−1.38	−2.53	轻　警
康保县	−1.48	−1.18	0.05	−1.88	−3.22	轻　警
沽源县	−0.93	−0.69	−1.31	−1.80	−3.38	中　警
尚义县	−1.22	−0.92	−0.60	−1.52	−2.56	轻　警
蔚　县	−0.82	−0.41	−0.26	−1.06	−1.53	轻　警
阳原县	−0.86	−0.64	−0.13	−1.06	−1.52	轻　警
怀安县	−0.71	−0.40	−0.23	−0.85	−1.07	轻　警
万全县	−0.67	−0.22	0.01	−0.81	−0.98	轻　警
怀来县	−0.55	−0.35	−0.83	−0.94	−1.08	中　警
涿鹿县	−0.18	−0.61	0.06	−0.84	−0.74	轻　警
赤城县	−0.78	−0.37	−0.13	−0.86	−1.08	轻　警
崇礼县	−1.15	−0.82	−0.70	−1.46	−2.03	轻　警
张家口市区	−0.80	−0.75	−0.49	−0.84	−0.94	轻　警
承德县	−0.33	−0.30	0.05	−0.65	−0.58	轻　警
兴隆县	−1.15	−0.71	0.06	−1.06	−1.03	轻　警
平泉县	−0.28	−0.53	−0.27	−0.59	−0.66	轻　警
滦平县	−1.18	−0.42	−0.49	−0.58	−0.78	中　警
隆化县	−0.55	−0.17	−0.60	−0.72	−0.81	中　警

县(市、区)	预警等级关联函数值					评定结果
	重　警	中　警	轻　警	预　警	无　警	
丰宁县	−0.68	−0.39	−0.76	−0.95	−1.38	中　警
宽城县	−0.92	−0.92	0.05	−1.26	−0.99	轻　警
围场县	−0.35	−0.12	−0.47	−0.56	−0.65	中　警
承德市区	−0.57	−0.52	−0.34	−0.58	−0.69	轻　警
青龙县	−0.55	−0.49	−0.29	−0.59	−0.61	轻　警
昌黎县	−0.93	−0.93	−0.92	−1.08	−1.39	轻　警
抚宁县	−0.67	−0.59	−0.47	−0.70	−0.78	轻　警
卢龙县	−0.78	−0.68	−0.74	−0.76	−0.74	中　警
秦皇岛市区	−0.85	−0.79	−0.40	−0.89	−1.07	轻　警
丰润区	−1.11	−0.88	−0.92	−1.00	−1.48	中　警
滦县	−0.81	−0.74	−0.80	−0.79	−1.06	中　警
迁西县	−0.83	−0.59	−0.63	−0.80	−1.08	中　警
玉田县	−0.81	−0.74	−0.87	−0.90	−1.16	中　警
遵化市	−0.57	−0.27	−0.85	−0.87	−0.34	中　警
迁安市	−0.19	0.19	−0.23	−0.83	−1.19	中　警

第四节　生态安全预警结果分析

一、生态安全警情现状分析

由图 7.2 可见,河北山区生态安全警情比较复杂,1987 年、2000 年、2005 年三个时期均出现了预警、轻警、中警三种不同等级的生态安全预警等级区,未出现等级类型最好的无警区和最差的重警区。三个时期河北山区生态安全均处于警戒状态,在所处的预警等级区中,以轻警(等级Ⅲ)、中警(等级Ⅳ)占绝大多数比例,主导着整个区域的生态安全预警等级水平。总体上,河北山区生态安全预警状态处于中游水平。生态安全预警警情呈现南北严重、中段较好,西部好、东部较差的格局。

其中,灵寿县、平山县、阜平县三个时期均处于预警状态,与其他各县(市、区)相比,生态安全状况较好;井陉矿区、元氏县、鹿泉市、邯郸县、磁县、武安市、峰峰矿区、满城县、沽源县、怀来县、滦平县、隆化县、丰宁县、围场县、丰润区、滦县三个时期均处于中警状态,生态安全警情相对较严重;涞源县由 1987 年、2000 年的轻警状态转变为 2005 年的预警状态,警情明显好转;涉县、顺平县、卢龙县、迁西县、迁安市由 1987 年的轻警状态转变为 2000 年、2005 年的中警状态,警情有所恶化。

(一)不同时期的警情现状分析

1. 1987 年生态安全警情

处于预警状态的有灵寿县、平山县、阜平县,表明生态环境质量良好,生态系统服务

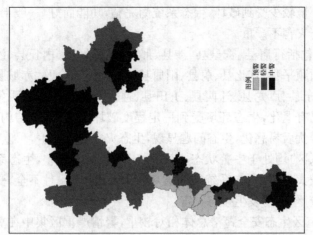

2005 年

2000 年

图 7.2　河北山区生态安全警情现状图

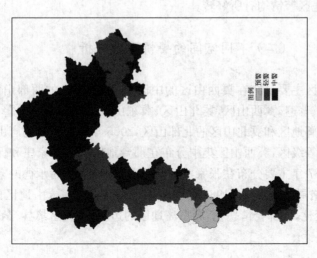

1987 年

功能较为完善,生态环境较少受到破坏,生态系统尚完整,功能尚好,一般干扰下可恢复,生态问题不显著,生态灾害不严重。

处于轻警状态的包括行唐县、赞皇县、涉县、邢台县、临城县、内丘县、沙河市、唐县、涞源县、易县、曲阳县、顺平县、宣化县、蔚县、阳原县、怀安县、万全县、赤城县、崇礼县、青龙县、张家口市区、抚宁县、卢龙县、迁西县、玉田县、遵化市、迁安市,表明生态环境质量一般,生态服务功能已有退化,生态环境受到一定程度破坏,生态系统结构有变化,但尚可维持基本功能,受干扰后易恶化,生态问题显现,生态灾害时有发生。

其他 30 个县(市、区)均处于中警状态,表明生态环境质量较差,生态系统服务功能退化,生态环境受到较大破坏,生态系统结构破坏较大,功能退化且不全,受外界干扰后恢复困难,生态问题较严重,易发生生态灾害。

综上,1987 年研究区生态安全警情总体相对较重,警情严重区集中在冀北山区的承德地区和冀西山区的邯郸地区,冀西山区的邢台地区相对较好。

2. 2000 年生态安全警情

研究区生态安全预警等级区保持稳定不变。与 1987 年相比,生态安全轻警等级区增加了井陉县、尚义县、涿鹿县、承德县、兴隆县、承德市区、昌黎县、秦皇岛市区,生态安全警情有所好转;而涉县、沙河市、顺平县、卢龙县、迁西县、迁安市由轻警等级区演变为中警等级区,生态安全警情出现恶化。

综上,2000 年研究区生态安全警情总体有所好转,尤其是冀北山的承德地区警情明显好转,冀西山区的邯郸地区警情仍较严重。

3. 2005 年生态安全警情

涞源县生态安全警情好转,由轻警等级区演变为预警等级区;与 2000 年相比,生态安全轻警等级区又增加了永年县、沙河市、涞水县、张北县、康保县、平泉县、宽城县;只有玉田县、遵化市生态安全警情有所恶化。

综上,2005 年研究区生态安全警情总体明显好转,冀北山区的张家口地区和承德地区、冀西山区的邯郸地区警情均有所好转。

(二) 不同空间的警情现状分析

研究区预警等级区主要分布在冀西山区的中段石家庄、保定的西部山区,轻警等级区、中警等级区分布较普遍,冀西山区、冀北山区、冀东山区均有分布。中警等级区,集中分布在冀西山区的邯郸地区和冀北山区的北部山区,2005 年冀东山区的唐山地区(全部)也处于此状态。轻警等级区,冀西山区集中分布在邢台地区以及石家庄和保定地区的零星区域;冀北山区 1987 年主要分布在张家口的南部山区,2000 年后承德的东部山区也有分布;冀东山区预警格局变化复杂,1987 年主要分布在秦皇岛、唐山地区的内部区域,2000 年后格局出现变化,内部警情恶化,秦皇岛地区的边缘外围(昌黎县、秦皇岛市区)警情好转。

表 7.15 河北山区生态安全预警结果统计表

级别	编码	警度等级	面积(10²km²)			面积百分比(%)			包含的县(市、区)		
			1987年	2000年	2005年	1987年	2000年	2005年	1987年	2000年	2005年
V	重警		—	—	—	—	—	—	—	—	—
IV	中警		718.08	624.14	486.93	57.74	50.19	39.15	井陉矿区、井陉县、邯郸市、鹿泉市、武安市、涉县、磁县、峰峰矿区、满城县、涞水县、张北县、康保县、涿鹿县、尚义县、承德县、兴隆县、平泉县、隆化县、围场县、青龙县、卢龙县、承德市区、丰润区、昌黎县、秦皇岛市、遵化市、滦县	井陉矿区、元氏县、鹿泉市、邯郸县、涉县、磁县、沙河市、峰峰矿区、满城县、武安市、涞水县、沽源县、康保县、涞源县、尚义县、承德县、平泉县、滦平县、隆化县、围场县、宽城县、卢龙县、承德市区、丰润区、滦县、昌黎县、秦皇岛市、迁西县、正安市、遵化	井陉矿区、元氏县、鹿泉市、邯郸县、涉县、磁县、满城县、武安市、顺平县、峰峰矿区、沽源县、涞水县、丰宁县、隆化县、围场县、卢龙县、丰润区、丰宁县、玉田县、正西县、滦县、遵化市、迁安市
III	轻警		463.44	557.38	670.11	37.27	44.82	53.88	行唐县、赞皇县、涉县、沙河市、内丘县、邢台县、临城县、易县、曲阳县、宣化县、涞源县、蔚县、阳原县、顺平县、尚义县、万全县、赤城县、崇礼县、怀安县、张家口市区、青龙县、卢龙县、正西县、玉田县、抚宁县、承德市、遵化市、正安市	井陉县、行唐县、赞皇县、涉县、内丘县、邢台县、临城县、易县、曲阳县、涞源县、蔚县、宣化县、阳原县、尚义县、万全县、赤城县、鹿泉市区、张家口市区、崇礼县、兴隆县、卢龙县、承德、青龙县、昌黎县、抚宁县、玉田县、遵化市	井陉县、行唐县、赞皇县、邢台县、永年县、邢台县、内丘县、临城县、唐县、丘县、沙河市、涞水县、宣化县、易县、曲阳县、宣化县、涞源县、尚义县、康保县、张北县、原县、尚义县、蔚县、万全县、赤城县、崇礼县、张家口市区、安、隆化县、平泉县、宽城县、承德、隆化县、平泉县、宽城县、昌黎县、承德、市区、青龙县、秦皇岛、市区、抚宁县、昌黎县、秦皇礼、县、兴、抚宁、涞源县
II	预警		62.09	62.09	86.57	4.99	4.99	6.96	灵寿县、平山县、阜平县	灵寿县、平山县、阜平县	灵寿县、平山县、阜平县、涞源县
I	无警		—	—	—	—	—	—	—	—	—

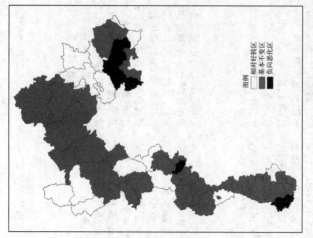

1987~2005 年

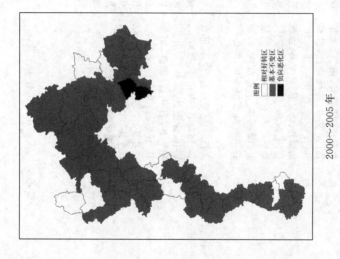

2000~2005 年

图 7.3　河北山区生态安全警情时间演变图

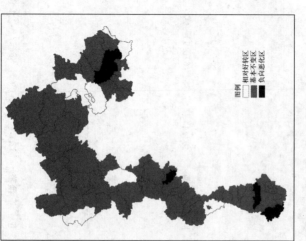

1987~2000 年

18 年来,研究区北端和南端生态安全警情较严重(邯郸地区和承德地区);东部呈现恶化态势(唐山地区);中段警情复杂,包含了预警、轻警、中警三个等级区,该段西部(石家庄、保定地区)整体预警状况有所好转。

二、生态安全警情趋势分析

结合上述生态安全预警等级,应用 ArcMap 中的 summarize 功能对各预警级别进行分区面积统计,得到各预警级别面积表(表 7.15);应用 ArcGIS 中的 geoprocessing 工具对 1987 年、2000 年、2005 年三个时期的现状警情进行叠加分析,得到三个时段的警情趋势图(图 7.3)。

(一) 1987~2000 年生态安全警情比较

1987~2000 年间,中警等级区面积由 1987 年的 718.08×10² km² 降低到 2000 年的 624.14×10² km²,所占比例降低了 7.55%,平均每年降低 0.54 个百分点;轻警等级区面积由 463.44×10² km² 增长到 557.38×10² km²,所占比例上升了 7.55%,平均每年增长 0.54 个百分点;预警等级区面积没有发生变化,保持在 62.09×10² km²。

中警等级区在所处的三个等级区域中面积最大,虽然 13 年间面积有所减少,但其所占面积比例仍然大于 50%。中警等级区面积在减少,轻警等级区面积有所增加,整体生态安全警情呈缓慢好转态势。

警情好转的区域共计 8 个县(市、区),警情恶化的区域包括 6 个县(市、区)。

(二) 2000~2005 年生态安全警情比较

2000~2005 年间,中警等级区面积由 2000 年的 624.14×10² km² 降低到 2005 年的 486.93×10² km²,所占比例降低了 11.04%,平均每年降低 1.84 个百分点,变化速率最快;轻警等级区面积由 557.38×10² km² 增长到 670.11×10² km²,所占比例上升了 9.06%,平均每年增长 1.51 个百分点;预警等级区面积由 62.09×10² km² 增长到 86.57×10² km²,比例上升了 1.97%,平均每年增长 0.33 个百分点。

中警等级区面积减少,仅 5 年,其所占面积比例就低于 40%;轻警等级区、预警等级区面积显著增加,整体生态安全警情明显好转。

警情好转的区域共计 8 个县(市、区),警情恶化的区域只有 2 个县(市、区)。

(三) 1987~2005 年生态安全警情比较

1987~2005 年间,中警等级区面积降低了 231.15×10² km²,平均每年减少 12.17×10² km²,所占比例降低了 18.59%,变化速率最快;轻警等级区面积增长了 206.67×10² km²,平均每年增加 10.88×10² km²,所占比例上升了 16.61%;预警等级区面积增长了

$24.48 \times 10^2 \, km^2$，平均每年增加 $1.29 \times 10^2 \, km^2$，比例上升了 1.97%。

中警等级区面积明显减少，其所占面积比例由 1987 年的 57.74% 降低到 2005 年的 39.15%；轻警等级区、预警等级区面积增加，其所占面积比例分别由 37.27% 上升到 53.88%，4.99% 上升到 6.96%，整体生态安全警情呈现持续好转的态势。

警情好转的区域包括涞源县、井陉县、永年县、涞水县、张北县、康保县、尚义县、涿鹿县、承德县、兴隆县、平泉县、宽城县、承德市区、昌黎县、秦皇岛市区共计 15 个县（市、区）；警情恶化的区域有涉县、顺平县、卢龙县、迁西县、迁安市、玉田县、遵化市 7 个县（市、区）。

综上，通过对研究区三个不同时期生态安全警情的分析以及三个不同阶段生态安全警情的对比分析，可以看出，2005 年与 1987 年相比，警情有所缓解。

一直以来，河北山区自然条件较好，自然资源也比较丰富，18 年间，河北山区经济快速发展，人们的环境保护意识显著增强，尤其从 20 世纪 90 年代开始，生态环境建设初见成效。生态安全警情保持平稳状态，且一直呈现好转上升的态势。虽然生态安全警情有所缓解，但破坏自然生态环境的现象还在不断发生，生态环境问题还没有得到彻底有效解决，所以河北山区仍处于警戒状态。

三、生态安全警情演变规律分析

（一）生态安全警情演变规律分析

处于预警等级区的县（市、区），都具有植被覆盖率高，社会经济发展水平较落后的特点。平山县、灵寿县、阜平县整体自然生态环境优越，虽然在经济发展水平上有所差距，但良好的生态环境弥补了经济发展的不足。

处于轻警等级区的县（市、区），虽然具有自然资源或自然环境的优势，但是区位存在劣势，为了经济发展，人们对资源进行粗放式利用，人类的经济活动加剧了警情的发展。

处于中警等级区的县（市、区），先天自身自然生态环境恶劣，经济对农业的依赖程度大，社会经济发展水平落后，产业结构不合理，从而造成了一系列的生态环境问题，如植被覆盖率低、水土流失、土壤盐渍化等。

（二）生态安全警情演变机制分析

任何生态环境经长期的演化发展，其人地关系都会逐渐稳定下来，只有大规模的人类经济开发活动或严重的自然灾害影响才会导致这种平衡状态的破坏，使生态环境处于脆弱状态，并不断朝生态环境恶化的方向发展。

对河北山区生态安全警情时间和空间的演变分析表明，河北山区生态安全一直处于警戒状态，但警情整体呈现好转态势，空间上呈现西好东差、南北差中段好的格局。

1. 生态安全预警指标主导因素分析

　　如图 7.4 所示,从生态安全预警指标权重分配上看,权重值较大的前八项指标分别为:

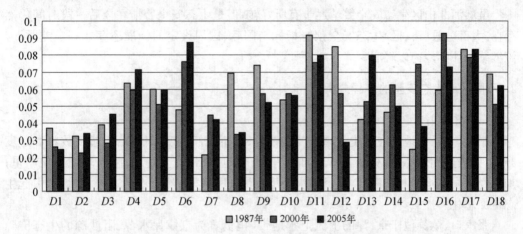

图 7.4　1987 年、2000 年和 2005 年权重比较图

　　1987 年,森林覆盖率、有效灌溉面积比率、工业三废处理率、人均耕地面积、环境保护投资占 GDP 比例、受保护地区占国土面积比例、万名农业人口农业科技人数、人均 GDP 这八项指标的权重较大。

　　2000 年,自然灾害成灾率、工业三废处理率、农民年人均纯收入、森林覆盖率、农业污染指数、退化土地恢复率、万名农业人口农业科技人数、人均水资源量这八项指标的权重较大。

　　2005 年,农民年人均纯收入、工业三废处理率、生物丰度指数、森林覆盖率、自然灾害成灾率、万名农业人口农业科技人数、受保护地区占国土面积比例、人均 GDP 这八项指标的权重较大。

　　以上这些指标是影响生态安全警情的重要因素,主导着河北山区生态安全警情的整体水平。

　　随着科技的进步,人类盲目追求 GDP 的增长,对自然开始进行掠夺性的开发,生态系统承受的压力越来越大,生物丰度减少,森林覆盖率降低,耕地大量转化为非农用地,人均耕地面积减少,一系列不合理改造自然的行为,使得人地矛盾日益凸显;同时,工业"三废"的随意及处理不达标排放,农业生产中不当的施用化肥和农药,也使污染现象加重,生态系统功能日趋薄弱;加上山区人均 GDP 偏低,劳动者素质普遍较低,对环境保护和生态建设的意识和投入能力相对不足,环境治理速度远远赶不上污染速度,导致河北山区生态安全警度超过警戒线,生态安全警情呈现恶化态势。

　　近些年来,受国家政策导向的影响,人们的生态意识明显增强,河北山区生态安全警情有所好转。

　　随着国家"退耕还林"、森林保护等生态政策的实施,森林覆盖率有效提高;计划生育政策的实施,使人口自然增长率降低,人口增长速度明显放缓。

全面建设小康社会是我国的一项宏伟目标,国家越来越关注贫困地区的经济发展,加大了资金和科技的投入力度,人民生活水平有了较大提高。

一些学者已经对河北山区部分地区进行了生态保护与恢复建设问题的研究,为其因地制宜的、可持续的发展经济提供了理论参考。

虽然河北山区生态安全警情逐步有所好转,但是生态安全警情在今后一段时间仍然存在,大部分县(市、区)生态安全预警指标与国际、国内设定的标准还存在一定差距,应该继续关注不能掉以轻心。

2. 不同区域生态安全的差异分析

(1) 冀北山区

张家口、承德地区在历史上植被茂盛,后来由于人们过度采伐森林、过度放牧和过度开垦,植被遭到破坏,森林变为草地,草地变为耕地,耕地变为荒山,生态环境退化严重;加之经济发展水平相对滞后,盲目追求经济发展,不惜以自然资本的丧失为代价,引起生态更加恶化。

张家口、承德位于京、津的上风上水地带,担负着为京津保水源、阻沙源的生态屏障之责。张家口、承德地区生态环境恶化,直接影响到京津地区的生态安全。中共河北省委、河北省人民政府出台了《关于推进林业跨越式发展的决定》,大量植树造林,退耕还林还草,封山育林,加强阻挡风沙侵袭京津,维护京津的生态安全。同时,加大了生态保护投资的力度,使张家口、承德地区的警情有了明显的缓解。

(2) 冀东山区

秦皇岛、唐山地区海拔低,地势平缓,人类活动活跃,生态环境容易遭到破坏。工业化和城镇化水平明显高于冀北、冀西山区,这与经济发展水平相吻合,在一定程度上对资源、生态环境的压力较大,由此带来的环境恶化很显著,尤其是唐山地区。

唐山地区是河北省工业密集区,区内矿产资源丰富,长期以来为追求经济利益,肆意进行不合理的开采,使资源数量不断减少,而且导致环境污染、土地退化,生态环境质量不断下降,加重了该区域的警情。

(3) 冀西山区

保定、石家庄、邢台地区具有一定的经济投入实力和人力基础,对生态环境保护也很重视,故生态安全警情相对较好,但由于区域经济类型、发展速度的制约,呈现了经济与生态发展不平衡的现状。总体来看,这些区域西北部生态状况相对较好,东南部不是很乐观,区域生态结构仍不尽合理,故而实现这些区域人口、经济、自然、生态环境的协调发展势在必行。

邯郸地区矿产资源丰富,也是河北省重工业密集区,矿藏的过度开采,对环境的干扰强度大,使原本脆弱的生态环境雪上加霜,加上对生态治理投入不够,不可避免地造成该区域生态安全警情严重。

3. 生态安全演化的历史渊源分析

历史上,河北山区气候适宜,水源丰沛,湖泽众多,曾属"茂林乔松、林阴似浓"、"重峦叠嶂,苍松翠柏数百里"之地。

自元、明以来,自然、人为破坏严重,使得良好的生态环境逐渐恶化,到新中国成立时已到处为荒山秃岭。尤其是冀北山区森林遭到大规模破坏,本区原始植被是松、栎林区,树势茂盛,近 1 000 多年和近 100 年森林被毁灭后,丘陵低山水土流失严重,土壤贫瘠,生态环境全面退化。随着日后人类有增无减的大肆开发掠夺,使山坡上原地表枯落层和腐殖质层尽受冲刷,土层丧失殆尽,而今已少有原始林。

造成目前研究区脆弱的生态环境状况,有其深刻的历史渊源。自改革开放以来,为追求经济发展,人类盲目的毁林造地、陡坡耕种、过度采矿,引起一系列不良后果,如水土流失、土壤侵蚀、自然灾害频发等,致使研究区生态安全警情恶化。

至目前,由于政策导向,人们对区域生态安全日益关注,并且有针对性地实施了一系列卓有成效的生态保护、建设措施,如开展大规模的封山育林和植树造林,森林植被逐渐恢复,使该研究区生态安全警情呈现好转趋势。

第五节　生态安全预警与评价

一、两 者 关 系

生态安全预警与生态安全评价是一个问题的两个方面,两者相辅相成,密不可分。其核心都是自然—经济—社会的复合生态系统的变化,先有生态安全评价,才有生态安全预警,评价是预警的基础,预警是评价的深化和发展。

生态安全评价是对生态环境因子及生态系统整体进行生态安全状况评估,分析生态安全现状等级的差别,等级取值是静态的。其关键环节首先是选择合适的评价方法,其次是建立科学的评价指标体系。

生态安全预警则集中研究生态系统质量或状态的逆化变化(即退化、恶化)的过程和规律,更侧重于不同时段的动态变化。其关键环节是建立合理的预警标准。

生态安全评价,将现状生态安全质量状况进行分级,每个级别均具有一个定性或定量的状态描述,一般用生态安全综合指数表征生态安全状态的好坏。

生态安全预警以生态安全评价为基础,不仅在于弄清楚研究区现状生态安全质量属于哪一等级,所处现状如何,而且在于与现状评价进行比较,其质量是向好处发展还是向坏处发展,并根据需要提出有关的警报信息。

二、结 果 对 比

生态安全预警按照预警程度的分类方法,将预警评定结果划分为重警、中警、轻警、预警、无警五个级别。生态安全评价依据生态安全综合指数值,将评价结果划分为生态脆弱区、生态较脆弱区、生态一般区、生态较稳定区、生态稳定区五个生态安全分区。

生态安全预警评定结果与生态安全评价结果存在一定对应关系:重警等级对应生态脆弱区,赋予特征值 5;中警等级对应生态较脆弱区,赋予特征值 4;轻警等级对应生态一般区,赋予特征值3;预警等级对应生态较稳定区,赋予特征值2;无警等级对应生态稳定区,赋予特征值1(表7.16、表7.17)。

表 7.16　河北山区生态安全预警、评价分级对比表

预警结果(Y)	重　警	中　警	轻　警	预　警	无　警
评价结果(P)	生态脆弱区	生态较脆弱区	生态一般区	生态较稳定区	生态稳定区
特征值	5	4	3	2	1

表 7.17　河北山区生态安全预警、评价结果特征值对比表

县(市、区)	1987 年		2000 年		2005 年	
	预警结果	评价结果	预警结果	评价结果	预警结果	评价结果
井陉矿区	4	3	4	3	4	3
井陉县	4	3	3	3	3	3
行唐县	3	3	3	3	3	3
灵寿县	2	3	2	3	2	3
赞皇县	3	3	3	3	3	3
平山县	2	3	2	3	2	3
元氏县	4	3	4	3	4	3
鹿泉市	4	3	4	3	4	3
邯郸县	4	3	4	3	4	3
涉　县	3	3	4	3	4	3
磁　县	4	3	4	3	4	3
永年县	4	4	4	3	3	3
武安市	4	4	4	4	4	3
峰峰矿区	4	3	4	3	4	3
邢台县	3	4	3	3	3	3
临城县	3	4	3	3	3	3
内丘县	3	4	4	3	4	3
沙河市	3	4	4	3	4	3
满城县	4	3	4	3	4	3
涞水县	4	4	4	3	4	4
阜平县	2	4	2	4	2	4
唐　县	3	4	3	4	3	4
涞源县	4	4	3	4	4	4
易　县	3	3	3	3	3	4
曲阳县	3	4	3	3	3	4
顺平县	3	4	3	4	4	3
宣化县	3	4	3	4	4	4
张北县	4	5	4	5	4	5
康保县	4	4	4	4	3	4
沽源县	4	4	4	4	4	4
尚义县	4	4	3	4	3	4
蔚　县	3	5	3	5	3	4
阳原县	3	4	3	4	3	4
怀安县	3	4	3	4	3	4

续　表

县(市、区)	1987 年		2000 年		2005 年	
	预警结果	评价结果	预警结果	评价结果	预警结果	评价结果
万全县	3	4	3	4	3	4
怀来县	4	4	4	4	4	4
涿鹿县	4	4	3	4	3	4
赤城县	3	4	3	4	3	4
崇礼县	3	4	3	4	3	4
张家口市区	3	4	3	4	3	4
承德县	4	4	3	4	3	4
兴隆县	4	4	3	4	3	4
平泉县	4	4	4	4	3	4
滦平县	4	4	4	4	4	4
隆化县	4	4	4	4	4	4
丰宁县	4	4	4	4	4	4
宽城县	4	4	4	4	4	4
围场县	4	4	4	4	4	4
承德市区	4	4	3	3	3	4
青龙县	4	4	3	3	3	3
昌黎县	4	3	3	3	3	3
抚宁县	3	3	3	3	3	2
卢龙县	3	3	4	3	3	3
秦皇岛市区	4	3	3	3	3	3
丰润区	4	3	4	3	3	3
滦　县	4	3	4	2	4	2
迁西县	3	3	4	3	3	3
玉田县	3	3	3	3	3	3
遵化市	3	3	3	3	3	3
迁安市	3	3	4	3	4	3

　　由表 7.17 分析可知:预警结果与评价结果的计算相差不大,基本吻合,两者既有联系又各有其特点和意义。仔细分析还存在差别,阜平县、蔚县、涞源县、张北县四个县的预警评定结果较生态安全评价结果好,滦县预警评定结果较生态安全评价结果差。阜平县 1987 年、2000 年、2005 年三个时期预警结果均为预警,而评价结果评定为生态较脆弱区;蔚县 1987 年、2000 年两个时期预警结果均为轻警,而评价结果评定为生态脆弱区;涞源县 2005 年预警结果均为预警,而评价结果评定为生态较脆弱区;张北县 2005 年预警结果均为轻警,而评价结果评定为生态脆弱区;滦县 2000 年、2005 年两个时期预警结果均为中警,而评价结果评定为生态较稳定区;其他差别不是很明显。

　　生态安全评价以"压力—反馈—调控"(PFC)模型为基础,构建适合河北山区的评价指标体系,采用区域生态安全综合指数来表征区域生态环境脆弱度,根据生态安全综合指数值划分五个区间,确定生态安全分区。

　　生态安全预警以生态安全评价为基础,根据生态安全评价结果了解河北山区生态安全时空分布上的状况,结合河北山区特征,构建生态安全预警模型,在生态安全评价指标中进一步优选得到适合河北山区的生态安全预警指标。通过物元分析模型计算每个基础单元的警情,根据最大隶属原则,确定生态安全预警等级。

综上所述,由于模型设计、计算方法的不同,预警结果与评价结果出现这种差异也是符合规律的。

第八章　生态安全调控机制与保障措施

过去 30 年,河北山区在经济建设过程中对环境和资源影响考虑不够,其发展方式是一种不健全的方式。脆弱的生态系统不仅制约河北山区自身经济可持续发展,出现严重的水荒、旱灾、风沙等灾害,同时对京津冀地区共生环境产生强烈的影响,局部生态危机在一定程度上将会导致全局性生态危机。因此,区域经济发展不能就经济论经济,而必须从可持续发展的高度,寻求人口与经济、社会、资源、环境协同发展的有效途径。在前述生态安全评价、预警研究成果的基础上进行调控机制与保障措施研究,正是评价、预警研究的实际意义所在,可为区域可持续发展的资源保护、生态环境建设提供决策参考。

第一节　生态安全调控机制

就某一个具体区域而言,其经济增长、人口变化等要受很多因素的影响,随时间变化主要因素会发生较大变化甚至根本性变化,往往造成预测结果超出想象和预测,同时限于研究水平和客观现实的许多不确定因素影响,预测结果的准确性有限,只能作为调控区域经济差异变化的依据之一。该生态安全调控是在假定许多因素不变的情况下进行的。

一、冀西山区生态安全调控

(一)敏感因子确定

以冀西山区 2005 年生态安全指标体系中 38 个指标数据为基础,将表 6.9 中权重大于 0.03 的交通密度指数、农业污染指数、土地承载力指数、生物丰度指数、生态稳定性指数、生态弹性力指数、有效灌溉面积比例、当年造林面积比例、人均土地后备资源量、退化土地恢复率、工业"三废"处理率、环境保护投资占 GDP 比例、受保护地区占国土面积比例、万名农业人口农业科技人数 14 项指标视为冀西山区生态安全系统敏感因子,对正向敏感因子向上浮动 5%,逆向敏感因子向下浮动 5%进行调控。根据系统论分 7 种情况考察区域生态安全警度的变化。

情景 1:只改变压力子系统的 2 个敏感因子;
情景 2:只改变反馈子系统的 4 个敏感因子;
情景 3:只改变调控子系统的 8 个敏感因子;
情景 4:只改变压力、反馈子系统的 6 个敏感因子;
情景 5:只改变反馈、调控子系统的 12 个敏感因子;
情景 6:只改变压力、调控子系统的 10 个敏感因子;
情景 7:改变总系统的 14 个敏感因子。

（二）敏感变化百分率计算

按生态安全综合指数的算法,得出上述 7 种情景的平均生态安全指数,并按公式(8.1)计算敏感变化百分率(表 8.1)。

$$v = (p - p_0)/p_0 \times 100\%$$ （8.1）

式中,v 是敏感变化百分率;p 是考察情景的平均生态安全指数;p_0 是基准年生态安全指数。

表 8.1 冀西山区生态安全系统敏感因子调控结果

情 景	区域平均生态安全指数	敏感变化百分率(%)
情景 1	0.415 8	0.40
情景 2	0.422 8	2.07
情景 3	0.442 1	6.74
情景 4	0.424 4	2.47
情景 5	0.450 7	8.81
情景 6	0.443 7	7.14
情景 7	0.452 3	9.21

（三）对生态安全的影响

由表 8.1 可知:

情景 1 只改变压力子系统的 2 个敏感因子时,敏感变化百分率为 0.40%,生态安全指数变化速度远小于 5%,两者之差为 4.60%,说明压力子系统敏感因子对总系统生态安全的贡献率很小;同时表明该系统内各个指标对生态环境的作用并没有引起人类的足够重视,应该得到强化。

情景 2 只改变反馈子系统的 4 个敏感因子时,敏感变化百分率为 2.07%,生态安全指数变化速度小于 5%,差为 2.93%,说明反馈子系统敏感因子对总系统生态安全的贡献率较小,但比情景 1 贡献大。

情景 3 只改变调控子系统的 8 个敏感因子时,敏感变化百分率为 6.74%,生态安全指数变化速度略大于 5%,说明调控子系统敏感因子对总系统生态安全的作用较大。

情景 4 只改变压力、反馈子系统的 6 个敏感因子时,敏感变化百分率为 2.47%,生态安全指数变化速度也较小,不足 5% 的一半,同时产生了综合系统效应,说明压力、反馈子系统敏感因子构成的综合系统对总系统生态安全的贡献率较高。

情景 5 只改变反馈、调控子系统的 12 个敏感因子时,敏感变化百分率为 8.81%,生态安全指数变化速度大于 5%,说明反馈、调控子系统敏感因子构成的综合系统对总系统生态安全的贡献作用较为明显。

情景 6 只改变压力、调控子系统的 10 个敏感因子时,敏感变化百分率为 7.14%,生态安全指数变化速度大于 5%,小于情景 5 的贡献率,说明压力、调控子系统敏感因子构成的综合系统对总系统生态安全的贡献率较反馈、调控子系统敏感因子构成的综合系统小。

情景7改变总系统的14个敏感因子时,敏感变化百分率为9.21%,生态安全指数变化速度是5%的将近2倍,变化速度在7个情景中最为明显,说明冀西山区生态环境对压力、反馈和调控各子系统敏感因子反应较为强烈,敏感因子的变化引起生态安全警情较大幅度变化,同时表明目前冀西山区生态环境结构较为脆弱,很不稳定。

综合冀西山区上述7种情景的分析,就单个子系统而言,对总系统生态安全的贡献率:调控子系统>反馈子系统>压力子系统,因此需有针对性地对各个子系统进行调控,逐步提高生态安全综合指数,实现区域生态环境最优化;就敏感因子而言,14个敏感因子是影响研究区生态安全的最重要因子,对总系统生态安全的贡献必须引起足够重视。

二、冀北山区生态安全调控

(一)敏感因子确定

以冀北山区2005年生态安全指标体系中38个指标数据为基础,将表6.10中权重大于0.03的农业污染指数、土地承载力指数、生态稳定性指数、生态弹性力指数、有效灌溉面积比例、当年造林面积比例、人均土地后备资源量、退化土地恢复率、工业三废处理率、环境保护投资占GDP比例、受保护地区占国土面积比例、万名农业人口农业科技人数共计12项指标视为冀北山区生态安全系统敏感因子,全部为正向敏感因子,均向上浮动5%进行调控。根据系统论分7种情况考察区域生态安全警度的变化。

情景1:只改变压力子系统的1个敏感因子;
情景2:只改变反馈子系统的3个敏感因子;
情景3:只改变调控子系统的8个敏感因子;
情景4:只改变压力、反馈子系统的4个敏感因子;
情景5:只改变反馈、调控子系统的11个敏感因子;
情景6:只改变压力、调控子系统的9个敏感因子;
情景7:改变总系统的12个敏感因子。

(二)敏感变化百分率计算

按生态安全综合指数的算法,得出上述7种情景的平均生态安全指数,并按公式(8.1)计算敏感变化百分率(表8.2)。

表8.2 冀北山区生态安全系统敏感因子调控结果

情 景	区域平均生态安全指数	敏感变化百分率(%)
情景1	0.365 8	0.40
情景2	0.370 1	1.59

情　　景	区域平均生态安全指数	敏感变化百分率（%）
情景 3	0.384 0	5.41
情景 4	0.371 6	1.99
情景 5	0.389 8	7.00
情景 6	0.385 5	5.81
情景 7	0.391 3	7.40

（三）对生态安全的影响

由表 8.2 可知：

情景 1 只改变压力子系统的 1 个敏感因子时，敏感变化百分率为 0.40%，生态安全指数变化速度非常小，两者之差为 4.60%，说明在冀北山区压力子系统敏感因子对总系统生态安全的贡献率非常小。

情景 2 只改变反馈子系统的 3 个敏感因子时，敏感变化百分率为 1.59%，生态安全指数变化速度小于 5%，两者之差为 3.41%，且小于冀西山区，说明反馈子系统敏感因子对总系统生态安全的贡献率较小，且小于冀西山区。

情景 3 只改变调控子系统的 8 个敏感因子时，敏感变化百分率为 5.41%，生态安全指数变化速度略大于 5%，且小于冀西山区该情景下的敏感变化百分率，说明冀北山区调控子系统敏感因子对总系统生态安全的贡献较冀西山区小。

情景 4 只改变压力、反馈子系统的 4 个敏感因子时，敏感变化百分率为 1.99%，生态安全指数变化速度小于 5%，产生了综合系统效应，说明压力、反馈子系统敏感因子构成的综合系统对总系统生态安全的贡献率高于各单个系统。

情景 5 只改变反馈、调控子系统的 11 个敏感因子时，敏感变化百分率为 7.00%，生态安全指数变化速度大于 5%，说明反馈、调控子系统敏感因子构成的综合系统对总系统生态安全的贡献率较高，但小于冀西山区。

情景 6 只改变压力、调控子系统的 9 个敏感因子时，敏感变化百分率为 5.81%，生态安全指数变化速度略大于 5%，小于情景 5 的贡献率，说明压力、调控子系统敏感因子构成的综合系统对总系统生态安全的贡献率较反馈、调控子系统敏感因子构成的综合系统低。

情景 7 改变总系统的 12 个敏感因子时，敏感变化百分率为 7.40%，小于冀西山区该情景下数值，变化速度不太明显，说明在冀北山区生态环境压力、反馈和调控的共同作用下，生态安全敏感因子的变化所引起生态安全警情幅度变化一般。

综合冀北山区上述 7 种情景的分析，就单个子系统而言，对总系统生态安全的贡献率：调控子系统＞反馈子系统＞压力子系统，因此需有针对性地对各个子系统进行调控，逐步提高生态安全综合指数，实现区域生态环境最优化；就敏感因子而言，12 个敏感因子对总系统生态安全的贡献应引起一定重视。

三、冀东山区生态安全调控

(一) 敏感因子确定

以冀东山区 2005 年生态安全指标体系中 38 个指标数据为基础,将表 6.11 中权重大于 0.03 的交通密度指数、农业污染指数、土地承载力指数、生物丰度指数、生态稳定性指数、生态弹性力指数、有效灌溉面积比例、当年造林面积比例、人均土地后备资源量、退化土地恢复率、工业三废处理率、环境保护投资占 GDP 比例、万名农业人口农业科技人数 13 项指标视为冀东山区生态安全系统敏感因子,对正向敏感因子向上浮动 5%,逆向敏感因子向下浮动 5% 进行调控。根据系统论分 7 种情况考察区域生态安全警度的变化。

情景 1:只改变压力子系统的 2 个敏感因子;

情景 2:只改变反馈子系统的 4 个敏感因子;

情景 3:只改变调控子系统的 7 个敏感因子;

情景 4:只改变压力、反馈子系统的 6 个敏感因子;

情景 5:只改变反馈、调控子系统的 11 个敏感因子;

情景 6:只改变压力、调控子系统的 9 个敏感因子;

情景 7:改变总系统的 13 个敏感因子。

(二) 敏感变化百分率计算

按生态安全综合指数的算法,得出上述 7 种情景的平均生态安全指数,并按公式 (8.1) 计算敏感变化百分率(表 8.3)。

表 8.3　冀东山区生态安全系统敏感因子调控结果

情　景	区域平均生态安全指数	敏感变化百分率(%)
情景 1	0.452 1	0.67
情景 2	0.458 4	2.05
情景 3	0.473 1	5.33
情景 4	0.461 4	2.72
情景 5	0.482 3	7.38
情景 6	0.476 1	5.99
情景 7	0.485 3	8.05

(三) 对生态安全的影响

由表 8.3 可知:

情景 1 只改变压力子系统的 2 个敏感因子时,敏感变化百分率为 0.67%,生态安全指数变化速度远远小于5％,说明在冀东山区压力子系统敏感因子对总系统生态安全的贡献率非常小。

情景2只改变反馈子系统的4个敏感因子时,敏感变化百分率为2.05％,生态安全指数变化情况同冀西山区,且该值略大于冀北山区,说明反馈子系统敏感因子对总系统生态安全的贡献率较小,大于冀北山区,与冀西山区持平。

情景3只改变调控子系统的7个敏感因子时,敏感变化百分率为5.33％,生态安全指数变化速度略大于5％,同时小于冀西、冀北山区该情景下的敏感变化百分率,说明冀东山区调控子系统敏感因子对总系统生态安全的贡献最小。

情景4只改变压力、反馈子系统的6个敏感因子时,敏感变化百分率为2.72％,生态安全指数变化速度小于5％,说明压力、反馈子系统敏感因子构成的综合系统对总系统生态安全的贡献率高于各单个系统。

情景5只改变反馈、调控子系统的11个敏感因子时,敏感变化百分率为7.38％,生态安全指数变化速度大于5％,说明反馈、调控子系统敏感因子构成的综合系统对总系统生态安全的贡献率较高。

情景6只改变压力、调控子系统的9个敏感因子时,敏感变化百分率为5.99％,生态安全指数变化速度略大于5％,小于情景5的贡献率,说明压力、调控子系统敏感因子构成的综合系统对总系统生态安全的贡献率较反馈、调控子系统敏感因子构成的综合系统低。

情景7改变总系统的13个敏感因子时,敏感变化百分率为8.05％,小于冀西山区该情景下数值,大于冀北山区,变化速度比较明显,说明在冀东山区生态环境压力、反馈和调控的共同作用下,生态安全敏感因子的变化所引起生态安全警情幅度变化较为明显。

综合冀北山区上述7种情景的分析,就单个子系统而言,对总系统生态安全的贡献率:调控子系统＞反馈子系统＞压力子系统,因此需有针对性地对各个子系统进行调控,逐步提高生态安全度,实现区域生态环境最优化;就敏感因子而言,13个敏感因子对总系统生态安全的贡献应引起一定重视。

由以上讨论可知,通过对生态安全调控研究,可以找出影响河北山区压力子系统、反馈子系统、调控子系统和总系统的敏感因子,这些敏感因子均对系统的生态安全贡献较大,是影响整个山区生态环境好坏最重要的因子。通过对敏感因子的调控,可以影响生态安全的发展状况。这对政府部门准确把握生态安全的变化、及时做出控制和治理措施具有重要现实意义。

第二节　生态环境安全保障措施

河北山区不同地区的土地承载力、水资源承载力、生态环境容量差异很大,区域性生态问题错综交织,应因地制宜,突出优势,分类指导。在对河北山区生态安全评价、预警及调控机制研究结果分析后可知,河北山区生态系统的安全是与指标体系中敏感度较高的因子的优劣程度密不可分的,是三个子系统共同作用下的环境安全状况。以敏感因子为基础,分别对不同区域分级管理、分级调控,得到改善、调控生态系统安全状态的措施如下。

一、冀西山区生态安全保障措施

保定、石家庄、邢台地区经济发展水平和人口素质相对较高,对环境保护较为重视,生态安全警情相对较好,但受区域经济类型的制约,呈现了经济与生态发展不平衡的现状,区域生态结构仍不尽合理。邯郸地区矿产资源丰富,是河北省重工业密集区,矿藏的过度开采,对环境的干扰强度大,使原本脆弱的生态环境雪上加霜,加上对生态治理投入不够,不可避免地造成该区域生态安全警情严重。改善本区生态环境应采取以下措施:

1. 提高植被覆盖率,整治水土流失

加强水土流失防治工作,采取各种措施综合治理和集中治理,持续治理,以期取得显著的成效。在稳定斜坡过程中,利用生物技术减轻侵蚀,在斜坡不同坡度种植树木、灌木或草类,以防止山坡浅层物质流失,是较为简单易行且行之有效的方法。杜绝盲目开垦坡地作为耕地的行为,落实好坡耕地的退耕还林、还草工作。做到宜农则农,宜林则林,宜牧则牧,保持水土。发动全民展开绿化,提高林木覆盖率和水源涵养能力。

2. 优化用地结构,合理布局

冀西山区自然条件各地差异较大,根据各地不同的自然条件确定与之相适应的作物布局是势在必行的科学之举。在水利条件较好或降水较充足的地方,以小麦、玉米等高产作物为主;在水利条件差的地方,适当缩小小麦、玉米面积,加大谷子、甘薯等耐旱作物比重。

3. 加大土地规划、监测力度

在不破坏生态环境前提下,通过科学编制和严格实施土地利用总体规划,实现局部利益服从整体利益、短期利益服从长期利益,发挥政府宏观调控、指导规划的职能,达到集约利用土地资源、最大限度提高土地综合效益的目的。利用"3S"等先进技术手段建立健全土地资源监测管理体系,为土地资源的动态监测、预测预警提供技术支持。

4. 搞好水资源开发,加强管理

坚持打蓄并重,开源节流,大力推进全社会节约用水活动;加快工业污染源治理和城市污水处理厂建设;调整城市、农村用水结构,提高重复用水率;划定城市饮用水源地范围,依法加强水资源的管理和保护。

5. 控制农业面源污染

农村面源污染应纳入污染防治总体规划,鼓励无污染和集约化的农业生产方式。积极推广农作物秸秆综合利用技术,增加秸秆还田量。增施有机肥,培肥改良土壤,防治耕地退化。严格控制秸秆露天焚烧,研究开发低成本、高效益、适宜农民推广应用的农业废

弃物资源化新技术和新产品。科学合理使用化肥、农药薄膜和饲料添加剂,逐步减少化肥农药施用量,回收农用薄膜,减轻化肥农药对水体的污染。建立固定的垃圾场所,定期搬运农村的生活垃圾并进行集中处理,同时鼓励农民建设沼气池,推广农村垃圾无害化处理技术。

二、冀北山区生态安全保障措施

冀北山区是河北省经济发展相对落后的地区,张家口、承德两市的 21 个县中有 18 个被列为"国家八七扶贫攻坚计划"国家级贫困县。坝上及间山盆地区为农牧交错带,冀北及燕山山区为农林交错带,独特的自然地理环境形成了系统层次结构简单、食物链短、自我调节能力差的脆弱生态环境系统,既承受不了自然灾害的冲击,又经受不住人类活动的影响,系统平衡易受外力破坏,被称为"脆弱生态环境"。本区生态退化问题较为严重,环境承载能力有限,应采取以下措施:

1. 严格保护耕地,提高耕地质量

针对耕地资源不足、数量不断减少、质量不断下降的实际,实施最严格的耕地保护制度,切实保护基本农田,保证耕地数量不减少,提高耕地质量。严格执行各级土地利用总体规划,加强对土地开发利用的管理,采取坚决措施,遏止乱征滥用耕地的现象。积极推进以田、水、路、林、村综合整治为主要内容的土地整理复垦,积极补充质量有保证的耕地。加大工矿废弃土地复垦力度,减少水土流失,改善生态环境,增加有效耕地面积培育高产稳产农田,按照田地平整、土壤肥沃、路渠配套的要求,加快旱涝保收、高产稳产的高标准农田建设。

2. 调整土地利用结构,退耕还林、还牧

由第五章分析可知冀北山区的土地利用相对变化率大于其他两个地区。冀北山区面积广阔,自然条件复杂多样,植被覆盖率低,土壤侵蚀、水土流失等现象比较严重。因此,调整现行不合理的土地利用结构是整治沙化土地的主要措施,将坡度大于 25°的坡耕地退耕还林,在草地上不合理开荒的及时退耕还牧,实行综合治理,山、水、农、林、牧、路统一规划。农业上提高稳产高产灌溉农田数量以保证粮食的需要;林业上实行南北绿化带,中间绿化网;牧业上实行草场网栏,扩大人工草场,草场休闲与生息等。

3. 人口政策与环保措施相结合

不合理的改造自然行为导致冀北山区人地矛盾日益凸显;同时工业"三废"的随意及不达标排放,农业生产中施用化肥和农药不当,亦使污染现象加重,生态系统功能日趋薄弱;加上人均 GDP 偏低,劳动者素质较低,对环境保护和生态建设的意识和投入能力相对不足,使得本区生态安全警度超过警戒线。必须坚持实施计划生育、优生优育,既控制人口增长,又提高人口素质。配合退耕还林还草政策,实施生态移民,并采取资金、技术、土地、市场等多种形式的对口支援,为退耕地区提供新的动力;加快中、小城镇建设为重

点的城市化进程,发展加工业,加快第三产业发展,在第二、三产业中吸纳更多的农村剩余劳力,降低脆弱生态区的人口密度。

4. 推行可持续发展战略

近些年来,受国家政策导向的影响,人们的生态意识明显增强,河北山区生态安全状况有所好转。但在今后一段时间仍然存在警情,大部分县市区生态安全预警指标与国际、国内设定的标准还存在一定差距,应该继续关注不能掉以轻心。解决冀北山区水土流失和土地荒漠化等生态环境问题,必须用可持续发展思想指导工农业生产。建立可持续农业和林业生产体系,有计划、有步骤地推广可持续农业技术,提高化肥、灌溉用水和农业机械利用率;发展生态农业;建立资源节约型工业生产体系,积极研究和开发高效低耗、无废、少废、节水、节能的新技术与新工艺。

5. 确保生态保护投入到位,创新机制

加强冀北山区生态环境保护与建设的投入。设立生态保护和建设专项资金,其主要来源为政府财政拨款和社会捐助。资金专款用于生态环境的公共性项目建设。同时,扩大宣传,开展形式多样的交流、合作,开拓国际援助渠道,争取利用国际资金和技术援助及优惠贷款。促进农业产业技术的升级换代,完善资源的开发利用、节约和保护机制。这不仅促进区域生态环境的整体改善,也有利于加快冀北山区的产业转换和整个河北区域经济的可持续发展。

冀北山区具有环绕首都的独特区位优势,要牢牢抓住这一机遇,为北京输送物资原料,并促进自身发展;同时,还要积极接受京津地区产业的转移或参与产业分工。

三、冀东山区生态安全保障措施

冀东山区海拔低,地势平缓,人类活动频繁,生态环境容易遭到破坏。工业化和城镇化水平明显高于冀北、冀西山区,这与经济发展水平相吻合,在一定程度上对资源、生态环境的压力增大。

1. 增强"三废"处理手段,科技创新

近些年,唐山、秦皇岛地区工业化发展较为迅速,应进一步加强该区工业废水、城市生活污水和垃圾处理技术,污水处理后回用技术,新高效农药、化肥及使用技术,固废综合利用技术,清洁生产及节水、节能、降耗、减污技术,加快环保成套设备制造与供应等。在少水地区推广水污染先进控制和循环利用技术,实施城市生态保护及周边地区环境系统协调技术。

2. 改变生产方式,发展循环经济

由于长期的开采和地表变化,造成冀东部分县(市、区)地面大面积下沉,成为城市环境的"瘢痕"。政府应加大投入力度,发展循环经济,对于开采矿产资源地区的生态环境

具有重要意义,将传统的高投入、低产出粗放型增长模式转变为循环经济增长模式,改变矿产资源的开采和利用方式,对采煤塌陷区和废弃的土地进行限期治理及复垦,从根本上改善生态环境质量,提高该区生态环境安全。

3. 合理利用水资源

冀东地区是华北地区水资源较为丰富的地区之一。水资源条件比京、津地区都要好,如能合理开发利用及加强保护水资源,潜力是巨大的。

人类盲目掠夺式开发利用有限资源是造成河北山区生态环境恶化的直接原因;人口剧增,超出了自然环境和自然资源的承载力,形成对生态环境的巨大压力,是生态环境恶化的根本原因。生态环境的恶化是可以逆转的。只有采取科学适宜的政策才能阻止生态环境进一步恶化,并向良性循环方向发展。河北山区要严格执行现有的生态建设工程和一系列行政法规政策,并长期坚持下去,一个经济繁荣、生态环境良好的河北山区生态乐园不久将会出现。

参 考 文 献

蔡文 . 1987. 价值工程的方法与应用[M]. 天津：天津工业出版社 .

蔡文 . 1987. 物元分析[M]. 广州：广东高等教育出版社 .

蔡文 . 1994. 物元模型及其应用[M]. 北京：科学技术文献出版社 .

蔡运龙 . 1999. 中国西南喀斯特山区的生态重建与农林牧业发展：研究现代与趋势[J]. 资源科学, 2(5)：37 - 41.

曹娜 . 2007. 河北太行山区土地利用程度与综合效益评价研究[D]. 河北师范大学 .

常春平, 郭锦超 . 1998. 河北生态环境恶化类型、成因与调控对策[J]. 资源开发与市场, 14(2)：68 - 70.

陈百明 . 1997. 试论中国土地利用和土地覆被变化及其人类驱动力研究[J]. 自然资源, 2：31 - 36.

陈国阶, 何锦峰 . 1999. 生态环境预警的理论和方法探讨[J]. 重庆环境科学, 21(4)：8 - 11.

陈国阶 . 2002. 论生态安全[J]. 重庆环境科学, 24(3)：2.

陈烈庭 . 1999. 华北各区夏季降水年际和年代际变化的地域性特征[J]. 高原气象, 18(4)：477 - 485.

陈述彭, 赵英时 . 1990. 遥感地学分析[M]. 北京：测绘出版社 .

陈望和, 倪明云等 . 1987. 河北第四纪地质[M]. 北京：地质出版社 .

陈仲新, 张新时 . 2000. 中国生态系统效益的价值[J]. 科学通报, 45(1)：17 - 22.

城市法治环境评价体系与方法研究课题组 . 2002. 构建城市法治环境评价指标体系的设想[J]. 公安大学学报,(5)：12 - 18.

程漱兰, 陈焱 . 1999. 高度重视国家生态安全战略[J]. 战略决策,(5)：9 - 11.

程水英 . 2004. 疏勒河流域景观动态变化研究[D]. 西北大学 .

崔胜辉, 洪华生, 黄云凤等 . 2005. 生态安全研究进展[J]. 生态学报, 25(4)：861 - 868.

丁圣彦 . 2006. 生态学——面向人类生存环境的科学价值观[M]. 北京：科学出版社.

丁一汇, 李巧萍, 董文杰 . 2005. 植被变化对中国区域气候影响的数值模拟研究[J]. 气象学报, 63(5)：613 - 621.

董雪旺 . 2003. 旅游地生态安全评价研究——以五大连池风景名胜区为例[J]. 哈尔滨师范大学自然科学学报, 19(6)：100 - 105.

杜春利 . 1995. 河北省太行山区水土流失及其防治对策[J]. 中国水土保持,(9)：5 - 7.

杜巧玲, 许学工等 . 2005. 黑河中下游绿洲生态安全变化分析[J]. 北京大学学报(自然科学版), 41(2)：274 - 281.

段洪振, 张渭莲 . 2006. 北福地与磁山——约公元前 6000—前 5000 年黄河下游地区史前文化的格局[J]. 文物, 9：52 - 61.

方创琳, 张小雷 . 2001. 干旱区生态重建与经济可持续发展研究进展[J]. 生态学报, 21(7)：1163 - 1170.

符淙斌, 袁慧玲 . 2001. 恢复自然植被对东亚夏季气候和环境影响的一个虚拟试验[J]. 科学通报, 46(8)：691 - 695.

傅伯杰 . 1993. 区域生态环境预警的原理与方法[J]. 应用生态学报, 4(4)：436 - 499.

高长波, 陈新庚, 韦朝海等 . 2006. 熵权模糊综合评价法在城市生态安全评价中的应用[J]. 应用生态学报, 17(10)：1923 - 1927.

葛京凤, 冯忠江, 高伟明等 . 2007. 土地利用/覆被变化对水循环影响机制与优化模式研究——以河北太行山区为例[M]. 北京：中国科学技术出版社 .

葛京凤, 黄志英, 梁彦庆等 . 2005. 河北太行山区土地利用/覆被变化及其环境效应[J]. 地理与地理信息科学, 21(2)：62 - 65.

顾朝林 . 1999. 北京土地利用/覆盖变化机制研究[J]. 自然资源学报, 14(4)：307 - 312.

顾海兵 . 1997. 宏观经济预警研究：理论·方法·历史[J]. 经济理论与经济管理,(4)：1 - 7.

顾海兵 . 1995. 90 年代后半期中国农业发展的监测预警与对策[M]. 北京：中国计划出版社 .

顾瑞珍 . 2005. 发展循环经济宣言[J]. 科技与经济画报,(5)：6.

关文彬, 谢春华, 马克明等 . 2003. 景观生态恢复与重建是区域生态安全格局构建的关键途径[J]. 生态学报, 23(1)：65 - 73.

郭中伟 . 2001. 建设国家生态安全预警系统与维护体系——面对严重的生态危机的对策[J]. 科技导报,(1)：54 - 56.

海热提,王文兴. 2004. 生态环境评价、规划与管理[M]. 北京:中国环境科学出版社.

韩文权,常禹等. 2004. 景观动态的 Markov 模型研究——以长白山自然保护区为例[J]. 生态学报,(9):
    1959 - 1960.

何焰,由文辉. 2004. 水环境生态安全预警评价与分析——以上海市为例[J]. 安全与环境工程,11(4):1 - 4.

《河北森林》编辑委员会. 1988. 河北森林[M]. 北京:中国林业出版社.

河北省地方志编纂委员会. 1993. 河北省志(第 3 卷). 自然地理志[M]. 石家庄:河北科学技术出版社.

河北省地质矿产局,河北省计划经济委员会,河北省科学技术委员会. 1993. 河北省矿产资源对 2000 年生产建设保
    证程度论证报告[M]. 石家庄:河北科学技术出版社.

河北省人民政府办公厅,河北省统计局,河北省社会科学院. 2006. 河北经济年鉴 2006[M]. 北京:中国统计出
    版社.

河北省人民政府办公厅,河北省统计局. 2006. 河北农村统计年鉴 2006[M]. 北京:中国统计出版社.

河北植被编辑委员会,河北省农业区划委员会办公室. 1996. 河北植被[M]. 北京:科学出版社.

洪梅. 2002. 地下水动态研究[D]. 吉林大学.

侯克复. 1992. 环境系统工程[M]. 北京:北京理工大学出版社.

胡淑恒. 2004. 巢湖流域的生态安全预警研究[D]. 合肥工业大学.

黄冬梅,李峻,慕金波. 2000. 运用物元分析法评价区域大气环境质量[J]. 山东环境,(2):16 - 17.

黄辉. 2002. 企业财务预警系统研究[D]. 武汉理工大学.

蒋文伟等. 2004. 利用 Markov 过程预测安吉土地利用格局的变化[J]. 浙江林学院学报,21(3):309 - 310.

李晓文,方创琳,黄金川等. 2003. 西北干旱区城市土地利用变化及其区域生态环境效应——以甘肃河西地区为例
    [J]. 第四纪研究, 23(3):280 - 292.

李玉平,蔡运龙. 2007. 河北省土地生态安全评价[J]. 北京大学学报(自然科学版),43(6):784 - 789.

林漳平. 2002. 基于 GIS 的东北农牧交错带土地利用变化的生态环境效应案例分析[J]. 地域研究与开发,21(4):
    51 - 54.

蔺卿,罗格平,陈曦. 2005. LUCC 驱动力模型研究综述[J]. 地理科学进展,24(5):79 - 87.

刘春蓁,刘志雨,谢正辉. 2004. 近 50 年海河流域径流的变化趋势研究[J]. 应用气象学报,15(4):385 - 393.

刘红,王薏等. 2005. 我国生态安全评价方法研究述评[J]. 环境保护,(8):34 - 37.

刘冀钊,伍玉容等. 2003. 层次分析法在自然保护区生态评价中的应用初探[J]. 铁道劳动安全卫生与环保,30(1):
    17 - 30.

刘京会,高新法等. 2001. 河北坝上地区的土地沙漠化及其治理措施[J]. 河北师范大学学报(自然科学版),25(3):
    407 - 710.

刘静玉,钱乐祥,苗长虹等. 2005. 基于 RS 与 GIS 技术的豫西山地典型区域 LUCC 动态监测研究[J]. 河南大学学报
    (自然科学版),35(2):47 - 51.

刘军会. 2004. 冀西北间山盆地区土地利用/土地覆被变化及其情景分析[D]. 河北师范大学.

刘沛林. 2000. 从长江水灾看国家生态安全体系建设的重要性[J]. 北京大学学报,37(2):29 - 37.

刘邵权,陈国阶,陈治谏. 2001. 农村聚落生态环境预警——以万州区茨竹乡茨竹五组为例[J]. 生态学报,21(2):
    295 - 301.

刘欣. 2007. 河北太行山区生态安全评价与预警调控研究[D]. 河北师范大学.

刘燕华,李秀彬. 2001. 脆弱生态环境与可持续发展[M]. 北京:商务印书馆.

隆学文. 2003. 河北坝上地区可持续发展的创新思路[J]. 干旱区资源与环境,17(2):45 - 48.

吕光辉. 2005. 中国西部干旱区生态安全评价预警与调控研究——以新疆地区为例[D]. 新疆大学.

罗贞礼. 2002. 土地利用生态安全评价指标的系统聚类分析[J]. 湖南地质,21(4):252 - 254.

马平安,段惠敏. 1999. 河北省太行山低山丘陵区农业综合开发的几个战略问题[J]. 河北省科学院学报,16(1):
    54 - 58.

毛汉英. 1991. 县域经济和社会同人口、资源、环境协调发展研究[J]. 地理学报, 46(4):385 - 395.

聂磊. 2004. 区域生态安全的神经网络评价方法及其应用研究——以巢湖流域为例[D]. 合肥工业大学.

宁龙梅,王学雷,胡望斌. 2004. 利用马尔科夫过程模拟和预测武汉市湿地景观的动态演变[J]. 华中师范大学学报 (自然科学版),38(2):256-257.

欧阳志云,王效科,苗鸿. 1999. 中国陆地生态系统服务功能及其生态经济价值的初步研究[J]. 生态学报,19(5): 607-613.

彭建,王仰麟,张源等. 2004. 滇西北生态脆弱区土地利用变化及其生态效应——以云南省永胜县为例[J]. 地理学 报,59(4):629-638.

平春. 2007. 科尔沁沙地典型区生态安全研究[D]. 内蒙古师范大学.

齐艳领. 2005. 采煤塌陷区生态安全综合评价研究——以唐山南部采煤塌陷区为例[D]. 河北理工大学.

秦大河,陈宜瑜,李学勇等. 2005. 中国气候与环境演变·上卷·气候与环境的演变及预测[M]. 北京:科学出版社.

曲格平. 2004. 关注中国生态安全[M]. 北京:中国环境科学出版社.

茹冬. 2006. 吉林省生态安全评价及指标体系研究[D]. 吉林大学.

邵东国,李元红,王忠静等. 1996. 基于神经网络的干旱内陆河流域生态环境预警方法研究[J]. 中国农村水利水电, 6:10-12.

史培军,陈晋,潘耀忠. 2000. 深圳市土地利用变化机制分析[J]. 地理学报,55(2):151-160.

宋保维,潘光,胡欲立等. 2001. 基于熵权的鱼雷系统模糊层次分析与评判[J]. 系统工程理论与实践,4:129-132,136.

苏剑勤,程树林,郭迎春. 1996. 河北气候[M]. 北京:气象出版社.

苏维词,李久林. 1997. 乌江流域生态环境预警评价初探[J]. 贵州科学,15(3):207-214.

孙建中,杨明华等. 1994. 河北坝上地区脆弱生态环境特征[J]. 中国沙漠,14(4):37-46.

孙秋生. 1987. 唐山市经济发展的生态对策[J]. 地理学与国土研究,3(3):31-36.

谭少华,倪绍祥. 2005. 区域土地利用变化驱动力的成因分析[J]. 地理与地理信息科学,21(3):47-50.

万本太. 2004. 中国生态环境质量评价研究[M]. 北京:中国环境科学出版社.

王国强. 2001. 河南坡耕地分布及生态经济农业建设研究[J]. 生态经济,11:67.

王韩民. 2006. 国家生态安全评价体系及其战略研究[D]. 西北工业大学.

王洪翠,吴承祯等. 2006. P-S-R指标体系模型在武夷山风景区生态安全评价中的应用[J]. 安全与环境学报,6 (3):123-126.

王慧敏. 1994. 我国宏观经济预警方法研究[D]. 中国矿业大学.

王建文. 2006. 中国北方地区森林、草原变迁和生态灾害的历史研究[D]. 北京林业大学.

王清. 2005. 山东省生态安全评价研究[D]. 山东大学.

王绍武,赵宗慈. 1979. 我国旱涝36年周期及其产生的机制[J]. 气象学报,37(1):64-73.

王淑娟. 2007. 积极推进冀东城市群建设,加快实现沿海经济社会强省目标[J]. 环渤海经济瞭望,(7):22-24.

王思远,刘纪远,张增祥. 2001. 中国土地利用时空特征分析[J]. 地理学报,56(6):631-639.

王晓峰. 2007. 基于GIS和RS榆林地区生态安全动态综合评价[D]. 陕西师范大学.

王秀兰,包玉海. 1999. 土地利用动态变化研究方法探讨[J]. 地理科学进展,18(1):81-87.

王振祥. 2004. 安徽省沿淮地区生态安全评估和生态建设对策研究[D]. 合肥工业大学.

文传甲. 1997. 三峡库区大农业的自然环境现状与预警分析[J]. 长江流域资源与环境,6(4):340-345.

文传甲. 1998. 三峡库区农业生态经济系统的预警分析[J]. 山地研究,16(1):13-20.

邬建国. 2000. 景观生态学——格局、过程、尺度与等级[M]. 北京:高等教育出版社.

吴国庆. 2001. 区域农业可持续发展的生态安全及其评价研究——以浙江省嘉兴市为例[J]. 中国农业资源与区划, 22(4):26-30.

吴豪,许刚. 2001. 关于建立长江流域生态安全体系的初步探讨[J]. 地域研究与开发,20(2):34-37.

吴开亚,张礼兵. 2007. 基于属性识别模型的巢湖流域生态安全评价[J]. 生态学杂志,26(5):759-764.

吴开亚. 2003. 区域生态安全的综合评价研究[D]. 中国科学技术大学.

吴开亚. 2003. 主成分投影法在区域生态安全评价中的应用[J]. 中国软科学,(9):123-126.

吴铭峰. 2006. 基于人工免疫的城市生态系统预警模型研究[D]. 河海大学.

吴志杰．2006．基于 RS 和 GIS 的土地利用/覆盖变化及其驱动力研究——以龙岩市新罗区为例[D]．福建师范大学．

肖笃宁,陈文波,郭福良．2002．论生态安全的基本概念和研究内容[J]．应用生态学报,13(3):354-358．

谢花林,李波．2004．城市生态安全评价指标体系与评价方法研究[J]．北京大学学报(自然科学版),40(5):705-710．

谢花林,张新时．2004．城市生态安全水平的物元评判模型研究[J]．地理与地理信息科学,20(2):87-90．

徐建华．2002．现代地理学中的数学方法．第二版[M]．北京:高等教育出版社．

徐静珍,薛晓光等．2008．唐山在冀东城市群建设中发挥龙头作用的对策[J]．河北理工大学学报(社会科学版),8(2):45-47．

许清海,阳小兰,柯竹梅等．2002．晚更新世时期燕山山区的环境演变[J]．地理学与国土研究,18(2):69-72．

许文杰,许士国．2007．湖泊生态系统健康评价的熵权综合健康指数法[J]．水土保持研究,14(4):66-71．

许学工．1996．黄河三角洲生态环境的评估和预警研究[J]．生态学报,16(5):461-468．

薛雄志,吝涛．2004．海岸带生态安全指标体系研究[J]．厦门大学学报(自然科学版),43(S):179-183．

阎传海．1999．江苏北部景观生态评价[J]．徐州师范大学学报(自然科学版),17(2):42-46．

杨冬梅,任志远等．2008．生态脆弱区的生态安全评价——以榆林市为例[J]．干旱地区农业研究,26(3):227-230．

杨怀仁．1987．第四纪地质[M]．北京:高等教育出版社．

杨京平．2002．生态安全的系统分析[M]．北京:化学工业出版社．

杨纶标,高英仪．2003．模糊数学原理及应用[M]．广州:华南理工大学出版社．

杨三红．2005．基于 GIS 的刘家流域景观格局及其生态环境效应的研究[D]．山西农业大学．

姚健,艾南山,丁晶．2003.中国生态环境脆弱性及其评价研究进展[J]．兰州大学学报,39(3):77-79．

尹希成．1999．生态安全:一种新的安全观[J]．科技日报．

于勇,周大迈,王红．2006．土地资源评价方法及评价因素权重的确定探析[J]．中国生态农业学报,14(2):213-215．

禹华谦,姚令侃,陈春光．2001．物元分析在大气环境质量评价中的应用[J]．兰州铁道学院学报(自然科学版),20(4):95-97．

张凤太,苏维词等．2008．基于熵权灰色关联分析的城市生态安全评价[J]．生态学杂志,27(7):1249-1254．

张敏．2008．京津冀都市圈河北区域资源环境现状分析[J]．中国市场,(23):110-111．

张庆云．1999．1880 年以来华北降水及水资源的变化[J]．高原气象,18(4):486-495．

张艳芳,任志远．2005．景观尺度上的区域生态安全研究[J]．西北大学学报(自然科学版),35(6):815-818．

张艳芳,任志远．2006．区域生态安全定量评价与阈值确定的方法探讨[J]．干旱区资源与环境,20(2):11-16．

张耀存．2004．我国北方地区植被类型变化气候效应的虚拟数值试验[J]．南京大学学报(自然科学),40(6):684-691．

张裕凤,王凤玲．2004．乡域土地利用结构变化分析[J]．干旱区资源与环境,18(6):90-94．

张志强．1995．区域 PRED 的系统分析与决策制定方法[J]．地理研究,14(4):62-68．

赵爱华．2007．黑龙江省农业生态安全评价研究[D]．东北农业大学．

赵怀全．2007．城市生态安全评价与研究——以合肥市为例[D]．合肥工业大学．

赵建三,尤冬梅．2007．基于熵权的公路选线模糊层次分析决策模型[J]．长沙交通学院学报,23(1):46-50．

赵玲,张会芹．2005．对河北省水生态环境问题的思考[J]．南水北调与水利科技,3(1):44-45．

赵雪,赵文智等．1997．河北坝上脆弱生态环境及整治[M]．北京:中国环境科学出版社．

周旭．2006.3S 支持下喀斯特退化景观生态安全评价研究——以贵阳市为例[D]．贵州师范大学．

朱会义,李秀彬,何书金等．2001．环渤海地区土地利用的时空变化分析[J]．地理学报,56(3):253-260．

朱会义,李秀彬．2003．关于区域土地利用变化指数模型方法的讨论[J]．地理学报,58(5):643-650．

朱京海,刘伟玲等．2008．辽宁沿海湿地生物多样性评价研究[J]．气象与环境学报,24(1):21-37．

朱晓华,杨秀春．2001．层次分析法在区域生态环境质量评价中的应用研究[J]．国土资源科技管理,18(5):43-46．

庄大方,刘纪远．1997．中国土地利用程度的区域分异模型研究[J]．自然资源学报,12(2):106-111．

邹长新,沈渭寿. 2003. 生态安全研究进展[J]. 农村生态环境,19(1):56-59.

邹志红,孙靖南,任广平. 2005. 模糊评价因子的熵权法赋权及其在水质评价中的应用[J]. 环境科学学报,25(4):552-556.

左伟,陈洪玲等. 2004. 山区县域生态系统安全因子遥感和 GIS 分析——以重庆市忠县为例[J]. 长江流域资源与环境,13(6):604-610.

左伟,王桥,王文杰等. 2002. 区域生态安全评价指标与标准研究[J]. 地理学与国土研究,18(1):67-71.

左伟,王桥,王文杰等. 2005. 区域生态安全综合评价模型分析[J]. 地理科学,25(2):209-214.

Charles J. Current of Strobel et al. 1999. Environment Monitoring and Assessment Program: Virginean Province (U. S. Estuaries Environmental Monitoring and Assessment,56:1-25.

Costanza R,d'Arge R,Groot R et al. 1997. The Value of the World's Ecosystem Services and Natural Capital[J]. Nature,387:253-260.

Daniel T. Heggem et al. 2000. Landscape Ecology Assessment of the Tensas River Basin,Environmental Monitoring and Assessment,(64):41-54.

DPCSD (United nations Department for Policy Coordi-nation and Sustainable Development). 1996. Indicators of Sustainable Development: Framework and Methodologie [M]. New York: Untied Nations.

Eatherley D. 2002. Nature steps on the gas,is the rate of evolution going to speed up again[J]. New Scientist, June 22:13.

Eliazbeth R. Smith. 2000. An Overview of EPA's Regional Vulnerability Assessment (ReVA) Program, Environmental Monitoring and Assessment, 64:9-15.

HANNES, LARSKP, DALE R et al. 2008. Discursive biases of the envi-ronmental research framework DPSIR [J]. Land Use Policy,(25):116-125.

Ileana Espejel et al. 1999. Land-use Planning for the Guadalupe Valle,BajaCalifornia,Mexico,Landscape and Urban Planning,45:219-232.

John T. Lee et al. 1999. Land-use-based Criteria Beauty,Land Use Policy. The Role of GIS in Landscape Assessment Using For an Area of the Chiltern Hills Area of Outstanding Natural 16:23-32.

Kreuter U,Harris H,Matlock Wet al. 2001. Change in Ecosystem ServiceValues in the SanAntonioArea,Texas[J]. Ecological Economics,39:333-346.

Makert C L,Ursprung H. 1962. The Ontogeny of isozyme patterns of lactate dehydrogena in the Mouse (Dev. Bio) [J]. Devilop. Birl. ,(5):363-381.

Michael E. 2000. Environmental McDonald. EMAP Overview: Objectives, Approaches, and Achievement 64 Monitoring and Assessment:3-8.

MooreI D. 1991. Modeling the fate of chemicals in the environment [M]. Canberra: The AustralianNational University.

Richard G. Lathrop. 1998. Applying GIS and Landscape Ecological Principles to Evaluate Land Conservation Alternatives Landscape and Urban Planning,41:27-41.

Robin S. Reid et al. 2000. Land-use and Land-cover Dynamics in Response to Changes in Climatic,Biological and Socio-political Forest: the Case of Southwestern Ethiopia Landscape Ecology,15:339-355.

Saaty T L. 1978. Modeling Unstructured Decision Problems Theory of Analytical Hierarchies [J]. Mathematics and Computers in Simulation,20(3):147-157.

Wynet Smith et al. 1999. Batemi Valley,North-central Exploring Methods for Rapid Assessment of Woody Vegetation in the Tanzania,Biodiversity and Conservation,8:441-470.

附　　表

附表 1　大尺度生态环境要素特征表

序号	时间	温度	降雨量	植被—生物特征
1	古新世	较低,推论年均温度比现在低 1~2℃	雨量丰沛,水资源丰富	海洋性亚热带森林,植被覆盖度好
2	始新世	温暖湿润,年均温度为 15~20℃	雨量丰沛,水资源丰富	以裸子植物森林为主,林下有灌木,植被覆盖度好
3	早渐新世	略为温和,推论年均温度比现在高 1~2℃	雨量丰沛,水资源丰富	常绿乔灌木不多见,出现适应寒冷气候生长的树种,植被向暖温带落叶阔叶林方向发展
4	晚渐新世	略为温和,推论年均温度比现在略高	湿润,降水量比现在高	暖温带落叶阔叶林植被大量生长,喜热植物减少
5	中新世	较暖和,比目前温度高	雨量丰沛,水资源丰富	森林茂密,喜热植物增多
6	上新世	较暖和,比目前温度高 4~5℃	丰沛,年平均降水量比现在至少高 800 mm	森林繁盛
7	早冰期—S 冰缘期	年平均温度至少比现在低 8~10℃	降水量比现在少 100~800 mm	植被以云杉、落叶松、松、侧柏和蒿属为主的森林—草原型为主
8	S 冰缘期—鄱阳间冰期	年平均温度略高于目前 2~3℃	湿润,降水量比现在高	阔叶、针叶混交林
9	鄱阳冰期	年平均温度比现在低 7~8℃,气候较冷	干湿波动,降水量比现在少	植被为暗针叶林—草原型
10	鄱阳—大姑间冰期	年平均温度约为 13~15℃	湿润,降水量比现在高	植被以桑、榆为主的落叶阔叶林—草原为主
11	大姑冰期	温度约低于现在 6~7℃	略干旱	植被为桦、松、云杉和冷杉为主的针阔叶混交林带
12	大姑—庐山间冰期	温度比目前高 1~2℃	湿润,降水量比现在高	植被为落叶阔叶林和常绿阔叶混交林,落叶树繁盛,针叶树有所减少,常绿阔叶树增加
13	庐山冰期	温度比目前低 4~5℃	降水量比现在少 500~600 mm	植被为以松、云杉、冷杉和藜科为主的针叶林—干寒草原型

序号	时间 要素特征	温　度	降　雨　量	植被—生物特征
14	庐山—大理间冰期	略为温和,推论年平均温度比现在高1～2℃	略为干旱,降水量稍低于现在	植被为针阔叶混交林—草原型,常绿乔灌木不多见,出现适应寒冷气候生长的树种,植被向暖温带落叶阔叶林方向发展
15	大理冰期	冷干,年平均温度比现在低7～8℃	降水量比现在少	植被为暗针叶林—半荒漠草原型,针叶林乔木繁盛,杂生栎、榆、桑、枫杨、柳等,有少量的灌木生长,耐干旱的草本植物繁盛
16	泄湖寒冷期	比较寒冷,温度比现在低5～6℃	降水量增大	针阔叶混交林植被,大面积草灌丛植被,森林覆盖率约20%～35%
17	仰韶温暖期	温暖湿润,年平均温度比现在高2～3℃	雨量充沛	阔叶林植被,森林覆盖率约30%
18	周汉寒冷期	温度比现在低1～2℃	降水量减少	针阔叶混交森林草原植被,森林覆盖率不断减少
19	普兰店温暖期	温度约比现在高1～2℃	湿润,降水量比现在略高	
20	现代小冰期	温度比现在低1～2℃	降水量与现在类似	

附表 2　千年尺度生态环境要素特征表

序号	时间 要素特征	温　度	降雨量	植被—生物特征	生物多样性特征
1	9000～8000年前	干凉,年平均温度比现在低2～4℃	略干旱	针阔叶混交林植被,大面积草灌丛植被,南段森林覆盖率30%,北段约20%～40%	生物多样性完全处于自然演替中,无人为因素干扰
2	7000年前	年平均温度比现在高2℃左右	湿润	阔叶林植被,南段森林覆盖率约15%～20%,北段约50%或更多	生物多样性完全处于自然演替中,无人为因素干扰
3	5500年前	有一短暂冷期	湿润	阔叶林植被,南段森林覆盖率约15%～20%,北段约50%或更多	生物多样性完全处于自然演替中,无人为因素干扰
4	5500～3100年前	年平均温度比现在高2～3℃左右,冬季温度比现在高3～6℃	湿润	阔叶林植被,南段森林覆盖率约15%～20%,北段约20%～40%	生物多样性以自然演替为主,开始受人类活动干扰

序号	时间	温度	降雨量	植被—生物特征	生物多样性特征
5	公元前10世纪	干冷	干燥		
6	公元前770~公元23年	温暖湿润	湿润		
7	公元23年后	转冷	干燥		生物多样性以自然演替为主,受人类活动越来越多的干扰
8	公元366年前后	年均温度比现在低1~2℃	干燥		
9	7世纪中期~10世纪	温暖,年平均温度比现在高1℃左右	湿润	针阔叶混交森林草原植被,森林覆盖率不断减少	
10	12世纪	年平均温度比现在低1℃左右	旱		
11	13世纪	回暖,与现在气候类似	旱7涝3		森林开始受到大规模破坏
12	1470~1520年	与现在气候类似或略冷	旱		森林破坏较严重
13	16世纪50年代~17世纪90年代	温度低于前500年平均,出现近600年最低值,冬季比现在冷2℃左右	旱		出现荒山秃岭,生物多样性受到较严重破坏
14	19世纪初~19世纪60年代	温度比第二个冷期稍高	旱		植被毁坏较严重,生物多样性受到进一步破坏

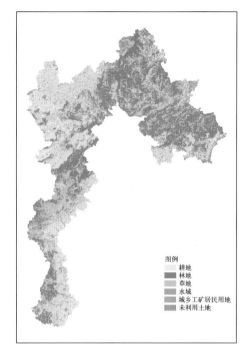
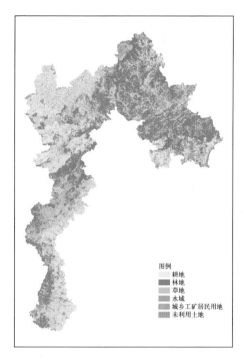

图 2.2　1987 年河北山区土地利用覆被现状图　　　图 2.3　2000 年河北山区土地利用覆被现状图

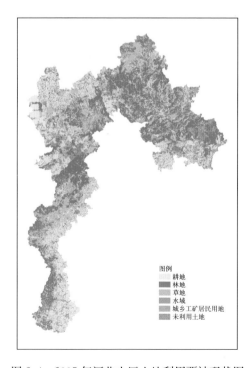

图 2.4　2005 年河北山区土地利用覆被现状图

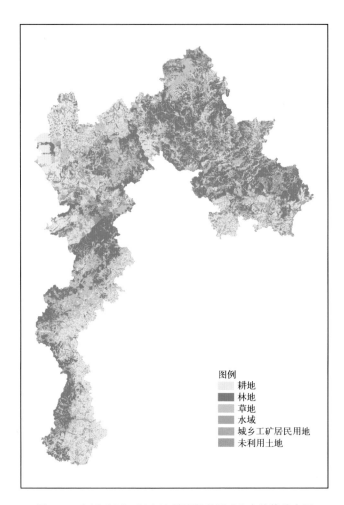

图例
耕地
林地
草地
水域
城乡工矿居民用地
未利用土地

图 5.11 河北山区一级土地利用类型相对生态价值分布图